“林中小屋”(陈益林)名师工作室书系之二

堂奥

陈益林　著

东南大学出版社
·南京·

内容提要

本书系浙江省东阳中学语文学科主任、“惕吾文学院”院长、特级教师陈益林的个人散文随笔集。这本散文集子之所以取名为《堂奥》，一是取集子中的首篇散文《堂奥》作为全书的书名，二是取成语“窥其堂奥”之义，借《堂奥》一书，让读者们领略一名中学普通教师多年来的见闻及心路历程。

本书既有家国情怀的枨触，也有杏坛历练的感悟，还有花草怡悦的雅赏，远足游览的抒怀，品类丰富，寄意深广。本书可供广大中小学教师及初中文化程度以上社会人士阅读参考。

“林中小屋”是陈益林老师的省级名师网络工作室名称，本书属“林中小屋”书系之二。

图书在版编目(CIP)数据

堂奥 / 陈益林著. — 南京 ：东南大学出版社，2018.6

(“林中小屋”(陈益林)名师工作室书系)

ISBN 978-7-5641-7786-7

Ⅰ.①堂…　Ⅱ.①陈…　Ⅲ.① 散文集—中国—当代　Ⅳ.①I267

中国版本图书馆 CIP 数据核字(2018)第 107758 号

堂奥

出版发行	东南大学出版社
社　　址	南京市玄武区四牌楼 2 号(210096)
网　　址	http://www.seupress.com
出 版 人	江建中
责任编辑	丁　丁
经　　销	全国各地新华书店
印　　刷	兴化印刷有限责任公司
开　　本	700mm×1000mm　1/16
印　　张	15.75
字　　数	282 千字
版　　次	2018 年 6 月第 1 版
印　　次	2018 年 6 月第 1 次印刷
书　　号	ISBN 978-7-5641-7786-7
定　　价	48.00 元

东大版图书若有印装质量问题，请直接与营销部联系。电话(传真)：025—83791830

前　言

自2006年由中国文史出版社出版了20多万字的个人诗文集《雅典娜与缪斯的二重奏》一书，倏忽又是十多年过去了。在这十多年中，所可欣慰者，自己的笔还是像一个辛勤的老农，也许劳作的亩产并不高，种出的庄稼也不外是普通的黍、稷、麦、稻，但一是劳动的本色不丢，二是珍惜自己的劳动成果，自足自乐。十多年下来，仔细一捡拾，发现自己笔头底下也已有50多万字的笔耕成绩。说自己的孩子自己疼也好，说敝帚自珍也好，总觉得该梳理总结一下了。于是便把这50多万字的内容分为语文教学思考探索类，散文随笔创作类，以及新诗、旧诗走笔类，分别编为《语文路上，摸高探低》《堂奥》《风向不定》三本集子。

这本散文随笔集子之所以取名为《堂奥》，是效仿一些名家的做法，将集子中某一篇文章的题目，作为全书的书名。"堂奥"的本义是"厅堂和内室"，多比喻含义深奥的意境或事理。成语有"窥其堂奥"，意思是探索深奥的道理或境界。而这本集子中的《堂奥》一文，指的是浙中名村蔡宅的内在韵味很值得人们探究。也许是名村效应吧，我写的《堂奥》一文被《人民日报》看中，稍作删减，改为《流连蔡宅》发表在2017年8月18日《人民日报》第12版上。在这本散文集中，我则恢复了《堂奥》一文的全貌和旧貌。这本散文随笔集取名为《堂奥》，还有一种期愿，作者私心里也是希望能够有多一些读者，来了解一下一名普通中学教师多年来的见闻及心路历程。

当一位老农，手捧着由自己的汗水转化而来的丰满果实，那布满皱褶的脸上一定会洋溢出岁月沟壑难以掩埋的欣喜。命运啊，愿你多赐我一些这样的生命大欢喜！

目　录

◎ 闲情偶寄

◎ 挥斥方遒

◎ 师者絮语

◎ 影视漫论

屐痕处处

1. 堂奥

离奇丰富的传说，古意盎然的建筑，古老常新的文化，蔡宅，让我足足流连了一整天。

古街巷弯弯绕绕，老房子鳞次栉比。众多的古街老房仿佛莲叶的纷披，而蔡宅的文化礼堂却如红莲出水，格外引人注目。蔡宅的文化礼堂由许多古宅老厅集群修葺组合而成，规模大，品类细，移步换景，堂堂生辉。

作为中国乡村的精神家园，文化地标，人们考量文化礼堂建设水准有“二堂五廊”之说：礼堂、讲堂二堂皆有，村史廊、民风廊、励志廊、成就廊、艺术廊五廊兼备。蔡宅村的文化礼堂建设堪称极具中国乡村文化礼堂建设范式意义。作为有着 900 年历史的名村，蔡宅现为东阳市最大的行政村，又是国家级传统古村落、浙江省级首批历史文化村落保护重点村，现存古建筑 200 多栋，其中具有较高历史和文物价值的约 50 栋。蔡宅村充分利用这些得天独厚的古宅资源，因地制宜地进行文化礼堂建设。穿行在蔡宅的文化礼堂群落中，让我充分感受到中国乡村古建筑文化的隽永与醇厚。

“礼义廉耻，国之四维。”此行第一站是蔡宅的四维堂。四维堂是蔡宅的文化讲堂、艺术殿堂兼农家书院。忠孝礼仪讲座，农家书屋浸润，让村子的精神气质远离鄙俗；保健养生指导，曲艺戏曲演出，让新时代的农民始终保持旺盛的生命气机。

第二站到聚奎堂。“聚奎堂”又叫“忠爱堂”。蔡宅的大街小巷，房门厅壁，出现频率最高的是“忠”“孝”二字。“东有鹿峰为屏，西依虎峰为枕，东有白溪为带”，得山水形胜之美的蔡宅，东晋时期就出过孝感天地的大孝子许孜，因此蔡宅相当长一段历史时期被称为孝顺里。可以说，“孝”是蔡宅的文化标配。由孝而上升为爱国爱民传统，古往今来，具有爱国爱民大爱情怀的蔡宅人，不胜枚举。就近代史上，举其卓荦者就有：著名植物学家蔡希陶、辛亥先驱蔡汝霖、抗日名将蔡忠笏、中国女子解放运动先驱蔡慕晖。聚奎堂是蔡宅婚庆嫁娶的“嘉年华”

基地，这里上演的蔡宅人金婚、钻石婚庆典一直让周边村民羡赞不已。聚奎堂中每周五为村民播放电影，蔡宅村民的生活可真是幸福像花儿处处开放。

当我走进作为蔡宅名人展馆的华萼堂，从蔡宅走出的历代精英的事迹深深吸引了我。尤其是从一个文学青年而向中国杰出的植物学家华丽转身的蔡希陶，集中国女子解放运动先驱、教育家和翻译家、蔡希陶胞姐、《共产党宣言》首位汉语翻译者陈望道先生的夫人于一身的蔡慕晖，辛亥革命先驱、教育家蔡汝霖，绚烂之极复归平淡、由抗日名将而转行为优秀数学教师的蔡忠笏，这些蔡氏传奇人物的故事，让人流连赏叹久之。

蔡氏宗祠既是蔡宅村民慎终怀远的集体祭拜基地，又是举办学童开笔礼、家训传承礼等活动的文化场所。那盏由台胞蔡土元先生捐赠的名为“怀娘灯”的巨型宫灯，给蔡宅的孝文化找到了一个鲜明的注脚。一年一度，虎鹿镇的“带着家训去参军”新兵送行活动在蔡氏宗祠举行，成为中国乡村文化礼堂的一道亮丽的风景线。来送行的家长们一一为新兵写家训、读家训、送家训。这些家训，或朴素，或典雅，或奔放，或庄重。不同的家训风格背后，是相同的关爱与期望。

与蔡氏宗祠几步之遥的涵玉堂，是蔡宅的村史馆。蔡宅，一个看得见山水，留得住乡愁的历史文化名村，其悠久的历史文化在此浓缩如花苞，开放似阳光。蔡宅文化礼堂围绕村史馆里的村史总则，分族规家训馆的家训文化、礼堂的乡贤文化、东白学堂的耕读文化、蔡嫂茶馆的善行文化等 4 个篇章进行建设。

从村口张贴的“第三届蔡宅端午旅游节日程表”中，我发现了女子高跷、三十六行穿越表演、龙舞蔡宅、大头舞、抬花轿等节目名单。由女子高跷节目和随处可见的“蔡嫂爱心帮扶队”字样，可以想见，蔡宅村一定活跃着一支爱心和才艺兼具的娘子军。

走出蔡宅村口，当我再度回望浙中腹地这个古色古香而又生机勃勃的大村落，脑海中突然冒出“堂奥”一词。“堂奥”有两个意思：1. 厅堂和内室。2. 堂的深处，喻含义深奥的意境或事理。蔡宅一日，我自不敢自诩深透地领略了蔡宅的历史文化“堂奥”；但从我已走访过的许多乡村文化礼堂来看，我有理由相信：中国乡村，正在豪迈而又温厚地书写着独具特色的田园家国叙事曲。中国乡村文化大礼堂，给中国农民的心灵重新找回一个家，让中国乡村灵魂重新找到安放之处。

2. 重访天一阁

说一鹗入林，百鸟噤声似乎不妥，但自从余秋雨先生的《风雨天一阁》一出，此后多少文化人踏访天一阁后，都不敢轻易用文字抒发观感却是不争之事实。 眼前有景道不得，崔颢题诗在上头，不单是李白，历代文人在美景美文面前，都会遇上叹为观止、欲吟又罢的既叹赏又抱愧的矛盾况味的。

但子非鱼，安知鱼之乐？ 我非秋雨先生，安知我无独得之赏之思？ 于是斗胆，也来写写天一阁。

事有凑巧，与余秋雨先生一样，2016 年夏天，我也是在一个台风雨之日走近天一阁的。 只不过现在的天一阁可是高端豪华上档次得多了，它已升级换代为天一阁博物馆。 二十多年前曾与东阳中学语文组同事赴宁波公干，匆匆到天一阁一游。 那时既无手机，相机也少得可怜，所以那回的天一阁之游，而今脑子里除了一点曲径通幽的微漠印象，其余的全随时间之流漶漫了。

这回到天一阁，除了耳目并用，手机的摄像功能大行其便。

由宁波市长春路拐入天一路，没多远就来到天一阁博物馆西大门。 马路两旁，挺拔着众多高大的枫杨树，枫杨树们全都水汽淋漓地作着“天一生水”的生动注解。 走进西门，别有洞天。 除了屋舍俨然，博雅高古；林木深秀、池沼遍布、假山杂陈、水意弥漫也是给人印象极深之处。 反观一些老屋深宅，虽然古貌峥嵘，房舍连片，可是遮天蔽日的楼栋屋瓦太多，灰朴黑沉的色调占据视野太广，一些深宅大院，除了房前屋后，稀稀落落的一些花草点缀，绝少古树参天、藤萝攀援、水波盈盈的自然机趣。 古色古香的重檐歇山顶建筑，鬼斧神工的亭台楼阁假山池沼，与花香树影、水光山色的审美复调组合呈现，是天一阁博物馆营建的高明之处。

有保护而无利用，是当今许多名人故居、古建老宅保护乏力、难以为继的共同问题。 许多列入文物保护单位的房舍，在历史的大树上，如同一个个寂寞的蝉蜕，在岁月的烟云中岌岌可危、风雨飘摇。 而天一阁博物馆则不然，它没有让有价值的屋宇轻易变成死寂的空壳，它或旧瓶装旧酒，或旧瓶注新酒，或新瓶灌旧酒，把整个原有或新建的建筑群变成表里繁富、有血有肉的博物院。 天一阁博物馆的藏品十分丰富，包括古籍、字画、碑帖，以及各种出土和传世的陶瓷器、铜器、玉器等和地方工艺精品。 古人说山阴道上行，千岩竞秀，万壑争流，令人目不暇接。 在天一阁博物馆里转悠，也大有一头撞进百宝箱，珠玑满目，眼花缭乱之感。众多藏馆中，尤以千晋斋、凝晖堂、麻将起源陈列馆让人津津乐道。

“千晋斋”的得名很有一段故事。1931 年，宁波拆旧城，当时休假在家的北京大学教授马廉，从旧城址中搜集了两千多块六朝古砖，因其中晋砖较多，马廉教授将其藏砖处称为“千晋斋”。1933 年至 1935 年天一阁重修，马廉教授是发起人之一。重修竣工后，马廉教授将其藏砖捐献给天一阁。从此天一阁内添一“千晋斋”雅舍。

而今的“千晋斋”分三个展室。第一展室是马廉教授的晋砖陈列室，此外还陈列有“马廉生前使用的唱片柜”。马廉先生不但好古，对音乐和美术、摄影也十分喜好。千晋斋中的唱片柜由马廉侄子马泰捐赠。这个唱片柜由实木制成，高约 85 厘米，长和宽分别为 50 厘米左右，内里共有 6 块夹板，上面分别标有“东方红”“快唱片”“塑料唱片”等字样。

千晋斋的第二展室展示的是宁波许多著名的藏书家捐献给天一阁的部分收藏品，最后一个展室是黄宗羲等历代登上天一阁藏书楼的著名学者的事迹介绍。

凝晖堂中陈列有明代上石的“神龙本”兰亭序，文徵明小楷《薛文时甫墓志铭》，明代四明书法家薛晨、薛选父子的“千字文”，清代石刻《三忠遗墨》《老易斋法帖》等。来到这里犹如步入书法艺术的殿堂。最引人注目的是明代天一阁主人范钦挚友丰坊所书的草体《砥柱行》，此帖堪称镇堂之宝。

据日本人考证，麻将发明人是清道光年间宁波的陈政钥（字鱼门）。2001 年，在原陈氏宗祠内建起了“平和堂”麻将起源地陈列馆。通往平和堂的甬路用麻将形砖块铺就，屏风上用麻将花牌装饰。展厅分“麻将的历史和文化”“麻将与宁波”“世界各地麻将牌展示”三部分，并配以中式、西式两间棋牌室和“三缺一”的麻友塑像。整个展厅理清了麻将源流的脉络，向游客呈现了麻将的历史和发展情况。我们发现，游人在麻将起源地展览馆逗留的时间往往多于藏书楼中。在“天下第一藏书楼”的大雅氛围中，耸立一座天下第一大俗的麻将起源地陈列馆，大雅和大俗能否比肩而立，结缘融和？对此姑且不论，麻将起源地陈列馆的吸睛效果却是不容忽视的。以麻将之俗为桥梁，吸引大量游客前来，抵达藏书楼之雅的高地，宁波人的生意经还是不能不让人叹服的。

作为东阳人氏，出了天一阁博物馆，有一个问题一直萦绕在我的脑际：同为全国文物保护单位，有着“北有故宫，南有肃雍”之称的东阳卢宅肃雍堂，该如何走出深闺，让更多的人士慕名前来，一睹芳容呢？

3. 上高头坪，赏第一桂

东阳市作家协会“放马湖”QQ群中有人提议周六到东阳与磐安交界的高头坪赏东阳第一桂去。曾随市作家协会去三单乡采风，已领略过当时称为东阳最古老的一棵巨桂的风采。与东阳桂花树王相逢，当年曾赋诗一首，以志其欣。里面有这样几句：

而今，当我在
大山的大脑沟回中
攀援跋涉
山背村那棵
东阳最古老的桂花树
将山里人家
古老而年轻的心事
渲染得分外鲜明生动

可惜那次时值春天，未能一享巨桂清芬。而今听说真正的东阳第一桂应属马宅镇高头坪的800年巨桂，又时值金秋最佳赏桂季节，我心跃跃，且周六老天作美，雨后放晴，于是决计上高头坪走一趟。

据东阳市作协主席刘浪言，他到高头坪的次数已不下二十次，可见高头坪的吸引力不浅。此次数车齐发，我坐在头车里，车队迤逦向磐安方向进发。

过徐宅，至南江水库库尾，车往左拐，进徐双线。七弯八拐，又逢修路，一路摸索前行，经黄英、柏树里、岩坞下等村，最后车泊岩坞下村。众人下车，徒步进山。

山路弯弯，七高八低，崎岖难行。好在没带帐篷，我只带一斜挎小包，轻省得很。如果不是中途贪看风景，忙于摄影，本可以一直走在队伍最前头。挥汗前行，一个多小时后，我已遥遥领先。那些拖家带口，辎重富足的同伴可吃了大苦头，蜗行龟步，举头望山山不语，唯有一步一颠向上攀援。

终于看到了山顶上的红砖房，山顶狗吠声声，招引我们前往。走完最后也是最陡的百步台阶，终于来到山中胜地高头坪。

路旁一树白色木槿花怒放迎客，左侧茂林修竹掩映，右边篱笆围裹，园圃青青。走到山中主人老蔡家的红砖房前，一片开阔地中，一棵高过两层楼顶的桂花树傲然挺立。问来过此处多次的刘浪和卢德金诸人，告知此桂花树树龄当在 800 年之上。走近细细观赏，巨桂根须硕大赛海碗，白中透黄的花瓣密密匝匝布满一树。自根部往上二尺许处一分为二，旁逸斜出，劲挺向上，撑起一团绿云。正值桂花开放时节，叶绿花繁，清风拂面，馨香醉人。

可惜的是，桂花树下杂物太多，场景太乱，严重影响了赏桂效果。南瓜藤爬满地，破砖烂瓦满眼是，再加上为迎接客人到来杀鸡宰羊留下的杂碎，甚至还有废弃不用的夜壶等不雅之物。如果有人作点引导，合理开发一番，将桂花树底清理一过，放上几条竹制的躺椅或坐凳，桂花树下的清雅之气便会立时呈现。

老蔡已煮了一大铁桶的原汁豆浆。浓酽香醇的豆浆让客人一个个乐得美滋滋的。喝着山里人真心实意磨制的豆浆，游目四顾，厨房隔壁的餐厅墙上挂有横匾一块，上有刘浪题写的“东阳一桂”四字。放眼窗外的山坡，几只山羊正痴痴地看着我们。我见羊儿多妩媚，料羊儿见我应如是。

喝罢豆浆，到处踅上一踅。主人家宅前左侧有“献宝宫”一间，白墙黑字，有联一副“急匆匆捧腹而入，慢吞吞宽手而出”，横批“献宝宫”。听说是主人老蔡亲自题写。及至入内踏勘，乃数十年前常见的配有木制坐便器一副之茅厕一座。老蔡看上去有老蔫之嫌，看来是外表蔫巴，内心灿烂，幽默潜山藏水。宅前右边有寺名“竹林寺”，玉皇大帝、王母娘娘、送子观音、千手观音、财神土地全都聚集一堂。中国民间便是这样，有神就敬，有佛就拜，不过这也可算得上诸神和谐共处，同佑一方了。

上得屋后的小山坡，坡上有一处平展展的草坪，遍地青翠，数只山羊点缀其间，真是绿丝毯上绣白羊，清新怡人得紧。草坪的东北角一棵乌桕树迎风俏立，绿叶婆娑，结子繁茂。乌桕树的左边，几株葛藤缘杉树攀援而上，搭起几个绿篷，紫红色的葛藤花明艳妖娆。

最喜老卢无赖，五十有几的人，竟带了个猫头鹰型的风筝，在高头坪上放起了风筝。也亏他想得出，高山坪中，秋风送爽，直放无碍。不费多少功夫，“猫头鹰”便扶摇直上，览尽秋色天光。

老蔡早已将草坪之上的骡屎（为上山驮运生活用品方便，老蔡购有骡子一头）羊粪清理一过，草坪正中已架好枯木干竹，供我等晚上举办篝火晚会之用。

暮色渐合，凉风四起。老蔡请我们下坪入屋用餐。煮了一只整羊，鸡肉猪肉茭白青菜满满当当，竹笋炖豆腐用脸盆盛装。席摆三桌，白酒啤酒任选。大有梁山好汉大碗喝酒、大块吃肉风味。

酒足饭饱，重登山坪。点起篝火，牵起手儿，跳起自编锅庄，边跳边唱。跳罢拉歌，被手电逮住，无处可逃，我扯着嗓子先缠绵了一曲《在那遥远的地方》，后吼了几嗓《大刀向鬼子们的头上砍去》，算是抒发对钓鱼岛事件的义愤。

老卢还是忙着整治他的风筝。他给风筝装了夜光灯，在山顶浓得化不开的夜色中，风筝上璀璨的灯光成为高头坪上难忘的一景。

跳罢唱罢，一干人众又忙着烧烤吃喝。我独自一人走到边上静静观赏起无边夜色。久违了，这样纯净的夜色。夜气如磐，群岚尽失，遥远的地方，有白亮的雾气氤氲，向人标示夜色难以消弭的人间活力存在。夜凉如水，翘首望天，碧天明净，群星集体卸装出浴，不再如在城市的夜空，烟笼雾罩，遮遮掩掩。不知天上宫阙，今夕是何年。

当玩得尽兴之后，我与没带帐篷的刘浪、老卢诸人在手电的照护下，摸黑下坡，夜宿老蔡家二楼。

早上六点起床，老蔡夫人已在揉面。要准备三十多人食用的面条，真够她忙的。老蔡夫妇，真是反差明显，老蔡细声细气，带几分蔫巴，夫人却是高声大嗓，颇有须眉之气。

吃罢早饭，独自先到菜圃左边的小坡蹓跶。游目四顾，东边云雾缭绕，红日无计突围，烟紫色的群山静默伫立，接受我的检阅。随后再行上屋后山坡，其时太阳正积蓄起一定的能量，虽不能突破云雾重围，但还是有几道光剑穿云而出，如激光之刀，直刺人间。不久众人上山，收拾帐篷，作下山准备。

上山艰难，下山亦属不易，尤其是肩扛手提的人士。我依然轻装简备，逍遥前行。看到同校的两位老师挑担负重难行，真想帮他们挑上一段路，但腰腿疾患在身，不敢逞强。看到几位女士手拎数包，颤颤巍巍，艰难举步，于是抢过两个包袱，为她们作点减负工作。

下山之后，车分几路，各自回家。

刘浪要到巍山古渊头村办事，搭他的车由磐安，经横锦，到古渊头。在古渊头，一睹东阳最古老的巨樟（树龄 1200 年）之苍容。两天之内，阅尽东阳最大之桂花树，最老之大樟树，此行不虚！

4. 格尔木·藏羚羊·中秋月

蓦然回首，“浙江名师青海送教活动”结束已一个多月。突然之间，学生的一句问话，又撩起了我西游好梦的面纱。

西部送教罢，回校沉潜于日常琐碎而忙碌的教学工作。给新执教的高二文科（1）（2）两班建立了一个QQ群，名曰“以文会友”。既称文科班，自然应践行以文会友之古训。

难忘西游的日日夜夜，兴之所至，将今年中秋所拍的格尔木市“高原精灵”藏羚羊雕塑照片置为QQ群头像。因为头像太小，不容易看清细节，有学生好奇于该QQ群头像的奇崛，问我该头像的出处及内涵。

其实也无甚深刻内涵，只不过是心有挂念，顺手拈取罢了。

今年中秋来得早，9月8日，适逢中秋佳节。完成德令哈市送教任务后，这天上午9点起程，在海西州的旷野上驰驱五个多小时，一路风尘，下午两点，不知疲倦的车轱辘，将我们一行十几人安全送达格尔木市中山路上的中山宾馆门前。

接风洗尘的晚宴结束之际，大概已是夜晚7点许。同伴们因为旅途劳顿，都进宾馆歇息。我则缘于对西部高原中秋月的新奇想象，举步往白天见过的“高原精灵”藏羚羊雕塑所在地走。一路西行，感觉西部的天格外的蓝，云分外的白。想这西部高原中秋的晚上，那一轮明月，也应该比江南的更圆更亮吧。

当我来到中山路与柴达木路十字交叉路口环岛内的“高原精灵”藏羚羊雕塑近前，一轮中秋团栾月已辉耀于碧蓝的天幕之上。天如水洗过般的明净，月如新磨的圆镜，如此良夜如此景，叫人如何不怦然心动？

赶快拿出手机，对着“高原精灵”雕塑和西部明月一顿猛拍。数码技术，任你狂拍豪摄，不必如当年胶卷相机，精打细算，抠抠索索。

当我独自一人自摄自乐个够，将目光从明月和雕塑身上移开时，发现雕塑前用白色斜线画着的三角形安全岛内，早已有两位男性好摄之徒架着三脚架，安着炮筒状相机，在相机后左瞄右瞅，时而还交头接耳地说着些什么。

都爱中秋月，显是同道人。顾不上陌生，我上前搭讪了几句，觑机往他们的相机取景框内一瞟：电光火石一般，脑中灵光乍现，茅塞顿开——拍月亮原来可以拍得如此妙趣横生！

在两位摄友的相机里，一轮中秋明月，如一枚昆山之玉，似一颗隋侯之珠，轻巧地浮在一只藏羚羊的犄角之上。动感十足的藏羚羊雕塑，配之以静谧温婉的明月宝珠，月与羊若即若离，羊与月一动一静，令人遐想无穷……

受此启发，我一口气拍出了羚羊犄角托明月、羚羊伸嘴吻明月，羚羊奋蹄跨明月等奇巧之照；尤其是羚羊奋蹄跨明月，让人油然作与东汉青铜器马踏飞燕媲美之想。真是一分钱，一分货，我的苹果5S“土豪金”没有辜负我的期望，拍出来的照片清晰度让人欣然色喜。

当我将所拍照片通过微信发送给亲朋好友后，一位摄影家朋友也向我竖起了大拇哥。

再反观自己原先的那些雕塑明月照，真是太粗制滥造，等而下之了。只求雕塑明月同时摄入之加法，不懂两者和谐共生之乘法效应。我毫不客气地操起删除键，将最初拍摄的那些雕塑明月照驱除出镜。

想必是养精蓄锐之后，禁不住中秋月色的招引吧。我的西行同伴们有好多位从宾馆出来，也来到了“高原精灵”雕塑前。当我不无炫耀地将拍下的奇照在同伴面前显摆时，立时将他们的玩兴撩拨了起来。同伴们选准角度，摆出各种pose，有的伸出右手食、中二指轻轻扣住大拇指，作拈花而笑状，远方的明月恰成一宝珠，被握在三指之间。曹孟德曾喟叹：“明明如月，何时可掇？”而此夜，我和我的同伴们，却是“明明中秋月，信手即可掇”；有的同伴右掌齐肩，掌心向上，平伸而出，远方的一轮明月，便如一颗明珠被托举在掌上。“咔嚓”声声，瞬间永恒。俱怀逸兴壮思飞，共伴明月不思归。

当明月渐渐高升，再也找不到奇巧的角度拍摄，我们与原先在安全岛内拍摄的两位男士拉起家常来。真是江浙儿女多奇志，人间处处遇老乡。其中的一位，竟也是浙江人，在格尔木工作多年了。

盛世赏美景，老乡见老乡，自然已不必泪汪汪。同叙乡情之后，依依话别。

满载中秋奇趣佳景，今夜，好梦留人睡。

2014.10.16

5. 国庆佳节花园行

中国十大名村之一的东阳市南马镇花园村，近年来声名鹊起，可观可赏可玩之处增添了不少，久想前往一游，却终未成行。

10月2日，风和气清。亲友组团，共计13口，分乘一辆轿车和一部商务车前往花园游玩。

上午近10点，到达花园剧院门前广场。年方5岁的小侄儿李晨涵戴副墨镜，一手托腮，在广场上耍酷，pose摆得有型有款，十分逗人。在一尊乡村雕塑前给儿子也拍了几张照片，发送到微信上后，众人齐夸小陈挺帅。儿子帅气倒有几分，挺拔却是瘦削铸成；还有就是功在我采用的仰拍角度。

剧院近旁即是花园游乐场及农村博物馆。自谓阅花无数，但农村博物馆前花坛内叶似一串红，花像长寿花的花草还是把我难住了，叫不上名来。

走进游乐场，第一个游乐设施是发射塔，据说你想体验跳楼的感觉，不妨上去一试。但今天因故不开放。即使开放，年过半百的我，也只能望塔兴叹，不敢涉险。

花园游乐场由原先的“泰山公园”改建而成。“泰山公园”的牌坊还在，上有东阳书画界名流包中庆题写的两副对联。外侧一副为“碧桃丹桂春秋节，翠柏苍松天地心”，内侧一副是“彼泰山此泰山而地以人传何必叠嶂陡峰，古花园今花园其天留物在毕竟仙阁瑶台”。包中庆有“小沙孟海”之誉，观其题字，朴茂劲重，名不虚传。

越过牌坊，第一站先到摩天轮处。摩天轮高耸入云，眼观心惊，但察其转速甚缓，诱人一试。

你说“老夫聊发少年狂”也好，“时人不识余心乐，将谓偷闲学少年”也罢，反正这次我是“大姑娘坐花轿”，头一回钻进了摩天轮。

启动后，摩天轮缓缓上升，平缓稳当胜过坐飞机，无惊亦无险。当我所坐的车厢升至最高处时，我还可以好整以暇，拿出手机拍了数帧花园鸟瞰图。居高临下，花园美景尽收眼底，悉归囊中。

出了摩天轮，走到“悦怡亭”前。柱上有联“四面风光尽悦目，八方美景悉怡情”。我指着柱上的“悉”字考校刚读初一的外甥豆豆。问他“悉”字字义，豆豆说不上来。我又逮住已读高二的儿子考问，儿子说出“全、都”的意思。高中生毕竟胜过初中生。当我夸了儿子几句后，儿子还谦虚地说“悉”字作“全、都”讲，初中里早就碰到过了。我问初中里哪课出现过，儿子说《桃花源记》。我问《桃花源记》哪一句有“悉”字，儿子说想不起来了。我也想不起《桃花源记》有“悉”字的句子。我对儿子说：“《桃花源记》中有‘村中闻有此人，咸来问讯’的句子，‘咸’字也是‘全、都’的意思，你是不是将‘咸’与‘悉’相混了？”

教师职业积习，爱咬文嚼字。先是让外甥豆豆记了下“悦怡亭”对联中“悉”字的意思，又让儿子说说高中语文课本中哪篇文言文中有“悉”字的句子，儿子一时说不出。我给他指出《廉颇蔺相如列传》中“于是赵王悉召群臣议”中有“悉”字，儿子说没规定背诵的课文记不住。现在的课本文章多，而现在的语文课时少，不少古诗文如果不是考纲中要求背诵的，平时都是匆匆一过，草草收场，学生根本没时间玩味涵泳，熟读成诵。

然后让儿子记了回“悉”“咸”的意思，又让儿子回忆了一遍《六国论》中

“率略秦邪”中“率”的意思。最后将“咸悉率”合在一块，让儿子识记一过。

回家后，百度了一下，惭愧了一回。《桃花源记》中确有“悉”字句：“其中往来种作，男女衣着，悉如外人。”看来父子俩都没记熟记实。

说说谈谈，已到“旋转木马”处。里面有“马”有“车”。儿子与舅妈、小晨涵坐上车斗，除几位年事已高及确乎胆小的亲友外，其余众人都选了一匹“马”骑上。木马上下轻盈升降，向前周而复始做圆周运动，无惊无险，平安轻松。年逾七旬的岳父也玩得不亦乐乎。

下得“车马”，往“太空的士高”游乐设施走。刚才在摩天轮上看“太空的士高”的运作情况，只见一半月形轨道，上有一圆盘。圆盘沿半月形轨道上下来回滑动，间或圆盘又向外旁枝逸出，上下盘旋几个来回。眼里看着，心里觉得也不是很让人心惊肉跳的那种。于是跟一班小子上了“太空的士高”。

多年前在上海锦江乐园有过一次游乐惊险体验，有的项目至今想来还是心有余悸。鉴于锦江乐园的教训，这回“太空的士高”一发动，我即赶忙把眼睛闭上。饶是如此，还是承受不住翻江倒海、失重起伏的晕眩烦恶心悸之感。眼睛稍一睁开，即觉天旋地转，身心难以自持。真恨不得有个开关，可以立马关掉机器，逃离而下。但人在空中，身不由己，所谓骑虎难下，此之谓也。真是自找苦吃地自虐了，好不容易挨完整个翻转过程，终于回到太平世界、朗朗乾坤，幸福之感从心底迸发而出。

出了游乐园，到“新中华酒店”用餐。饭店环境不错，但店内一幅画作容易招来物议。店内一楼大堂之上赫然挂着根据网上热传的“中国自大狂”图画摹写的大幅油画。油画中间是潇洒地拿着相机的习总书记，右边有普京给习总书记撑伞，左边有奥巴马给习总书记拎包，前面站一低头认罪的安倍晋三。如此以糟蹋外国领袖以示中国之强的阿Q做法未免要被有识之士哂笑，殊不可取。

吃罢中饭，小金导游带我们坐车到农业观光园，观赏了大棚果蔬的栽培情况。小黄瓜、南瓜、香瓜、哈密瓜、小番茄、彩椒、花菜，应有尽有。最引人注目的当属长在仙人掌一样植株上的红心火龙果。去年冬天我曾到海南一游，已见识过火龙果的奇特生长情况；这回第一次看到火龙果长势的亲友们难免发出阵阵惊叹之声。

出了庄稼观光园，又到花草培植基地一走。满眼的花花草草，有长寿花、大理菊、非洲菊、扶桑花、小菊花，但是我认不得的花草还是很多。花花世界，百般红紫斗芳菲，好看煞人。

花园集团正在筹划金秋菊花展，我们来早了，要到11月份才可以领略金秋菊花展的美景。

在农业观光园的出口处，我们买了十来个红心火龙果，30元1斤。贵是有点贵，但味道却是十分鲜甜，比起以前吃到过的白心火龙果，味道好多了。

下一站是青少年拓展基地。内里的游乐项目挺多，离门口最近的是两挂粗重型大水车。自谓农家出身，我上去一试，踩了几脚，勉强可车起几罐水来，但要持续地让水车转起来，难度相当的大。

走过海底世界隧道，往左拐上一坡地，坡上水池边又有两挂水车，一是脚踏的，另一是手摇的。这两挂水车属以往农村习见型。有过农活体验的我，操作起来不费太多力气，而儿子辈的小年轻，对这类古老的农具便显得隔膜生疏得紧了。儿辈爬上水车，车起水来，不是步子慢了，就是步伐快了，形为物役，玩不出趣味来。

卡丁车、绳桥、桩桥、荡绳、翻木墙，一一领略而过。几番比试，儿辈体能还是不如我与卫华等老革命。倒是5岁的小晨涵，在绳桩结成的网桥上，竟有模有样地攀登上好多步，这小家伙厉害!

在烧烤长廊上休息时，大家每人都吃了个火龙果。又是小晨涵引发大家的关注，小小子竟与豆豆哥哥比划起“石头剪刀布”，还挺像那么回事。

走出拓展园，在去往南山寺的途中，发现种着一串红的花坛上有两只彩蝶在花丛中翻飞，人走近，也不怕，兀自专心致志地在采蜜撷香。花园村的蝴蝶竟不怕游人，引得好奇的我们一个劲地对着彩蝶拍照个够。

走到南山寺前，我们正想入寺随喜，小金导游却让我们向右拐入一条下坡小道。原来她是要我们先参观素斋房近旁的一处叫作“锦绣人家”的民俗馆。

“锦绣人家”民俗馆白墙黑瓦，据说是搜集了邻近各村的许多旧建筑材料组装而成，并非全然的假古董。民俗馆内陈列着农耕年代遗留的草席机、索粉机、磨房、土灶台等。民俗馆内堂屋之中，挂着太公太婆像，画像旁一副对联写道：“佛力永抚家宅吉，祖宗长佑子孙贤。”我们让岳父、岳母在画像前的八仙桌旁坐下，给两位老人家来了张安享晚年、福寿安康合照。

“锦绣人家”民俗馆的南边是一月牙形的长湖。临湖而筑，“锦绣人家”平添了几分清韵雅致。

走得有些累了，于是进南山寺小憩。朱漆门柱雕栏画栋金身佛像，鲜明光艳，南山寺应新建不久。寺中僧侣颇多，有不少还操着外地口音，三四一群，五六一伙坐在长廊上聊着天。大概今天有什么佛事聚会吧。

出了南山寺，已是下午近4点。心满意足，兴尽回城。

附:儿子高一作文《军训苦与乐》

军训苦与乐

陈弘毅

又是一年军训周,苦乐交织满东中。

今年军训期间的天气格外的舒适,今年的教官也都分外的善良,当真是天美人更美,如此完美的军训环境不敢说前无古人,后无来者,但至少可以说我们是生逢其时,好在其中了。

早在参加军训之前就看到某人在网络上调侃——两张军训前后的照片对比,军训前还是小布什,军训后转眼变成了奥巴马。然而今年绝对不会出这种情况。经过一整个夏天的炎夏酷暑,所谓强弩之末吧,入秋之后,毒辣的太阳即收敛起了它的余威。况兼东中校园绿树成荫,又是我们最好的保护伞。每一棵大树都是一个休闲歇凉的最佳驿站,一到休息时间,各连队就会跑步到达大本营享受绿荫凉风。

虽然少了传统军训的烈日暴晒之苦,可军训毕竟不是闹着玩的,半军事化的管理以及每天高强度的训练,无一不是对我们身心的一次次淬炼。记得在学习踢正步的时候,为了营造整齐、刚劲的步伐,我们的脚掌一次次无情地与大地发生着碰撞。腿部手部的肌肉神经也一刻不停地保持着紧绷状态。于是鞋子磨破,脚上长泡,肌肉僵硬……当真是状况百出,可想想国庆大阅兵上那些方阵里的士兵们,他们何尝不苦?电视剧《士兵突击》里的许三多为了达到目标又是如何坚持着“不抛弃不放弃”。想起古代作家韩愈的名言“彼人也,予人也,彼能是而予不能是?”我们心底的少年壮志便被激发了出来。虽然我们肉身在受苦,但是我们的意志却要强,哪怕要倒下,我们也要坚持到最后一秒。战士必须倒在战场上,而不能逃向后方。

在这里我也要感谢我们连的徐教官,别看他在训练时是多么的严格,当我们出现伤病员时,他又表现得像我们兄长一般,给足伤员休息时间,还热情地将自己的矿泉水赠予伤病员,这种情景真让人感觉到就像苦咖啡中加进的那份糖,格外让人回味。这也让我们感受到军训并不是整人的玩意儿,而是意志的磨炼和温情的传递。

8月26日的联欢会是军训最欢乐的时光,且不说连与连,教官与教官之间的体育竞技多么精彩,光是我们连的玩法便是花样百出。丢手绢、写王字、木头人等童年的游戏都被我们玩了个遍。但印象最深的还是教官教我们的“抓鱼”游戏,人与人手拉手组成网去抓扮演“鱼儿”的同学们。“鱼儿们”若是被抓到了也没关系,由

“鱼”变成“人”织进人网前去“抓鱼”。我们欢乐地奔跑着,尽情地呼喊着,我们连的气氛最活跃,笑声最响亮……

经过一次又一次的队列训练,跨过一道又一道的步伐训练大关,经受一遍又一遍的内务考核,我们终于拿到了鲜艳的优秀连队队旗。狂喜,从心底迸发出来……

军训,痛并快乐着。军训的苦与乐实在是太多太多,再给我三天三夜也道不尽,再给我十几张纸也写不完,它们都在我心里,成为我步入高中后的第一个坚实而美好的记忆。

6. 坐游台湾

说来惭愧,缘悭一面,一直未能到宝岛台湾一走。偶然的一个机缘里,在一位朋友的书橱里发现了叶永烈的《第三只眼识台湾》一书,一见倾心,一读欲罢不能。在白天备课,晚上给网校上课的间隙里,见缝插针,饕餮着书中的文字,厚达 407 页的书,两三天就被我扫读一空。秀才不出门,可识宝岛景,能晓台湾事,畅读佳作,坐游台湾,诚为暑期一大快事!

《第三只眼识台湾》一书,书名诱人,封面简介要言不烦,颇具神韵:作者“六次深度走进台湾,但第一次最大胆细说台湾,让你看到一个真实的台湾。”封底文字提纲挈领,未成曲调先有情,十足撩拨阅读欲:“一部反映台湾方方面面的纪实文学——让你真切透彻地认识台湾。本书作者以充满细节与花絮的笔调,以敏锐的目光与全面的视角,抓住台湾的特点、热点、焦点,抓住大陆读者最感兴趣的问题,以作者一贯的‘用事实说话’的风格,深入剖析了台湾的政治、经济、历史、人文、风土人情、旅游资源等各个方面,为读者展现了一个五彩斑斓的台湾。”

打开目录,“吸睛”栏目纷至沓来:

序章:我家的台湾故事。台湾映像。台湾之夏。台湾春日。蒋家兴衰。蓝色阵营。绿色阵营。此岸彼岸。扁家弊案。外婆的澎湖湾。硝烟散去看金门。

序章中的第一版块是“我的家成了两岸之家”。一个大陆作家,他的家怎么就成了“两岸之家”呢?让人急欲一探究竟。

真叫作“老子英雄儿好汉”,著名作家叶永烈的两位公子竟都是美国硕士学位获得者。大儿子获得美国硕士学位后,被美国公司派往台湾,在台湾担任台湾分公司副总裁兼总经理，娶了一位台湾出生的美籍华人姑娘为妻，从此叶大公子夫妻俩在台湾生活。

既是大陆著名作家，又有长子、长媳（后来又有了孙女、孙儿）家在台湾，叶永烈的特殊身份，使他比起大陆其他学者专家有着更多便利的条件深入触摸台湾的寸寸肌理。从台湾的高层人士，到台湾的草根阶层，叶永烈都有充分的接触和探访，所以他笔下的台湾社会风貌都有“第一手材料”的翔实可信。有长媳常作“驾长”，又有多次到台湾的充裕时间，对台湾交通地理的“门儿清”，叶永烈得以充分踏勘台湾各地，因此他笔下的台湾风俗人情、风景名胜都有着原汁原味的鲜活。

7月22日《东阳日报》新闻“朱建军率团赴台考察·首日参访东阳籍企业”，其中提及“台湾三义国际木雕艺术交流展组委会”。读读《第三只眼识台湾》，对于台湾“三义木雕”的个中究竟你就会有鲜明深刻的印象：

台湾有许多地方值得“深度游”，三义的木雕村就是其中的一个。……三义地处三岔路口，原名“三叉”，“叉”与“衩”同音，当地人以为不雅，而“叉”和简写与“义”相近，于是从1953年起改名“三义”。……上了坡，又见到路边竖着一个木牌，上书“神雕邨”三个大字。……店里木雕琳琅满目。我一走进去，就闻到一股沁人肺腑的馨香。此后，在所有的木雕商店里，我都处在香气氤氲的氛围之中。不言而喻，倘若从这里买了木雕作品放在家中，也会使家终日、终年芬芳扑鼻，而这香味不是来自化学香精，而是木头的天然芳香。

东阳人都知道，近些年来，东阳市人民医院与台湾的“荣总”医院几近姻亲，互访交流十分频繁，那么台湾的“荣总”医院是一所什么样的医院呢？且听叶永烈娓娓道来：

台北“荣民”总医院创办于1958年，最初设病床600张，服务对象为退役官兵，所以叫“荣民”医院，简称“荣总”。后来逐渐扩大为广大民众，包括公、劳、农、渔保医院业务。医院也不断扩建，发展到设立2865张病床，成为台湾医疗设备最好、医术最好、知名度最高的医院。

为什么东阳市人民医院与台湾“荣总”医院结缘亲近后，快速地“高、大、上”起来，读了叶永烈关于“荣总”的介绍，你便会恍然大悟。

此外，如叶佳修作词谱曲，潘安邦在1989年春晚一炮打响的歌曲《外婆的澎湖湾》，其创作缘由，“外婆的澎湖湾”究竟在哪里，风光如何；台湾小学课本中的蒋介石是怎样的形象；蓝营绿营是怎么回事；星云法师的宝相睿言；台湾人怎样过新年……一桩桩，一件件，精彩纷呈，可观可赏可叹之处，书中所在多有。

读《第三只眼识台湾》一书，没有去过台湾的人士，可以借助纸页的飞毯坐游台湾；正准备赴台观光的人士，可以在家里与台湾先混个脸儿熟，以便实地印证；已经去过台湾的人士，那就查漏补缺，反刍回甘，味道一定好极了。

7. 铿锵七人行

书壶突然起意，邀一帮同好，到龙泉、景宁、青田等地一走。竖起招兵旗，自来吃粮人。呼啦一下，便凑起了一个七人帮。16 日下午一点，七人两车，铿锵向龙泉进发。

傍晚 5 点多，车到龙泉，下得高速不久，路旁便不时有青瓷雕塑扑入眼帘。想我东阳，空有工艺美术之乡、教育之乡、建筑之乡、恐龙之乡、红曲酒之乡等诸多美誉，但看街景市貌，很难让初入东阳之人感受到其文化底蕴之直观震撼。城市应在特色上做足文章，才能引得人来，送得名去。

第一站，先到书壶 1985—1993 年曾经工作过 8 年的龙泉师范旧址一观。乡野之上，一幢老旧凌乱之房突现眼前，却是书壶当年的宿舍。弹指一挥间，书壶已回归东阳廿载，屋还在，只是已老旧不堪，但竟然还有龙泉师范的教工住在这，这住房条件跟咱东阳城区的教职工比可真是差了一大截了。

离开龙泉师范旧址，到达的第二站是龙泉中等职业技术学校。此校由龙泉师范脱胎而来，校园建设全系政府投资，校容鲜亮，校园宽敞，龙泉文联的季副主席与一位姓李的老师带我们车游了龙泉职中一圈。

第三站到龙泉青瓷宝剑苑。在一家青瓷展览点参观了一番龙泉青瓷。然后又到附近青瓷大师徐峻青“天一青瓷”工作室做客。大师工艺，让人惊羡。景德镇瓷器，固然美轮美奂，但乍见惊艳，其回看耐看程度，也许还不如龙泉青瓷。龙泉青瓷，以简驭繁，色调虽不繁富，却是色如玉、明如镜，分外养眼。

龙泉文联季副主席安排我等在“金观音”茶庄用晚餐。我的大学室友冒富大叔前来会合。磐安、东阳等地产的一种特色白酒叫金樱子酒，龙泉产的却叫金刚刺酒。列席能喝的都喝金刚刺酒，品美酒，谈诗文。龙泉虽小，诗人却多，同桌的诗人就不下四位。书壶向龙泉朋友介绍我与二胡是诗人，我与二胡，纯属兴之所至，偶然杜撰，诗人云云，愧不敢当。

临行匆忙，只给老同学冒富捎上四瓶东阳红曲酒，冒富却回赠我两盒龙泉青瓷。一为一对龙泉青瓷茶杯，一为青瓷镇纸、笔洗、笔筒再加一青瓷小玩意儿的四件套。诚所谓投之以木瓜，报我以琼瑶了。

饭后到龙泉市文联一走。及至文联所在地，其古朴典雅之建筑，让人大呼东阳之不及。

东阳的文化事业，即在文化硬件之建设上也可看出有关部门实在重视不足。东阳的文艺创作与周边县市相比有相当差距，与上层的扶持力度不够是否大有关联？宁波市对文学艺术创作也极为重视，早在2013年4月，就出台了《宁波市文化精品工程扶持奖励办法》，对文学艺术创作进行重奖。听说，宁波市民中，谁能加入省作协，政府就会奖励谁5万元！怪不得，宁波的纯文学刊物《文学港》办得那么有品位，像荣荣、赖赛飞那样的优秀诗人、作家那么多。

文联大楼，天井之中，时见古物。借着酒兴，挥毫泼墨，文人相聚，以文会友，其乐陶陶。

8月17日上午，一行七人到上垟青瓷园区木岱口村找价廉物美之青瓷。走了几家，作坊式的制作场所，寻常百姓用的青瓷器皿，入我等法眼的不多。同行之人中有两人买了笔洗、花瓶等一两件小物件。不过此行让我们领略了龙泉青瓷的制作流程。龙泉青瓷的毛坯并不见得什么稀奇，也只是土黄色的泥制器件，但奇就奇在经特制的炉中一烧，其独特的青色就出来了，再加上上釉等工艺，其青亮光洁润莹的风味令人叫绝。

出了上垟园区，又到与书壶相熟的季建真先生披云青瓷文化园观览。馆内青瓷名色繁富，以“建真”之谐音，统称“鉴真”品牌。凡上档次的青瓷，其底部皆烧制有品牌朱印。此处青瓷，品位大大高于上垟镇的。琳琅满目，美不胜收。因为主人与书壶相熟，园内大件青瓷物件5折优惠，小件6折让利。我看中了原价215元的一小巧玲珑的豆青香炉和原价55元的青瓷烟灰缸。此种烟灰缸特别抢手，同行中有四人都想买，豆青的只剩下两件，另外还有两件是粉青色的。豆青色抢不到，我只能选了个粉青色的。打折后，以160元买了两样青瓷小件。

中饭由徐峻青大师安排，在安仁镇一胖子鱼头店用膳。饭店附近有座廊桥，名“永和桥”，乃民国时期建造。永和桥桥头古亭翼然，桥内部木梁结构，椽木栉比，地面古旧的条石，雕刻的花鸟历岁月依然鲜活如昨；永和桥外天光云影与清流共徘徊。

中饭后，为探畲族之谜，又专程拐到景宁县鹤溪镇。

车在鹤溪边上行，只见满目钢筋水泥大洋房，与其他城市毫无二致。偶尔露出一排尖顶古色楼房，大概这就算畲族特色的仿古建筑了吧。再往县城郊野开，看到许多竹木搭建，遮阳膜覆盖，上铺杂草的窝棚式建筑，开始我们以为是养香菇用的棚子，仔细一看，竟是住屋。难道这就是畲民原先居住的房子？那跟穴居洞处的生活方式几无二致，也太落后了。畲族的“畲”字来历甚古，原义火耕，后来又指在山间搭棚居住。如此说来，棚屋是畲族原先居住的房屋还是有来历的。但改革开放三十多年了，一些畲民的居住环境依然如此低劣，那也太说不过去了。景宁畲族自治县，是全国唯一的畲族自治县。1997年辖5镇、19乡，有人口17.5万人，其中畲族人口1.75万人，占10%。原来畲乡竟是汉人之天下，畲民数量很少，怪不得一路走去，很少发现畲民，当然也很有可能被汉族同化了。

偏僻畲乡墙头屋角时露峥嵘“文革”遗物。鹤溪之水不如磐安文溪的清澈明净，但时有白鹭飞起，这点为文溪所不及。据说白鹭适宜生活的环境，水不能太深，且需有一点湿地。

离开景宁，下午4点半多到达青田石雕城，在一家名为“韵石轩”的印石店内盘桓许久。众人选购了许多印石，一掷万元。

2013.8

8. 周末漫游

7月28日，周日。

与书壶、二胡等到白泉考察了我们的休闲小站后，突然想起一山之隔就是磐安，磐安有我们的老同学陈星高在，几次邀我等到彼处一游，今天正好打他个游击。一番电话联络，把刚从天台岳丈处归来的星高按到了墨林泉溪公社食堂农家乐。

在赶往农家乐的山路上，车子汽油告急，荒山野岭，遍找加油站不着。若跑到磐安县城加油，时已近12点，让星高干等，实在难以为情。好在星高兄说他的车后备箱中有储备油一桶，解了我等燃眉之急。

等到与星高会合，已是12点半后。我们连说兴之所至、胡乱而来、劳兄久等诸话。星高说知道你们这帮文人没个定准，久等也得等啊。于是相逢一笑入席。

野猪肚，酒糟小肠，萝卜皮炖肉等等，农家小炒，再加农家土烧美酒，就数我与供军量深，连干了两大杯。

星高一两年前就向我等推荐过磐安的黄檀林场，说那是很好的避暑胜地。同学之间也不客气，饭后让星高带路，先到城区加足油，然后直扑黄檀林场。

路上说起东阳的避暑胜地东白山（主峰，海拔 1194.6 米）。据说黄檀林场比东白山消暑效果更好，东白山的宾馆夏日霉气太重，曾有游人上山住店后受不了，连夜仓皇下山。

到黄檀林场的路都已是柏油盘山公路，虽然海拔高，却也不难行。到达林场后，星高说有兴趣可领略一番高山湿地风景。反正今日周末优游大闲，众人齐说前往一观。上坡之路七弯八拐，陡峭坑洼，好在有老车手书壶在，再加他的优良越野坐驾，倒也一路无忧。行到路穷处，下车观山景。东白山有放马湖高山湿地，此处高山湿地也让人啧啧称赏。

星高说此处有天麻种植基地。他指了指几处树底下白色包装绳纵横牵扯的所在，说那就是天麻种植基地。我说怎不见天麻禾苗？星高说天麻没禾苗，只在地底生长发育。这我倒是头一回听说。天麻种植基地进入不得，听说为防野猪等动物捣乱，埋有野猪夹之类“凶器”。

看罢天麻种植基地，在山路上随意溜达。野藤固然清新可喜，那满树的蝉蜕更是叫人大为惊奇。读过法布尔的《昆虫记》，纸上得来终觉浅，这回见到了满树真真切切的蝉蜕，对蝉的生活习性更是多了层感性认识。

重返林场场部所在地后，凌霄缠雪松的奇景吸引了我们的目光。一棵高大的雪松，一株执拗缠绵的凌霄，将雪松紧紧搂抱出满树灿烂。树茂花繁，翠绿与金黄映衬，巨树扶花，鲜花偎树，成为山中奇景。

大概是海拔高度迥异于平地吧，林场的梧桐树的树叶比平地的小巧多了。梧桐树上聚集了众多的山知了，满耳都是“滋滋”之声。蝉噪林逾静，夜来山更幽。

因为还要到南马清塘玉佛禅院夜访故人，5 人一车，摸黑下山。山道疾驰，满天彩霞，亮烁窗外，可惜手执手机不稳，只能徒看晚霞风流云散。

9. 客向盘峰那畔寻

民间对小满的解释是：“万物长于此少得盈满，麦至此方小满而未全熟，故名也。”也就是说，从小满开始，大麦、冬小麦等夏收作物已经结果，籽粒渐见饱满，但尚未成熟，所以叫小满。

5 月 21 日，周日，是农历丁酉年的小满节气。“西狐文学”网络创作和发布平台自去年 1 月创办以来，虽历时只 4 个月多，却已声名渐起，堪比小满。时有凑巧，就在小满的前一天，5 月 20 日下午 3 点，“西狐文学”网络创作与发布平台的十来位诗友，应磐安县盘丰乡大岭头村云巅客栈主人曹志芳之邀，一声招呼，径向磐安方向行，来一场说走就走的乡野采风。男女皆有，少长咸集，人员可谓多样。

大岭头村位于磐安县盘峰乡和双峰乡交界处，诸永高速连接线边上，距乡所在地4公里，海拔700米。一到村口，一片蓊郁苍翠的古树林引得众人如群莺出谷，众燕归巢，嘁嘁喳喳，啧啧称赏不已。古树林中红豆杉、枫香、柳杉错落有致，集群而立，树干高大挺拔，树冠团团绿云，为初夏撑起满地的荫凉。最大的一棵红豆杉巍立一侧，树龄应有数百年，树身两人合抱尚不足以拱围周匝。

古树群中挂满了喜气盈盈的红灯笼，一打听，方知4月25日在大岭头村举办过"芯浙江"有氧乡村欢乐年暨磐安竹筒饭节。据了解，此次活动由四名村干部集资举办，大岭头村特意从义乌订购了3000多盏红灯笼，将整个村庄装扮成一片火红色。活动期间，不但为村中100岁的老寿星徐莲球庆大寿，还在村广场上搭建了40个摊位的烧烤区，为各地游客准备了多种多样的本地小吃，村里还组织人员跳竹竿舞和游客一起互动。

看展榜，赏古木。众人在古树群前流连叹赏久之，然后才拔步前往云巅客栈。

云巅客栈由十五位股东众筹而成。秉持"梅骨竹心"生活理念的女主人曹志芳，静守一隅客栈，笑迎各方来客。当我们的食宿全被曹女士安排妥帖后，一帮诗友便恣肆地放浪形骸于山水之间。我见青山多妩媚，料青山见我应如是；我观流水总多情，流水馈我鸣琴韵。刚惊讶于开满白花的洋芋新品种，又好奇向满地的太子参禾苗。刚探究罢太子参，满眼的野菊花又在明媚招摇。不对，时当夏季，何来菊花？一查究，原来是名叫蒲儿根的烂熳山花在做野菊花的模仿秀。一抬头，山上成片风翻白浪的乔木又瞬间夺人眼球。风过处，这些乔木的叶背翻转过来，色呈白亮，让人想见北方的白杨树。但白杨树的叶子远没这些乔木肥硕。询问村人，有说不识，有说是杜仲树。上网一查，杜仲树的叶片也远没这些乔木的肥大。最后还是手机"形色"软件为我们解决了老大疑窦。

原来风翻白浪的乔木叫厚朴，植物学范围内别名紫朴、紫油朴、温朴等，为木兰科、木兰属植物，常见名为厚朴。中药材中专指该植物的干燥干皮、根皮及枝皮。4至6月剥取根皮及枝皮直接阴干，干皮置沸水中微煮后堆置阴湿处，"发汗"至内表面皮紫褐色或棕褐色时，蒸软取出，卷成筒状，干燥。切丝，姜制用。对食积气滞、腹胀便秘、湿阻中焦等疾病有治疗作用。还能加入抗癌药物中。

山乡之中，遍地皆宝啊。

从山地下来后，我们又来到村口古树林前。这时“东方商人网络平台”的一众企业家也来到了大岭头村。“西狐文学”与“东方商人”仿佛两股清流，在大岭头村汇合一处；五月的山乡仿佛一池碧水，泛起了活泼的涟漪。当暮色四合，碧空星盏亮起，诗人们与企业家们在云巅客栈的三楼平台上围桌共坐，把盏临风，联席夜话，畅谈物质创造和精神淬炼，其喜洋洋者矣。年届耄耋的老诗人叶序梅先生即席吟诗，以抒欢情：

琼花玉树掩楼轩，薄雾云纱绕古村。
女耕男织禽畜旺，莫非此处是桃源？

浦江女诗人蓉儿，近年诗风正劲，遍地游历，到处获诗奖。这回她涉足磐安腹地，一气唱出五首微型诗，且看其四《留香》：

云巅里，飘着一群白狐
谁，独自逍遥
目光到处点灯，留香

再看其五《偶遇》：

在云巅，夜夜星星点灯
祝愿遇到一位知己
一生都用汉字擦洗月光

大山深处，虽处夏日，入夜暑气全无，凉气沁人。众人除叶老等江湖耆宿及吕端伊垂髫稚女长衣护体，其余青壮年之人，皆短袖轻衫。在三楼平台，虽有山影星光入目堪赏，但风凉袭人，再难久坐。众人下到底楼，谈兴未央，一直到睡意渐浓，方始入房安寝。

东阳市外国语学校的孔亮老师，老家就在大岭头村，此次成了我们最好的向导。正如孔老师诗中所云：闲步登高风送客，云巅入夜似归家。夜宿云巅客栈，静净凉爽，我这个一向为失眠所困扰的人士，也是竟夜好梦，一觉醒来已是红日满窗。

孔亮老师为我们尽地主之谊。早饭在孔老师家享用了山里人家香喷喷滑爽筋道的大碗高汤煮粉干。早饭之后，孔亮老师带领我们踏勘大岭头村通往仙居的古道。说是古道，但大多像山洪冲刷出来的羊肠坑洼小径。走了一段古道，孔老师又带我们走上一条新辟的山路，这条新辟的山路，两旁多高过人头的高山杜鹃。可惜我们来迟了，错过了杜鹃群葩当令、艳芳满路的好时光；但我们都还是觉得不虚此行。穿行山道，忽觉香气扑鼻，驻足搜寻，原来是路旁叫常山的既花且药的植物诱人；走几步发现一植物如龟背竹挡在身前，一查是兔儿伞俏萌萌支立着。又有似常山又比常山花朵儿大香味儿浅的白色山花招引，一查竟是野琼花！又走上数步，我与何文先生都被头顶的串串珍珠状的小红果吸引。"形色"一查，竟是名贵中药五味子！一路行来一路欢呼惊叹，浑不知疲和累为何物。

新辟的山路土质松软，不少地方落叶满径，人行其上，如在地毯上行。但山路又时见陡峭如壁，上下其间，猿行猴步，真是一种既惊且喜的极具刺激的游历。稍不留神，就会来一个屁股墩，捡个大元宝。

下得山来，走在盘山水泥公路上。远眺既有有石峰峭崖，更多竹海翠岫；近观则处处珠玑，惹人采撷。几位中年女性，忙于采摘可漉汁做乌米饭的嫩树叶。如果有足够大的肠胃，路旁有大如弹珠，多如星辰的覆盆子任你饕餮。如果有足够多的时间和耐心，那满树满架的金银花足以让你的日子富实到处处金金银银。

大岭头村，不但山水资源丰富，作为非遗传承的"炼火"古朴习俗，朱相公的古老传说，都让人悠然神往；而现代化的春风，又吹遍了整个山村。家家户户都住进了三层以上的现代房屋，许多人家屋顶上都安装了太阳能光伏电板，大岭头村成了磐安县名副其实的太阳能示范村。山顶上白色的风力发电机，天天挥舞着巨臂，宣示着小山村的幸福生活。

当在大岭头村的村舍之间信步徜徉之时，一首小诗就在我的胸中酝酿成熟。在离开大岭头村之际，我谨将此诗赠给山乡的山水烟云、云巅客栈主人以及淳朴的村民：

大岭头村藏秀色，云巅客栈可清心。
山花含笑轻风引，古木参天绿意深。
野果满枝凭采摘，药材遍地任观临。
赏听食宿求真趣，客向盘峰那畔寻。

10. 北京一周

一、从北大到清华

北大当老师清华当学生，鱼和熊掌，谁说不可兼得？ 在北大，两天评委，我们翻检过成百上千片绿叶，终于发现了最大最红的鲜花十朵（全国创新作文大赛高中组特等奖作文 10 篇）。 然后便是燕园的从容漫步，从攀满爬山虎的老屋旧窗，窥探从前的北大，如何把时光雕镂成一段不朽的记忆。 而当我一进清华门，则以极不起眼的研训班学子身份，虔诚地认读水木清华的一花一叶。 除了培训班那些名家授课，最让我惦记的自然是那口荷塘了，那口让朱自清、闻一多在池边痴痴凝望了两个世纪的荷塘。 月下去了晨曦中又去，直看得荷塘中的粉荷脸都羞红了。 脚步单车眼睛相机耳朵，能用的都用上了。 北大、清华，不管你们是否记得我，反正，我曾经把你们，紧紧地搂在怀里。

二、缘定清华

上了五十岁，却依然想着生二胎三胎。 请别往歪处想，是想在学术上，再多生几个娃。 2017 这个好媒婆，说夏秋交接吉日良辰，竟让我与清华联了姻，于是我们就拼命地恩爱了。 就算有太多嫉妒的眼神，我们全都不理不顾。

发现一进清华大学，开始走心的同伴不少，因为清华大学让人动情走心的东西太多了。 讲台上那些教授们，不但满腹经纶，而且一个顶一个帅气。 就是他们的声音，也是那么的悦耳好听。 怪不得座中与我并坐，已经上了一点年纪的女同学们，刚迷醉完这位教授，又粉丝上那位学者。 给我们领队的小黄老师，做我们班主任的小郑老师，是那么的灵秀又俏皮，可别怪那些男校长们，总是偷偷地多瞅她俩几眼。

三、这培训，有滋有味

当久了老师，尤其是当久了领导，容易正襟危坐，习惯不苟言笑。 见多了杏坛高头讲章，看惯了教师培训的例行公事，发现真人少了一个又一个。 水木清华，钟灵毓秀，她既让校长学员们，心悦诚服地沉潜；又让校长们学员门，灵气真情像清风唤旗一样飘扬。 诗文晨读，催开一张张、习惯四平八稳的嘴；集体发声，激情一到，处处春暖花开。 组名组徽，创意命制，精心精致众志成城。 精彩的音画组合，成为众人传扬的故事。 轮流引课评课，考量口才焕发魅力。 才艺表演，逼人彻底卸下校长大人的架子。 能够让校长们，像个孩子一样天真地去笑去叫；可以让领导们，姑娘一样烂漫地又唱又跳。 这样的培训，你说是不是有滋有味?

四、你我都那么美好在这盛世

北京繁忙的街市中，安放下我整整七天的时间。 让我用前所未有的余裕，去温习那些曾经熟悉的面容。 我的同学、朋友和学生们，长安米贵居大不易；但你们凭自己的勇敢热情和智慧，都在京城扎下了根，并且分枝散叶开花结果，样样都实实在在神神气气。 所以我眼前的北京，天青云白风清日丽，雾霾从未在我的视线里，盘桓弥漫阴翳。 安宁的夜晚我们举起饱满轻快的酒杯，从容回溯共同拥有过的或激越或细碎的往事。 你我都那么美好在这盛世，北国和江南的清秋，咱们水乳交融欢天喜地。

11. 冬天里的秋天

11 月 23 日，农历十月廿一。 时逢周六，已是小雪节气后的第二天。 冬暖如春，山水容色全然是秋。

早上 7 点半，呼朋引伴，聚齐一班旧时同学，四男三女，共计 7 位，向东阳市马宅镇洋坑水库附近的太师岭（又名“车慈岭”）进发。

反正时间还早，车到横店，先右行往绕溪（该村俗名乌龟背）水库方向一走。 到达绕溪水库，下车小憩，观赏了造型奇特的漩涡式溢洪道。 然后经秀溪岭，过山旺村、楼塘村、长塘、姓何村，再经张塘、月溪到上金堂，最后正式拐进往七秩塘、洋坑水库方向的水泥路。 此番经过的不少村落，小时候都曾经用双脚丈量过。 小时候的印象中，山旺村离我家所住的下陈村是很远很远的，现在进入车行时代，突然发现，山旺村竟已与我村近在咫尺。

车子轻巧地爬上洋坑水库大坝，车门一开，喷涌而出的便是急欲一饕山光水色的冲动。 但是天上的云翳让人大呼可恼。 没有了阳光，山上的金黄与艳红大打折扣，一湖碧水也蒙上了阴郁。 突然想起左宗棠的名联：发上等愿，结中等缘，享下等福；择高处立，寻平处住，向宽处行。 今日真是发上等愿，只能结中等缘了，且行且赏，聊胜于无吧。

洋坑毕竟只是小水库，虽经我等走走停停，行行摄摄，也很快就踅到水库尾巴。继续上车前行，到光周村附近泊好车，即向太师岭（又名“车慈岭”）迈进。

> 行前查过点资料：太师岭，位于浙江省东阳市千祥镇三联区光周村（原为三联镇光前村）与磐安交汇处。东经29.037237，北纬120.394235。建于清代，距今有200多年。因路两旁边有76棵百年枫树而出名，太师岭枫树树高均在20米左右，胸径大者79厘米，小者50多厘米，树龄200余年。

至于太师岭又名车慈岭，则与宋代大诗人陆游大有关联：

陆游至少有三次身临东阳、磐安一带。据考证，陆游名诗《游山西村》写的就是安文（磐安县城）以西某村。有一年的秋日，孝子陆游从磐安用小车推着老母亲登上太师岭赏大好秋景，从此太师岭多了一个别名——车慈岭。

太师岭上山小道全系卵石铺砌，年深月久又兼枯叶匝地，踩在落叶之上，脚底时不时地打滑。行至快乐亭附近，方见右侧枫树连片，粗壮参天。此时天遂人愿，云开日出；枫叶流丹，艳色可喜。快乐亭中，不知哪位粗通文墨的乡野草儒撰了一联，题写在亭内白壁之上：裕名车慈岭上通天仙下通苏杭；半岭平岩塔红枫蜜布夏清气爽。“上通天仙”意为“上通天（台）仙（居）”。“裕”应是“俗”之别字，“蜜布”应是“密布”之误。而“半岭平岩塔”，其实就是“半岭平岩石”，马宅、千祥一带方言称“岩石”为“岩塔”。

快乐亭建在岭头之上，样貌极其普通，只供翻山越岭之人歇憩之用。出了快乐亭门洞，便是东侧下山路线，山道依然是用卵石铺设。与刚刚走过的岭西相比，岭的东侧，风景大胜西侧。一是枫树更多更密了，二是色调更繁更富了。如果不是拉在山顶的电线煞风景，那么此处真是古朴幽雅，别有洞天了。我们在山岭之间尽情释放惊奇与兴奋。对于蛰居钢筋水泥城堡中多年的我们，山野中的那些斑斓锦绣才真正可以供性灵皈依。

考虑到已是中饭时分已，我们一步三回头，作别太师岭，从岭西原路返回洋坑水库所在地。路上不时遇上一些背包客，一打听，全是来自临海、缙云、宁波的驴友。看来太师岭虽处山野幽谷，却已芳名远播了。

此时冬阳绚丽，山水焕彩，作为光影吸纳者的相机大享厥福。想不到小时习见的板栗树在水库边经水色天光的洗礼，竟也这般的亮黄明丽。洋坑水库成群的水鸭子应和着我们的欢悦的心声，扑棱棱飞东飞西……

在将军殿农庄吃过中饭之后，我们又到朱锡岭欣赏了十里红枫。曾经沧海难为水，虽说十里红枫也算美艳，但与车慈岭的色调繁富、流光溢彩以及洋坑水库的水色天光山景奇巧配搭相比，还是稍逊了一筹。

12. 纸墨笔砚间的穿行

趁着早春的晴好天气，2月9至10日，随东阳日报·星期天采风团，踏访了皖、浙两省纸墨笔砚的三座重镇。

2月9日下午3点多，我们来到位于歙县郑村镇的“歙县古城墨砚博物馆”门前。歙县，古名歙州，隶属于安徽省黄山市。歙县位于安徽省最南端，是古徽州府治所在地，文房四宝之徽墨、歙砚的主要产地，被授予“中国徽墨之都”“中国歙砚之乡”荣誉称号，1986年被授予国家历史文化名城。“歙县古城墨砚博物馆”建立于2008年，是一所专业从事徽墨、歙砚艺术作品及相关资料收藏、展览、陈列、研讨、交流等活动的民办博物馆。博物馆由安徽省高级工艺美术师、省工艺美术大师、省非物质文化遗产传承人胡秋生创办，博物馆馆藏中，收集的唐、宋以来各个时代的歙砚、徽墨代表作品及其他省份的砚、墨作品达数百件之多。

博物馆的庭院中堆满了硕大杂乱的歙砚原石。歙砚原石是中国古代四大著名砚石之一，源于今安徽南部的古歙州，故名。主要分布于安徽、浙江、江西三省交界处的歙县、休宁、黟县、祁门、婺源等县境内。具有千姿百态的天然花纹，颜色以黝黑色为主，若以水浸之则显青黑色。一般情况下光泽暗淡，当云母、绿泥石等矿物含量较多，且其颗粒较大时，则显示出强弱不一的珍珠光泽。少数呈绿或青绿色。石质细密、细腻、坚韧、温润。磨墨无声，发墨如油，贮墨久不干涸。

在产品陈列馆，我们领略了山水、花木、虫鱼、鸟兽、神话传说等各种精妙造型的砚台，观赏了巨如几案，微如纤掌型制大小不一的各色砚台，让人大开了眼界。馆内有一方628平方米的“兰亭巨砚”，由梦笔生花、兰亭、瑶池、龙源等几大部分组成。砚壁刻有古徽州有代表性的名胜古迹，巨砚内流水潺潺，清澈见底，上有两桥横卧其间。此砚为镇馆之宝。

在啧啧称赏声中，我们来到歙墨陈列室前。歙墨是徽墨的一种，墨品有漆烟、油烟、全烟、松烟、净烟、咸胶、加香等品种。高级漆烟墨，是用桐油烟、麝香、冰片、金箔、珍珠粉等几十种名贵材料制成的。墨色能分出浓淡层次、似漆有光、研磨无声，落纸渗透性强，能防止虫蛀。展室中，既多黝黑色的歙墨，亦有朱砂色、金黄色的歙墨。除了日常用的墨和供收藏用的墨，我们还发现了药墨。所谓“药墨”，就是在墨的制作过程中，加入了麝香、冰片、金箔、大梅片、公丁香、珍珠粉等数十种名贵药材。据说，有一位制药墨工人，在使用接触过药墨的刀具时，不小心切入手指，伤深入骨，但不久后伤口即愈合，最后只留下细细的一条疤痕。此例足见药墨之神奇。

傍晚时分，我们来到安徽宣城市泾县的“中国宣纸文化园”。此地青山高耸，山丘环绕，竹木郁葱，云雾缭绕。外观洁白透亮的“中国宣纸文化园”粲然矗立其中。通过博物馆负责人的介绍，我们了解了传承千年的石碓碓皮、石臼臼草、铁刀切皮、切草、单脚踏料、袋料捣洗、捞造、检验、剪纸“古法宣纸”制作工艺流程。中国文房四宝之一的宣纸是书法绘画的理想用纸，100 年前就曾在巴拿马国际博览会上荣获过金质奖章。宣纸起源于唐朝，历代沿袭，传承至今。宣纸具有“韧而能润、光而不滑、洁白稠密、纹理纯净、搓折无损、润墨性强”等特点，并有独特的渗透、润滑性能，再加上其经久不脆耐老化、不变色、少虫蛀、寿命长、易于保存等特点，故有“纸中之王”“纸寿千年”的美誉。

宣纸文化园左边山坡上白花花的颜色特别引人注目。走近一看，发现山坡上竟摊晒着许多白色之物。一问得知，原来这些白色的东西就是制造宣纸的青檀树皮和沙田稻草混合物。这种原料经捣洗后，须在山坡上摊晒 8～10 个月，这道工序是宣纸制造中极其重要的一环。

离开泾县，夜宿湖州。翌日上午，我们来到位于湖州莲花庄路的中国湖笔博物馆。中国湖笔博物馆于 2001 年 9 月建成开馆。建筑外观歇山顶卷棚，飞檐翘角，亭廊楼榭皆为仿古建筑。湖笔博物馆是集湖笔历史文物排列、工艺流程展示、精品博览和销售于一体的地域特色传统文化博物馆。湖笔，因“毛颖之技甲天下”“紫毫之价如金贵”，而被誉为“笔中之冠”。

湖笔博物馆陆丽萍馆长亲自陪同我们参观。刚入馆内，一枝陶瓷作笔管，络麻作笔毫的如椽大毛笔立即吸引住我们的视线。此笔堪称镇馆之宝，也是湖笔世界的最佳“代言笔”。询问陆馆长，说此笔重达 250 斤。后来，我们在馆内还看到了重达 50 斤的大毛笔，尽管也让人咋舌走心，但与门口的巨笔相比，可是小巫见大巫了。从笔管的材质看，馆内除竹管笔、陶瓷管笔、象牙管笔，金、银、铜、不锈钢、硬木、乌木、楠木、檀香木管等各色材质制作的毛笔纷涌眼际。从笔毫的选材看，羊毫笔、狼毫笔、兼毫[以狼毫或紫毫（紫色兔毛）与羊毫合制]笔应有尽有。

制笔有选料、浸皮、发酵、采毛、水盆、熟毫、胶头、装管、剔修、刻管等十数道工序。而制笔最重要的一道工序剔修，则都由男子来做，剔修的好坏也就是成败的关键。湖笔制作工艺大师的评选，主要就取决于剔修水平的高低。

各行各业都有自己的祖师爷。据说，在毛笔制作工艺方面，战国时用兔毛，笔头扎在笔管外面。自秦代后，笔毛开始纳入竹管内，在制笔的材料上亦做了改进，在用兔毛的同时，大量地采用了鹿毛和羊毛两种硬度不同的毛制作笔头，使之刚柔相济，便于书写。据传这种改进就是秦国大将蒙恬首创的，所以毛笔制作业奉蒙恬为“笔祖”。湖笔发源于湖州市善琏镇，镇上建有蒙公祠，每年农历三月十六日与九月十六日，相传乃蒙恬及其夫人的生日，善琏镇笔工都要举行盛大的祭笔祖庙会。

湖笔博物馆开辟的毛笔制作体验活动深受游客喜爱，特别是简单易学的装管工序（将笔头装入笔管），特别吸引少年儿童游客。亲眼看到一支毛笔从自己手中诞生，着实让小朋友们开心。

湖州市书画界名流范斌先生带我们参观了与湖笔博物馆一墙之隔的潜园（原系清代归安著名藏书家陆心源的别业）。范先生说，“潜”字很能代表湖州风格，那就是沉潜有内涵，低调不张扬。我们一听，深以为然。杭嘉湖的文化底蕴，有耳皆闻，有目共睹，而湖州像个大家闺秀，全凭气韵高雅见长，全然不靠炒作扬名，丝毫不见暴发户式的浅俗新贵气。

两天时间，穿行在纸墨笔砚之间，耳濡目染，恍然觉得自己也成了个雅人。2月10日下午，带着一路雅意高致，打道回府。笔者意犹未尽，戏作一首《如梦令》以记之：

小序：丁酉年正月十三、十四，随《东阳日报》采风团，考察皖浙文房四宝重镇。

小雪初晴春闹，
明媚暖阳普照。
皖浙采风行，
一女四男同道。
欢笑，欢笑，
时短获丰高效。

2017年2月15日

13. 忆昔壮游

一

一个男人，最是豪情胜概时，往往都在单身季节。了无牵挂，千里单骑，仗剑独行，壮游天涯，岂不快哉！

台湾作家三毛曾经对大陆青年说过一段很不客气的话，她说她最不能欣赏的是大陆的许多青年穿名牌衣，抽进口烟，有的是钱；可是让他们挎一背包，揣几个冷馒头作万里游，却常常要么不敢，要么就是借口没钱。跟三毛这位浪迹天涯，孤身敢入撒哈拉大沙漠的奇女子相比，不少作为须眉男儿的大陆青年，确应惶愧无地。古人“读万卷书，行万里路，交万种友”的雄阔豪迈，一直深为我所推许。1989年暑假，几位大学毕业已有两三年，算来年龄也已二十有几的同事聚在一起感叹：活了二十多年，竟然还没跨出过浙江省一步，莫不以做了多年的井底之蛙为耻。大家围坐擘划，豪气干云，决意在暑期圆一个蓄谋已久的山长水阔之梦。

于是与平时最“铁”的小黄、小张来了个死约定，大家击掌为誓：“东阳中学三剑客”，决定于7月27日南下桂林，折而向云贵，经重庆直扑长江，沿三峡奔赴南京，最后取道无锡、苏州、上海、杭州，最后回到东阳。

但一场百年不遇的“七·二三”洪灾，将我们原先固若金汤的誓言冲开了一个缺口——小张因家中房子破旧，洪灾之后犹有余悸，老天又无返晴迹象，担心家中二老乏人照料，心存犹疑。更兼灾后阮囊羞涩，半推半就，举棋不定，态度暧昧。小黄则因远在贵州毕节市做生意的兄长一再催他登程，前往度夏。他等不住，只身奔赴贵州而去了。

直到8月2日，小张已彻底放弃结盟同游的念头，三足鼎立的局面三去其二。“亦余心之所善兮，虽九死其未悔。”我意已决，即使匹马单枪，今番我也要上路了！

二

买了只旅行包，一架望远镜，向学生借了架照相机，几套换洗衣服，另加一顶草帽，一本地图册和旅游指南，怀揣自己积攒的几百元钱，再加借自他人的600大洋。早几天就已买好8月3日早上8点到绍兴的车票，箭在弦上，势在必发。

一个人上路，将旅游线路做了调整：先陪前往打工的二弟到绍兴，稍做逗留，即往宁波，再上普陀，然后乘船北上到上海，经苏州、无锡抵南京，然后沿长江上溯直达九江。游庐山、石钟山，离九江赴南昌，再拟乘汽车到黄山，下黄山后驱车杭州，盘桓几天，走访在杭亲朋，最后，功德圆满，归去来兮！

8月3日。偕二弟上了8点半开拔前往绍兴的班车。车上没几个人，空空荡荡，完全可以舒舒服服躺将下来出行。一路无话，下午1时许，车抵绍兴汽车站。

按理对于绍兴应该不陌生。四年前，大三时节，身在中文系，上中国现代文学课，一上上到了绍兴。全班同学畅游绍兴古城，在咸亨酒店，遥想孔乙己排出几文大钱，“温一碗酒，来一碟茴香豆”迂腐腾腾，可怜可气又可笑的音容笑貌，品咂绍兴老酒醇厚的滋味，多年以后，依然令人齿舌留芳。记得那回自恃年少内力好，更兼一家父子六口俱备无师自通、天生善饮的遗传基因，在咸亨酒店，在茴香豆的咀嚼声里，在同学的劝酒声中一气喝下大半碗绍兴老酒，结果一个下午在绍兴街头飘飘欲仙，满脸酡红经久不退，让人充分感受了古城绍兴十足的后劲。前度刘郎今又来，几年过去，古城绍兴已令人颇有眼生之感，一座古意盎然而兴旺发达的现代化都市矗立在我的眼前。要不是急于陪二弟赶赴绍兴市郊的娄宫特种瓷件厂，真想好生逛逛绍兴新城的街景。

娄宫距绍兴城不远，一上车，不需几分钟即到。当晚就下榻在弟弟打工所在的工棚。说是“下榻”，实在有嫌奢侈，其实工棚简陋得很。不身临其境，还真难以体察自己职业的幸福和优越。七拼八凑支撑起来的雨篷，几块木板，即拼成一张床铺，一块水泥板，即是桌子，几件脏衣，就是枕头。简易工棚内，衣食杂物，堆得满地皆是。正是台风季节，濒海城市，整夜风雨大作，蚊鸣如雷，让人战战兢兢到天明。

三

娄宫距兰亭近在咫尺，既到此地，自该一走。

一早起来，独自踏上寻访兰亭之路。

炎夏时节，兰亭人稀。只身走马观花，探流觞曲水，穿鹅池廊碑，把王羲之众人的悠游风雅于风风火火中一肩扛走。

不久即到绍兴城内。向学生借的照相机一个零部件坏了，找到一家照相馆修理。修理须费相当时段，发现绍兴城有自行车出租，大喜，遂租一车在古城大街小巷之间到处转悠。古轩亭口—青藤书屋—沈园故迹，半日探遍长安花。

出绍兴后，到宁波，再到镇海。乡下孩子出身，初次出远门，学文科的方位观念差，又走得急切，不辨东西南北。原想独上普陀岛，但胡乱坐上轮渡船，一到对岸却是北仑。早闻北仑港大名。将错就错，就到北仑港一游。

在北仑港，生平第一次见到大海。懒洋洋、黄浊浊，一眼就看到头的海水，将多少年来由文学浪潮垒涌起来的浩瀚大海之梦击得粉碎。失望透顶之余，怅然回到镇海，觅船直扑上海。

想不到水路途中劈面与真正的大海撞上了。水天一色，翠色苍苍，横无际涯，而且更奇的是，水远之处，忽地会起一道犹如大树耸立的绿墙，待至近处，又泯然消遁。

海风猎猎，水色天光，让人大起歌之咏之足之蹈之舞之冲动，但船客当前，众目睽睽，不便发作，于是从船舱中跑出，走到甲板，见无人阻拦，又爬到船之高处。真是独乐乐，不如与众乐乐。心中有万般激动喜悦，大有更与何人说之憾。唯有独自面向大海，脸上花开。

大约 3 小时后，船到上海芦潮港。一路寻寻觅觅，来到上海市区西藏南路、延安东路交叉口的上海大世界。

作为一个农家子弟，家境贫寒，工作三年，也无多少积蓄。此回独闯江湖，身上带的不少还是借来的钱。来到上海花花世界，只能在大世界外围转悠数匝，让视线过个干瘾。

四

来到大上海，好歹要逛上一阵子。

到僻静小巷，找最便宜的旅店住下。因为受鲁迅《为了忘却的记念》一文的影响，一直想探访原国民党上海龙华警备司令部故址。第二天一早，即赶往龙华所在地，因为是周末，大门紧锁，结果除了看到一座龙华塔尖，根本就看不到龙华烈士陵园之类值得一看的东西。后来才明白，龙华烈士陵园位于龙华寺西侧，地处著名的龙华旅游区，与千年古刹龙华寺、龙华塔毗邻。龙华陵园于 1984 年规划筹建，1991 年 7 月完成一期工程，1997 年 5 月 28 日，龙华烈士纪念馆全面建成对社会开放，系全国重点文物保护单位和重点烈士纪念建筑物保护单位。我出游的年份是 1989 年，无缘的我啊，是来早了。

游览了上海植物园，上海动物园，深觉世界之大，无奇不有。看旅游指南，说上海动物园紧邻上海虹桥国际机场。虹桥机场，久闻大名，如雷贯耳。既在近旁，焉得不往。于是徒步往虹桥机场走。敢情说是近在近邻，用脚步丈量起来还得大半天。刚跑过偌大的植物园、动物园，实在也走不了多路。走到不知是否过半，反正是吃不消了，虹桥之行作罢。

于是赶往车站，北上苏州、无锡。等到苏州，已近中午，买了瓶水和一个面包，边吃边游，在苏州各处园林作惊鸿一瞥。

到达无锡，已近黄昏。久慕“二泉映月”，马不停蹄，急向锡惠公园行。瞎子阿炳的二胡名曲《二泉映月》浸透的就是惠山“天下第二泉”的水光月色。唐朝茶圣陆羽在他著的《茶经》中排列名泉 20 处，无锡惠山泉位居第二。诗人苏轼曾两次游无锡品惠山泉，留下了“独携天上小团月，来试人间第二泉”的吟唱。陆羽对惠山“泉源渊沦，篁木浓翠”的景色赞赏有加。除了“天下第二泉”，锡惠公园的修篁耸翠伴我一夜好梦。

五

第二天上午到达南京。

在玄武湖附近找了个极为简陋的旅店，两元一晚。为何住费如此便宜？一是旅店简陋，二是铁路附近，入夜嘈杂。但对我这样一个贫寒农家子弟来说，对吃住之陋劣，早已脱敏。住费便宜，乐得在六朝故都南京多住几天。

黄昏时匆匆到中山陵一走。入夜，轻衣短裤拖鞋，上南京长江大桥，领略大桥雄姿。因为平时思慕太深，所以一到桥上，徜徉留连久之，沿大桥一路走去，走出老远老远。本拟走到江的对岸，但一看大桥实在太长，只得作罢。

回到旅馆，饶是头顶火车轰鸣如雷，我兀自一觉到天明。

第二天一早，先到玄武湖观景，又到有“江南第一名湖”“金陵第一名胜”“金陵四十八景之首”等美誉的莫愁湖参见了传说中扑朔迷离的莫愁女。

第三天一早，跑到离玄武湖很远的燕子矶游玩。燕子矶位于南京市栖霞区观音门外，作为长江三大名矶之首，燕子矶有着“万里长江第一矶”的称号。燕子矶是岩山东北的一支，海拔 36 米，山石直立江上，三面临空，形似燕子展翅欲飞，故名为燕子矶。

正如《龙的传人》歌里唱的：“遥远的东方有一条江/它的名字就叫长江/遥远的东方有一条河/它的名字就叫黄河/虽不曾看见长江美/梦里常神游长江水。”作为一个二十六、七岁，在中国土生土长的中国小伙子，我对长江自然一直充满孺慕之情。

前一晚在南京长江大桥，就很想亲近长江，但因天黑看不清长江水。这回在燕子矶，长江近在咫尺，无论是宽广度还是清澈度，都与我梦绕魂牵的长江相距太远。尤其是混浊的江水，让我油然想起反映长江水土流失严重的一幅漫画。此漫画有两句仿拟电影《渡江侦察记》无线报话台词的话语：“黄河：长江长江，我是黄河。长江：黄河黄河，我也是黄河。”眼前的长江，其混浊度离黄河真也不远了吧。

在燕子矶、三台洞转悠半日，后来又跑到雨花台瞻仰烈士陵园。

六

在南京住了数日，已经记不清是在南京的哪个码头上的客轮。沿江而上，一路西行，印象最深的就是位于安徽省宿松县城东南六十公里的长江中的独立山峰——小孤山。适逢黄昏，一轮硕大的夕阳佩在孤拔峭立的小孤山腰间，俏丽极了，也壮观极了。可惜向学生借的相机在绍兴也没修好，没法留影，只能瞪大眼睛看了又看，再深深记在脑海。

记得是深夜到达九江。追随着同行的一帮下船之客，我彻底成了盲流。他们到哪里，我跟到哪里，最后发现来到了九江火车站。

在火车站附近找了家极简陋的旅店住下。与一对湖北父子同一房间。那个年代陌生人之间没必要有太多戒备。在房内一块儿看电视，聊天，关系挺融洽。

到九江的主要目的是上庐山，观鄱阳湖，游石钟山。

第二天先上庐山。上庐山最想看的自然就是李白笔下的庐山瀑布。可惜带队的导游不给安排，要找去，据说要走老半天，只得作罢。

隔天搭上一旅游团，先坐轮渡，过鄱阳湖，再上石钟山。

船进鄱阳湖，烟波浩渺中载沉载浮的大孤山（又叫鞋山），让人啧啧称奇。

因为给学生上过苏轼的《石钟山记》，所以对石钟山特别感兴趣。上得石钟山，站在怀苏亭中，俯视山峰，峭岩壁立，山下即万丈深潭。特想仿苏轼坐小舟夜游石钟山，考察一下石钟山是否真的山如覆钟，但没有开发此等旅游项目，只能白想。

从怀苏亭看出去，远处水域，一块清澈，一块浑浊，界限分明。据说清者为鄱阳湖水，浊者为长江之水。

离了石钟山，再往彭泽县龙宫洞景区参观。此景区包括龙宫洞、玉壶洞、玉仙洞三洞。

玉壶洞极为轩敞，据说 80 年代中国女排还把此洞当作训练基地。

龙宫洞景区地下长河坐船来去十分好玩刺激。

七

久闻“五岳归来不看山，黄山归来不看岳”之语，出了江西，原拟到黄山一游，再到杭州一走。但倏忽之间，离家已半月，归心似箭，于是长江沿岸我这个独行侠携一路风尘打道回府。

归家没多久，火车票价格即剧增，我算是赶上低价旅游的幸运末班车了。

2017 年 10 月

灵台深铭

1. 送别一座纪念碑

一

母亲的光荣在于孩子的有所作为，学校的价值在于学生的龙飞凤翔。如果说东阳中学是一片蓝天，那么严济慈、金佛庄就是辉映东中这方天宇的日月双星。一文一武，珠联璧合，少了谁都是一部东中校史厚重度的严重缺损。因此，东中人格外珍视这一份荣耀，他们以自己独特的方式来展示这一份财产，来呈献自己的敬意，来表达自己的决心。就在学校80华诞之际，从东中起步，日后成为著名建筑设计师的洪铁城先生来了，在东阳土生土长，经过艰苦创业，成为知名企业家的许宝星先生来了。他们带来了诗人的激情、建筑师的巧思、企业家的慷慨，更带来了对东中才俊、东中先贤的敬意和感怀。铁城先生亲自操刀，为母校献上了一座“跳出陈俗创新意，去尽铅华见真诚”的“金佛庄烈士纪念碑”。他在创作札记中写道：“学生、军人，书本、旗帜，故土、老城……带着强烈的诱惑性闯入我的脑海。这些就是东阳，就是金佛庄特有的‘符号’，特有的‘语言’。这些‘符号’和‘语言’，有特定性，有内涵，有个性，有独自的美的形象性，有丰富的隐喻值，不仅可以概括烈士的生平、个性、情操、功绩，而且能够涵括生他养他的这方故土的特殊性和深厚度。我当机立断，紧抓不放，决定走这条路，不采用司空见惯的座像立像的手法，把英雄囿于太具体的限定中。”基于这种立意，铁城先生在立于主台之上的书旗座主体建筑附近，别出心裁地设计出二台、副台和翼墙、小品等与主体相关的东西，通过这些个性化的“语言”“符号”与左侧的科学馆、右侧的图书馆构成一个整体，一个区域。让瞻仰者至此，可以驻足停留而不是匆匆一过。在这里，或追溯英雄的往日，或畅谈自身的理想，或依之低吟高唱，或坐之沉思遐想，或邀友相伴晨读，或约人月下漫步，时时可以给人有与英雄生活在一起的感觉。聂荣臻元帅亲笔题写的“金佛庄烈士纪念碑”八个金光闪闪的大字，使整座纪念碑在亲切平易的基调上又平添了几分熠熠光彩。东阳文化界名流的加盟，又使这座纪念碑成为一处不可多得的崭露东阳人文风云的文化景观。

二

“负经文纬武之才，战伐骁腾，奇气于今钟浙水；惟志决身歼可痛，英灵来去，寒风终古咽秦淮。”包中庆先生手书的国民革命军军长钱大钧的挽联，笔致遒劲。“少年同学，忆君投笔从戎，曾与枕戈谈革命；壮士不还，嗟我无琴感旧，枉凭易水吊知音。”由金佛庄同学王悦澄拟撰，陈金彪先生挥毫的篆字挽联，古朴典雅。此外，“饮刃在首都，尸觅苌弘，碧血九泉依往烈；榇舆归两浙，元还先轸，白头二老哭英魂。”“壮志可千秋，身许党国；头颅凭一掷，血涌长江。”“自岭表转战达洪都，肉搏几回身不死；负使命潜行过吴会，头颅一掷恨难平。”“无求生以害仁，死且不朽；为厉鬼而杀贼，魂兮归来。”这些由金佛庄生前师长、好友、学生恭挽，由郑和新、钟国友、徐宏太、陈新智等东阳名流敬书的挽联，或端肃，或苍劲，或奇崛，既是献给烈士的一瓣瓣心香，也是勖勉今人的极好题鉴。

我深深爱着这座凝聚着许多人挚情、才思、心血的纪念碑。每当我接过一批高一新生，语文起始第一课，我必定先带学生参谒这座烈士纪念碑。纪念碑中真、行、隶、篆，诸体杂陈，是认读中国文字流变的好教材；纪念碑中楹联荟萃，是感悟中国文化的好去处。它既是检测学生从小学到初中语文修为的上佳标尺，又是进行语文教学德育渗透的最好教材。流连于纪念碑前，用心与英雄对话，在血与火的淬砺之中，在爱的大纛和憎的丰碑之间，让学生的心智逐步走向成熟。

金佛庄烈士纪念碑已高高耸立了七个年头。正像新中国成立之初，走向新生的一些老城一样，为了新时代奋进的步伐，我们必须忍痛学会放弃些什么。面对兄弟县市咄咄逼人的重教兴学热潮，东阳中学这片热土在焦灼地悸动。孕育已久的科技图书大楼亟待破腹而出。在日显狭仄的校园中，在难以割舍的爱和凤凰涅槃的渴望的苦苦思索中，东中人终于不得不怀着深深的歉疚，让视野中的烈士纪念碑转化为一种永久的记忆。在国庆五十华诞之际，当我默默地看着曾经耸立于东中中轴线顶端的烈士纪念碑一步步淡出视野，我不由地想起鲁迅先生的名言：“死者倘不活在活人心中，那便真正死掉了。”是的，有形的纪念碑可以让位于即将崛起的科技图书大楼，但无形的丰碑将永远矗立在东中人心中。我想英雄当年为后人的幸福舍身成仁，今天也一定会为家乡教育的美好明天含笑九天！

1999.10

2. 东阳人才广场志

人才，国之重宝，兴衰攸系。“我劝天公重抖擞，不拘一格降人才。”满清末造，国势危殆，龚自珍举首问天，呼唤人才。“五四”发轫，文化激荡，人才勃兴，文武并济，赤旗引领，共产党人前仆后继，锻铸历史新纪元。十年浩劫，雾塞苍天百卉殚，知识遭荼毒，人才受摧残，华夏步履趔趄滞重。改革开放，八面来风，正本清源，知识文化重放异彩，饱学之士欣逢盛世国士之遇，业界精英快马扬鞭大展鸿才，四有新人茁壮成材栋梁可期。

东阳向为婺之望县，崇文重教，英才辈出，渊源有自。古代名宦舒元舆、乔行简、张国维等，炳焕竹帛；近现代严济慈、金佛庄、邵飘萍、蔡希陶、王惕吾等，驰名四海；新世纪潘建伟、郭广昌、麻生明、陆朝阳等，播誉九州。更兼东阳本埠，遍地风流，“千人计划”“双龙计划”专家，院士工作站、博士后工作站学者，各行各业拔尖人才，龙腾虎跃，奉才智于歌山画水之地。

总部中心拔地而起，彰显东阳市委、市府招贤纳才宏大气魄；人才广场豁然新辟，呈现强市名城科技文化辐射效应。尊重知识，尊重人才，蔚然成风；智慧聚集，精神振奋，创业猛进，东阳美名，如日中天，是诚三乡大地 80 万民众深所望也！

3. 夜半惊魂

这是一个炎热的夏夜。

是夜停电，与一群单身汉坐守到晚上 11 点，依然不见来电，只好分头去睡。

我住二楼，为了接纳一点凉风，就让阳台门敞开着。也不知睡了多久，睡梦中，被一阵窸窸窣窣声弄醒。根据惯有的经验，断定又是老鼠前来骚扰。鼠辈扰人好梦已不止一回，单身部落，家徒四壁，鼠辈无处藏身，最宜深夜关门打鼠。睡意蒙眬中，伸手掀响床头的开关，想重演一场夜半人鼠大战好戏。但开关响了数声，依然不见灯光，看来今晚是成心将停电进行到底了。虽不见灯光，但老鼠的窸窣之声也告暂停，遂复作重入梦乡之想。没隔几分钟，窸窣之声又起，像一把钝刀子，在耳边反复磨蹭，让人好不懊恼。噼里啪啦，将开关一通猛按，依然是一片黑暗，于是拍床而起。谁知拍床之声刚落，房内突然腾起桌椅相撞乒乒乓乓的一阵爆响。接着是前门“砰”的一声巨响，紧跟着便是走廊上

“哗”的一声重物坠地的声音。其时，我睡意正浓，竟一下子反应不过来，懵里懵懂地愣在床上。老鼠？好像不是。是闯进一只猫？猫该不会让桌椅相撞得如此厉害。是一只什么巨兽入室？校园之中能有什么怪兽入内！我起身下床，走到阳台上，借着微弱的星光，一眼瞥见书桌上的两个抽屉已不翼而飞到阳台的围栏上。一阵怔忪，寒意“刷”地贯穿我的全身——今晚撞上贼了！

我赶忙点上蜡烛，发现时已深夜 1 点多。在房内仔细一排查，暗叫惭愧。书桌上的三眼抽屉，靠近阳台门的两眼已被窃贼搬到阳台上翻了个遍，好在这两眼抽屉一堆杂物，一装磁带，都是窃贼不感兴趣的东西。要不是刚才开关的那一通猛按，误打误撞吓走了窃贼，如果让窃贼有余裕翻抄最里面的第三眼抽屉，那我可就惨了——那里面才是现金、存折之类的存放地！

虽然有惊无险，但我却越想越后怕，以至目不交睫，彻夜不敢入眠。我在睡梦里，窃贼在高度清醒里；我一无防备，窃贼有备而来。要不是那贼做贼心虚……还真不敢想象后果。巴望到天亮，连忙再里里外外检视了一遍，确信毫发无损后，再到阳台上仔细一看，才看出了症结所在。平时没留意，今番才发现一楼紧挨围墙之外长了一棵碗口粗的苦楝树，刚好给窃贼提供了攀援阶梯，围墙墙头虽插满了尖厉的碎玻璃，但却挡不住狗胆包天的窃贼魔爪。丁字形的围墙，直通我的阳台底部，窃贼只要站在围墙上，扒住二楼阳台护栏，一翻身便可跳进阳台。昨晚麻痹大意，阳台门洞开，真应了一句成语——开门揖盗。

至于昨晚走廊上的重物坠地之声，原来是发自一教师放在二楼楼梯口的一辆自行车。想必窃贼做贼心虚，狼狈逃窜之际，慌不择路，撞翻了自行车。

夜半惊魂，得了一份严峻的警示：祸患常在一念之疏忽间！

4. 永失我爱

恍然一梦！几个月过去了，但那一幕，我依然觉得难以置信。

光天化日之下，就距学校南大门保安室咫尺之遥，也就十几分钟的功夫，竟然有人敢入我爱车，翻驾驶室储物柜，开后备箱盗走我的电脑。“鼠人”之无孔不入，其阴狠奸滑行径直让人痛之恨之亦复惊之喟之。

2010 年 6 月 16 日，农历端午节傍晚。匆匆作别菖蒲、艾叶和粽子的芳香，急急收拾好办公用品，忙忙钻进我的别克君越，一溜烟到学校南大门。学生已在晚读，我这个班主任不能不来。

将车快速泊于校南门外，下车后匆匆将遥控器一按，便大步流星往一号教学楼三楼我班教室赶。走进教室一看，毕竟是期末迎考时节，全班同学晚读正酣。欣慰之余撤身下楼，没几步即至车旁，坐进驾驶室，发现副驾位置储物箱盖子开着。原以为是里面东西太多，盖子自然滑脱。不以为意，信手将其推上。随即发动车子，不到两分钟，车已在北门车棚安然栖下。打开后备箱，想取出电脑前往办公室开始晚办公。

但眼前的一幕让我怔然久之：明明记得离开家门时已将电脑放在汽车后备箱里，怎么会遍寻不着呢？于是只能怀疑自己的记忆有误。

立刻驾车返家。楼上楼下搜寻一过，没有！于是又怀疑遗忘在教室里。驱车返校，跑到教室，从教室前部细瞧到教室后部，又从后部看到前部，还不好意思跟学生明说，冥搜未已，而心目耳力俱穷，绝无电脑踪影。无功而出，又往家赶，总认为前番搜寻不够仔细，希望在家里的某个角落能找到我心爱的电脑。妻已替我找遍了各个角落，我兀自不放心，自己再亲自勘查。除了各个房间，这回连更衣室，洗手间，厨房，一处都不落下。结果还是难觅电脑踪影。那么除了遗忘在教室，还会在哪里？难道我把电脑背到教室，放在讲桌旁，被哪个调皮的学生藏了起来？于是又回到教室，但终究难以启齿问学生。学生在自修，我则探头探脑地察看。没有，终究是没有！

于是只能怀疑遭贼了。于是只能到派出所报案。

在吴宁派出所附近，脑子里电光石火般一闪，幡然憬悟——副驾储物箱盖子的被开启，绝非自然滑脱，显是窃贼所为。但后备箱不是那么容易打开的。难道是我把电脑放在副驾驶室？难道我的后备箱忘锁？电脑的失踪让我的记忆都发生了严重的恍惚。

到吴宁派出所监控室先查访一过，以确定自己是否确切地带电脑到校。但离我家近在十米之内的监控探头因为朝向问题监探不到我家门前。只有将渺茫的希望寄托于报案了。

因为东阳中学在东阳江以北，吴宁派出所人员指点我到江北派出所报案，因为东中的治安问题归江北派出所管。

从城南飞跑到城北，跑进江北派出所。原知道东中北门门口有监控探头，而南门没有，仍抱一丝侥幸，希望学校南门东侧学士路上的探头能给我一点蛛丝马迹。但很快便是失望以至绝望，因为探头离学校南大门实在太远，鞭长莫及。那就查 16 日傍晚 6 点到 6 点半之间学士路有无出现可疑人物。电脑屏幕前盯视了半天，出来一个两手垂耷胸前的男人，让人惊喜了一下，但仔细辨认许久，也不像个怀抱电脑之人。此后就再也不见可疑人物或车辆出现。除了报案，只有报案。叙述失窃经过，作笔录，按手印，一切过场工作，跟上次我妻手提包被拎走时一样，报完案，基本便是音讯渺茫的结局了。痴心不死，还央求派出所来人提取指纹，因为时隔两小时不到，窃贼留下的指纹总还应该贼迹未干吧。好不容易等来人，社会不安宁，干警也真忙，指纹提取师刚从白云辖区的山上处理完一具男尸下来，连晚饭都还没吃。给我车前车后车内匆匆拍了几张照片就完事了，请他提取指纹，说不必了，车内行窃贼多带手套作案，不必瞎忙乎了。强求不得，只得作罢。指纹提取师的一句话，倒是让我确定地想起，我是真把电脑放在后备箱里的，而且是放在左侧，电脑的右侧放着预备带到学校作为科研成果证据的《考试》杂志。指纹提取师说，只要进得驾驶室，有的车在不通电源的情况下也是可以打开已上锁的后备箱的。我一试，我的别克君越果然！

接下来数天便是一坐进驾驶室就是一声长叹，每次打开汽车后备箱总有一阵心痛。闷气生一肚，恨恨哪可论。让我百思不得其解的是，每次泊车，我都是先关上车门，再手按遥控器，必待听到“嗖”的一声车门落锁的声音方始离开。16 日那天傍晚也不例外。我的车上既无撬痕，亦无砸迹，窃贼是怎么进入我的车内的？莫非是汽车遥控器新装了一个皮质保护套，以致感应不灵，导致车门锁不紧？抑或那天我的汽车后备箱真的没有上锁关紧？但别克君越的后盖即使不上锁，一般人不刻意察看，轻易也看不大出开启着的迹象。直到两三天后，当我将车停在家门口，锁好车门，安然走进家门。门外刚从街上回来的妻子的一声河东狮吼，终于让我彻底弄清了失窃的谜底：车门虽已上锁，右侧前门的玻璃窗却有一半开着！我试着用遥控器加锁了两次，右侧前门车窗玻璃依然纹丝不动。别克君越原本具有遥控车窗玻璃自动上升关紧之功能的，现在竟然失灵，那天肯定是因为此种原因而给窃贼提供了可乘之机。原来都是我迷信高科技而惹的祸！

永别了，我的黑色“戴尔”vostro1310！在小偷多于鼠猛于虎的现在，失窃报案几近手淫自慰，除了一点幻觉的自足，毫无实质性的作用。“记得绿萝裙，处处怜芳草。”现在一看到黑色的方形物件，我就会两眼放光，产生梦魇忽逝，我爱重现的幻觉，心情几近祥林嫂在儿子被狼叼走后，看到邻家男孩就屡次当成自己的阿毛一样。但一次次的失望之后，唯余对于小偷的切齿痛恨和深深诅咒。可恨的小偷，狮子般的凶心，狐狸样的狡猾，老鼠似的怯懦。乱世需用重刑，摩西十诫中就有“不可偷盗”。《汉谟拉比法典》规定：如果打破房子利用裂缝强行进入住宅偷窃，窃贼必须在那个洞前被处以死刑，便埋葬于此处以作对世人的警戒。对小偷讲仁慈，就像见毒草而任其蔓延。我国现阶段小偷多如牛毛的原因之一就是对偷窃罪量刑过轻。

恨屋及乌。因为电脑的失窃，让我无端地恼恨起我的黑色别克君越。每次打开汽车后备箱，一声叹息后即继之以一句国骂……

永别了，我的黑色“戴尔”vostro1310！永别了，我积累几十年的许多文字、照片、课件！终不成一辈子守活寡，无奈之余，只得续弦再买一台手提。现在，我能做的只能是拥新人而永悼旧人了……

2010 年 10 月

5. 清明碎笔

2014 年 4 月 5 日　　周六

清明，例行的上坟祭扫。老娘七十有九，身体依然康健，祖父、祖母、父亲与我们阴阳两隔已多年。

鉴于近年四面“霾”伏，文明祭扫之风劲吹，尤以今年为最。怕只怕一阵风过，死灰复燃。如果监管不力，坚持不实，陈规陋俗很容易再度抬头。不管他人如何，反正我夫妻二人早几年上坟祭扫就已以鲜花取代烟花爆竹。

早上 8 点多到小东门，花 100 元钱买了两篮菊花，每篮花呈红黄白三色。

驱车上路，往老家赶。晴好的日子，三天小长假的第一天，路上到处都是栽满孝心亲情的车。等赶到马宅镇下陈老家，时已 10 点半。

家中兄弟各忙各的，只有二哥赋闲在家，陪我们上山祭扫。我们提上两篮鲜花，二哥还是按农村乡风，准备了香火烟花爆竹。

当一行人走到公墓入口处，发现几名村干部守在路口，劝村民留下烟花爆竹，带上由村里免费提供的菊花和柏树。这一招挺管用，比用行政命令勒令村民交出烟花爆竹效果好得多，就好比大禹用“疏导”法治水比乃父鲧用“堵塞”法治水高明。因为见多了明火上山引发山火的危害，又加村干部们耐心引导，村民们都愿意将烟花爆竹留在路口。不过香火纸钱的念想还不能在村民中彻底根除，村民们将烟花爆竹留下，香火祭拜，纸钱焚烧还时有所见。看来要真正地移风易俗，毕竟非短时期内可以奏效。

除了鲜花，我们从村委免费提供的柏树苗堆里选了四棵带上山。几场山火，将祖父母、父亲坟头原先种着的柏树烧死，这回借文明祭扫之风补种回去。

在坟前听二哥喃喃祷告，我则悲从中来。因为受过多年的无神论洗礼，我对阴阳相通，心灵感应之说绝不相信。因此平时在课堂上滔滔不绝的我，每年在坟前，只是默默拜上几拜，知道说了也没用，于是什么也不说。 人死黄泉难扶起，亲人之间最终都只能是一场无奈的目送。 每回清明，除了发一声浩叹，我实在想不出什么来告慰自己。 倒是常发天真之想，盼着科技快速发展，真的能早日生产出可以穿越时光隧道的机器，让所有黄泉地府的亲人能够活生生再聚一起，把手言欢。

下得山来，到村里的小溪边探看了几眼。 时下“五水共治”是个热词，又是件全民总动员的大事。 观察中国多年来的举动，要数近年的禁酒驾、治污水贴民心，见真章。 前些天，读《东阳日报》，发现市委领导也来关注过我村的小溪流水。 经过整治，水色尽管依然浑黄，但村中溪里的垃圾污物已清理一空。 就冲这一幕，就足以为中国乡村额手称庆。

下午返城途中忽然想起高中时就读的金堂中学的吕骅书记。 自去年 2 月到湖溪敬老院探访后，不知吕书记近况如何。 尽管去年看到的吕书记已腿脚不便，目不见物，但与之交谈，脑筋还灵醒得很，我估摸着吕书记总应该还能支撑一些年月吧。 但毕竟今年已是八十有九的人了，如此高龄，身体的零部件又多处出故障，风中残烛，会不会……

带着隐忧，夫妻俩提上一袋水果走进湖溪敬老院。 向门口的工作人员一打听，我的隐忧不幸而成现实……

我天天读《东阳日报》，一直都没发现有有关吕书记的讣告呀，怎么就这样走了呢？

祭拜了亲人，又惊闻师长远离。 人到中年百事哀，忍见几多生老病死。 死者长已矣，存者总得打点精神，好好过日子。

于是想起家在湖溪附近的同事 Z 君。 Z 君多次邀我到他家一坐。 这回决计要上门一探。 打电话打探他家住处，他家住湖溪镇十八坞塘北村。 第一次上门，走了不少冤枉路，终于瞧见了 Z 君家的标志性牌坊门楼。 下得车来，看到 Z 君已在“紫云轩”牌楼下守候。

早在不少照片中领略过“紫云轩主”家中的众多花草，今番实地踏勘更觉怡人养眼。 牡丹、冬珊瑚、石榴、百合、宝石花、兰草、紫藤、迎春、映山红、柠檬、石竹、凌霄……花木众多，引人叹赏不已。

手捧 Z 君泡上的香郁的野菊花茶，在塘北小村观览周遭。 一处山坡上那棵树龄已达 200 年的香樟树让人动容敬爱。 我村空有山水之胜，但名树古木却一棵也没留存下来，真可一叹！ 看来公路就在我村村口过，交通太过方便也是一大害处，采伐运输一方便，大树就容易被逐利之徒盯上并下狠手。 东阳的十八坞塘北、天山等山村，在没通水泥路之前，应属穷村僻壤，祸兮福之所倚，当年的交通不便，倒是成就了今天的古树新颜。

Z君殷殷留我夫妻到农家乐吃晚饭，多有打扰，过意不去，以家中有事为由，抽身而返。临行前，向Z君讨要了两棵百合苗，几茎宝石花枝。回家后，给自家庭院引进两位新客人。

2014年4月6日　　周日　　阴晴

上午9点多，亲戚数家，一行共计17人，浩荡出行。

先上银丰山庄共进午餐。银丰山庄的铜罐饭为东阳一绝。饭前领着几个小孩赏了回山花。可惜来迟了，若早来几天，此山庄的山坡上紫荆遍地，粉红一片，可大佐胃口。

吃饱喝足，下得山庄，前往横店影视城中的秦王宫。秦王宫中新开发的《龙帝惊临》节目，早闻其名。今番得以一睹，确感震撼。

横店影视城现在芳名远播，一则因为前来横店拍影视剧的名导演名演员越来越多，二则跟横店影视城充分利用电声光的高科技手段，打造出一个个吸睛效果不凡的观赏游艺节目大有关系。观《龙帝惊临》节目，未成曲调先有情，入口处古战车模样的游览车一出现，就让游客恍然有梦回秦汉的好奇与惊喜。及至坐车进入迷宫一样的内室，立体奇伟瑰怪的各种景象，让人的视听嗅触各种感官全部亢奋起来，使人在玄幻古界秘境中感到十分惊险刺激，好看好玩煞人，让人大呼过瘾。

出了迷宫，众人都是一脸兴奋，啧啧称赏。

又看了回“秦王登基大典”表演，然后驱车前往红军长征博览城。

与秦王宫的游人扎堆，闹热生猛不同，红军长征博览城冷冷清清。也好，这回可以让我们数家恣意游玩。

以前来过两回，彼时此处尚属草创未久。今番重来，已时隔数年。又逢春天，赏不完的花木葱茏，看不尽的革命古迹。尤其是新增的《一代枭雄》拍摄布景地，实景与电视中的场景对照着看，让人不得不叹服影视剧制作人员的假戏真做、以假乱真的好手段。只是《一代枭雄》这部戏的剧情实在太狗血，让人难以恭维。

6. 怀念吕骅先生

2014 年清明时节。刚从祖父、祖母和父亲的坟茔之前卸落阴阳永隔、黄泉难扶的喟叹，又伤逝于恩师吕骅先生的谢世。

4 月 6 日，上坟祭扫完毕，下午返城途中忽然想起高中时就读的金堂中学的吕骅书记。自去年 2 月到湖溪老年公寓探访后，不知吕书记近况如何。尽管去年看到 88 高龄的吕书记已腿脚不便，目不见物，但与之交谈，脑筋还灵醒得很，谈起往事，记忆还相当精准。我估摸着吕书记总应该还能支撑一些年月吧。但毕竟今年已是八十有九的人了，如此高龄，身体的零部件又多处出故障，风中残烛，会不会……

带着隐忧，夫妻俩提上一袋水果走进螺峰公园对面的湖溪老年公寓。向门口的工作人员一打听，我的隐忧竟不幸而成现实……

天天读《东阳日报》，一直都没发现有关吕书记的讣告呀，怎么就这样走了呢?

回到家里，瘫坐在沙发上，感叹伤逝之中，有关吕书记的一幕幕纷纷浮现于眼前:

读初中之时，适逢粉碎“四人帮”，凭着一嗓《红星照我去战斗》，我被音乐老师相中，参加了学校文艺宣传队（简称文宣队）。经常排练节目，一去就是半天，落下了许多功课。语文还好，数学水平那可是一落千丈。数学水平的低下，直接影响物理、化学的学习。因此当我好歹挣扎进了高中以后，早就萌生读文科的想法。

那时我所读的金堂中学，虽属普高，但在僻远的乡下，办学水平不可能很高。鉴于我们的上一届文科班全军覆没，没有一人考进大学。学校领导冲冠一怒为文科，到我们这一届就不再设文科班了。这对早对文科情有独钟的我来说真是晴天霹雳，如果读不成文科，我就准备弃学回家了。

多亏我的班主任兼语文老师许岳忠先生的力荐，学校领导网开一面，原本在上一届文科班执教历史的吕书记和执教地理的陈校长对我进行了考核，觉得我的文史知识储备材堪造就，于是特批我一人读文科。

整个高中阶段，于我恩同再造的是许岳忠老师和吕骅书记。许老师不但给我争取到了读文科的机会，而且将自己所有的文科资料倾囊相借；吕书记看到了我的文科潜质后，除了不断向我提供文科复习资料，还下令校图书馆对我全天候开放。

吕书记入主金堂中学前，辗转于各地从事教学工作。他自金华师范毕业后，在遂昌、建德、云和、宣平等地均工作过，还曾担任过流浪儿童教习班的老师。到金堂中学时，吕书记年已五十有几，但身上依然有一股威严剽悍之气，以致一度让我误以为他是行伍出身，退伍而入教育系统执掌教席。一到下雪天，吕书记身上却也会流露出诗性的一面。记得有一回冬天下大雪，吕书记站在房间的走廊上，举目远眺，一句诗句便冲口而出："……，开门雪满山。"当时的我限于学力，只听懂了后半句。直到多年以后，当我读到王维的《冬晚对雪忆胡居士家》一诗，才知晓了吕书记所吟咏的诗句来历：

寒更传晓箭，清镜览衰颜。
隔牖风惊竹，开门雪满山。
洒空深巷静，积素广庭闲。
借问袁安舍，翛然尚闭关。

默记老师、领导的抬爱，无以为报，整个高中阶段，我把对于老师、领导的感激之情转化为奋发努力的学习动力。直到有一个周末，我在村畔的公路边游玩时，发现从千祥方向徒步过来的吕书记（那时千祥设区，他大概刚从区上开会回来），我鼓足勇气上前强邀吕书记到家中一坐，以歇歇脚。

请吕书记到家后，祖母赶忙烧上炒粉干加煎鸡蛋，再献上一壶家酿的米酒。这是我第一回对吕书记有以答谢。

后来我考上了浙江师范学院（现浙江师范大学）汉语言文学专业。大学期间，我不忘时常向母校老师、领导写信，一则汇报自己的学业、生活情况，二是感谢母校领导、老师的辛勤培育。

大学毕业后，我如愿进入东阳中学执教语文。孔夫子搬家——尽是书，此语形容当年的中文专业毕业生最贴切。毕业回家之际，最大最多的行李就是几大箱的书籍。其时，学校还没给房间，我的老家离城区又有六七十里地，如何处置这几大箱子书成了我最犯难的事儿。与吕书记说明情况后，吕书记提议让我将书先寄存在他家。吕书记家在东阳城区东街，离坐落在新安街 75 号的东阳中学距离甚近。于是回东阳后，我便把几大箱的书寄存在吕书记家，吕书记还留我住了几夜。

后来学校分给我一间单人房，从吕书记家取书回校，十分方便。

再后来吕书记家搬到建设路，我也去拜访过多次。当吕书记身体欠安住在中医院时，我买了些水果前去探望，吕书记感到十分欣慰。

后来马齿徒增，事业上无甚建树，个人问题上拣尽寒枝不肯栖，很快就到了齐天大剩的年段。逢年过节，最是羞见，亲友存问。干脆过年也躲在校园，一人清净过节。往日师友，也多所回避。

吕书记见我多时不露面，还特意委托住在他家隔壁的东中教师周鸿麟老师捎来一信，向我问候，同时还请周老师给我带来霉干菜炒肉一大罐，供我佐餐。我回以一信，愧述不见师友情缘，信誓旦旦，向吕书记承诺：他日如得佳偶，定当对对双双上门看望老师。

光阴似箭，倏忽数载，我竟食言了。待我娶妻生子，再觅吕书记住处，已找不到吕书记家住处。

一晃十几年过去了，2012 年年底，数位同学在给许岳忠老师庆贺六十大寿时，有人提及，吕骅书记依然健在。但问及住处，无人得知。想吕书记应届耄耋之年，再不前往看望，很有可能将成弥天大憾。

听人说吕书记有公子在东阳市农业银行工作，辗转打听，终于得知吕书记下落：

吕书记年已八秩有八，双目已不能视物，晚年脾气又暴躁，子女已将他送至湖溪老年公寓……

闻之，愧疚、黯然。

决计利用周末上湖溪老年公寓走一趟，探访当年恩师。但愿吕书记还能想起，他曾经有我这么一个学生。

2013 年上学期的第一个周末，我利用周日上午，带上一箱苹果，一盒好吃点糕点和一箱特仑苏牛奶，携妻到湖溪老年公寓寻访吕书记。湖溪有三个敬老院，事先打听到吕书记在南江边上的那一个敬老院里。车到湖溪后，沿南江往前开，稍一打听，即找到了吕书记所在的湖溪老年公寓。倒是找到吕书记所在的房间费了点周折。

原来是身体状况良好，自理能力比较强的老人住在前两排；身体状况不佳，自理能力差的老人住在最后一排。

听管理人员说，吕书记在湖溪老年公寓最后一排 202 房。我们找到了房号，但看到两个老年男人，一个在走廊上坐着，享受着春日难得出来的好阳光；一位在室内床上躺着。看着两位老人，都不像我记忆中的吕书记模样。于是只有向一位坐在走廊上的看上去比较清健的老太太打听。我们大声地询问着吕骅老师有没有住在这里。室内那位老年男人接话了，问是谁。我与妻入内仔细一看，躺在床上的那位，依稀有当年吕书记的样子。我大着声喊了句“吕书记，我是您的学生陈益林哪，还记得不？”老人接口说“记得记得”。

时光真是一把无情刀哪，眼前的吕书记已是一副龙钟之态，让人油然而生心酸，更痛责自己没能在吕书记康健之年多尽一点弟子之道。站在吕书记床边跟吕书记聊了好长一会儿，我发现吕书记虽然已满脸老态，但神志还相当清楚，对我中学阶段的表现都还记得很清楚。这让我感到既感动又欣慰。二十来年不相见，看来吕书记还一直把我放在他的心头哪。让我感到难过的是吕书记的视力因视网膜脱落已目不见物；腿脚又有毛病，无人帮助难以起身。听吕书记说，65岁时他曾出现过脑出血，他现在的左腿已无支撑之力，大概就是当年落下的病根。

眼见室外艳阳高照，怎忍见吕书记困卧床榻。我提议吕书记到太阳底下坐坐。吕书记怕太劳烦我们，开始不答应。但在我坚执要求之下，吕书记才不再坚拒。女护工也过来帮忙，我们一块儿，几乎是把吕书记架在我们的身子上，才把吕书记挪到室外一条厚实的扶手椅边。吕书记只是左腿乏力，但他双手抓住椅子的扶手后，还能独自将身子放到椅子上。这样看来，吕书记还没我原先想象的那样病骨支离。

及至在椅子上坐下，春天的阳光洒到吕书记身上，吕书记的神情也多了几分活泛。我发现，吕书记当年的风采颇有几分回到了脸上。他跟我聊家庭的情况，侃自己的经历，说当年在金堂中学时的一些往事，思路依然很清晰，中气也还不弱。

让吕书记感到痛苦的是：一目不能视物，二不能步行。神思非常清楚，却只能终日困守愁床，我为吕书记感到莫大悲摧。人生最大的痛苦，就是垂暮之年，行动不得自理。我不禁想起裴多菲《这在我是最可怕的思想》一诗中的几句：

> 这在我是最可怕的思想：
> 假如一定得死在床上！
> 像一朵花，慢慢地凋谢，
> 有小虫在它心头咬啮；
> 像一枝烛，久久地燃烧，
> 在教堂之内，寂寞无聊。

但人到暮年，就像一台老旧的机器，指不定哪天零件就老化、坏死，想运转却只感心有余而力不足。此诚人生大无可奈何!

时短情长，不知不觉已到中午 11 点。家中尚有面临中考的儿子须照料，只得与吕书记话别，吕书记握住我们夫妇的手，一个劲地说人来就好，不要送东西。

出了湖溪老年公寓，一路感喟叹惋。

自上次探望吕书记，倏忽便是一载有余。昨天还能师生执手话旧，今天却只能空对在天之灵，追怀前尘。往事依依，让人不胜唏嘘。

7. 陈洪祥先生二三事

三十多年前，高中学制两年。我的高中两年，求学于金堂中学。金堂中学地处偏僻乡下，教学质量难以得到有效保证。1979 年高考，金堂中学文科班全军覆没，没一人考上大学。领导一怒之下，下届不再设文科班。而我早在初中时就对文科情有独钟，如果读不成文科，就准备弃学回家。多亏我的语文老师兼班主任许岳忠老师力挺，学校领导专门对我进行了一番文科素养检测，检测合格后，为我开一特区，允许我一人报读文科。当我在文科的 6 门功课中孤军奋战一年后，数学的积贫积弱让我在高考中名落孙山。1980 年下学期，带着伤感和疲惫，我来到千祥中学的文科高复班回炉一年。现在想来，这一年回炉很是值得，一是有一种孤鸟投林的归属感，找到了一群志同道合的文科同学；二是有缘多结识了几位良师益友。其中语文教师陈洪祥先生就是风骨独具的一位。

当我忝列陈洪祥先生门墙时，先生已是年近古稀之人。听说先生在湖溪高中退休，因为酷爱教书，主动要求到千祥中学发挥余热，酬金分文不取。先生的教学热情之高，教学态度之严谨有口皆碑。

可贵的作文集锦本

陈洪祥先生喜欢收藏学生的优秀作文。每逢批改中发现学生佳作，先生即请学生将教师提点后修改一过的作文誊抄一清，并要求作文纸的开头两行必须空出，以便先生亲自书写作文题目及作者姓名。当学生的优秀作文收藏到一定数量后，先生便编上目录装订成册，然后借给学生传阅。学生的作文上面朱墨纷呈，煞是好看。“朱”是陈洪祥先生密密麻麻的眉批、旁批、总批，“墨”是学生原稿的文字。学生认真研读陈先生的批语，体悟文章写作之道，得益良多。数年之后，当我走上教学岗位，一度也曾效仿陈洪祥先生的作文教学法，取得了一定的效果。现在，因为电脑的普及，多媒体教学器具的装备，学生的优秀作文、教师的评改，输入电脑，通过多媒体教学器具一展映，全班品读研习，其页面之清晰爽朗，其受众面之广大，比起当年的纸质作文集锦本，自然是胜出一筹了。但在那物质简朴年代，陈洪祥先生在作文教学上的苦心孤诣，言传身教，功不可没。

不服老的可爱老头

陈洪祥先生虽已年近古稀，但无论是上课站在讲台上，还是课余行走在道路上，都是腰板挺得笔直。后来读到陈忠实的长篇小说《白鹿原》，小说中的黑娃形容白嘉轩的腰杆“太硬太直”。看到白嘉轩，我就不由自主地联想到陈洪祥先生。那时候还没用上自来水，生活用水都要到校园篮球场边的井里去提取。每逢陈洪祥先生提着一只拴着绳子的白铁筒前来提水，同学们都会抢着给陈先生打水。但陈先生往往先是把脸一板，然后又“嘻”的一声笑出来，摆摆手，自己拿筒往井里一抛，稳稳当当地提上一桶水来，然后，弯腰提起满满一桶水，挺直腰板，迈着方步，从容而去。刚才那脸一板，大概是故意装出一副生气样，“你们别看我老，我还有三把爪。”那一笑，分明又是对学生好意的感谢。

课堂教学记趣

陈洪祥先生在课堂上，一张“老”脸宜喜宜悲宜嗔宜怨宜怒，风云变幻，引人入胜。不惟表情丰富，他的肢体语言可圈可点之处也很是不少。一招一式，有板有眼，说是像戏台子上老生唱念做打亦不为过。讲到激情昂扬处，先生常以左掌虚挡嘴前，现在想来，想必是先生怕自己的唾沫星子溅到学生身上吧。

记得有一回先生讲到“戴着笠帽亲嘴——够不着”这一歇后语时，突显羞赧忸怩之态。而讲到有一回自己言语失当，可能引起别人难堪之时，其追悔愧疚之状则鲜明痛决。普通话中，叮嘱人家在凳子上坐稳，我们一般都说“您坐好了”或“您坐稳了”；但我们东阳人用家乡话叮嘱人家坐稳一般都说成“你坐牢咯（luò）”。我们平时这样说，也这样听，很少会做他想。但陈洪祥先生却说，那回他叮嘱人家“坐牢咯”，“坐牢咯”三字刚一出口，他的脸颊立时“腾”地红了。为什么？他说，他话一出口就觉不对，这不是叫人家“坐牢（房）”吗？虽然我们觉得在此事上，陈洪祥先生多心较真了点，但对于我们学会在人际交往时注意语言得体，遣词用语多点推敲还是挺有帮助的。

陈洪祥先生那一辈的人，说的普通话往往是“半土不洋”；但先生却总是努力争取尽可能将字音咬准，有时难免矫枉过正，留下些让我们回味至今的笑谈。如班里有位叫胡才高的才子，是陈洪祥先生的得意弟子，上课时被先生请到的机会自然多。先生每次叫到胡才高，总喜欢读成“胡才 ge”。叫到一位叫陈明华的男生时，先生为了叫出音量响度，时常把“明”字读成第四声，再加上将“华”字念成“花”音，其味怪怪。但不管先生在课堂上点到谁，大家都会觉得既亲切又有趣，其中有一个原因，大概是先生喜欢将每位同学名字中的最后一个字念成长音，余音悠悠，回味甘永。

陈洪祥先生已仙逝多年，但其音容笑貌，宛然在目。撰此短文，奉献给先生的在天之灵。

附一:吾友胡才高纪念陈洪祥先生文章

直至声音从悲哀中冲出一条路

——读解陈洪祥先生

胡才高

陈洪祥，字公羊，1914 年农历六月十日出生于东阳千祥镇黄桥村。严州师范毕业后，先生历任建德、杭州、东阳等县市教员、校长等 28 年，湖溪、千祥等中学初、高中语文教员 9.5 年，合计 37.5 年。1952 年暑假被评为金华地区优秀教师，1964 年上学期被评为金华地区五好教师。

1989 年 11 月 25 日因病在东阳中医院去世。

今年 8 月 26 日下午，我突然想到了陈洪祥先生，我约上我的若水就去了他家。三十年没去，我却一下子找到了他的家，先生的长子竟然也一下子认出了我。在先生的旧屋，我翻到了当年同学写给他的信，翻到了当年我们同学写的作文，翻到了他的备课笔记，所有的稿子他都一本本装订好，干净整齐。我读到了同学们写给先生的一封封信，读到了当年我们写的布满先生朱红批改的一篇篇作文。我没办法不让自己激动，总觉得有声音在先生的旧屋在我的心里响起，似乎那么悲哀，似乎又那么快乐。

我用手机拍下了先生的老屋、先生帮我们批改的作文发到了微信。一连几天，天涯海角的同学们都说起先生，说起先生便情不自禁地少年初恋般激动。

先生写了一些诗歌，我便通过阅读这些诗歌来阅读陈洪祥先生。

一

父秉承庭训，耕读并重。稼穑作闲，以吟诵诗书，栽培水果自娱。款待亲朋戚友殷勤；夏不加餐，冬不缊袍，其俭可知。性耿介，直道而行，多名誉亦招尤怨。

母亲性仁慈，恤苦怜贫，有解衣推食之举。于子女抱负提携，以养、以育、以教，眷眷在怀，少长如一之情，益念母爱之伟大。今年双亲俱已八十有四，愧甘旨之奉。春晖吟咏，实获我心。

先生的父母都长寿。父母养育了陈先生兄弟三人、姐姐一人，非常辛苦。陈先生的两个哥哥都没能上学，独陈先生自己凭努力获得奖学金考取了严州师范。因而陈先生异常孝顺父母，每年都拿出微薄工资的一部分寄给父母，退休后日夜伴随父母直至父母去世。在给我们上课时，他时常告诉我们要孝顺父母。有一次去我家，看到我爸爸埋头做着衣服一声不响，便对我说："才高，好好读书呦。"

二

书　怀

1960 年 12 月 24 日

屈指将过四五月，翻嫌去病这艰难！
羹汤没觉肝脾涨，步履渐知衣带宽。
感激多方频慰问，叮咛早日报平安。
支书意旨休忘却，首要精神是乐观。

公羊自注：

① 肢体消瘦，肌肉宽松，磅重较上期轻去十余斤。王舜华校长来访，语重心长，中有"有些人生了病意志就消沉，这是缺乏革命乐观主义精神"之句。

② 双亲接到我邮信，知道我第一次进医院（8 月 8 日赴县 20 日回家），焦虑心情说不完。父亲，沉默得更少说话；母亲，沉思冥想……愿以身代。我第二次复查赴县（9 月 26 日到 9 月 30 日），母亲在楼上凭窗望远。纵然是视觉模糊，依样儿目光不移。父亲临时做出了主意，要去大路买油，趁便代提携一程行李（时父母俱 82

岁)。彻查了,这是第三次进院(10月12至21),须赴杭州。母亲怕我开刀,反复叮咛,详而且周;父亲跟踪我下楼,垂询梅妹我走了没有,登大门门槛以望,翘头举手;视而不见,旋又高瞻远瞩在馒头山口。

陈先生一直肺不好,也经过多方医治,总不见大的好转。陈先生文稿里经常提到一个叫马负图的医师,这位医师经常送药送补品给先生,先生一点一点地记下了。我不知道马医师是什么地方人,是西医还是中医。我感谢你,感谢你在陈先生艰苦的岁月里给他的帮助。我们千祥中学得到陈先生教育的人,也常常会去看先生,偶尔也会带上一些东西送他,比如几张邮票,比如一个苹果,比如半斤红枣,先生都一一记了下来。

三

忆 旧

成行随我后,珍掇细叮咛;
相互一挥手,依依满别情。
闻归常迎候,为我指征尘;
蕴积心头语,於焉倾一情。

负 疚

1982年12月18日

分居宛似隔银河,要待秋来七夕过。
五女三男养育苦,六亲九眷应酬多。
天年荒旱甘藜藿,忧患频仍着病魔。
败鼓还希能救月,哪堪人事日消磨!
家政纷繁,累卿操劳一世。
性情躁急,使我遗憾终天。
触景伤怀缠绵悱恻何时了,
来生再世虚无缥缈信难凭。

公羊自注：

① 在千祥中学任教，也要送几十步，凝望久久。

② 常言女嫁男婚才可以去但六十岁竟去了。

③ 1981 年 12 月 19 夜戌时大冬天即飞雪月日是农历。

先生在千祥中学教我们的时候，带着女儿枚琪、枚园和儿子秀伟。那时我们也奇怪，先生那么大的年纪了，怎么有这么小的孩子，我们虽然不懂事也隐隐约约感觉到他的辛苦。然而，长达两年的时间里，我从没见过师母。记得有人跟我们说，每次先生离家去学校，师母都要送到村口，同样知道先生要回家了，她便等在村口。这次，我从先生的遗稿里知道了师母的事。师母马芝梅，先生一直唤她阿梅或梅妹，在他们的两个女儿还没出嫁他们的儿子还没娶亲时就去了，留下一个只会教书的先生和还没长大的三个小孩。

那些年，陈先生上语文课总是笑声满室，我们不知道他有多苦多悲哀。

四

七律·致霍县幼儿秀伟

读书始毕初中业，
就傅工农一载过。
利欲驱人终负约，
江河流域且奔波。
成功自古多艰苦，
好事从来受折磨。
遥问寄家邮信少，
身心康乐近如何？

1983（癸亥年）六月初五日　稿于黄桥　七月十四日

公羊自注：伟，1966 年 4 月 17 子时生，1973 年上小学，五年毕业，1978 年下半年上初中，大路转至千祥中学，1981 年毕业，在校时间 8 年。1983 年农历二月初四去赣，十七日回家。1983 年农历三月初八去晋。长江黄河是祖国最大的两条水，浙赣系长江流域，山西系黄河流域。

先生在《七律·负疚》中说“五女三男养育苦，六亲九眷应酬多”。先生有一男一女早夭，现儿子秀成、秀伟，女儿枚春、枚六、枚琪、枚园都成家立业。六月二十八日，我去先生家时，接待我的正是先生的长子陈秀成。他清瘦乐观能干一如其父。

村里人说，秀成一年四季没日没夜干，真是肯干的人。而先生最钟爱最放心不下的小儿秀伟已在金华成家立业。记得先生教我们时，秀伟十二三岁的光景，常到教室外偷听他父亲讲课。兄妹一群人，没有一个上过爸爸的课，而他们爸爸却教出了那么多能写会说的人。

1982年10月2日，我在浙江师范大学求学，他给我写了一封信，信中说“申请非出于本心，实由接班舆论所造成，由女儿背后埋怨所造成，由若干亲邻戚友慰劝所造成”“申请信写出后，当得儿女亲邻谅解，不再以我为拗为迂的吧”。那时，有父母单位退下来，子女顶职的规定，但陈先生不愿意这样做，等到想这样做时，事情已办不下来了。后来，子女们又想叫先生托托关系，放到社办企业工作，但是先生依然没有去托，他认为求别人没面子。现在想来，陈先生那时该多困苦多忧伤，比“文革”时亲自挑着书籍到村前的小溪烧掉还难过吧。但是，先生有先生之风，他的声音以刚正不阿光明磊落的品质响彻在下一代的心中。

五

西江月·欣闻政策落实上严师

1982年11月2日于黄桥

省识与人为善，允宜倒蔗舔尝。
种瓜得豆似通常，久已好音翘望。
要是饱经世故，必然阅历风霜。
千红万紫闹春光，几许迎秋待放。

先生的老师严济宽是严州师范的校长，是胡适的学生。陈先生爱他的老师胜过爱自己。有一年，陈先生到了我家，喝点水就要走了，我问他到哪去，他说去南马看他的老师。我真被吓住，从黄桥走到千祥，又要从千祥走到南马，一个七十多岁的老人吃得消吗？当时我感叹他的老师长寿，感叹他对老师的尊重，也感叹他一步一步走过来，山没有叹息，水没有流泪。我记得我没有陪先生去看他的先生，那时我太不懂事。

六

客　至

（丁建华、童志明两同学）

1983年2月17日

室外连声称有客，迎门见面两生来。
殷勤执手衷肠热，亲切谈心话匣开。
主旨渐知归慰藉，达观随化抑愁哀。
精诚厚谊金难买，痛痒相关共作陪。

公羊自注：阔别三年，这次寒假归里。初闻一年前我丧妻消息，故专程来访。

陈先生是在湖溪中学退休后到我们千祥中学的，他把他的退休工资54元转到千祥中学然后教我们语文，不拿另外一份钱。当他的长子告诉我这一切时，我除了惊讶崇拜还是惊讶崇拜。也就是说他教我们时是免费教我们。幸好是他来了，千祥中学才更有光辉，幸好是他来了，我们这两届学生才一个个都会写一手好文章。

他是清瘦的，头发一律向上竖，仿佛鲁迅。上课激动时，他的满口假牙会掉下来或飞出去。他叫我“菜哥”，我也认了。他改作文那是真的认真。他收了作文后，一本本改，选出好的再第二次改，然后发回去，叫学生工工整整抄在作文纸上，他再第三次批改，然后贴到教室后面的墙上。我们全班人都喜欢写，都喜欢他的圈点他的有趣的总评。飞华同学写作文常一下子写完了整本作文本，还写上什么“纯属虚构”这类话，被先生大骂：“桑叶都没吃够，就要吐丝了。”结果矮矮的飞华就更加矮了。明华同学不认真学习，认为成绩提不上去不想读了，先生把他叫到前面，用特别不标准的普通话说：“你想吃第一个玉米饼就吃饱，那还要后面的玉米饼干吗？”说完还瞪了他一眼，明华本就胆小被吓得哭起来。

我们喜欢陈先生，先生也喜欢我们。

我们同学常会去他老家看他。有一次我去看他，他竟拿出了一只苹果，苹果已有点烂了，他拿刀把烂的切掉，把好的一分为三。他叫我吃一块，他自己吃一块，然后他说把剩下的一块送给他姐姐吃。我无语，默默流着泪，在那个年代。

走过的日日夜夜，我们到现在才留恋起来。陈先生，今年是你的一百岁寿辰。我们都想着你，阅读你，仿佛能听到你声音。你能让自己的声音从悲哀中冲出一条路来，让我们得到幸福，我们也一样会。

附二：东阳中学数学教师吴茶芳怀念陈洪祥先生文章

昨天整理照片，意外的出现一张老照片。 第一反应是：父亲？ 细一看，不是。 看扉页，清楚地写着：

洪高、茶芳同学惠存
陈洪祥
一九八九年八月

记忆的闸门一下子打开，不禁老泪横流。 为师恩，为自已当初的不懂事。

陈老师是我初二时的语文老师，印象特别深刻的是古文教学，他朗读起来摇头晃脑，特别陶醉，对文言虚词的解释很透彻。 我很喜欢听他的课。 可以说，他是我的最好的语文老师。 可是因为他对我的两次批评，我曾对他稍有成见。

一次是写《记一位老贫农》作文时，我在写别人劝这老贫农不要“太节约”时，居然写成：不要这样做农家呀。 作文讲评时，老师在班里读这篇作文，反复读这一句，并且反问：不做农家做什么家？ 做工家？ 师家？ 军家？ 另一次是钢笔书法比赛，我别出心裁，把字写得怪模怪样，想获奖或受表扬。 谁知这下激怒了老师，在课堂上大批：像鸡爪一样！ 像鸡爪一样！ 他本来就严肃，一生气就更吓人了。 我又羞又怕，要命的是他挑了个最损我虚荣心的时机：我堂阿姨正好坐在后面听课……

当时觉得老师对我要求特苛刻。 在自己当了老师以后才明白老师的良苦用心，他是希望我能成钢！ 天下父母心，还有天下师者心呀！ 在陈老师的严训下，我把得第一名的同学的那张字要过来，认认真真地学他的写法（那时没有字帖可学），才使我的字再不那么糟糕。

毕业后多年不见陈老师，七几年，在东阳开全县教师会议，踫到过陈老师一次，我怯怯地喊一声陈老师，此后便多年不见。八九年他托人带给我这张照片，看着他慈祥的面容（以前他总是一脸严肃）我落泪了，是高兴！他还捎来话，他是得知我嫁的丈夫是谁太高兴了。还说他在我读书时就想过，我将来嫁人应该嫁给吴洪高，吴洪高娶老婆应该娶我（我俩先后是他的学生），是智配，小孩一定聪明。虽然，我们辜负了老师的祝愿，还是非常感恩老师！

我只知老师是千祥那个方向的人，所以班里有那个方向的陈姓学生我就向他们打听，想看看老师。九零年打听到时，他几天前刚去世，在人民医院。我哭了，是伤心！没能在老师病重时去看看老师！

昨晚，迟迟没睡着，想“老师”这两字的分量，想老师对我的好！早上，和着眼泪写下这些话，祝老师在那边过好！不才学生向您磕头了！

2017 年 4 月

8. 送别“叶帅”

生活好了，喜欢健身的人也多了。许多人都开始明白一个朴素的真理：好身体是 1，名誉、成就、财富等等均是 0。有了好身体这个 1，后面的 0 就越多越好；离了好身体这个 1，人生的一切都将归零。

因为每天下午 4 点到 6 点都有家长送儿子到东阳中学参加暑期篮球集训，一来二去，一些家属以及几位喜欢运动的东中教职工就自发成立了一个气排球自打自玩小组。尤其是 W、Y、D、B、L 等几位女将最为积极。

下午大家正在体育馆内满身油汗地切磋着球技，W 的手机响了。W 出场接电话，一接竟就跑出众人的视线，且良久不归。后来 W 的女儿过来，大家问其母去向，W 的女儿说妈妈的一个同事去世了。众人齐感震惊，尤其是东中的几位女教师，怎么也想不出哪位同事会遭不测。我突然想起，会不会是叶平？叶平从上学期期末发病，具体详情，绝大多数老师尚不知情。我因机缘凑巧，了解得更多一些，因此我冒昧地说了句“不会是叶平吧”。

很快，我的说法得到证实。大家在震惊之余，再无心打球，都在唏嘘叹惋。

叶平是我校的地理老师，今年 45 岁。一是因为他姓叶，二是因为他长得高大威猛，平时大家都喜欢戏称他为“叶帅”。叶平有一副天生的好歌喉，应该有很充足的中气吧，中气足即元气旺，神完气足之人，应是一副寿考之相。叶平长得魁梧高大，皮肤黧黑，一副龙精虎猛的样子；再加上他又是东阳市冬泳协会成员，平时又喜欢骑自行车上下班。有一次跟他说起对观赏石的心得，他还多次提议跟我一起外出捡石头呢。身体天然的好质地，加上后天的勤于锻炼，大家都认为，如果东中搞一个教职工健康排行榜，叶平当属排在最靠前的几位之一。正因为如此，当听说上学期期末叶平因脚疼请假，刚送走高三毕业班的 W 老师出山替叶平代课，大家都以为叶平是骑自行车受的伤，在家休养几天就不碍事的。

却不料叶平竟被送到了浙一医院治疗，而且从一些传闻中听说叶平全身都疼痛，好多天医院都查不出病因。后来是越传越凶险，据家住叶平家隔壁的一位学生说，医院还不让人去探视叶平，说探视的人多了，病人受到刺激可能要变成植物人。

6 月 27 日晚，真相终于大白。这晚我为名师培训班学员申请购买《为优才破壳而出》一书跑到校长办公室，其间校长接了个电话，一听就是大嗓门的郭副校长打来的，郭副在电话里说，叶平经医院确诊，是肝硬化晚期，郭副请示校长第二天东中领导是否一起赴杭去看望一下叶平。

校领导赴杭探视回来，带来的信息更让人揪心。叶平因肝硬化晚期，又引发肾脏衰竭。我上网查了一下有关肝病的知识，肝硬化晚期离肝癌仅一步之遥，但据说还有做肝脏移植的可能，肾脏衰竭并发症的发生无疑是雪上加霜。肝炎患者的皮肤常出现黄色、红色，甚至黑色。肤色的变化显示着病情的轻重，它反映了肝脏疾病的不同阶段，是判断肝炎病情变化的寒暑表。如此说来，叶平平时的肤色偏黑，也许就是肝脏功能出问题的先兆。作为同事，真的为叶平的命运深深担忧。

叶平原先在画水中学教书，但调入东中到而今，时间已不下 10 年。在东中与之共事这么些年，我与他也算老同事了。虽说是老同事，但与叶平一直没有太多的深度交往。直到 2005 年下学期我去接管了原是严红仙老师担任班主任的高三（13）班，才与作为高三（14）班班主任的叶平有了较多接触。

尤其是去年下半年开始，我与叶平的交往更是骤然紧密了起来，一是学校成立了名师培训班，二是学校为参评第二批一级特色学校，让作为教务处副主任的叶平与作为语文学科主任的我共同打磨《东阳中学课程设计方案》。在名师培训班里，我作为名师培训班的负责人，叶平作为名师培训班的学员，在培训、督查、了解、追踪过程中，我对每位学员的教学成绩和科研素养等有了较多的关注，对叶平的情况自然也有了更多的关注。在名师培训班中，叶平的年龄稍大，属于学员中大哥级的人物了。可能是觉得自己年龄偏大，发展上升空间不是太大了，叶平的学习积极性常需要做些提醒。

为了打磨《东阳中学课程设计方案》，2014 年 3 月 19 日晚上，叶平突然打电话给我，说校长钦点叶平、卢朝阳和我三位明、后两天齐赴杭州，参加在浙大附中召开的由裴娣娜教授牵头的课程建设顶层设计会议。

3 月 20 日一早，我与叶平、朝阳三人赶赴杭州。教育系统抠门得紧，杭州住宿只能报销 120 元/每人，浙大附中对面的“百合花酒店”价格太贵，咱普通教师住不起，我们三人只得到浙大路 41 号“汉庭酒店”找了个家庭房住下。所谓家庭房，就是一张大床睡父母，一张小床睡孩子。三个大男人只好两人同睡大床，一人独睡小床。后来朝阳找到一亲戚，吃住问题都由那位亲戚包了，我则与叶平有了第一次也是最后一次的“同居”机会。

整个在杭期间，除了 20 日中餐由朝阳的同学安排我们在浙大附中食堂吃了餐饭，其余几餐都是我们自行解决。20 日晚餐时分，我与叶平踅到宾馆附近的一个小巷里找了个饭店坐下。也许我多认得几个字，同事们动辄以“大师”戏称于我，叶平也不例外。我戏称他为“叶帅”，他则回敬我以“大师”。晚饭，“叶帅”坚执要请“陈大师”撮一顿。但我只要了一碗面条，叶平也陪我吃了碗面。第二天醒来，叶平告诉我，昨晚半夜醒来肚子太饿，他曾起来想吃点夜点心。但夜已太深，附近找不到买吃的地方，只好饿了一晚。看来像他这样块头富足的人，一碗面条实在太少，他又不好意思在我面前多吃，结果那晚苦了他了。

第二天早餐，我们又到老地方用餐，又是“叶帅”抢着买单。

回校之后，便着手打磨《东阳中学课程设计方案》。因为是校长所托，我们自然不敢大意。我与叶平一起努力增补了些材料，又细细推敲了文字。在图文互释的环节上，叶平着重经营图标，我则贡献文字说明。有一回我还专门赶到教工宿舍叶平的休息间与之切磋，我发现叶平的休息间比我的精致多了。他不但铺设了木地板，而且整个房间都好好装修过一番，他是完全以家的概念来经营学校给他的休息间的，从装修与家具的设置可以看出，叶平还是一位蛮会生活的人。

时间一晃便到了 5 月底 6 月初，我要求名师培训班学员研读的《做最棒的老师》一书到了上交检查的日期。我向全体学员发了条上交作业的通知。有一回，在学校食堂，叶平看到我，主动说：“陈大师，那本书我明天交给你。”但不知他后来忘记了，还是怎么的，他的那本书一直都没有交上来（我要求学员在读书过程中做好评点批注，我从学员的评点批注中观察学员读书的认真程度）。

叶平是从 6 月底发的病，8 月 1 日去世，真是病来如山倒，这么一个看上去十分强壮的汉子，在短短一个月左右的时段内竟说没就没了，同事们都连连感叹难以置信。所以古龙在《风云第一刀》中也感喟：“在人类的生命历史中说来，死亡岂非都是一种没有人能够猜测得到的诡秘游戏。”但及今细细想来，叶平的英年早逝，却也并非“纯属意外”，可以总结的教训实在不少：心理上的疏忽大意，锻炼上的大违天和，让他的生命之花过早地凋谢了。45岁，正是春秋鼎盛时期；儿子刚刚走出高一，最是需要父爱的阶段，可是那个天天中餐都在教工食堂替儿子准备好饭菜，等待儿子前来与父亲共进午餐的叶平，却在我们的身边永远消失了。

听校医说起，近三年从没见过叶平的体检材料，这可奇了怪也。学校年年组织教职工体检，难道叶平仗着自己年富力强，凭着自己五大三粗，不屑一检？（这一点，英年早逝的东阳二中李跃平副校长也有惊人的相似，据其亲戚言，李校长也总是动辄放弃体检的）即便如此，作为教师，毕竟是有知识有文化之人，对自己的身体情况总应该有些预警和防范意识，如果事先察觉肝脏功能出现问题，都说肝病是富贵病，那怎么可以参加体力消耗最大的冬泳活动呢？在死神面前，谁都没有资格吹牛说自己百毒不侵，任击不垮啊。我已亲眼看到过好几位看上去十分壮实强悍的汉子，一下子就被病魔击垮，瘫倒在病床上。有的一病不起，有的虽然捡回一条命，但却如同换了一个人，原本富态之人一下子变成精瘦之徒。

再听校医分析，肤色黑的人不少，有的皮肤黝黑还是健康的标志，但叶平平时的肤色呈暗黑，且嘴唇无光，可能就是病症潜在的标志。

又听人说，叶平在6月底感到膝盖疼，他的妈妈以为是“鬼箭风”所致，替他用东阳土方法进行拍打，结果后来全身疼痛，不得已送到浙江省第一人民医院，但一切都晚了……

2014年7月4日《文汇读书周报》有《“李连杰：人生就是寻找梦想”》一文，是李连杰的自叙传，文中有这样一段：“马云有一天跟我说：‘我的一个年轻员工，三十多岁得癌症走了。’所以我们有责任去提醒每一个朋友，在年轻的时候就要开始注重健康和快乐。”

生命不可轻忽，人人应学会敬畏生命。

愿我爱的人和爱我的人都能多研习一点养生之道，一生平安，福寿绵绵……

2014年8月1日

9. 破天荒，住了回院

9月28日　　周五　　晴

难道是前两天高张路上那家酒馆的那顿晚饭不地道？ 竟没来由地乏力、发烧、腹胀如鼓起来，连续三天只见食物进口，却难以将粪尿排出人体下水道。 最难受的是腹部坠胀，一走动就生疼。

到医院一检查，着实吓人一跳：体液化验出谷丙转氨酶指数高达308、谷草转氨酶指数突破500！

医生建议：住院治疗！

平生破天荒，住了回医院。

昨晚11点多住进东阳市人民医院一病区。 今早5点半不到，医生就来抽血。 从没放过这么多血，足以装满五个试管大小的玻璃瓶。 而且还二度抽血，作血糖检验用。

好在国庆放假，好在只需挂几瓶点滴，定时抽点血，手脚尚属灵便，这院倒也住得。 晚餐后抽完供验血糖用的一点点血即可回家过夜。

10月1日　　周一　　晴

今天做了肝胆脾CT，后腹膜CT，盆腔CT。

听医生口令“吸气—憋住—呼气”，来还往复多遍，乖觉得像个三好小学生。 一年一度体检，B超做过多回，磁共振也领略过两回，一为自身腰椎间盘突出，二为陪老母检查中风症状。 做CT倒是大姑娘坐花轿——生平第一次。 CT仪器虽高级，躺上检查台，推进推出，机声铿铿，让人不由作僵卧古墓耳闻古怪声响之瘆人联想。

毕竟春秋鼎盛，除了有点肝脏多发囊肿，右钙化灶，后腹腔、盆腔均未见明确异常。

天天挂点滴。 有空读读书，睡睡觉。 先是读刘墉，再是将束之高阁多年的吴功正的《小说美学》捧起一阅。 有时还翻翻《语文学习》“2012年全国各地高考语文卷汇编本”。

不是什么大病。 除了住院，还抽空将金华市教研室布置的“2012年语文高考研究及2013年语文高考指导意见”编写完毕。 说是编写，实为整合。 因为金华一中邢旭梅、浙江师大附中朱红丹、兰溪一中刘中林、浦江中学黄洪亮等四位老师已分块编撰好相关文字，我只需最后统稿裁定即可。由毛坯而整合成型，还是费去我几天时间。今天下午发送给朱昌元老师，比原定交稿日期拖迟了一天。

10月2日　周二　晴

住院有足够的空余时间，刘墉的书读了多页，《小说美学》随意翻读了几十页。多年前初买时没将《小说美学》一口气读完，而今读之，发现里面的许多内容已显老土矣。

早就听人们说做肠镜、胃镜如何如何难受，这回医生尽管也问过我要不要做肠镜、胃镜，但一是因为心存害怕，二是觉得自己肠胃还好，于是决定放弃不做。但后来一想，来住趟院不容易，反正国庆假期时间也有，还是将身体彻底打理一遍吧。况且多少人做过，也没听说被吓晕的。于是要求医生给加餐——预约肠镜、胃镜。

接到通知，今天下午3点到3点半轮到我做肠镜。

早上可喝点牛奶、豆浆之类。上午8点45分起开始挂盐水，医生要求9点半喝一大瓶甘露醇注射液，喝完甘露醇后过15分钟再喝1000毫升的淡盐水，喝完这两样东西，就静等大泻，将肠胃彻底清洗干净。听35床已做过肠镜的老胡说，那一大瓶药水不好喝，及至自己亲自一尝，甜甜的，挺好喝。

喝完该喝的东西，连排五次，才停止排泄。第三次为高峰，到第四、五次，已全然是清水潺潺。

中午可以正常就餐了，据说，这时候吃下去的东西在下午3点多时只停留在胃部，不会进入肠道了。

快到3点时，一家三口齐出动，一齐到人民医院急诊部五楼。

等我进入肠镜室，里面的检查台上还躺着位中年妇女，从医生的话语中得知，这位妇女肠息肉不少。但愿我不会有此厄运。

在肠镜室扒光内外衣裤，穿上医院特供的白色无臀裤（此裤臀部留一大洞，用一上端固定，下端不缝的屁帘遮住臀部），躺上检查台，呈右侧卧。

做肠镜真的是像传闻中的要向肠胃部打气吧，只觉医生将一物件插入肛门，不久即觉腹部胀鼓，一股气流在腹部游窜奔突，不得其门而出，到处乱钻，让人疼痛难当，欲大声惨叫而后快。但考虑到男子汉大丈夫，遇剧痛也只能低声哼喘，再是一靠调整呼吸，二靠揉搓腹部来减缓痛楚。但在边上陪护的医生又一再叮嘱不能揉搓腹部，否则要影响检查效果。硬撑许久，终于熬到停刑下床。

武侠小说中写到某些自学内功之人，真气走错经脉，痛楚难当，陈某今天算是领教了一回类似遭遇。

好在检查结果良好，看着自己十分健康的肠道彩照，真觉有艳若玫瑰之美。

10 月 3 日　　周三　　晴

上午做胃镜。昨天预约的时间是上午 10 至 10 点半之间。7 点多空腹到医院，先到一病区挂上一段时间的点滴，等到近 10 点时才上急诊区五楼等候做胃镜。

等着做胃镜的人真多，看来是空着肚子等了数小时却没能及时做上胃镜，再加上接待处的医生态度又不好，许多候诊人在闹意见。有个满脸凶相的高个中年男人更是大声吆喝着若在 10 点半前不给他做胃镜，将请来记者给医院曝光。

快要到 11 点时，才轮到我。先前听别人说做胃镜如何难受，但站在门口看先我入内的两人躺在检查台上接受检查时也没发现有什么剧烈的反应，于是认定实际情形并没有传闻的可怕。

及至在检查台上呈左侧位躺定，医生将检查仪器插入我的喉管，立时感觉胸闷气短，喘不得呼不得，几欲背过气去。若非两位医生一边按住我，一边让我死死抓住他们的胳膊，我多半会挣扎起身，立时拔去喉肠中的检查仪器，夺门而走。

昨天今天，肠镜、胃镜检查，让我充分领受了有生以来最大最重的两次苦刑。

检查结果让人心下大慰：除了一点无关大碍的慢性浅表性胃炎伴糜烂和十二指肠炎，别的都不错。

医生给开了几盒奥美拉唑肠溶胶囊以保卫我的胃。

做完胃镜，需等两小时进食，而且最好吃流质型食物。下午 1 点多才吃了一碗多面条。

晚上高三学生来校自修。晚上第三节是语文作业课，20 点 20 分，带着寻常神态走进教室，安排学生做练习。

本次住院，也查不出病因，只能以隐源性感染解释之。连续数日的护肝降酶，转氨酶指数已大幅下降，接近正常值。那天感染科主任李朝霞查房，同一病室的单、胡二位，一位被判处终身戒酒，一位被告诫两年内不得饮酒，而我则只需戒酒三个月。对于一向信奉“诗酒趁年华”的我来说，不啻听到仙乐佛音。

10月4日　　周四　　晴

上午再挂了三瓶点滴，即可办理出院手续。此次有惊无险，住院期间还四书（《小说美学》《刘墉作品集》《语文学习》《文人旧话》）并读，住院疗养与读书消遣两不误，这个国庆过得真是别致！

2012年10月15日

10. 琐记许师三题

许师名讳岳忠，乃我三十多年前之班主任兼语文教师。生平所从业师可忆可感可佩者甚多，然与许师相较，盖无出其右者。许师之春风化育之功，堪述可传者难以尽述，撷取数则，以志感铭。

一、痛苦而幸福的抉择

自思小学阶段语文、算术均属不坏。一上初中，适逢“四害”方除，举国若狂，学校遴选说唱较佳者，拟组建一文宣队。幸而不幸，我竟入选。从此便隔三岔五地集训排练。语文还好说，晾它几天，亦无大妨；数学可是落下几课，水平即一落千丈。人说“一进侯门深似海”，我是一进文宣队，数学每况愈下，愈况每下，不知伊于胡底。数学的积贫积弱，直接导致后来高中阶段物理、化学的疲软。报读文科，遂成我之宿志。

其时高中为二年制，一到高二，照例应进行文理分科，但一到我们这一茬偏出意外，原因是上一届文科班在高考之中，全军覆没，无一上榜。学校当局冲冠一怒，便下令取消文科班建制。这对早已对文科情有独钟如我者，无异当头一棒！大恸之余，我遂萌退学之意。

许师闻讯，赶忙找学校领导商量，以期为我网开一面。在许师的据理力争和恳切求告下，原执教历史的李书记与原执教地理的陈校长有条件俯允了。条件为：陈益林务须较为顺利通过必要之文科知识检测，方可具备报考文科资格。书记、校长亲拟一卷，对我进行考核，多亏我为文科蓄意已久，考核结果，没太让领导失望。从此，学校为我一校两制，允许我在物理、化学课上自由涵泳于历史、地理之境。有了许师的鼎力相助，我竟因祸得福，许师的文科书刊倾囊相借自不待言，书记、校长的史、地资料也任我借阅，学校简陋的图书室任我出入，可谓“三千宠爱集一身”。尤为难能的是，毕业考，学校为我一人而专门备好毕业检测卷；高考时，为我一人而特批特办文科准考证一张。及今思之，仍让人热泪盈眶，感铭肺腑。为了三十前许师的一手提携，为了母校领导和众位老师的宽宏大度和宠爱有加，真希望今天的我，没有辱没他们当初的着意青睐！

二、简陋而丰富的“二多”

那些年，乡下中学，校舍之简陋陈旧，可谓到了姥姥家。许师住的房间，泥墙小屋，充其量就十来个平方米。“斯是陋室，唯师德馨”。许师陋室，亦为雅舍，盖有“二多”存焉。“二多”乃书多、弟子多之谓也。除却一床一桌，便是书桌案头上、书架纸箱中满满当当的书刊了。许师之书刊，常与众弟子共享。不唯如此，许师还常将自己的读书笔记袒露在众弟子面前。教师之良好学习行为乃学生最佳直接效法对象。大音稀声，无言之教，耳濡目染，滋养良多。后来我在语文学习上，勤于摘录习惯之养成，全赖许师言传身教之功。

回想当日，从许师处借得杨沫之《青春之歌》，读之过半，置于书桌之上，竟不翼而飞。闻说此书许师亦借诸他人，令我惶愧无地。当我满面羞色将所赔书款送交许师之时，许师再四坚拒之状，至今犹现目前。有一晚，与众学友于许师处宴谈，我于许师案头发现彼时热门小说《第二次握手》，一翻之余竟手难释卷。许师见状，莞尔一笑，道：“看来你是歇不下来了，拿去看吧。”我如获至宝，拿回教室，一气读完，大饱了一番眼福。此外诸如《中国通史》《世界简史》《古文观止》《诗海采珠》等诸多书刊，皆属于许师住处，得窥堂奥。现今我之所以以读书为乐、购书为快，八六年跻身教坛后，我之书房亦曾长期成为众弟子之公共图书室，实承许师之流风余韵不浅。至于后来，世风日下，借德不古，“书斋”渐呈“书灾”之相，不得已而有限度开放，自是题外之话了。

许师的房间对众弟子来说是不设防的书巢，可随时登门求教，亦可随意坐谈。常常是门墙填塞，弟子盈室。许师亦师亦友，于笑谈指顾之间，使我等大广见闻，技业精进。

三、冒险而美丽的错误

许师重名著意识。其时好书难觅，即有好书，农村孩子手头亦紧。许师遂常亲手刻印下发《论语》等古典名著有关篇章，令我等吟而咏之。久而久之，于我打实古典文学底子颇生裨益。《论语》中“士不可以不弘毅”一语，一直成为我的座右铭，乃至为孩子命名，我亦习惯于到古典的无边风月中觅取灵感。孩子尚在妻腹，我即为其备好两个俱含古典意蕴的名字：是男孩，即名“弘毅”；如是女孩，则名“于思”（与“陈”姓相合成韩愈名句“行成于思”之谐音）。后来脱“颖”而出的还是小弘毅。当吾家有儿初长成，我时时不忘向其传授“士不可以不弘毅”之精神气脉。

犹记“四凶”剪除未久，文化沙漠刚呈复苏气象，一些优秀外国影片开始在我国解禁。公社电影院就设在我校附近，有一日，风传当晚将上映一部十分精彩好看之外国影片，惹得我等蠢蠢欲动，身在曹营心在汉，亟欲一睹而后快。许师见状，诡秘一笑，旋即宣布当晚全班去看电影。全班闻之，欢然雷动。夜幕刚临，全班喜孜孜鱼贯而出，直奔影院。当晚所放电影为《被侮辱与被损害的人》，全班同学个个看得尽兴而归。

翌日一早集会，可谓“东窗事发”。当别的班级一一退场，学校领导责令我班单独留下——为查清昨晚全班擅自离校外出看电影之谋主。看来让我们外出看电影，许师并未征得学校领导首肯，许师这回可为我们越雷池了。学校领导盘问数遍，全班同学三缄其口，谁都不愿因自己而为难许师。后来还是许师挺身而出，主动承担了责任。全班同学为之捏汗许久。留意数日，发现许师竟平安无事，全班同学方才吁出一口气。时隔几年，当我在大学里读到俄国作家陀思妥耶夫斯基之名著《被侮辱与被损害的人》时，才明白，许师那晚“冒险”让我们外出观赏的原来就是根据这一名著改编的电影！我终于理解了许师那晚的良苦用心……

光阴似箭，当我亦已在教坛摸爬滚打了三十多载，每次想起那晚情景，尽管我也隐隐觉得按教学常规言，许师那晚的决定稍嫌“出格”，但内心深处更多涌动的却是感激和钦敬。

荀子云：“水深，而回；树落，则粪本；弟子通利，则思师。”意思是说：水积聚多了，就会产生回旋；树叶落了，就成为滋养树根的肥料；学生显达了，就会想起老师。所遗憾者，不才此生业已与显达无缘。然常言道：“时人莫小池中水，浅处何妨有蛟龙。”凡人亦可遇明师，得许师教诲时日不少，于愿足矣。谨撰琐记许师三则，聊寄一瓣心香。

11. 久违了的暖语温言

5 月 22 日那晚的夜宵美味隔了两个多星期早已风吹云散，但肖培东老师的那几句暖语温言却一直余音绕梁，至今袅袅不绝。

作为浙江省最年轻的语文特级教师，肖老师的才情已风靡大江南北；但他的修养风度却也如此迷人。

大概一是“马好被人骑，人善受人欺”的古训流播所致，二是改革开放之后以金钱以地位人分三五九等的流弊侵袭，三是见多了电影电视中人五人六大马金刀咋咋呼呼作威作福之类人物吃香喝辣排闼无碍黑白通吃的神气劲儿，现在咱中国人还真是不会好好说话了。尤其是进饭馆酒店的食客，自觉有钱有派，俨然以人上人自居，对跑堂服务人员颐指气使、喝三呼四的早已司空见惯。好像对饭馆酒店服务人员太“温雅”地请求和商量，就显不出自己高人一等的优越感。

忽然想起冯小刚的《过上了打高尔夫的生活》一文。里面有这样一段话：“但是我特别遗憾高尔夫到了中国之后，打球过程中对球童非常失礼，还把自己当大款的那种劣根性带到球场来。”我们下馆子的时候，不是也经常暴露自己的劣根性吗？

那晚肖培东老师下午 6 点来东阳讲学，可能是不想给我们添麻烦吧，直到晚上 9 点多，他才给我来电话，而且反客为主，邀我们几位东阳同行到高张路盱眙龙虾店吃夜宵。席间，当有求于店里一位中年女服务员时，肖老师的左一句“阿姨，请帮我……好吗？”右一句“谢谢您了”，乍一听，还真让我愣了一下。久违了，如此谦和有礼的暖语温言。贵为全国知名的特级教师，对一位普通的小酒馆服务员的态度，肖老师的修养芬芳让我感喟良久。

感慨之余，却也让我汗颜。多年的粗鄙世风的习染，几度经历的人心叵测，让我的心也渐渐变得粗硬起来。当面对底层民众时，儒雅谦恭、绅士风度都快要被我的人生词典放逐了。那晚听到久违的暖语温言如清亮的涧水从培东老师的口中潺潺流出，真有醍醐灌顶之感。“如听仙乐耳暂明”，尘俗的积垢被荡涤了不少。

由肖培东老师，油然想到我的现在在北京创业的好朋友胡才勇。

大概是 1990 年的时候吧。我与胡才勇、黄守伟三位同事兼好友同上普陀游玩。当寻找下榻之处时，听说老百姓的家庭旅店较为便宜实惠，于是便找到一位老太太家。我与守伟习惯用生意场上的冷硬语气与老太太砍价，而才勇则是一口一声“阿婆”，用暖语温言与老太太好好商量价格。才勇现在已是北京一家知名软件企业的老总，当初同游的三位老友，守伟已英年早逝多年，我则混了多年依然是一名喊不响名号的中学普通教师。三位老友中，就数才勇事业做得大。回想当初与才勇共游普陀的经历，联系肖培东老师的为人，是否也印证着，一个人的礼貌修养，与一个人的事业，总是成正比的。

又想到我的 1993 年东阳中学毕业的学生史杰君。杰君现在在广东省中山市经营车载冰箱开发销售事业，干得风生水起，已快成为全国同行业的“龙头老大”。他在接受家乡媒体采访时提到这样一件事：

他刚入行时，一位意大利客商到广东科龙电器公司来考察。整个考察期间，杰君不仅全程陪同，而且从各个细节上对客商照顾有加。譬如，主动帮客商拿行李，热情地为客商开车门，客商离开时礼貌地站在车边目送他离开，等等。这位意大利客户当年已经60多岁，对当时年仅26岁的杰君印象非常好，认为杰君是一位充满热情、踏实肯干，完全可以信赖的小伙子。后来他们成了忘年交，生意业务上常来常往，互帮互助，共获双赢。

礼貌修养不仅能促和谐，而且还能催生友谊，助推创业。生命中的许多贵人就是在良好的礼貌修养中光降的。是不是可以这么说：礼貌修养，化育天堂。

2013年5月9日

12. 我家有个周董迷

尽管周杰伦已“无与伦比”地横扫大江南北，但像我这样从“激情燃烧的年代”里锤炼出来的人士，一般都不愿意自己的子女太迷恋周杰伦，一则我们总怀念字正腔圆的唱法而不习惯周杰伦含糊其词的发音法；二则我们总欣赏阳光灿烂、朝气蓬勃的孩子，而像周杰伦那样整天价拉长个脸，笑肌麻木，我们怕孩子学了会不讨人喜欢。

但“树欲静而风不止，子欲学而父无奈”啊，儿子就是无可救药地爱上了周杰伦。

尝试过像鲧用“堵”的办法来治水那样拒绝周杰伦，但堵得这头堵不得那头，暗流汹涌，不择地而出，为防周杰伦，家里几成父子俩斗智斗勇演兵场。

于是放下身段，尝试着去研究孩子喜欢周杰伦的理由。找了些周杰伦的歌曲细细地听了几首（听的时候，歌词是须臾不能离眼的），发现周杰伦的老搭档方文山写的歌词还是励志者有之，古雅者不少，诗意者充盈，值得一听一记。周杰伦的发声法尽管让人听着别扭，但他的演唱风格倒是独树一帜，算得上独特的“这一个”了。在这个多元化生存的时代，给周杰伦留一席“曲调随腔信口哼”之地也未尝不可。周杰伦的歌曲题材非常多样化，除了爱情，还有亲情、梦想、战争……为了尽可能挖掘出周杰伦身上的正能量，我跟孩子探讨了周杰伦艰苦奋斗的成长史，特别向孩子推荐了周杰伦的豪迈宣言“我不想跟随潮流，我要创造潮流”。

一个时代有一个时代的风尚，我们只有尝试着去捉摸去理解，然后才有因势利导的资格。如果我们逆潮流而动，我们一不小心就容易沦为整日嘟囔“一代不如一代”的九斤老太。

允许孩子的世界里有周杰伦，然后孩子才会愿意接纳我们输送的更为阳光激情的其他能量。

儿子的房间，环墙皆是周杰伦，这总比满墙都是美女画强。

儿子唱周杰伦的歌越来越能博得掌声了，有此才艺总比除了读书一无所长好。

最近的几次考试，儿子都在一路向上。问他奖他点什么，他说周杰伦的新专辑。

儿子自己拿小头，我们拿大头，合资买了周杰伦的新专辑。

孩子脸上有了笑容，就是家里射进了最灿烂的阳光。

13. 总是牵念

尽管许多家长都明白孩子长大了要放手，尽管许多父母也都知道平常心最可贵，但是关心则乱，一轮到自己的子女上场，还是免不了牵牵念念，忙东忙西。

记得 2002 年，一位市委领导干部的女儿在我班里，平时家长表现得颇为洒脱，说从来不给女儿过多的压力，也不指望女儿一定要考取名牌重点大学，但是等到高考成绩揭榜之时，这位孩子的家长还是第一时间难捺激动地向我这个班主任通报了女儿考出来的好成绩。

尽管比起许多家长，我自认算得上是“淡定哥”了。小学阶段，我们没有安排儿子参加奥数培训班，初中三年，除了补过二十天的科学，我们没有给儿子再额外地加班加点。现在儿子参加中考了，我尽管主张不打乱儿子的生物钟，让儿子跟平时一样的作息，但是在中考前的一天，我还是按捺不住，与妻子一起赶到学校，给儿子送上初中三年唯一的一餐“家饭”。说“家饭”，其实是花 14 元买的儿子喜欢吃的“东阳沃面”。儿子也懂事，当知道我们给他送饭时，他还一个劲地说不用麻烦；但是看到儿子有滋有味地吃起“东阳沃面”时，我们还是油然生起初中三年对儿子亏欠得太多的感觉。

我们再三问了儿子，中考这两天要不要回家吃饭、睡觉，儿子都说不用，愿意跟同学同吃同住同复习。我们也尊重儿子的意愿。但是今天中考第一天，当 11 点第一场语文考试结束时，我还是不由自主地往放在吴宁镇中的考点跑。不想太多地干预儿子，只想看看儿子的表情；再想问问儿子想不想回家吃顿中饭。家距考点只有五分钟的距离，让儿子吃完中饭马上送他回校，不至于太多地影响儿子的生活节奏吧。

儿子出来了，与另一位同学走在一起，有说有笑的。这我就放心了。我迎上前去，用商量的口吻请儿子回家吃饭，儿子想了一下，说不用了，还是回校吧。我也不强求，目送儿子轻松地坐上校车，与同学一起回外国语学校。

下午眼看 5 点快到，我匆匆赶往吴宁镇中考点。但等到 5 点过后，还是不见一位考生出来。一打听，原来下午有数学、社会两场考试，要到 5 点半结束。闲着无事，我掏出手机，拍了几张考点外围的照片，作为儿子一个阶段结束的存念。事先曾要求儿子将考试的科目与时间表打电话告知，但儿子一到学校就将这事淡忘了，以致我对下午的考试科目与起讫时间一无所知。

一直等到 5 点半，儿子拎着两个小编织袋出来，神情没有丝毫抑郁，与同学有说有笑。我接过其中的一个编织袋，儿子将另一只编织袋交给了同学。看来是儿子帮同学拎了个袋子，我也不暇多问。为了给儿子人生具有划时代意义的日子留点印记，我用手机给儿子拍了三张照片。今天下小雨，尽管儿子带有雨伞到校，但现在的孩子都怕麻烦，能不撑雨伞就不随身带。我赶快撑起雨伞给儿子挡雨。问他晚饭回家吃不，他说不；问他学校的伙食好不，他说还好，还说有同学家长送好菜好饭到学校，他也沾了光。

很快儿子就上了他的班级所在的 8 号车，我只能对儿子说一声“好戏在后头，好好考”。

儿子走了，明天还有两场考试。我只能在心里默祷：儿子，好运！

14. 蛇年喜事盘点

2013 年，农历癸巳年，十二生肖中属蛇年。

此年，步入古人所说的知命之年，自己却依然不肯认命，常作二十五六小伙之想。依然怀揣憧憬，一路奔忙。时不我待，命不我欺，一年下来，虽曾偶被一二不如意事撞了一下腰，但可欣可慰之处却历历可陈：

就在指导高三紧张复习迎考的间隙，忙里偷闲，匆忙赶制而成的《〈孙子兵法〉纵横谈》选修课程读本，竟获金华市精品选修课程之誉，斩获校 5000 元巨奖。

去年下学期接手的高三（9）（10）两个班，托曹群英、张佳美两位优秀班主任之福，拿得高考奖金不老少，奖金数额名列高三数十位任课教师前列。

高考结束后，与众位高三任课教师一道到青海、宁夏做一周逍遥之游，高原、沙漠、黄河，尽收眼底心间。

儿子争气，在中考中发挥出色，不但凭自己本事考进省一级重点中学东阳中学，而且还拿到了高一理科实验班的准入证，奖他厦门几日游。儿子回家那晚，其兴奋自豪劲，至今记忆如昨。

8月1日晚10点多收到来自就读浙大的学生赵磊的短信，谁说好学生都是白眼狼？

> 老师，我是赵磊，不好意思，这么晚还打扰你了。今天是8月1日，一年之前我们在9班从相遇到相知相识，首先还是想谢谢老师一年的关照吧。说真的，没有老师的指引，我不会喜欢上看书；没有老师的鼓励和鞭策，也就没有我高考的成绩。这是一份迟到的感谢，但我想还是希望老师收到!! 上了浙大，我会像高三一样用心，多看书，拓宽自己的视野！争取以后能成为像老师您一样的博学之人！我想我不会让老师失望的。

8月16到17日，与林旭、才高、供军等好友到龙泉、景宁、缙云一游，在青瓷、宝剑、印石中游走了两日。

8月底以班主任身份参加了东阳中学1993届（3）班的高中毕业二十周年同学会，史杰君、吴辉东、金杨嵘等同学组织得力，程序完美，让众师生乘兴而来，尽欢而归。时隔多日，让人依然对这次聚会津津乐道。

新学期，领导嘱我担任东阳中学名师培训班主管教师，又委派我带培两位美丽女徒。课务负担为之大为减轻，只作高一（2）班一个班任课教师，为我赢得读书写作时间不少。

10月18日到20日，趁着周末，由林旭兄带队，几位高中老同学到湖州悠游，参观了潘家廊古建筑群、赵孟頫纪念馆、赵孟頫私家花园莲花庄。到南浔作故地重游，夜赴太湖之滨月亮湾酒店广场，赏大型公益演出。访双林绫绢厂，寻龙悬河上三姐妹桥。

10月24至25日，携厉晶晶老师赴金华参加第四届全国新语文尖峰论坛活动，与肖培东、袁湛江、郑桂华、童志斌、蔡伟、寇永升等名师联袂上展示课。

11月2日，东阳中学1993届（4）班邀我参加在杭州举行的高中毕业二十周年同学会，班主任吴荼芳老师自在被邀之列，而我作为唯一受邀的任课教师，幸何如之!

11月19日下午上完选修课，打开手机，发现去年毕业的学生包如月给我发来的短信。我的诗歌《东阳江畔彩虹桥》刚在周一发表，没几天如月就来信谈感想了，反应好快啊。收到如月的暖心话语，心怀大畅。老师也是十分需要学生鼓励的，呵呵：

> 陈老师，看到您写的《东阳江畔彩虹桥》，我不禁想到了很多。您的文笔始终是那么值得我敬佩。到了大学，我才发现，数学公式、化学公式我都已经忘记。唯有在高中时候积累的典故词语等语文基础在写演讲稿论文时可以信手拈来。在高中时能在您身上学到那么多是我最大的幸运。现在想想真的很可惜向您学的不够多。多么希望可以再上您的课。陈老师，感谢东中有您。——永远的学生 包如月

11月23日，周日。与林旭、才高、申屠航等高中同学前往“东阳之九寨”洋坑水库一带访秋，水边秋色，车慈岭古道秋意，十里红枫美景，大饱眼福。

11月24至30日，参加由金华市特级教师、金华市名师组成的高级研训班赴成都作为期一周的研修参观活动。成都之行，已属梅开二度。2006年那回，原定从九寨沟出来，到达都江堰只需12小时，结果因为路上时遇滚石坠泥，清障排险，晚到了十多小时，计划内的青城山景点无暇一游。这回成都之行，终于圆了一赏青城天下幽之梦。

12月18至22日，托学校工会之福，语文组全体同仁（除厉晶晶因故缺席）26人，加两位家属，共计28人，完成冬与夏的穿越，到海南尽情领略日暖花开、椰香风清。

在东阳市“歌山画水、强市名城”文艺精品大奖赛中，凭一首《一座城市的生长》抒情长诗荣获文学作品类唯一的一等奖。

儿子在东阳市团市委组织的东阳市中小学生十佳歌手评选中凭一曲《我最摇摆》跻身十佳；在校元旦文艺晚会中儿子独唱《改变自己》，架子鼓手俞煊伴奏，珠联璧合，以完美台风赢得满堂喝彩。

按农历，今天是大年三十，尚属旧年，再记喜事几桩：

> 2014年1月16日，参加东阳市拔尖人才座谈会，获悉我已获东阳、金华两级双料拔尖人才称号。1月23日下午，金华市组织部周启标副部长、东阳市组

织部部长俞佩芬前来东中看望韦国清校长和我两位金华市拔尖人才；1月25日上午，市委办公室洪主任和王同志前来我家看望我这个拔尖人才，还给我送上了一个由百合、郁金香、鹤望兰、风信子、羽衣甘蓝等名贵花卉组合而成的精美大花篮，给寒舍平添了许多喜气。

15. 行年五十

钱钟书先生，吴宓赞其“才情学识兼具，新旧中西俱通”；学界称其“中国博学鸿儒，当代文化昆仑”；世人惊其“大师风华绝代，天才卓尔不群”。无论是人们熟稔的《围城》，抑或是近乎天书的《管锥编》，都一次又一次地惊讶了国人，感叹了世界。如此卓尔，钱先生为人却十分低调。钱钟书先生80寿辰时，有一些单位要为他祝寿。先生闻讯后，坚决不同意。钱先生讲过一句极富哲理的话：“老去增年是减年。”他还提过一件事，有人准备为他父亲开纪念会，被他婉言辞谢。同时，他给朋友写信，说：“何苦来呢！找些不三不四的闲人，说些不痛不痒的废话，花些不明不白的冤钱。”

2013年7月17日，是钱钟书先生的夫人杨绛女士的百岁生日。当有人与她谈起即将到来的生日时，杨先生淡淡地说自己不过生日，“我生日在一年中最热的时候，不方便出去过（生日）。”她说，喜爱她的读者，如果想为她祝寿，“就在那天替我吃碗寿面吧！”

钟书先生与杨绛女士风华绝代，却低调谦卑，文坛贤伉俪，百代为师表。

“德不孤，必有邻。”中国著名语言学家周有光先生集大师风范、凡人情怀于一身。周老在《周有光百岁口述》中说道：“我现在有‘三不主义’：一不立遗嘱，二不过生日，三不过年节。日常生活越来越简单，生活需要也越来越少。”

光阴荏苒，马齿徒增。蓦然回首，发现自己竟已逝去五十春秋，真是像新锐作家冯唐所说的：活着活着就老了。行年五十，按民间说法，时逢“大十”，按民间风俗，该当一贺。更兼年届半百，意义更属不小。但《论语》说得好：“君子之德风，小人之德草，草上之风，必偃。”受钱钟书伉俪、周有光先生等前贤启迪，五十知命之年，想不惊动任何人，随它平常而过。尽管语文组内同仁如兰生兄等一再提议要为我贺寿，但我总以年届半百，虽曰可喜，实则可悲之语搪塞，笑言不要再三提醒我年事已高。真的，上了一定年纪后，要学会忘掉自己的年龄，争取既拥有年轻的心态，也保持壮年的体态。

但家里人毕竟记得，我辈俗人，毕竟不能免俗。于是在妻子的建议下，11月16日生日（其实这个生日日期也只是个大致推断之期，我家有兄弟姐妹6人，因孩子太多，以致父母也记不清我的出生日期，更别说出生时辰了。只能据父母模糊回忆，履历表上胡乱填写出生年月日如下：1964年11月16日）这天，适逢周六，妻将岳父、岳母二位，小舅子一家和连襟一家拉上，在通江路锦豪饭店聚了聚，乐了乐。

看微信上，同学朋友学生都在通报家长里短，随喜发了几张生日照片，收到了若干祝福，就此平安度日，乐以卒岁。

十多年前，学校有快乐星期三品牌节目，每逢周三，就安排些娱乐项目让学生乐呵乐呵，尽管此一项目荒废有年，但却在东阳中学教师心中留下难忘的印迹。现在每逢周三，老师们还是会自行组织点活动犒劳一下自己。12月4日，周三。高三语文教研组邀我一聚，承蒙吴巧阳、郑中南等同仁不弃，周三拉我入伙同乐，我便欣然应允。

傍晚5点，我与郑中南、厉晶晶等先到“新当家人”酒店，吴巧阳、马恬静、史莉娟等后到。当我们先到之后在酒店门口等候时，巧阳、恬静、莉娟来了。恬静与莉娟，一个手拎蛋糕，一位手捧鲜花。走到我跟前，她们一齐对我说：生日快乐！我先是懵，继而乐。我的生日早过了，竟还有人记得给我贺寿！马斯洛的需要层次说里将“尊重需要”排在仅次于最高层“自我需求”之后的第四层。可见除了太上忘情之外，有人尊重，我辈凡夫俗子是难免心花怒放的。

是夜，老怀弥畅，酒门大开，与中南兄两人很快干掉两斤女儿红。

2013年12月5日

16. 东城雅集，兰亭遗风

风乍起，吹皱一池春水

早在余秀华穿越过大半个中国，扑进你我的眼帘之前，在东阳的地面上，二胡、炎子、清晨依林、胡永清、黄保平、一衣澜沧等诗友，就在酝酿一场诗坛清风。随着《盟》诗刊的创刊号的横空出世，东阳诗友树起了一面诗坛旗帜，辟出了一方诗界根据地。《盟》诗刊前言成了他们的宣言书：

光明中了毒，于是变作黑暗；人生离了诗，所以成为粗俗。前贤孔夫子曰：

“不学诗，无以言。”西哲海德格尔说：“诗乃是存在的词语性创建。”离了诗歌的生活，就如庭院中鲜花的集体性萎蔫，让人情何以堪？曾经沧海，更不能坐视水的枯竭；曾历巫山，岂容云烟岚岫消逝？我们，见证过中国诗歌的云蒸霞蔚，聆听过生活歌谣的不尽传唱，因此，面对芳林毁殚，诗情殒落的现实，捋袖而起，挥臂而动。因为诗，我们“盟”！

我们可以有鸥盟鹤梦的闲暇从容，我们更需要逆流而上的逆袭姿态。

诗人雪莱说：“诗是最快乐最善良的心灵中最快乐最善良的瞬间之记录。”

在东阳的大地上，一群诗路驴友，正在奋力鼓呼，为诗结盟，与诗盟誓，记录风雅，传达美善。

在“盟”的基础上，以炎子为代表的东阳诗友，联合金华地面的众多诗友，建立了“诗（代）广场”QQ群，将“盟”的根据地不断向外拓展，延伸到八婺大地。

2015年1月中旬，随着东阳市作家协会换届选举的成功举行，更因为“建筑界的诗人，诗人中的建筑家”洪铁城先生的强势回归，东阳的诗友们仿佛郭靖、黄蓉遇上洪七公，在洪老前辈的引领感召下，东阳诗友们诗人兴会更无前，正在走出东阳，冲向全国性大型诗刊《星河》。

今夜星辰今夜风

2015年2月13日。农历腊月二十五，小年夜。

“诗（代）广场”的集结令，使小年夜家庭的众多计划先让位给诗情雅意。是夜，“诗（代）广场”新春诗会在东阳城区中山路340号和品红茶馆铿锵上演。

诗友们纷至沓来：

东阳市广电台的炎子、杜哲英来了，东阳中学的清晨依林来了，东阳市总部中心的六六来了，东阳市残联的胡永清来了，东阳市巍山镇政府的石上清泉来了，东阳市教育局的吕映珍来了，东阳市教育局第二实验小学的曹靓娴来了，东阳市歌山初中的楼向东来了，就读于新疆师范大学的一衣澜沧来了，东阳市中医院的黄长珍来了，广厦集团的曹晶晶来了。浦江诗友蓉儿、云儿、东方一如也来了。蓉儿携《月泉微吟》诗集而来，分发各位来宾。一册在手，随意翻阅，蓉儿的微型诗，芬芳了早春良夕。

东阳书协的朋友们在东阳市书协副主席陈林旭先生的邀约下，也前来助兴联欢。

应旦红、杜俱阳、金妙勇金妙雄孪生兄弟、张跃军、吴佳燕、胡晋携墨绰管而来，给诗会增色不少。

琴艺界的朋友吴潇潇、丁志标、姚日斌抱琴而至，古韵清趣顿生。

白发皤然、精神矍铄的洪铁城先生亲临现场，老树新花，给诗会带来了一股雄迈老辣之风。

洪铁城先生现为金华市国土规划设计院总顾问、浙江师范大学城市规划系兼职教授、金华市职业技术学院专业指导委员会主任。 此夜，铁城先生推掉了众多事务，以伟岸魁梧之躯，坐镇诗会现场。

不少小天使，偎依着诗友母亲，蹦跳进诗会迷人的磁场。

群贤毕至，少长咸集，共为着诗歌的名义。 列位，如此良夜何?

茶香・诗情・琴韵・墨意

酒逢知己千杯少，诗到心头激情多。

小天使早就按捺不住了，或独吟，或联诵，或柔婉，或雄放，雏凤清音将一腔古典诗意演绎得风生水起。

听罢小天使天籁，浦江诗友率先上场，蓉儿的一首《水墨・江南》让身在江南的在座宾朋对江南有了更深的体认和依恋:

三月的水墨铺张开来
一河晨雾，远比清明前的新茶
淡泊。黑白底片上
剪裁得当的芦苇，长进我的文字
有绿意在心里滋生
比二月的李花还纯净，有水的透明
所有的画面都不是刻意安排
两岸青山，倒影，和竖着的帆
都由你撑舵。我在心里默念
江南，江南
你是我私定终身的爱人

一衣澜沧，真名包钰莲，2014 年毕业于南马高级中学，中学阶段便是南高知名度极高的才女。 高考结束后，她毅然决然报考了遥远的新疆师范大学。 小包朗诵的《给战斗者》携西北的猎猎大漠雄风而来，关西汉子铁板铜琶的雄浑之声骤然炸响：

啊战斗者，
此刻你的血液正将干涸的河床填满
你宁可在黎明里灭亡
也不愿在黑暗里残喘

吕映珍用女性特有的细腻柔美，将洪铁城先生的《步艾青〈大堰河——我的保姆〉原玉》抒情长诗吟诵得回肠荡气。

聆听石上清泉的原创诗歌《走进西夏王陵》，让满座高朋穿越古今，油然发思古之幽情。

浦江诗人云溪唱晚，因故不能列席，但人未至，诗却到，在座诗人代读，情意毫不打折；滞留江西建筑工地的琼楼玉宇将自创的《归乡》一诗委托在场的石上清泉朗诵，游子浓得化不开的思乡之情扑面而来：

绝不允许蝴蝶和蜜蜂
把我引入歧途
坚持一路向东
胸中暖意渐满
心里依偎更浓

除了朗诵诗友原创作品，诗会也引入了诗界八面来风。清晨依林饱含深情地朗诵了余秀华致云南诗人雷平阳的一首诗，作为对金华众诗友的提醒和鞭策：

我没有写过诗歌，
你也一样
一辈子，我们会遇见多少写诗的人，
但是我不相信他们就是诗人
而你是。
冷冷地看着一条狗死去的你是
从容地面对落日西下的你是

当你长歌当哭，为一个无法回来的灵魂。你是

清晨依林还朗诵了被称为“诗歌妖童，心灵天使”的桑恒昌的一首题为《木雕》的诗，借此向东阳本土的木雕文化致以新春的敬礼：

刀枪剑戟
反反复复
深入到
骨骼的最深处

一次次
让关云长
都惊出冷汗的
刮骨疗毒

灿烂的微笑
无处
不是
千凿万割的伤口

死过之后
又死了多少次
才成就了
这把美丽的骨头

朗诵结束，琴韵飘响。丁志标等琴艺爱好者当场奏艺，在场诸人屏心静气，不敢少动。一曲《梅花三弄》，东城何处落梅花，引人欣坐水云间。在高雅文化的观照下，众人俱有知音共处、知己在旁的温馨融和之感。

琴韵甫歇，诗友们或摭拾前人佳句，或手捧自己苦心经营的清词丽句，呈递于书协名家之前。书协朋友搦管挥毫，逸兴遄飞。应旦红先生真行隶篆诸体皆备，挥洒之间，或古奥醇厚，或清雅轻灵，引发一派啧啧称赏。陈林旭先生笔走龙蛇，朴拙天娇，颇有手挥五弦，目送归鸿之豪情胜概。一时之间，茶香与诗情

齐飞，琴韵共翰墨共振。

待笔酣墨饱，心神俱醉之后，动极思静，诗朋琴侣书友，品茗共话盛世文化愿景，一饮一叙一陶然，不知今夕何夕……

2016 年 4 月 25 日

17. 中国好诗歌，东阳进行时

这些天，我们总能看到一个鹤发童颜，热情似火的身影穿梭在浙江大地上，他时或杭州，时或金华，时或江山，时或浦江，时或东阳，为中国新诗的再度崛起，联系名家，接待诗友，举办活动。他就是建筑师中的诗人，诗人中的建筑家洪铁城先生。

在洪先生的奔走力倡，牵线搭桥，筹划组织下，4 月 25—26 日，“中国好诗歌”文本创作研讨会在中国横店东磁集团成功举行。诗会上，八秩高寿的骆寒超先生现身说法，论诗谈道；年逾古稀的裘樟清先生（雨石）即席赋诗，挥斥方遒。东阳文坛耆宿楼震旦先生、张荣廉先生，在诗会上或侃侃而谈，或老夫聊发少年狂，口诵舞咏。正应了诗人余光中的名言：“情人可以老去，诗心永远不老。”

正是人间四月天

人间四月天，草长莺飞。在最美丽的时节，做最美丽的事业，谈诗论诗写诗诵诗，岂不快哉!

为了给诗会取一个叫得响打得出的嘉名，4 月中下旬，笔者有幸与骆寒超、裘樟清、洪铁城、刘浪、炎子、胡才高等诗友反复推敲几易其稿。从“星河扬帆·东阳放歌”到“诗在·我在”，一直到“中国好诗歌”。最后大家一致觉得“中国好诗歌”这个名称，亲切，响亮，大气。最后一锤定音，就用“中国好诗歌”这个惊艳品牌。

竖起招兵旗，自有精兵来。“中国好诗歌”文本研讨会招牌一打出，就引得各方诗友热烈响应。4 月 25 日上午（有的还早到了一日）人民文学出版社《星河》诗刊主编、中国诗学三大理论家之一骆寒超，《星河》诗刊执行主编骆苡，诗人陈忞蕊、袁丹丹、周小波，原浙师大教授、诗人裘樟清，以及《人民文学》诗歌大奖获得者、山东日照诗人上官南华，以及金华、兰溪、东阳、浦江、义乌、温州龙港等地 30 多位诗友联翩而至。上至 80 高龄的骆寒超先生，下至 8 岁髫年的小诗人吕端伊都来了，群贤毕至，少长贤集。在惠风和畅的春日，为了一个共同心仪的名字——诗歌，大家走到一起来了。

众擎易举看东阳

成语有“众擎易举”，俗话说：“人心齐，泰山移。”此次诗会，充分展现了东阳力量。

《星河》诗刊大旗一挥，东阳市总工会、市文化艺术界联合会、市作家协会、“诗（代）广场”QQ群，市文化馆、横店集团东磁股份有限公司等等，多家联动，一体运作，使得“中国好诗歌”文本创作研讨会，更显色彩富丽，妖娆动人。名宅流连，泼墨寄兴，清茶论道，诗歌点评，琴笛雅奏，歌舞怡性，诵诗抒情，形式多样，精彩频现。

4月25日上午，众多诗友兵分两路，一路由胡才高等陪同裘樟清老师。裘樟清老师一行，先到圆明新园稍做逗留，最后驻足于江南名家书画院。应东阳诗朋书友之邀，裘先生吟诗挥毫，笔走龙蛇。

另一路诗友，由洪铁城等带队参观卢宅肃雍堂。真是诗会雅事，天亦乐助。机缘十分凑巧，东阳市有关部门组织的婺剧进景区活动正在肃雍古宅举行。静穆的古宅，演绎鲜活光彩的婺剧名段，如同画龙点睛，亮丽了庭院深深的古奥堂室。诗友们且行且赏，其乐陶陶。

动静交织绣诗会

名闻遐迩的东磁集团，成了“中国好诗歌”文本创作研讨会的大本营。

午后，众位诗友一齐来到八面山脚的东磁十五厂。在厂房门口，布满棉花糖般轻云的蓝天下，八面山悄立风中。流着蜜的白云蓝莹莹的天，八面玲珑临风迎客的奇山，引发了一阵手机、照相机的咔嚓声，更点燃了众多诗友的诗心。当与会诗友了解到横店集团东磁股份有限公司产品远销世界各地、每天为国家上交200多万税收，深深感到由衷的钦佩、赞叹。有的诗友当场赋诗，点赞东阳，倾情横店：

> 刚走出庭院深深的传奇/便牵约八面山上的巧云/我的视听今天太忙/忙中我也不忍遗漏/东阳的点点滴滴/比如先人智慧的言说/比如今天不需雕琢的风景/此刻正在崛起的传奇

在东磁明星企业，那精细的管理，那洁净的厂房，那高强的科技，在产业工人日渐被边缘化的今天，让诗友们更真切地见证了中国经济的脊梁，诗心向企业的基层贴近了一大步。

参观完企业，诗友们在东磁大厦一楼会议室聚齐。市总工会负责人陈金彪的诗会致辞高屋建瓴，作协主席刘浪的引言诗情画意。下午的重头戏是聆听骆寒超先生与裘樟清老师的诗歌讲座。骆寒超先生就新诗的现代性做了专题报告，对“中国好诗歌”的现代性、时尚性话题，作了深刻而详细的剖析。同时对现代诗歌的创作提出了更高的要求，提出如何将个人的生命体验和时代精神形成高度聚集成了能否保证现代诗歌健康发展的焦点。在“人的觉醒”的基础上，骆先生还提出了“灵的觉醒”的深刻命题。在新诗创作技法上，骆寒超先生建议综合运用象征主义、浪漫主义以及现实主义等各流派之长来打造“中国好诗歌”。当骆先生以自己的《时间能否凝固》一诗作为例子谈诗说理时，情到深处，据坐在边上的裘樟清先生言，八秩高龄的骆先生眼睛里分明浮漾着一层盈盈的泪花。真诚出诗心，其言不虚。在回归乡土，缅怀乡愁的当下，出生于诸暨枫桥的骆先生，鬓毛已衰，乡音不改，其一口带有浓重的诸暨乡音风味的普通话，让人听来别有一番滋味。

裘樟清老师就物质化社会生态下人类如何保持人性与诗性作了专题讲座。他以洪铁城先生的《新世纪如是说》长诗为例，剖析了家国意识与诗情画意如何两相结合、相得益彰的独特见解。

诗歌，需要感性生发，也需要理性探索。两位长者的讲座，给了诗友们很大的启迪。

风流肯落他人后？

晚上 7 点半，“中国好诗歌”朗诵会在横店东磁大厦一楼大堂隆重上演。

玫红色地毯铺就的诵诗台，原野山岗蓝天白云的背景墙，使整个诗会未成曲调先有情。

主持人胡才高、王凌云为这台诗歌朗诵会的成功举行全力以赴，精益求精。精心安排节目顺序，反复推敲每句串台词。当他们联袂登场，男的劲挺如松，女的清雅如莲。精彩的开场白将诗友们的表演欲激发得如涛如潮。

吕端伊小诗友用稚嫩的童声朗诵了自己写的诗作《影子》，博得满场掌声。兰溪诗友林隐君朗诵时丰富的表情和肢体语言，让诗友们想见苏东坡“起舞弄清影，何似在人间”的高韵雅致。老诗友张荣廉朗诵时句句铿锵，字字有力，振聋发聩。才女王秋珍自谦不会写诗，可是她专为这次诗会赶制出来的小诗，朗诵起来照样清雅迷人。

东阳市文化馆选派精干力量，襄助诗歌朗诵会演出。笛声的悠扬，男高音的豪放，越剧的婉转，穿插在诗会之中，锦上添花，生色不少。

随着诗会高潮的到来，出现了抢话筒的奇观。让人油然想起李白诗句“气岸遥凌豪士前，风流肯落他人后”所描绘的率性洒脱。许多原先腼腆忸怩、不敢上场的诗友，都被红火闹热的气氛感染，纷纷改变主意，抢着上场。一次又一次的诗韵与掌声齐发，笑语共欢声飞扬，见证了中国好诗歌的芬芳魅力。

时近深夜10点半，被骆寒超先生、裘樟清老师表扬为诗中多“家国意识”的笔者，上台朗诵了原创长诗《水问》中的节选四段，作为这台诗会的尾声。

诗会结束了，诗友们纷纷感叹：从来没有体验过这么美轮美奂、有滋有味的诗会。

临去秋波那一转

有诗相伴，一夜好梦。

4月26日上午8点半，诗友们重回东磁大夏一楼会议室，听骆寒超先生与裘樟清老师详细点评金华诗友上交的诗歌作品。两位先生充分肯定了楼宇航诗歌的意象营造、语言技巧，炎子诗歌的善于铺垫、结句警策，曹晶晶诗歌的玄远悠渺，胡永清诗歌的清雅婉转。骆寒超先生尤其称道，洪铁城先生诗歌技法娴熟，理趣诗情结合完美，洪先生不愧是东阳诗坛的一面旗帜。可惜限于时间，此番未能对洪先生的万行长诗《世纪遗言》作详细的评述。骆先生同时对金华诗友作品中存在的语言松散、长句太长、篇幅过大、挖掘不深等问题作了推心置腹的忠告。

专家点评后，是诗友互动环节。炎子、胡才高、蓉儿和笔者作为金华诗友代表，从不同角度畅谈了自己对于诗艺的理解。有些观点可以说针锋相对，但求同存异，彼此启迪，诗友们感慨获益良多。

诗会临近结束之际，裘樟清老师以他早年写给心爱之人的《别后的日子》一诗赠别各位诗友：

别后的日子/是一把刀/把我的思念/宰割得鲜血淋漓/我每天咀嚼/你用眼神编织的秘密/我灵魂漂泊的船/总想靠拢你/用真诚构筑的堤岸/我不怕你堤岸的/无边无际/却只怕你眼神的/遥遥远远

2014 年以《八声甘州》获得第二届北京文艺网国际华文诗歌奖第一部诗集奖的山东诗人上官南华先生，与众多诗友是第一次见面，但诗会期间，他的特立独行、诗人气质、名士风范给大家留下了极为深刻的印象。

上官南华布衣轻鞋，灰朴散淡亮相，让人疑是少林扫地僧驾临。但是他一开口就语惊四座。第一天下午，当刘浪主席介绍到来自山东的嘉宾上官南华时，上官先生用诗人的激情对东阳赞赏有加，他深深喟叹："东阳的城区真大呀，从入城口到朋友宴会处，整整需要 20 多分钟；横店真富呀，把皇宫都搬到了家门口；东阳人真有福呀，荣华富贵都被你们拥有了！"当最后一天，诗友互动环节结束，裘樟清老师赠别诗吟罢，洪铁城先生将要宣布会议结束之时，上官先生主动抢过话筒，连珠箭般逼问众多诗友两个问题，一是什么叫"断头月"，二是什么是"宇"，什么是"宙"。见众多诗友一时回答不上来，上官先生侃侃而谈，阐发了他欲做好诗人，写出好诗歌必先穷究天人之际，提升文化底蕴的宏论。慷慨陈词一毕，上官先生发布了他刚刚获得的"诗人汪国真去世了"的消息。众诗人惊闻噩耗，集体致哀，为一代名诗人英年早逝唏嘘怅叹久之。

当中饭把酒话别，上官先生酒到杯干，豪气干云，最后单膝下跪，向众人行一大礼，一起身，喊响一句"一分钟，也是爱情"，绝尘而去。

一天半的诗会，转瞬即逝，却让众多诗友回味无穷。周小波先生周日回家，当天就挥就数千字长文，题目就叫《东阳，将成为诗歌之乡》，对东阳人的才情底蕴叹赏有加。临别之际，诗友们虽说心中也有席慕蓉《为什么》一诗中一样的惆怅，"欢乐总是乍现就凋落，走得最急的都是最美的时光"，但更多的却是愿借此次诗会契机，让自己化作一星诗火，去燎亮日渐荒芜的精神原野。

2015 年 5 月 1 日

18. 卢宅老街上的慢喜茶事

我们坐在树下喝茶
用的是木鱼石茶具
石料就采自这山中
茶叶叫灵岩青
产于不远处的茶园
沏茶的水离得更近
顺着这棵青檀的裸根往北看

舀自七步以外的那眼清泉
烹茶时点燃的是酸枣树枝
……

这些天，与朋友们津津乐道路也的《青檀树下》一诗。由路也的诗而引发我们极大的茶趣。“琴棋书画诗酒茶”，样样皆为人生雅事。但不知何故，我天生对茶过敏，上午10点左右喝下的茶，足以让我夜深12点依然耿耿难寐。自诩文人，竟不敢饮茶，实为憾事。近来悟得一“崩溃疗法”，明知山有虎，偏向虎山行，竟向死而生凤凰涅槃，可以放胆喝茶了。大喜之下，填词一阕，以抒快慰：

菩萨蛮·茶惑

诗/陈益林

茗香佐读饶清气，
偏吾薄福难轻试。
过敏只因茶，
夜深梦碎嗟。

睡神留不驻，
索性随他去。
向死觅生着，
顽疴竟遁消。

朋友得讯，纷然邀我品茶，我欣然赴约。6月3日，周六，晚，与茶友一道来到卢宅老街14号。

粉壁上“慢喜茶事”四字招牌跃入眼帘，令人不由得颔首称赏。两间木质屋面，门廊上花木扶疏，葱郁一片。一棵足有十多年藤龄的紫藤缘墙而上，溢翠分绿。一个古朴的石臼，擎起一朵红硕的碗莲。其余，万寿菊、碧玉、茉莉花、栀子花、七彩椒，都是惹人喜爱的花草。人立门前，即有入芝兰之室之感。

走进茶室，左有石韵水趣草怡组合而成的观赏小筑，中有陈列福建各色名茶的橱柜案桌。摆满各种清雅茶叶储蓄罐的案桌上，一盆文竹，枝叶纷披，一看就是养护得法之作。右边一张木板长桌，是供茶客品茗之处。

路也是山东女诗人，她诗中的“灵岩青”应是因产自山东灵岩寺而得名的灵岩茶。而“慢喜茶事”茶楼陈列的都是福建名茶。

茶楼女主人姓万，此姓东阳不怎么听到。一问，来自义乌。女主人 40 多岁，身材颀长，秀而不媚，清而不寒。语调不疾不徐，温婉宜人。

诚所谓“听君一席话，胜读十年书”。

茶是福建名茶，水是取自李宅古井的井水。女主人边泡茶，边沏茶，边娓娓而谈。我们一边品尝福建红茶、青茶、白茶，一边听女主人谈讲福建名茶茶经。渐渐地，我对福建茶系有了较为明晰的了解。

福建名茶分红、青、白几种。

红茶以武夷山正山小种及正山小种的分支金骏眉、妃子笑为代表，皆原产于福建省武夷山市桐木村。桐木村及与桐木村周边相同海拔、相同地域、用相同传统工艺制作，品质相同，独具桂圆汤味的茶品统称“正山小种”。“正山”指正确正宗的意义，而“小种”是指其茶树品种为小叶种，且产地地域及产量受地域的小气候所限之意。“金骏眉”三字，“金”指金贵，“骏”是希望此茶能如骏马奔腾般快速推广开来。福建传统名茶常有“眉”字，一则“金骏眉”茶型修长如眉，二则“眉”有长久、长寿之意，故取名“眉”字。“妃子笑”是正山茶业公司在金骏眉等研制成功后，开发的一款品质特征十分独特鲜明的高端茶。之所以命名为“妃子笑”，一是因为这种茶泡出后口感甘甜，味与香均与荔枝非常相似，二是取杨贵妃故事，因此得名。

青茶，又称“乌龙茶”，岩茶，主产区为福建武夷山茶区。其中最著名的有大红袍、铁观音、白鸡冠、铁罗汉、水金龟等，大红袍是武夷岩茶之王。青茶介乎于红茶和绿茶之间，它既有红茶甘甜香醇的特色，又有绿茶鲜美浓郁的味道。青茶为何叫“乌龙茶”？说起来有趣：古代福建有一个茶园主人去看快晒好的茶叶时，发现那里趴有一条乌龙。他吓坏了，过了几天才敢回来看。茶叶在这几天太阳之下氧化，不再是以前的绿茶，但是浓香可口。主人从此叫它“乌龙茶”。也有说最先发明乌龙茶制法之人名字叫苏龙（因人长得黑，人称乌龙），所以茶因人而得名。当然比较为后世认可的说法是：乌龙茶名字来源于茶叶的形态，茶叶在晒、炒、焙加工之后，色泽乌黑，条索似鱼（比作龙）。在水中泡开，叶片似卷似曲，色泽乌青，有如乌龙入水。武夷“大红袍”的得名，一说因早春茶芽萌发时，远望通树艳红似火，若红袍披树。二说明朝年间一个赶考举人路过武夷时，突然发病，腹痛难忍，当时有位来自天心岩天心寺的僧人取出采自寺旁岩石上生长的茶泡给他喝，病痛即止，不药而愈，举人后来考取了状元，为了答谢和尚，专程前来拜谢，并将身穿的状元袍披在那株茶树上，该茶因而得名“大红袍”。至于“铁观音”，在福建安溪流传着两种历史传说，一说是西坪茶农魏饮梦见观音菩萨赐给一株茶树，后来挖来栽种而成；另一说是安溪尧阳一位名叫王士让的人采制成独特的茶献给皇帝，皇上赐名“铁观音”。武夷山素有“奇秀甲于东南”之称，因山上多岩石，茶树生长在岩缝中，岩岩有茶，故乌龙茶亦称“武夷岩茶”。高明的茶师把武夷岩茶的“岩韵”归纳总结为“活、甘、清、香”四个字。

喝“岩茶”特别有讲究，需有品、有趣、有闲兼具的茶友，方能品出其中三昧。“杯小如胡桃，壶小如香橼，每斟无一两，上口不忍遂咽，先嗅其香，再试其味，徐徐咀嚼而体贴之。”开汤第二泡香才显露。茶汤的香气自口吸入，从咽喉经鼻孔呼出，连续三次，所谓“三口气”，才可鉴别岩茶的品味。更有上者“七泡有余”。

说到“白茶”，浙江安吉白茶，我听得多，也喝过数回。今夜茶馆问茶道，方知白茶分两枝。北有安吉白茶，南有福建白茶。同名“白茶”，其质各异。安吉白茶为绿茶，因为它是白叶茶按照绿茶的方法制作而成的。而中国六大茶类之一的白茶，主产于中国福建省的南平市政和县、松溪县、建阳市和宁德市、福鼎市。福建白茶最主要的特点是毫色银白，素有“绿妆素裹”之美感，且芽头肥壮，汤色黄亮，滋味鲜醇，叶底嫩匀。中医药理证明，白茶性清凉，具有退热降火、消炎解毒之功效，尤其是白毫银针，是福建白茶中外形最优美者之一，令人喜爱。绿茶不宜久储，而福建白茶是存放时间越长，其药用价值越高。

得知我是教师身份，茶馆女主人建议我多喝福建白茶。教师最常见的职业病是咽喉炎，白茶的退热降火、消炎解毒功效对消除咽喉炎对症对路。

女主人还给我们列了个一天当中的最佳饮茶时间表：

上午 10 点到 11 点，下午 2 点到 5 点，晚上 8 点半至 10 点。

品了两个多小时的茶，听了一肚子的茶经。是夜 10 点半许，当我们走出“慢喜茶事”茶楼时，忍不住再回身向茶香草绿花香人雅频频致意。

听女主人说，“慢喜茶事”茶楼，准备打出“施茶”茶幌，让前来卢宅游玩的游客免费品茶。

我突然有了改动路也《青檀树下》一诗结尾数字的冲动：

客官，当你行经卢宅老街
不要急于上路

请在“慢喜茶事”茶馆多喝几盏
过了这个店可就没有那个铺

附：浙江省语文特级教师肖培东先生《夜雨品茶》一文

夜雨品茶

肖培东

“如果用这样美丽的石头建造一座城堡，那将会多么迷人。”

乡村邮差薛瓦勒躺在床上，这么一想，法国就有了一座名字叫“邮差薛瓦勒之理想宫”的城堡。而在入口处一块石头上刻着这样一行字：“我想知道一块有了愿望的石头能走多远。”

读着这行字，我至少知道了一点，那就是，一块石头是可以有愿望的，能读懂这块石头愿望的人，应该就是世界上活得最真实最快乐最有趣味的人，当然，也很艺术。

那个细雨迷离的夜，我从金华来到东阳，益林兄和他的朋友林旭兄和包子在喝茶。精致的茶具，高雅的房间，四周竹叶点缀，还有满墙的书画。我坐在一角，看艺术家优雅从容地煮茶，冲泡，举杯，慢品，很日常的饮茶就在这样的氛围中引向了艺术化引向了人生哲理。我不懂茶道，自然无法领悟茶的灵性与美感。茶入水便如人入世，生死之间从此有了说不完的故事，只是这茶里的无穷余味，只待日后我慢慢斟酌。看着朋友饮茶的那种潇洒与细腻，再看看茶壶嘴里袅袅上升的水雾，日益浮躁的我是有愧于这茶香飘逸的柱柱轻烟的。他们饮茶是艺术，是通过品茶进入内心的修养过程，去感悟苦辣酸甜的人生，使心灵得到净化。都说“头道水、二道茶、三道茶水最精华、四道清甜韵味暇”，茶可以“涤烦”“忘忧”“去虑”，而浅薄之人或急躁之徒，如我，是无法耐下性子去做这一番细致活的。看他们端杯飘香，古典清雅之气就在袖间荡漾，不由感慨，这修性修心真是一辈子的事情。

人生一盏淡如茶，若能懂这一道理，自然是不辜负今晚的好茶。

这黛色雨夜，最让我心动的，还有匍匐在木格茶盘上的几块石头。

我开始没注意到这些不说话的石头。在这氤氲的茶香中，它们是沉默的是被人忽略的。可是，林旭兄偏偏是很细腻地用茶水一遍遍地淋着这几款不规则的石头，干了再淋，湿了再干，那流转在这小小石头上的眼神，透着无限的敬畏和爱怜。艺术家很深情地凝视着它们，仿佛在凝望一段遥远的历史，在致敬一段生命的邂逅。也许，懂茶的人对人世间的万物都能悟出最深入、最细致、最独到、最有价值的品味。那几块石头,已经被岁月被时间被这茶水淋出了气质,凹凸面,或是光滑面,都深深地嵌入了时光的烙痕。“这块石头,是在兰州的河滩上捡来的。”他很认真很专注地回忆着,“刚开始不觉得有怎么奇特,看得久了,就觉得是有故事的。”他又一次用芳香的茶水淋着,茶水慢慢地舒展开来,把一块石头的故事呈现在我们眼前。“看到了吗?像不像屈子行吟,披发高歌?”真的,几条纹络一展示,不同的色彩组合成了泽畔放歌的屈原。“如果换个角度,看看上方的几抹云痕,你还觉得那是赤壁问答的苏子。”石头,自然界的时光刻录机,让我们不知不觉陷入一种无际的遐思,遥远的,历史的,文化的,哲理的……

“我选择石头来激发自己的想象。一块沉重的石头在人的内心可以是一片浮云。对我来说,每一块石头都是大自然的缩影。”说这话的是画家刘丹,他能以石为“引度”,将中国古人对宏观世界的理解转向对微观世界的探索。一块沉重的石头是一片浮云,那么,一块安静地趴在茶盘木格上的小石头,又会是怎样的一朵流痕?它一定有故事。也许,千百年前,它是一棵树下的一段静默,是一座山上的一块灵动,或者,是一条溪水里的一次冲刷,一方孤岛上的一垒守望。是精卫填海时不慎衔丢了的一块,还是女娲补天时刻意遗落的一枚?难不成还是愚公移山时一路晃晃悠悠的溢出?石头是有灵魂的,它有心跳,有诉说。是皇宫大殿里的随意抛掷,还是乡野阡陌上的路边踢踩,一个男子在它身上看到了遥远的思念,一个女子把它装进了香囊从此夜夜无眠。哎,我不知道是谁带它来到了兰州的河滩上,风雨雷电,都是它的敌人它的伴侣,它静静地躺在河床里,流水淌过,冰雪覆盖,枝叶甚至污浊都曾经让它囿于寂寞。等待,甘于等待,不急不躁,直到一双温柔的眼睛,一只厚实的手掌,带它来到这间精致的飘满茶香的小屋。然后,它的同伴也陆续地来了,它们应该不孤独了,可它们还是没有言语,依旧是一次次无怨无悔地接受茶水的滋润。天长日久,有了光彩,有了色泽。

朋友托起一块石,轻轻地掂量着。岁月就在其间,故事就在其间。

每一块石头都是岁月,每一块石头都有一种无声的倾诉。想象无数个凄风寒雨的日子,想象着忍受世间所有蹂躏的这份沉默,我真心感动了。外面的雨来了,这不重要了。我的眼睛落在石头上,也像落在我走过的苦难与欢乐的路上,我真诚地致意,传达着我的尊敬。

一杯茶,我慢慢地饮尽。我想起了薛瓦勒之理想宫,想起那有愿望所以走远了的石头。我不说话,为这茶这石头,动容。

19. 学诗漫记

唐朝诗人刘长卿在《听弹琴》一诗中感喟:“古调虽自爱,今人多不弹。”

自 2016 年下半年加入东阳市诗词楹联学会后,我却与学会中众诗友吟诗填词,玩得不亦乐乎。

一个人的志趣爱好多半取决于其年少时的生活经历。像我这样的 60 后,小学初中时除了几本教科书,难得读到的,也就是几本缺头少尾的中国古典名著。开口奶吃的是古典营养,入高中后又遇上酷爱中国古典作品的许岳忠老师,于是自打青少年时期起,我就对中国古典文学情有独钟,对中国古代那些舞文弄墨的骚人雅客自然崇仰有加。

于是总想对中国古代的风雅之技学个一招半式。大学中文系读了几年,在中国古典的无边风月中游赏了数载,渐渐能掉上几句文言。大学出道,走上工作岗位后,想到学生掌握词类活用、文言句式不易,便尝试用文言写了篇故事,将古汉语的各种词类活用、文言句式糅合其间,让学生记熟背透,确亦让学生增进了一些应试之功。对于中国古典诗词(以下简称“古诗词”)写作,则一直不得其门而入。大学期间曾进过古诗词写作选修课课堂,但恕我不敬,讲课的老师讲得实在味同嚼蜡,不堪卒听;自己翻阅王力、夏承焘先生等的诗词格律讲章,什么“孤平”“失粘”“拗救”“平水韵”“词林正韵”,觉得简直难如天书。

工作多年后,也曾进过市里一帮七八十岁老先生创办的诗词沙龙,也曾带上自己创作的几首绝句、律诗,想向先达们求教。但先达德隆望尊,听他们动辄指斥末学后进这不协律,那不中式,惴惴恐不当意,终不敢拿出拙作示人,最后溜之乎也。

直到 2016 年下半年,东阳市诗词楹联学会换届选举,选出了女会长严梅兰女士。严会长虽年近花甲,但透着年轻干练。她敢于开拓创新,不薄老者爱新人,广纳爱好古诗词写作的年轻诗友。最难得的是,严会长亲自制作了精美的教学课件,多次登台为对古诗词写作尚未入门的诗友们作辅导讲座。尽管我自许具备一定的古典文学修养,但对于古诗词写作技巧,独自研读数回,终因古奥难懂而废书而叹。而经严会长一点拨,顿觉茅塞顿开。再加叶序梅先生、胡永清诗友的热情赐教,终于摸到了古诗词创作的一些门道。尤其是永清诗友推荐的“诗词吾爱网”,给初学古诗词写作的我提供了一根受益极多的拐杖。

登高方觉众山小,回眸才知歧路多。掌握了古诗词的基本格律知识后,才发现以往自己写的几首所谓的绝句、律诗和词，平仄、押韵多存舛谬，纯属胡诌。比如前些年听到老人跌倒没人扶的现象，感慨系之而写的这首“律诗”：

开放搞活思翩翩，奇谈怪论足讶异。
忍看白发仆蹶苦，应惊人心温热稀。
人生有限谁不老，岁月无情莫相欺。
扶与不扶枉费舌，道义所在莫狐疑。

现在看来，此诗既不符合平水韵的律诗格律，也不合乎中华新韵的律诗规则。押韵就不对，仄起平收式的绝句或律诗首句须入韵，诗中的“翩”字是无论如何都不能与“异”“稀”“欺”“疑”等字相押的。绝句、律诗在平水韵中多半用的是平声韵，那么“异”字入韵又违反了平声押韵原则。此外平仄方面的不着调更是触处皆是。曾有一则笑话，说有一位老干部，时常喜欢在省级报刊发表古诗词，四句的他必标明“绝句”，八句的他定写上“律诗”，而他的所谓“绝句”“律诗”，根本不符合古代格律诗平仄、押韵、对仗等规则。如果他不注明“绝句”“律诗”，宽容一点的读者还可以以不属格律诗的古体诗看待之，他定要注明“绝句”“律诗”，则贻笑大方，徒增笑耳。

不疯魔，不成活。有同道经常在一起切磋琢磨，古诗词写作是真的会经历像香菱学诗一样“呆—魔—疯—仙”的凤凰涅槃过程的。有“吟安一个字，拈断数茎须”的苦楚，但更多的是家居茶余饭后之时、夏凉散步之际、出差等车候机间隙独自吟哦的充实。更有一诗甫出，发到微信群中，众友称赏的乐趣。

尽管也有朋友在微信上对我酒后吐“诤”言：“恕我酒后胡言，真喜欢您的现代诗！！关于古体诗，因为在唐朝，就已经玩到了极致，甘蔗的渣都不剩了。”言外之意是现代人写古典诗词是瞎子点灯——白费蜡了，但我还是愿意以“爱上古诗词写作的N大理由”来回敬之。

现代人写古典诗词写出大水准、高境界的并不乏其人。文韬武略俱臻化境的毛泽东，被余秋雨先生推为现代写古诗词水准最高第一人的郁达夫，文坛巨擘鲁迅先生，他们创作古诗词，旧瓶装新酒，照样玩得风生水起。大数学家苏步青、华罗庚创作的不少古诗词也都脍炙人口。1979年，苏步青先生随大学校长代表团访问原联邦德国杜赛尔多夫城，在阿康饭店下榻。店主热情接待了他们，临别时要求苏先生一行题诗留念。苏先生略事思考，便当众挥毫写下七绝一首：西来处处挹繁华，杜市阿康是我家。中德人民常友好，不愁前路有风沙。经翻译一解说，店主高兴得跳起来，连说太好了！ 太好了！ 人文素养与科学功底的完美结合，才造就了世界级大师。

中学语文教学前辈王尚文、钱梦龙先生都写得一手好古诗词。 且看王尚文先生《白马山绝句三首》以见一斑：

一

山到案前说太古，
水流枕底诉平生。
乾坤谁识余心曲？
试听虫鸣三两声。

二

入定千峰分外青，
群云飞过亦无声。
不知山鬼何处去？
忽有空中一鸟鸣。

三

曼歌徐步意如何？
身似天涯一鸟过。
脚底千山溶暮色，
一峰秀出夕阳多。

中语界大腕级人物李海林先生高度评价以上三诗：“尚文先生吟白马山三首，言孤独而淡淡，诉寂寞而浅浅。 夏日清晨，字字走目，怅然久矣。 意欲对先生说：“天下谁人不识君？ 尽在千峰群云中。 莫道心曲无人识，万鸟和鸣轰山空。”

钱梦龙先生的古诗词佳作也不少，信手拈一首，就可以让人领略其味之隽永。 且赏钱先生咏退休之作《乍退》：

乍退惊回首，人生短亦长。
多冠曾累我，无冕始称王。
偶涉刘伶醉，非关阮籍狂。
书城坐拥处，不羡富家郎。

就“偶涉刘伶醉，非关阮籍狂”这一句就足以让我等新时代的高阳酒徒于心戚戚，引为同道，激赏不已。

虽不能至，心向往之。对于这些深谙古诗词写作之道的现代人士，除了仰慕，私下也很想学其一二，这是激励我学写古诗词的动力之一。

学写过古诗词，懂了点古诗词格律，发现自己的语文教学水平也在不断提高。首先是阅读鉴赏能力提高了。以往读《红楼梦》“香菱学诗”章节，每多隔膜之处，自从懂得“平水韵”的来龙去脉，内里堂奥，更觉书中妙趣，诗里旨味。比如这一句“黛玉道：‘昨夜的月最好，我正要诌一首，竟未诌成，你竟作一首来。十四寒的韵，由你爱用那几个字去。’”以前不知“十四寒”为何物，草草翻过，现在明白了“十四寒”乃宋朝山西平水人刘渊创制的古诗词平水韵“三十韵”中的上平第十四个韵。窥其门径，俨然便觉自己也成海棠诗社中人了。

又如读到杜甫《秋兴八首》的第八首：

昆吾御宿自逶迤，紫阁峰阴入渼陂。
香稻啄余鹦鹉粒，碧梧栖老凤凰枝。
佳人拾翠春相问，仙侣同舟晚更移。
彩笔昔曾干气象，白头吟望苦低垂。

诗中的“香稻啄余鹦鹉粒，碧梧栖老凤凰枝”一联到底该怎么理解，自古以来众说纷纭，莫衷一是。其中解说比较令人信服的还是诗学名家周振甫先生《诗词例话》一书的解说：“‘香稻啄余鹦鹉粒，碧梧栖老凤凰枝’，照字面看，像不好解释，要是改成‘鹦鹉啄余香稻粒，凤凰栖老碧梧枝’，就很顺当。为什么说这样一改就不是好句呢？原来杜甫这诗是写回忆长安景物，他要强调京里景物的美好，说那里的香稻不是一般的稻，是鹦鹉啄余的稻；那里的碧梧不是一般的梧桐，是凤凰栖老的梧桐，所以这样造句。就是‘香稻——鹦鹉啄余粒，碧梧——凤凰栖老枝’，采用描写句，把重点放在香稻和碧梧上，是侧重的写法。要是改成‘鹦鹉啄余香稻粒，凤凰栖老碧梧枝’，便成为叙述句，叙述鹦鹉凤凰的动作，重点完全不同了。再说，照原来的描写句，侧重在香稻碧梧，那末所谓鹦鹉啄余，凤凰栖老都是虚的，只是说明香稻碧梧的不同寻常而已。要是改成叙述句，好像真有鹦鹉凤凰的啄和栖，反而显得拘泥了。说鹦鹉啄余还可解释，说凤凰栖老显然是虚的。”

在了解了古诗词的格律知识后，我发现，其实周先生还没有完全把问题说透。他只注重从词句的意义层面进行解读，而忽略了从音韵格律层面进行深究。作为七言律诗圣手的杜甫，他在创作“香稻啄余鹦鹉粒，碧梧栖老凤凰枝”一联时，一定既考虑到了怎样写出帝京风物的美好，又兼顾到了怎样让诗句合律协韵。此诗用平水韵中的上平四支韵，所以“枝”必须放在最后。作为平起仄收律诗的颔联，其平仄格律是“仄仄平平平仄仄，平平仄仄仄平平”，所以无论是“鹦鹉啄余香稻粒，凤凰栖老碧梧枝”，还是“香稻鹦鹉啄余粒，碧梧凤凰栖老枝”都不符合平仄格律。杜甫的这一联，既高度浓缩了“意象叠加”带来的意蕴，又照顾了形式、格律的精美，洵为内容与形式完美统一的奇句杰作。

懂得古诗词的格律知识，对古诗词的声韵之美自然会有更多的领悟。比如了解到古音中“看”字多读平声，才明白“日照香炉生紫烟，遥看瀑布挂前川”中的“看”字只有读平声，才可以与上句的“照”字形成平仄相对之美。“名花倾国两相欢，常得君王带笑看”中的“看”字，也只有读平声，才可以与整首诗中的“欢”“杆”等共押平声韵。

古诗词的解读能力提高了，语文教学的底气自然更足了。课堂上我能有效规避许多语文老师像教新诗或古代散文一样解读古诗词的教学法，而可以从格律、意义多个层面来帮助学生品咂古诗词的诗趣、诗美，让出现在我的课堂上的中国古诗词真正姓“古”名“诗”。

要写古诗词，自然得多读古诗词。写多了古诗词，读诗时语言的敏感性也可以得到很好的增强。读到古诗词时，对诗词中的遣词造句之妙也会更多留意。比如读到宋人叶润词作《莺啼序》“春浅寒深，孕粉藏香，蝶清蜂瘦”等句，以及唐代诗人吴融的《途中见杏花》：

一枝红杏出墙头，墙外行人正独愁。
长得看来犹有恨，可堪逢处更难留！
林空色暝莺先到，春浅香寒蝶未游。
更忆帝乡千万树，澹烟笼日暗神州。

“春浅寒深”“春浅香寒”等词，意象鲜明，其虚实相生、对比鲜明之致，立时令我过目不忘。自己写诗，不知不觉就将阅读积累倾诸笔端。比如我用平水韵下平一先韵写了首《早春》：“春浅香寒风料峭，花红柳绿梦翩跹。何当共约良朋去，探美登山舞涧前。”在早春想象春暖花开时节的美好，其中就借用了前人的词语。

唐代孟浩然《夏日南亭怀辛大》一诗写道："欲取鸣琴弹，恨无知音赏。"我作此文，希望有越来越多的人士喜读中国古诗词佳作，爱写像模像样的中国古诗词，在读和写的过程中，希望能够结识更多的中国古诗词知音。

漫翻闲侃

1. 60 后的沧桑

“自从我国第一颗人造卫星‘东方红一号’成功发射，成为世界上第五个把卫星送上天的国家以来，我国的航天事业取得了巨大的突破。”

上课时偶然讲到这个病句，竟一下子打开了思绪的闸门，记忆和感慨一齐汩汩滔滔而来。

我们 60 后可是亲自见证了中国第一颗人造卫星“东方红一号”发射升空到天宫二号空间实验室在太空翱翔的一代。中国于 1970 年 4 月 24 日 21 时 35 分发射了第一颗人造地球卫星，这一年我才 7 岁（虚岁）。广播里每天一早播放的由卫星发送，经广播电台转播的《东方红》电子音乐，就是我们那个年代的神曲。《东方红》神曲，阳光雨露一般哺育着我们的童年，于是我们这一代就有了一个美称——根红苗正。

第一颗人造卫星的荣耀却也不能抵销我们年少时曾有的集体屈辱。比现在“B 字族”尤为丛生的，是当年的“洋字族”。我们点的灯叫洋油灯，我们吃的面粉叫洋面，我们用的铁碗叫洋铁碗，我们用的铁桶叫洋铁桶。我们修补破板凳，要用洋钉楔入中国土生土长的木板；我们想用中国的泥土来栽培中国的花木，却不得不动用洋锹。除了东阳土布，其他的面料都叫洋布；明明是国产缝纫机，却偏偏叫洋车……“洋字族”如十面埋伏的西洋披甲之士，威慑得中国人很长一段时间挺不起腰杆。现在我们有了世界最大单口径、最灵敏的 FAST500 米口径球面射电望远镜，有了中国自行研制的全球卫星导航系统，有着创造了世界同类作业型潜水器最大下潜深度纪录的蛟龙号，还拥有着全球最快的超级计算机“天河一号 A”。作为 60 后，真为中国的进步连声喊好，但是近日披露的“中国终于能够制造圆珠笔尖”的消息，却又让我们气为之沮，长叹一声：小小的圆珠笔尖，中国竟然长期靠进口！国人须努力，中国莫自满。

60 后，亲眼看到中国的夜晚如何从一灯如豆到亮如白昼。我们小时候，点洋油灯有时都觉得奢侈，于是便想到最原始的照明方式——点燃松明驱黑。什么是

"松明"呢？ 山松多油脂，劈成细条，燃以照明，叫"松明"。 宋·梅尧臣《宣城杂诗》之十八："野粮收橡子，山屋点松明。"明·陆深《燕闲录》："深山老松，心有油者如蜡，山西人多以代烛，谓之松明，颇不畏风。"我们小时候的许多生活方式是直达先人的。 松明、洋油灯、用蜡烛点的行灯、美孚灯，是60后小时候黑夜的贴身侍卫。 印象中，我童年时最初感到亮如白昼的灯盏是汽灯。 汽灯在装上煤油或石蜡油以后，需向底座的油壶里打气，以便产生一定的压力，使煤油能从油壶上方的灯嘴处喷出；汽灯没有灯芯，它的灯头就是套在灯嘴上的一个蓖麻纤维或石棉做的纱罩，旧工艺使用硝酸钍溶液浸泡；再就是汽灯的上部还有一个像草帽檐一样的遮光罩。 由于纱罩经过硝酸钍溶液浸泡工艺制成，所以当纱罩遇到高温后会发出耀眼的白光，一盏汽灯可以把周围十几米的范围都照得通明。 70年代，村子祠堂里的戏台晚上演戏时，最初是用一个金属筒上长出两只角的煤油灯，灯影幢幢，暗红晕黄，要看清戏台子上的真面目，眼睛要瞪得铜铃般大。 后来汽灯一出，场面大为改观，舞台雪亮，观剧雪清。 再以后，白炽灯，日光灯，节能灯、LED灯，你方唱罢我登场，让萤火虫都再也找不到夜的黑。

衣、食、住、行、用诸方面，60后亲历了农耕时代的清苦到现代社会的富庶。 作为承上启下，继往开来的一代，我们60后，吃得苦中苦，可也享得福中福。

2017年1月16日

2. 望"高"兴叹

人类的欲望在疯长，人类的触手在向无穷的高远伸张攫取。

就连人类的身高也在无节制地一味向着更快更高更强猛蹿。

种族主义日渐式微的时代，身高歧视却在当今世界大行其道。

在马丁·路德·金等人的努力下，从蒙哥马利城公共汽车种族隔离制度的废除，到美国国会民权法案的通过，从而在法律上正式结束了美国黑人的被歧视地位；波澜所及，影响了英国国会通过反种族歧视法和性别歧视法，甚至还可以说促成了南非种族隔离制度的崩溃。 在美利坚大地上，黑人已经可以跻身国家权力的金字塔尖，执掌国务卿甚至总统大权。 在女权运动者不遗余力地奔走呼号下，性别歧视状况在现代社会也已大为改观，巾帼风采已彰显在世界的各个角落。

然而，在媒体语言、大众舆论之中甚嚣尘上的要数身高歧视了。

侏儒，一个由来已久的特定称呼，积重难返，已很难让它脱胎换骨，完全脱离其侮辱性内容。将不足一米七的健全人，称为“三等残废”，此种冷暴力，20世纪末叶曾经在华夏文明古国大地上妖雾弥漫，让多少矮个子，尤其是男性小伙子，欲哭无泪，痛不欲生！现在这个很不人道的称呼，尽管在公开场合不再过多现身，但它所带来的毒害早已变成国人的集体无意识，让国人集体中毒。重新包装后的身高歧视以“高富帅”的迷人称呼而杀人于谈笑之间。“高富帅”“高富帅”，“高”字当头，一字千钧，重逾泰山，无“高”则一切免谈，一“高”则可遮百丑。于是在“非诚勿扰”“咱们约会吧”“爱情连连看”等高端大气上档次的相亲节目中，“高富帅”和“白富美”们俨然似当年种族歧视氛围中的白人名贵，趾高气扬，搔身弄姿；而矮个人士常常只能躲在角落，黯然销魂，向隅而泣。马克·吐温说：“虚荣，是愚蠢的别名。”而今，人已蜕变成“鸟人”，只识外在的羽毛之美而对内蕴之美常常忽略不计。

身高啊身高，人类真的需要变得如此“高”不可攀吗？恐龙灭绝的年代，地球上一定要培养出一大堆巨无霸大人族吗？

人，高不如长颈鹿，壮不及大象，威不抵虎狮，却是万物之灵，因为人类的力量在于智慧，而不依赖于外表的高大威猛，尤其是在科技日新月异的当下这个时代。

人类应该向袖珍版新新人类时代起步了。人类一旦变得迷你玲珑，轻巧的脚步就不会更多地踩疼大地母亲，小巧的手指能更灵便地操纵各种按钮键盘。人类变小了变巧了，地球就会变大变富了。吃喝拉撒住，行动坐卧走，袖珍版的人类，其物质消费指数，将可以飞流直下三千尺地锐减。不唯如此，人类自己的智商也将从中得到极大程度地提高。人的身体就像一个瓶子，上帝给每个人的智慧含量是一样的。身体过高过壮，智慧就将被过分发达的肢体分去太多杯羹，而剩下给脑袋的智慧含量就少了。反之，身材小巧玲珑，智慧含量用于肢体的耗损减少，头脑中的智慧因素就会格外充实。这么说来，智慧与身高常呈反比关系呢。古代贤相晏子，身不满五尺，而贤名闻于诸侯。晏子曾曰：“秤锤虽小，能压千斤；舟桨空长，终为水役。”潘长江的名言道出了一个举世惊叹的真理——浓缩的都是精华。为什么生活中没有“呆小个”的说法而多“傻大个”的调笑，其原因正在于此。

有人说，无身高，不篮球。事情一定是这样的吗？

蒂尼·博格斯，虽是个矮脚虎，却是个篮球天才，以1.60米的身高驰骋NBA，他的篮球智商非比常人。他卓越的组织指挥才能广为人知，获得了一个绰号：马格西，意为死死缠住对手、拦截等。

博格斯说："我的确太矮，在高水平的职业篮球赛中闯出一番天地不容易，但我相信篮球并不是专让高个子打的，而是让那些有篮球才华的人打的"。而从前那些听说他要进 NBA 而笑倒在地上的同伴，现在常常炫耀地对人说："我小时候是和博格斯一起打球的。"

博格斯总是对孩子说，"身材矮小并不代表一切，只要你付出比大个儿更多的心血，并为实现自己的梦想努力奋斗，你也有可能成为 NBA 选手或是体育明星。"

拿破仑、雨果、济慈、马丁·路德·金、丘吉尔、伏尔泰、巴尔扎克、爱因斯坦、毕加索、鲁迅、邓小平、马云……著名的矮个子，人类中的极品，何其多也！唯高是求，身材恨不逾两米，此种观念，害人不浅。成人，如枪似戟；儿童，拔苗助高，不单是资源的极大浪费，就从养生角度讲，矮个子的生命优势也更胜一筹。2014 年 2 月 20 日《老年生活报》第 3 版上的文章披露：美科学家认为矮人长寿。

美国伊利诺伊大学的科学家们认为，如果要使人在 100 岁以后仍然保持健康状态，可能需要有矮小壮实的身材和可以活动的大耳朵。

该大学的科学家们概述了使人在晚年丧失人体功能的各种设计"缺陷"，并且提出了各种相应的"修复"设计。改进人体功能特点的设计包括：重新组装的眼睛；更大的可以活动的耳朵；曲线形脖子；前倾的上躯干；加有额外保护的关节；更加健壮的骨头和肌肉；更短的四肢和身材；向后弯曲的膝盖。

人类啊，请在"高血压""高血糖""高血脂"的传统"三高"之患之后再加一警戒性的"身高吧"：控制"四高"，你更健康，我更快乐。

起来，身高受歧视的人们，用短小精悍的血肉躯体，去筑起人性尊严的长城！醒来，迷信身高的人们，用科学理性的眼光，去审视人类长远的利益！

3. 闲来无事乱翻书

"为稻粱谋"而读，读书是一桩苦役；率性任意而读，读书是一种享受。

"寂寂寥寥扬子居，年年岁岁一床书。"宋苏舜钦"以《汉书》下酒"，网名"书生依林"之我，自然乐以读书度春秋。

坐拥书城，偃仰笑傲，环堵皆书也。如入百花丛中，兴之所至，随意采撷一朵，怡然以嗅，拈花而笑。

刚读罢唐人赵崇祚编的香浓艳丽的《花间集》，王运熙、王安国编的《乐府诗集》又触及肘腋，于是任鲍照的《梅花落》飘至爱动天地的《华山畿》；刚伴阮瑀作《驾出北郭门行》，又陪吴均叹《行路难》。枕间席上，沙发茶几，我喜欢随意放置一些诗集。茶余饭后睡前，翻读几首，日积月累，让诗意弥漫周边。

扯过东阳市作家协会主席刘浪兄的个人作品集《子在川上》，快意饕餮数页，于豪肠血性浪语痞腔之间，领略友人亦正亦邪绝不惺惺作态之真性情。一炷香后，东阳市书法家协会主席金彪兄惠赐《浪淘沙朱迹》又已上手，在诗与印的珠联璧合中品赏诗味石韵的风月无边。

突然又抓了本左民安的《汉字例话》在手头。有空翻开此书，临摹几个甲骨文，饶有兴味。时人常将“文身”误写成“纹身”。一经研读甲骨文，立时明白，“文身”为何一定得写作“文身”。甲骨文之“文”字乃一人形，胸口上画着几丝花纹。“文”字本身就有在胸口刺花的意思。

说起《汉字例话》一书，与我渊源颇久。此书购之于80年代，迄今已伴我近三十年。记得86年初登教坛，效我高中恩师许岳忠先生之风范，将自己的书巢当作学生之公共图书室。有借有还，多数学生借德无亏。但有一男生，借走《汉字例话》一书，年余不归。此书乃我珍爱之物，无奈之下，向该男生提及借走《汉字例话》一事。男生讪讪数语过后，没过几天，拿书还我。我有在书的扉页上题写姓名及购书时间之习惯，和璧重归，打开《汉字例话》一看，扉页上我的姓名已被擦拭一净。看来，不加追讨，此书永无归期矣。

经东阳日报记者林旭兄邀请，到市档案馆的“书画俱乐部”附庸风雅了几回。听了篆刻指导师贺老师的几回讲座，又风闻我心仪已久的上海复旦大学附中的黄玉峰老师精于篆刻之道，于是在奔五之年勃然兴学篆刻之念，将经年束之高阁的叶一苇先生的《中国篆刻艺术与技巧》捧在手里时加翻阅摩挲。

千古文人侠客梦。总是难以割舍金庸情结，书房中特设金庸专柜。金庸的几部代表作，已经翻读数遍，假期里又把他的《笑傲江湖》《雪山飞狐》《飞狐外传》翻检出来温习一过。近年习练了陈氏太极拳24式，当读到金庸笔下的武当门派，“单鞭”“云手”“双峰贯耳”“揽雀尾”等名词便分外亮眼起来。爱屋及乌，由金庸而连带爱上古龙，翻开四厚本的《楚留香传奇》，发现里面早已做过不少圈点印记，前些年显然已读过一遍，但许多情节却已早了无印象，可见读书贵在少年时，年岁一大，随读随忘，如之奈何？只得从头再来，一路读将下去。古龙是才子，金庸是大师，再次确认此观点不谬。前些年，北师大教授王一川推翻了“鲁（迅）、郭（沫若）、茅（盾）、巴（金）”坐前四席的中国现代作家排名法，给中国现代作家重排座次，让金庸坐了中国现代作家群中的第四把交椅，良有以也。

儿子读初中时，语文老师布置学生暑假阅读罗曼·罗兰的《名人传》，此书数度捧起，一直没有读完。为了指导儿子，今番重拾，必欲竟读而后快。罗曼·罗兰笔下的三位名人，真则真矣，但这些名人身上的缺点和毛病，若不加引导，对学生的负面影响也不可忽视。尤其是米开朗琪罗，不但性格缺陷严重，不少表现还反映出人品的不端。窃以为，给中小学生读的书还是多点阳光，多点纯正为好。

杨绛先生把读书比作串门儿，说要参见钦佩的老师或拜谒有名的学者，不必事前打招呼求见，也不怕搅扰主人。翻开书面就闯进大门，翻过几页就升堂入室；而且可以经常去，时刻去，如果不得要领，还可以不辞而别或者另请高明，和他对质。杨绛先生把读书看成了拜师访友，是没有任何功利的读书，优雅而闲适。现在影视行业喜玩穿越，其实率性而读，那才是真正的逍遥穿越。刚到吕不韦家串过门，又到莎翁府上盘桓久之。兴之所至，到茶圣陆羽处品回茶；兴尽而归，又随好兵帅克踏上历险征途。

偶尔想及语文专业本行，于是也会东翻几页李镇西的《做最好的老师》，西览几行《新世纪语文教师发展丛书》。至于刊物报纸《名作欣赏》《语文学习》《周末》乃家中常客。有一回在2012年第2期《语文学习》上读到鲍鹏山的《我们为什么要读诸子》，拍案叫好之余，赶快上网调读鲍先生的《诸子新读》一书，忙着将其中精彩章节下载珍藏。

静极思动，先瞄几眼《养花技术问答》，然后现炒现卖，走到庭院披挂遮阴膜，帮助花木安全度夏。心血来潮，想提高一番厨艺，拿出积尘蒙垢已久之烹饪专著临阵磨枪，变出海带山药炖排骨、番茄猪肝猪血三鲜汤等一类花样。

不按常理出牌，混读全无章法。如果不为论文写作，不为课题研究，胡乱翻阅，成为一个书界“杂食动物”，乐此不疲，真乃人生快事！

4. 你是我唯一的神话

盘 古

斧与凿，千万次铿锵，开天辟地的神话，落幕，其余的，就让女娲抟黄土捏出的那些小东西来打理。盘古很安耽地，把自己放倒，一劳以为可以永逸，一睡就把自己睡成日月星辰山岳江河大地。天地曾不能以一瞬，弹指一挥间，是亿万年的今天。惊悸声，一波一波潮涌，冲撞坏盘古硅化木一样沉埋已久的耳膜。盘古一骨碌坐起，眼前的世界依然混沌，如鸿蒙之初，雾霾一阵紧似一阵遮蔽天地，天与地，时常咬合一堆，待斧凿磨砺一新。盘古挥起斧凿重操旧业，这一次，每一斧每一凿，再没有记记入肉，酣畅淋漓地开创欣慰。斧凿所到之处，竟虚飘无力，陷入一个空前庞大的无物之阵。盘古，痛感无从着力的惊愕悲摧。

女　娲

最勤劳的双手，而今，最为赋闲；最热烈的情怀，现在，冷却如冰。当年抟黄土造人的女娲，被后来喜欢造神的黄种人，抬进高高的神龛，娲皇娲皇的喧嚣，女娲充耳不闻。很久很久以前，世界太寂寞太冷清，女娲看倦了自己的影子之后，抓起一把黄土，揉捏出另一个自己，一声叹息，竟吹活了那个泥人。人与人的对话，让世界有了生机。女娲从此痴迷于造人，母爱泛滥，她独自一人炼五色石补天，断鳌足以立四极，积芦灰来化解洪水；而她造出的人，只懂得在一旁喝彩。在地上滚爬多年之后，人，人大心大，觉得地球无非也只是个可以攥在手里把玩的星球。当天地都被人揉捏得千疮百孔，女娲已成为上年纪的家长，她的忠告，屡屡被人当作更年期的絮叨，女娲只好法天则地，从曾经完好的天地获得启迪。天地不言，而日月经天江河行地。她用一位伟大母亲最决绝的放手，让人类自悟：人，既已长成，就应该自有出息，如果需要再次补天，人啊，你得自助！

共　工

昔者共工与颛顼争为帝，怒而触不周之山，天柱折，地维绝，天倾西北，故日月星辰移焉；地不满东南，故水潦尘埃归焉。——《淮南子·天文训》

与颛顼的那场争执，其实不为帝位，不忿朋辈的显摆，原初的血气和强悍，在火山最为活跃的时代，一怒冲天。原本的兄弟，带上点官啊长啊的，脸就阔气就横，共工非常不习惯，就像鸟，应该在天上自由地飞翔，却一定要命令它铩羽，在地上爬行。为了删削世间骤然凸起的不平，一头撞向不周山，天柱折地维绝。共工，让天地改换了一副脸面。改得天换得了地，却无法挣脱成者为王败者寇的永恒魔咒。武夫、莽伯、乱臣贼子、凶神恶煞，千千万万年，恶谥，陨石雨一般一阵接一阵向共工狠狠砸下。直到后世，有一位毛姓英雄，引共工为同道，敢叫日月换新天，使已经卑微到尘埃里的共工，长成野火烧不尽的倔强蔓草。成功路上非死即伤，但别妄想让我投降。时下职场的流行小调，足以让共工欣慰地在神话里笑醒。沧海桑田的一次又一次历练，共工的感悟已通透如玉，生前何妨死磕，死后任人评说。

精 卫

从精卫到夸父到愚公，一直到铁杵磨成针的老太太，我们一直勤勉执着地走过，我们一路九死未悔地走来。时间，在我们这里很廉价；悲情，在我们这里不容置疑，很昂贵。

一条道走到黑，我们坚信生无所息、埋头行走的力量。如果谁提出中途停歇窥天望日改换方向，谁就是偷奸耍滑，谁就成为千夫所指的箭靶。因此，我们都是精诚的小精卫，日复一日年复一年，衔微木小石子以填沧海。当挖掘机在大洋彼岸挥舞铁臂移山填海，我们依然用杜鹃啼血的古朴挚念不信春风唤不回。千万年的坚忍，当精卫越来越消瘦，海还是这么的无情，那么的浩渺；当杜鹃的声带越来越嘶哑，春天的草色依然杳无踪迹。直到有一天，慧风灵雨来袭，催开中华的老树新花，原来精卫可以化身为鲲鹏，愚公可以走上智慧信息高速公路，豪迈取代悲情，灵动化解偏执。希望的花朵，终于把速度和激情结成硕果，供五洲四海宾朋采摘。

刑 天

刑天，中国古代神话传说人物。“刑天与帝争神，帝断其首，葬之於常羊之山，乃以乳为目，以脐为口，操干戚以舞。”——《山海经·海外西经》

那道寒光闪过后，你的头颅，便如一块油腻的头巾，随风飘落。一个失去头颅的人，却拥有了一张脸，一张让时光瞥上一眼，就会记住千万年的脸。乳为目，脐为嘴，世上最有创意的面孔；一把巨斧一张盾牌，人们只记住了你充满复仇怒火的脸，以及杀气腾腾的武器，却再也想不起你那双曾经十分温柔的手，乐曲《扶犁》诗歌《丰收》，合称《卜谋》，山泉一样浏亮的清音，就是从你指尖潺潺流泻而出的。到底是一种怎样的愤懑和不平，让一位歌者狰狞为死了都要斗的战神。凡人，被迫变成杀手，这样的时代，是值得讴歌，还是需要警惕？

5. 道在矢溺

我们常听到“视金钱如粪土”“粪土当年万户侯”诸如此类的话，人们普遍将粪尿之类视为一文不值的东西。当然，还有“庄稼一枝花，全靠粪当家”的农谚。可是粪尿除了可以充当肥料的作用之外，此阿堵物可真是人人所不欲言，人人所不欲闻。

但庄子却说：“道”在屎尿！

《庄子·知北游》中说：一个叫东郭子的人曾向庄子请教：“您所说的‘道’，到底在哪里呢？”庄子告诉他，“道”无所不在。东郭子还是不明白，继续追问“道”究竟在哪里。庄子不断告诉他，“道”在蝼蚁，“道”在小草……。东郭子便责问庄子，“道”何以越来越不入流啊？庄子不愧是庄子，你要骂我不入流，我便再给你个更惊悚的答案。最后，庄子斩钉截铁地告诉东郭子：“道在矢溺（屎尿）间！”

臭名昭著的屎尿何道之有？近来读到一些资料，发现屎尿之中还真是大有“道”可言。咱们且来个屎里觅“道”吧。

《后汉书·苏武传》记载：“单于使卫律召武受辞，武谓惠等：‘屈节辱命，虽生，何面目以归汉！’引佩刀自刺。卫律惊，自抱持武，驰召毉。凿地为坎，置煴火，覆武其上，蹈其背以出血。武气绝半日，复息。惠等哭，舆归营。单于壮其节，朝夕遣人候问武，而收系张胜。”苏武受了刀伤后，是如何医治好的？据考证，抢救过程中，羊粪起了巨大作用。《古代礼制风俗漫谈》一书中所收的孙红昺先生大作《苏武“自刺”后是如何急救的》有如下介绍：

甘肃省博物馆、武威县文化馆合编的东汉墓出土的《武威汉代医简》第48、49简中有云：“去中冷病后不复发□□方：‘穿地长与人等，深七尺，横五尺，用白羊屎干之十余石，置其坑中，纵火其上，羊屎尽索（燃）；横木坑上，取其卧人；卧其坑上，热气尽乃止，其病者慎勿得出见。’”煴火的燃料之所以是干白羊屎十余石，是因为羊屎乃医治刀伤的良药：秦汉医书中就有这样的医方，如长沙马王堆汉墓出土的《五十二病方》“治诸伤方”即云：“以刃伤，燔（烧）羊矢（屎），傅（敷）之。”不难想象，烧十余石干羊屎热熏，其功效要比烧羊屎敷伤口更好。

至于尿中之“道”就更多了：

民间治疗烫伤常用抹酱油、冷水冲洗等法，但还有一种小便治疗烫伤法，却鲜为人知。如果烫伤，马上解一小便，用自己的尿水涂抹烫伤之处，伤处就不会起泡。2012 年暑假，笔者随东阳市作家协会同仁赴婺源参加采风活动，见一同伴被开水烫伤，有长者建议用尿疗法，同伴遵嘱一试，果然灵验。

人尿入药，始见于汉末成书的《本草经集注》。人尿，古人又有轮回酒、还元汤、还魂酒之美称。严格地说，药用以 12 岁以下健康男童小便为佳，故称“童便”，这是因为“十二岁以下相火未动，无毒，纯阳之物”，而且要不食荤腥酸咸者，去头尾，取中间一段，清澈如水者为佳。一般来讲，取得童便，趁热饮之，冬则隔汤炖温服，或者和入汤药服下。这是由于“热则尚存其气，其行自速，冷则唯有咸味寒性矣。”

《伤科汇纂》是清朝嘉庆年间的一部专治外伤和骨伤的大型文献书籍。此书在总结伤科用药上特别提及了人尿的重要药理作用。书中说道：“人尿实为久传效验之方，今多因秽恶而忽之，惜哉！但人命至重，生死在于呼吸之间，有此极便、极贱、极效验之药，何不乘其昏绝不知而灌之；如灌之不入，急令人溺其面，使其入于七窍，未有不苏者也。”

范雎蒙冤差点被人整死，后因热尿而活的故事流传千年，至今让人津津乐道。战国时，书生范雎在魏国，得罪了魏相魏齐，魏齐令手下将范雎打得遍体皆伤，齿折肋断，气绝不动。魏齐就派人用席子把他卷了，扔到厕所里。魏齐还叫众宾客轮番向范雎身上撒尿。看来热尿确有疗伤神效，范雎竟死而复苏，跑到秦国，后来还当上了秦国相国。诚所谓：还元汤名诚不虚，热尿浇出一相国。

笔者所在的浙江省东阳市向有以童便煮鸡蛋，服而强身祛病之传统。每年春天，东阳城乡都会飘起一股极具地域特色的咸臊异香，那是众多东阳人在蒸煮奇葩食品兼补品童便鸡蛋呢。吃这种用童子尿煮的鸡蛋有什么好处呢？故老相传，其功效一是补身子，因为春耕即将开始（当时是农耕社会，因条件关系，不可能像现在一样吃什么补药），农活繁忙在即，先得将身子骨打造好；二是治跌打损伤（东阳人尚武，练功、械斗受伤在所难免）；三是预防夏天发痧。尽管此习俗被周立波在《一周立波秀》中当作天大笑话加以调侃，但吾乡吾民，痴心不改，始终坚信列祖列宗，不我欺也！

童便能治病，古籍多有记载，北魏贾思勰《齐民要术》一书也录有童便治伤之说。而化腐朽为神奇，让童便和鸡蛋巧妙结合，创造出一种人人用得起的养生、疗伤圣品，无疑是东阳先人的智慧创造。早在 2008 年，童便鸡蛋就傲然跻身于东阳市非物质文化遗产之列。

6. 给一座桥取一个温润的名字

又一次给新一届学生讲到了《永遇乐·京口北固亭怀古》。说起“京口”，自然就要说到“镇江”。因为“京口”是“镇江”的古称。“京口”的得名来源于其拥山临水的天然形胜。京口有座北固山，《尔雅》一书说：“丘绝高曰京”，口指北固山下的江口。“京口”汉称京口里，至东吴孙权筑铁瓮城，置京口镇。晋时置晋陵郡，南朝宋置南徐州，隋置润州，宋升润州为镇江府，并一直沿用至今。说到“镇江”自然就会想到长江对岸的“扬州”。“镇江”“扬州”这两座历史文化名城，就像两颗硕大的明珠镶嵌在长江的南北两岸。可是让人遗憾的是，千百年来，一直缺乏一根强有力的彩线，将“镇江”与“扬州”紧紧地绾结在一起。木质舟楫的咿呀或钢铸渡轮的呜呃，都仿佛是在向江风流雾吐露着蜗行的艰难和迟滞的无奈。

时间已进行到20世纪末21世纪初。2001年12月，我与一群同事因事抵达镇江，在饱览了北固楼的满眼风光之后，第二天一早，驱车来到长江边，急欲过江一睹“淮左名都，竹西佳处”的扬州风貌。谁知这一等就是等了一个上午!

原来从镇江到扬州无桥可通，来往的车辆，必须由渡轮驮运，方可踏上彼岸之路。更哪堪，稍遇江雾风浪，渡轮即龟息停运。我们就是被江雾风浪硬生生掐去了早到扬州的数小时时间。

江苏之行，归家之后，到2002年1月5日，兀自憾恨不平，赋《隔岸呼渡》一诗以舒胸中块垒：

> 自镇江往扬州/大江已横断数千年/而今，依然切割着时间/渡口，爬满一地/偃旗息鼓的车队/渡轮畏缩于江风晨雾/对我无奈的抛锚/不理不睬//明知道彼岸是谁/却烟笼雾锁/让我无由争渡

一定是与我痛感相同的人士太多了，据说，镇江—扬州长江公路大桥，于2000年10月20日已开工建设。工期5年，直到2005年4月30日才正式建成通车。

在镇江和扬州之间造的大桥，其名称、质量、档次应该配得上这两座名城。此桥果然不负众望，该桥是当时国内工程规模最大、建设标准最高、投资最大、技术最复杂、技术含量最高的现代化特大型桥梁工程，是我国第一座刚柔相济的

组合型桥梁。其建设过程中攻克多项世界性技术难题。

诗人海子在《面朝大海，春暖花开》一诗中深情地唱道："给每一条河每一座山取一个温暖的名字"。镇江—扬州长江公路大桥最后定名为"润扬大桥"，命名者可真是深得《面朝大海，春暖花开》的诗意三昧。

大桥的命名过程一波三折，真是一个反复淘漉、披沙拣金的美的历程。镇江—扬州长江公路大桥是继南京长江大桥、江阴长江大桥、南京长江二桥之后，在江苏省内横跨长江南北两岸的第四座大桥。按照大桥主体靠近哪个城市就以该城市名给大桥命名的原则，该桥按理应叫"镇江大桥"。但这样的命名，对于大桥北头的历史文化名城扬州显然是一种严重的轻忽。另外也有一种大桥两端两个城市各取一字的命名法，那么此桥应该叫"镇扬大桥"或"扬镇大桥"。但这两个名字都不能让镇江、扬州两座城市的市民满意。如果叫"镇扬大桥"，扬州人就很不乐意，一是扬州的历史文化地位要比镇江高，二是"镇"作为动词，有"降压妖魔鬼怪"之意。如小说《林海雪原》中就有"天王盖地虎，宝塔镇河妖"之语。扬州被妖魔化，被镇压，扬州市民自然坚决不同意。那么就叫"扬镇大桥"？大桥主体明明靠近镇江，凭啥把扬州放在前面，镇江市民完全不答应。何况"扬镇大桥"很容易跟上海1993年建成的"杨浦大桥"混淆。

现代不成，于是有人到古典的无边风月中觅取灵感。"镇江"，历史上曾有"京口"之称，镇江—扬州长江公路大桥就叫"京扬大桥"或"扬京大桥"不是很上口也很大气吗？但仔细一推敲，还是欠妥。不明真相的群众，一听说"京扬大桥"或"扬京大桥"，一定以为是北京与什么地方的大桥，很容易引起误解。

自然也会有人想到，春秋时"京口"属"朱方"邑，后"朱方"改称"谷阳"。如果大桥叫作"朱扬大桥""扬朱大桥"或"谷扬大桥""扬谷大桥"，一则"朱方""谷阳"两名实在太过生僻，太过晦涩难懂，而且桥名也不美。据史籍记载，秦始皇三十七年（公元前210年），秦始皇东巡会稽，途经京岘山见有王者气，命三千赭衣徒凿断龙脉，以败王气，故改"谷阳"为"丹徒"县。"丹徒"的知名度是比较高的，但它的来历跟刑徒之人有关，拿它来取"丹扬大桥"或"扬丹大桥"，实在也不够吉利。

"山重水复疑无路，柳暗花明又一村。"唐朝李吉甫《元和郡县图志》记载："（隋）十五年罢镇，置润州，城东有润浦口，因以为名。"可见镇江古有"润州"之名。有人因"润州"古名灵光乍现，想出了"润扬大桥"这一嘉名。"润"作名词，既指镇江，又反映出镇江历史文化悠久，大桥命名又把镇江放在首位，镇江人自然高兴；"润"作动词，可理解为使动手法，"使……滋润"。"润扬"，"使扬州滋润”，扬州人焉得不乐?“镇”是视对方为敌人，“润”是把对方当朋友。“润扬”，反映出镇江人民愿意支持兄弟城市扬州发展的美好意愿。“润扬”一词，温润友好，反映出合作共赢的良善思维。这样的大桥嘉名，难怪两岸人民一拍即合，然后并一锤定音。

据浙江师范大学宣炳善教授披露，“润扬大桥”还暗含中国古代的五行观念。中国古代五行相生理论认为，“水生木，木生火，火生土，土生金，金生水”。“润”代表水，清代孙诒让《周礼正义》转引《春秋元命苞》记载：“（杨州）地多赤杨，故取名焉。”所以“扬州”，在许多古文献中也写作“杨州”。可见，“杨州”可代表“木”，“润扬（杨）”体现出“水生木”的和谐理念。“润扬大桥”经当时的国家主席江泽民一题写，更是在温润之外，又平添了熠熠光辉。

7. 摒弃“下流话”

“老师，××同学说下流话！”

作为60后中的一员，小时候最怕的就是同学向老师作如上举报。

什么是“下流话”？第5版《现代汉语词典》第1469页这样解释“下流”：卑鄙龌龊。那么“下流话”就是“卑鄙龌龊的话”了。“下流话”的基本特征就是喜欢拿生殖器说事儿。

其实，早在1925年5月，鲁迅先生就有一篇题为《论“他妈的”！》的妙文，对具有中国特色的“下流话”进行过深入的剖析研究。文中说：

> “无论是谁，只要在中国过活，便总得常听到“他妈的”或其相类的口头禅。我想：这话的分布，大概就跟着中国人足迹之所至罢；使用的遍数，怕也未必比客气的‘您好呀’会更少。假使依或人所说，牡丹是中国的‘国花’，那么，这就可以算是中国的‘国骂’了。”

可见，中国式“下流话”早就流布很广。鲁迅先生旗帜鲜明地指斥：“最先发明这一句‘他妈的’的人物，确要算一个天才，——然而是一个卑劣的天才。”因为“他妈的”三字含着“我使用过你的妈”“你的妈是我的母狗”这样极为下作卑劣的成分。所以鲁迅说：“硬要去做别人的祖宗，无论如何，总是卑劣的事。”中国“有身分的上等人，例如‘士大夫’之类，则决不出之于口，更何况笔之于书。”

就像谣言说上一千遍就容易让人误以为是真理；下流话说顺嘴了，就容易等同于亲昵语。鲁迅先生就指出过这种可气又可笑的现象：“但偶尔也有例外的用法：或表惊异，或表感服。我曾在家乡看见乡农父子一同午饭，儿子指一碗菜向他父亲说：‘这不坏，妈的你尝尝看！’那父亲回答道：‘我不要吃。妈的你吃去罢！’则简直已经醇化为时行的‘我的亲爱的’的意思了。”

《礼记·祭义》言：“恶言不出于口，忿言不反于身。”随着互联网的普及，网络语言迅速发展和壮大，网络全新的交流环境与独特的传播方式，造就了网络环境的隐匿性。在虚拟的网络世界里，我们的言语会因为网络的匿名性而变得肆无忌惮。习惯成自然，由线上而蔓延到线下，将肉麻当有趣，把“国骂”当亲昵的现象时下登峰造极。

苏教版高中语文必修三第 16 页有这样一段话：“我们用母语思维用母语写作，在创造性地使用母语的同时，还必须敬重、珍爱母语。母语是我们的精神土壤，是我们文化的命脉。……我们有责任捍卫母语的纯洁和优美。……我们也有责任在语言交流中正确使用母语，抵制一切污染、亵渎母语的不良倾向。”

但是言者谆谆，听者藐藐。且不说成人社会，就是中小学校园，说“下流话”现象，也是司空见惯，习焉不察。

“我们有不少人，喜欢满嘴跑生殖器。”尽管周立波摊上大事了，但如果我们不因人废言的话，周立波对国人语言太过不文明现象的辣评还是很中肯的。

试看我们的网络，“下流话”充斥眼际；试听我们的身边人言语，“下流话”不绝于耳：

> 傻 B、牛 B、酷 B、苦 B、装 B、齐 B、逗逼、逼格、撕逼……(B 有时写作“逼”)
> 卧槽＝卧草(我操)、草泥马(操你妈)、卵并然、蛋疼、屌丝、你妹、特么……

2016 年 11 月 17 日《人民日报》专门刊文《记协列出网络不文明用语负面清单》，文中报道：中国记者协会把“卧草”“我日”等 17 个网络不文明用语列入负面清单，倡议媒体和网站不使用、不传播。

不敢说“外国的月亮比中国的圆”，但目下西方的言语文明比咱们高却是不争的事实。上网查了下“英语骂人脏话大全”200 多句，极少有拿生殖器来说事儿的。“操你妈”，在英语中正常状态下只有混混、痞子、流氓等才会常常挂在嘴边；女孩子如果说“他妈的”，会被人觉得很没有教养。

我们小时候，尽管老百姓口头难免有“国骂”，但公开的文字除了“砸烂××

的狗头”之类“文革”暴力语，“国骂”还是很少出现的，即便有，也是出于小说中坏蛋之口。即便坏蛋说“下流话”，书中也是以“妈的×”这样的讳饰法出现，而将不雅之词隐去，所以整体来看，那时候的语言环境还是比较清洁的。

现在，生活质量不断提高，人们的文化水平也普遍提高，应该具备追求雅致生活品位的条件了。愿“下流话”在我们的生活中绝迹，让东方式雅言多多芬芳我们的心灵。

8. 永动机

伟大的物理学家牛顿晚年醉心于永动机的研究，但因为违反了能量守恒定律，最后以失败告终。

时下不少国人却因为生活条件日益富足导致脑满肠肥，纷纷把自己逼成了一架又一架“永动机”。

当“油腻中年”来袭，三高指数突破临界点，香风阵阵，美味杂陈，在难以全然管住嘴的情况下，那就只有狠命地迈开腿来与三高超标指数作生死拔河。

科学研究证实，人体的肥胖跟体内脂肪代谢酶含量的多少、活性大小有直接关系。易胖体质的人，显然是因为体内脂肪分解酶含量低。笔者的一位朋友，就深为自己体内脂肪分解酶含量太低而懊恼。他说，看单位一些美女、帅哥，吃香的喝辣的，胃口好得很，偏偏永远能保持“中国好身材”。而自己呢，喝杯开水也会长膘。想去奉点爱心献点血，医生居然拒收，说他的血液油水过多不合格。兀的不闷杀人也么哥！

生逢史上最好时代，谁不想向苍天多借五百年，活他个天长地久？于是朋友便开启了“永动机”模式，而且一发不愿收。

朋友说，他现在不但是踏石有声、抓钢留痕地践行着魏书生老师的健身准则：能骑车的时候坚决不坐车，能徒步的时候坚决不骑车。不唯如此，他还加上了能站着的时候，坚决不坐着。因为他也深知，久坐乃致胖之因，更有论者言，久坐乃促死之源。于是他在办公室里放了副哑铃，坐了一两个小时，便举起哑铃挥舞几下。更有甚者，监考时他总喜欢站着监考，看电视时他习惯站着观赏。偶尔听说，返璞归真，学动物四肢着地爬行，是减肥消脂绝佳妙技。朋友又来劲了——将书房收拾一净，有空就在书房内四肢着地，摇头摆尾，张牙舞爪一番。

“健康是古希腊人的宗教。”我的朋友激赏余秋雨先生的《永恒的坐标》一文中的这一句，他还经常跟人津津乐道文中的这些片段：

漫步在奥林匹亚，我很少说话，领受着不轻的文明冲撞。我们也有灿烂的文化，但把健康的概念如此强烈地纳入文明，并被全人类接受，实在是希腊文明值得我们永远仰望的地方。古代希腊追求人的双重健康：智力的健康和肢体的健康。

把智力健康和肢体健康发挥到极致然后集合在一起，才是他们有关人的完整理想。我不止一次看到出土的古希腊哲学家和贤者的全身雕像，大多须发茂密，肌肉发达，身上只披一幅布，以别针和腰带固定，上身有一半袒露，赤着脚，偶尔有鞋，除了忧郁深思的眼神，其他与运动员没有太大的差别。

我的朋友说，有些年，看着自己满身赘肉，一副“土肥圆”的模样，连自己都觉得恶心。踵武希腊前贤，坚守健美标配，已经成为他的人生不懈追求。

站一行一爬一条龙健身，用“永动机”的打开方式迎受人生岁月。积久为功，我的朋友欣喜地告诉我，现在去献血，医生眉开眼笑地接受了。而且体重减轻，三高全无，偶尔放纵一下自己，享受一点人间美味，马上开动“永动机”减脂，美食与美体两不误，既不当苦行僧，也不做饕餮鬼，轻清健劲地行走在消逝中。兴致来了吼上几句惠特曼的诗句“我轻松愉快地走上大路，我健康，我自由，整个世界展开在我的面前，漫长的黄土道路可引到我想去的地方。从此我不再希求幸福，我自己便是幸福。”

此乐何极！

感咏物华

1. 一串红

习惯于称你们，而不称你。

因为你们是有别于春兰秋菊、文竹水仙的年轻一族。命运选择你们以战士的昂扬；一枝独秀、柔美雅致、楚楚可怜的案头清供注定与你们无缘。你们不适于单独植株，游离于群体之外，你们是绝对意义上的散兵游勇——茕茕孑立，风雨飘摇。

你们的生命存在于群体之中。夏荷的娇艳，被秋雨一再蚕食蚕食，别无选择地褪去红晕，鸳鸯蝴蝶已经消歇的秋天，当你们以火炬的姿态聚集，你们就将成为一片火焰的方阵。你们的燃烧热烈而且执着。每一朵花.都是一瓣亮丽的火苗；每一簇火焰，都是一面猎猎作响的旗帜。风采断然不会输于照人眼明的五月榴花。

在季节的深处，因为你们始终不渝的紧密而昂奋的组合，我们有理由相信：秋天的霞光，不在天上，而在人间！

2. 落叶乔木

山的沉稳，水的灵动；仁者乐山，智者乐水。如果说常绿乔木是树中的仁人，那么，落叶乔木，就是大地上收放自如的智者。

“悲落叶于劲秋，喜柔条于芳春。”花花叶叶枝枝果果，在四季的轮回中潮起潮落，落叶乔木，以智慧的明波暗流，掀起了古往今来多少钟情男女的“心语星愿”，开启了多少诗人的慧眼灵犀，从而催发了一代又一代的妙笔生出花来。

“昔我往矣，杨柳依依；今我来思，雨雪霏霏。”只有落叶乔木，才能如此简笔勾勒出一位生逢乱世、九死一生的老兵的沧桑人生。柳枝招摇卷舒之间，《诗经·小雅·采薇》被历史什袭珍藏；“东门之杨，其叶牂牂。昏以为期，明星煌煌。”只有落叶乔木，才可以鼓荡出杨树特有的深情呢喃，为那位久候佳人不至低徊叹惋的士子，送上一片慰抚；“袅袅兮秋风，洞庭波兮木叶下。”“无边落木萧萧下，不尽长江滚滚来。”只有落叶乔木，才可以让一袭华衫浑化作片片飞羽，让赤裸的思念和忠诚屹立得如此触目惊心；“长江悲已滞，万里念将归。况属高风晚，山山黄叶飞。”只有落叶乔木，才可以将游子的归心刻画得如此情景毕现；“静夜四无邻，荒居旧业贫。雨中黄叶树，灯下白头人。”只有落叶乔木，才可以给失意者带来吾道不孤、同病相怜的几分自许。“桃之夭夭，灼灼其华。之子于归，宜其室家。”也只有落叶乔木，才能在春天铺出云蒸霞蔚的彩锦，给新嫁娘送上瓜瓞绵绵的良好祝愿；“古木阴中系短篷，杖藜扶我过桥东。沾衣欲湿杏花雨，吹面不寒杨柳风。”也只有落叶乔木，才可以营造出如此的醉美江南意境。

落叶乔木，智慧，而又充满激情。不开花便罢，要开就开他个独占机先，要开就开他个轰轰烈烈，要开就开他个花团锦簇，要开就开他个倾国倾城。常绿乔木中也有会开花的，但都是叶中缀花，像橘子、香樟树等常绿乔木，开的花，朵儿不大，又常常被绿叶遮隐。只有广玉兰，开的花，朵大色鲜，但广玉兰的叶肥厚硕大，喧宾夺主，花儿的丰采也就不能淋漓尽致地显现出来。而落叶乔木就不同了，梅花、蜡梅、桃花、李花、梨花、樱花、玉兰等等，都是在叶子还未探出身子前，花儿就捷足先登，或傲立雪中，明艳天地；或占尽春风，招摇风光。花儿一开，则是满枝盈树，耀人眼目，撼人心旌。“为了在今天歌唱，玉兰花洁白的心，向蓝天打开。”每次看到光秃秃的枝上，擎满了一树玉兰花，我总恍然觉得，那是大地为了向春天感恩，举起了无数礼敬的酒杯。香雪海，那是对梅林梨丛李苑的雅称；粉霞满天，那是对千朵万朵桃花的爱意。落叶乔木中，即便先有叶后有花如石榴者，也是花儿当主角，叶子当陪宾。“五月榴花照眼明”，有诗为证。

落叶乔木，是机智而伶俐的。它的叶儿的形状会应和着季节的变幻而伸缩去留，它的叶儿的颜色会随着寒暑的来往而嬗变明灭。从坚挺俏萌的芽爆，到鹅黄小巧的娇叶，再到油亮丰腴的绿叶，时光的痕迹被它一一捕捉。秋风一起，许多落叶乔木都会调动起所有的感应神经，让一树繁叶在谢幕之前做一次辉煌的集体亮相。殷红者如枫如柿，金黄者如白蜡，明黄者如银杏，即便枯黄如梧桐，一旦跃离枝头，也是叶随风转，翩翩成鸟飞蝶舞，让寂寞清秋生动作踏歌金秋。秋风吹落满地金，2015 年 11 月，西安罗汉洞村观音禅寺内，一棵 1400 年古银杏树下，飘落黄叶满地金。银杏叶妆点的秋之明艳，成为去年中华之秋的一大盛景。

落叶乔木，又是睿智而清醒的。姹紫嫣红、明媚鲜艳的世界，着实有它辛勤的描画之功，但它从不居功自傲。它一年一度的清零和涅槃，实足成为人世的楷模。我在《三秋树》一诗中，对此有着发自肺腑的咏赞：

三秋树，清峻通脱的三秋树/笔立清瘦萧疏的原野之中/一切的牵牵缠缠都付于一风飘/风霜淬砺出铁骨铮铮凛凛一躯/人世间有百媚千红/即便在清冷的秋天/也不乏自我标榜之花/三秋树，矗立在大地之上/作一次潇洒的清零和遗忘/荣也好辱也罢/一身抖擞抖落一地黄叶/以最原始的袒裸示形/挺立最清白高贵的坚贞/三秋树，你缄默却不漠然/生命的潜流似蓄势待发的火山/你简陋却不寒伧/春天的希冀/就从你的身上涨潮

课余之时，我常常喜欢对着校园围墙旁的一棵高大的枫杨凝望。作为落叶乔木的代表，这棵枫杨的四季枯荣肥瘦，如同一本永远读不完的书。每读一次，都可以给我不尽的遐思和启迪。读树，尤其是读落叶乔木，是我一辈子的功课。

3. 大谷殂殒

自从年过半百，就屡屡遭遇早醒。既然闭目也不能涵养住心神，索性就拍床早起，让脚步去学校操场上随意溜达几圈。

这是 4 月 20 日的凌晨 5 点，阴雨天的熹微之中，我的腿脚从操场的北边，蹀躞到操场的南头。突然撞见一具——大树的尸体。断头的树尸赫然僵立，头颅断裂之处，白花花的血液，在阴雨天灰蒙蒙的晨光中亮得晃眼。

凑近去，俯下身，我认出了就是那棵自 2002 年以来，为十几批军训学子，提供过最丰富阴凉的谷树。

2002 年秋季，东阳江的波光中，出现了一排崭新的建筑倒影——东阳中学江北新校区拔地而起。暑去秋来之际，东阳中学部分（新高一 20 个班级）搬迁至东阳江北新校区。其时，站在运动场上，俯视可睹操场上簇新的球场、跑道，仰视，则除了天空的颜色之外，就只能见到操场东南角一棵谷树撑起的一朵绿云。

高一新生军训，赤日炎炎之际，谷树的荫庇之处，就成了唯一的绿岛。当南风徐来，这棵谷树繁茂的叶子，便成为成千上万把扇子，掀起年轻学子多少的惬意和感恩情愫。

后来，谷树旁齐步走来成群的香樟树树苗。一经立定，香樟树就原地待命学习成长，无论香樟树如何努力，总赶不过那棵谷树迅速躐升的海拔高度。在绿阴竞技场上，这棵谷树的树冠直径长度总是遥遥领先。球场上，芳草年年绿；操场边，谷树成了一面旌旗，引领众多香樟树触摸蓝天的梦想。

风雨中，树们一起走过了十几个年头。今年，就在人间最美的四月天，已经蔚然成林的香樟树们，突然发现，他们的带头大哥——这棵谷树，一头栽倒在地，

就不再起来，他们眼睁睁看着这棵谷树仆蹶在地，身首异处，却爱莫能助。

灰暗的晨光，使我无法读清这棵谷树，已拥有多少个年轮；但据我的推测，它的树龄，不会少于三十岁。一棵三十年树龄的树木，已足以成就一道风景。悲莫悲兮，我们经常看到，大树们几十年甚至几百年数千年练就的太极绵柔之功，也敌不过电锯不到半分钟或者一分钟的狂飙直击。我没有看到过校园里这棵大谷树，有被虫啃蠹啮而无救的迹象，也没有听说过这棵谷树被雷电横劈惨遭暴死的传闻。可是为什么，在名树古木日渐被尊为祥瑞美景的今天，我的校园竟不给一棵巨大的谷树容身之地？噢，我猜想，一定是，一定是在桂花、香樟、乐昌含笑、马褂树、红叶石楠等树种成为当今中国绿化的新贵之后，桑、柘、梓、谷等乡土了数千年的中华之树，被人们视为不够华贵太过老土不上档次了。

后来，我问了有关人员，得到的答复是，这棵谷树根基倾圮，行将倒陨，于是索性把它砍掉算了。但我想，如果是一棵香樟树被风吹歪，如果是一棵桂花树遭雨淋斜，人们是一定会用木柱或钢架来把它们扶正的。为什么，对一棵硕大的有些倾斜的谷树就不施予援手呢？

谷树，其实是大有底蕴大有来历的树呀。它又叫苟树、构树、楮树、柯树、奶树，还有许许多多的别名。它可是曾被《诗经》风雅过，颂过的充满中国味的树啊。“鹤鸣于九皋，声闻于天；鱼在于渚，或潜在渊。乐彼之园，爰有树檀；其下维谷。它山之石，可以攻玉。”《诗经·小雅·鹤鸣》中，谷树与檀木一道，拢成一片清幽的静谧，守住贤者隐逸的节操。而朱熹注诗云：“谷，一名楮，恶木也。”道学家朱熹虽然深研人道之学，却容易误解自然的机趣。“黄鸟黄鸟，无集于谷，无集于桑，无集于栩。”《诗经·小雅·黄鸟》黄鸟的哀求中，分明可以听出，谷树上从来不乏鸟儿的歌唱。谷树的脾性极好，地不分肥瘠，势不择高下。得志，挺拔成乔木，成一昂藏伟丈夫；失意，谦卑作灌木，泯然众人善其一生。

谷树，更是一只绿色的百宝箱。在中国一个又一个清贫的世纪里，它的老树叶，刷洗过数不清的粗糙饭碗上的污垢。它的嫩叶，捣碎研末，和面做饼，可以品出古中国吾乡吾土的原汁原味。药学圣典《本草纲目》，愿意为谷树专留章节，列其叶之药效达六种之多。谷树皮是上佳的造纸原料，历史，所以奖赏给谷树“造纸树”“纱纸树”的嘉名。谷树，它花而能实，结实如杨梅，食之能益气、充饥、明目，久服不饥、不老、轻身。它的枝、茎熬汤可治疥癣，它的汁液做成的浆糊，完全可以封住你不想透露的任何纸上反悔。

凌虐我的脚丫长达数十年的脚气，终于遇到了天然克星。一个偶然的机缘，让我了解到形相粗朴的谷树奇特的疗效。我用谷树叶汁，每天在脚趾缝中剿杀脚气两三次，一礼拜后双脚脚气病竟霍然痊愈。

一般人，太不了解谷树了。即便是许多所谓的文化人士，也往往对房前屋后、随处而安的谷树，等闲视之，甚至大肆剿杀。正像一位璞玉浑金的朋友，我们常常误认他为粗朴木讷。人的形貌难免美丑妍媸，而树，不管是什么树，一旦长成参天大树，就是一道立体的风景，一段值得抒写的传奇。一棵大树倒下了，就是一份珍贵的记忆，被粗暴地删削；一棵大树倒下了，就是宇宙中日夜巡行的地球战车，一根安全带被横蛮地扯断。你如果砍倒一柱大树，你就在纵容风灾雨害侵袭；你如果斫断一棵古木，你就是逼迫自然向人类亮起斧锯。人类啊，你知道背靠大树好乘凉，你更应该懂得，树木在地球上站立的年份越久远，绿阴的直径越长面积越大，人类的安全和幸福指数就会越高。

4. 江南雪

20世纪六七十年代，在我的童年，江南的四季是极为分明的。尤其是冬季，那朔风，冷彻骨髓，深深植入年少的记忆；那冰冻，将一池清水凝固为一方让人既惊且喜的游乐场；那失足的檐溜被寒风突施定身法，在家家户户的屋檐展览水晶的造型；那厚雪，总是引发稚子幼童一头栽入她的怀抱而不会磕破头脸。风雪严寒淬砺过的冬天，让人对雪融化后是春天这种场景的变幻体会得格外鲜明。

环境恶化，全球变暖。江南的冬天越来越变得面目全非，就像原本的一位烈性汉子，越来越变得像个伪娘；又像一盘忘记放入盐和佐料的菜，越来越显得寡淡乏味。

江南的冬天，对于白雪的呼唤，这些年，日益成为江南人的一种集体显意识。几年前我曾经在一首诗里这样感叹：雪/你冬天的主角/四季的明星/为何屡屡爽约/无雪的冬天/是一个空旷的舞台/季节也因此变成/一双不长睫毛的眼睛。

而2015年之冬，上帝一定是忘了关上天庭的水龙头，太上老君则忘了盖上八卦炉，兼旬累月的暖冬加烂冬，让江南人的心底都长满了霉菌，江南人的好脾气都煎熬成了火暴性子，像《倚天屠龙记》中的金毛狮王谢逊，一个劲地骂着“贼老天”。诗人是自然和社会最敏感的神经，他们的开骂别致新颖：欲望在胃里堆积太多/不断发酵/世界连连/打着饱嗝/热烘烘/喷出的都是/暖冬烂冬的气息。踏雪寻梅/文物成久远的记忆/所以恨，又憾/不雪的冬天，江南/一个屡盼不孕的女人/任你种进千百束/急切的目光/愣是催不开如花笑靥/爱之，不能/弃之，不忍。东阳市书画名家应旦红先生还运笔挥毫，将这些“雅骂”录入卷轴，以铭江南人的一段心路历程。

公历 2016 年 2 月 4 日，农历腊月二十六，就是开春之日。自从喝过腊八粥，日子迅速窜高，直逼立春之期。对于雪，江南人期待，失望，又期待，又失望，直至绝望。

谁也不承想，2015 年的冬天竟会来个困兽犹斗，绝地重生！公历 2016 年 1 月20 日，这个离立春一步之遥的日子，关于江南冬雪将大举来袭攻城略地的警报，山呼海啸一般传遍大街小巷。对于这些年舆论传媒的小题大做，大肆炒作以期吸睛的做法见惯不惊的人们，在笑谈之间对于今年的冬雪并不抱太大的期望。

但不信你也得信了，红头文件层层下发，风雪警报一个接一个。从教三十年，我竟第一次亲历了为避风雪，全省中小学停课的安全假。1 月 21 日下午，全省中小学全部放空，不敢留一个学生在校。如此警戒等级，不仅让人想见风雪严寒的肆虐程度，而且令人感觉在和平年代生命至上、人文关怀意识的极大提升。但毕竟是百家争鸣、盛世开明的时代了，也有不同的声音在微信上异军突起，一篇“雨雪未到，所有人都吓倒了！中国孩子怎样挑战未来，面对敌国入侵？”纷纷赢得人们的点赞。见仁见智，畅所欲言，这是多元化时代的福音。

1 月 21 日下午，特别是这一天的晚上和第二天的上午，农历乙未年的第一场（也应该是最后一场）冬雪算是可着劲地下了；但与天气预报的渲染和爱雪的人们的期望值还是完全画不上等号，说是虚惊一场或说空欢喜一场均可。不管怎么说，从那么多盼雪的人士看来，乙未年之冬总算弥补了一份心底的遗憾。冬天的眉头舒展了，纷纷扬扬的这场大雪，终于在岁暮的时光里，把冬季十分犯难的一道填空题填上了应有的答案，完整的四季答卷应该可以交付新年这位严师了。

我手头正编纂着东阳中学文学社的社刊《“岘峰”冬季卷》，封三已被杭州师范大学教授王侃应邀前来讲学的图片排满，封二东中雪景的彩照还一时无从搜寻。这下好了，老天特别应景。1 月 22 日下午 3 点多，我迎着雨雪，顶着寒意，逆流而上，向北步行，来到空旷的校园采景。

一个人徜徉在空旷的校园中，校园以别样的静穆和素雅迎我。当我东西南北游走，左屈右伸，前俯后仰地将银装素裹的校园佳景一一装入手机，一首诗歌在胸中油然而生：校园，把人都放空了/雪就无所顾忌地下/站到李政道题词上显摆/爬到醉文榭屋顶招摇/东中雪，寂寞的东中雪/你洁白的裙裾/撩拨给谁看呢/逆流而上，迎着寒意/我来问候/在雪地久候的三位老校友/严济慈金佛庄王惕吾/偌大的校园/我是一粒小小的蚂蚁/在东中的怀里/恋恋不舍地蠕动。

宋朝诗人卢梅坡说：有梅无雪不精神，有雪无诗俗了人。日暮诗成天又雪，与梅并作十分春。江南，在这个冬天的末梢，长满了晶莹的雪花；东中，在这个冬日，十多棵蜡梅在雪中怒放；而我，在这个冬日的薄暮，又酿成了一首小诗。梅、雪、诗，一个都不少，记忆的画册里，该有的笔墨都有了吧。噢，还缺红泥小炉，围炉酒话，那就回家，邀几位酒朋诗侣，晚上，把它补全。

2016年1月23日

乡情野韵

1. 童心、童趣，在这里深藏

一条小山涧从几个山垄里潺潺走出，来到一片开阔的山岩上。正当它兴冲冲往前奔的时候，冷不防脚下一滑，轻悠悠地向山岩下荡落下去，中途在岩壁的几处凸出的地方打几个滚，便一跃而入谷底，荡起水雾，激起水珠，漾成一个小水潭。小水潭周围，长着青翠的麦冬草，它们慷慨地把自己的绿色分给了小水潭，潭水立时显得清亮而又翠绿了。

当小水潭盈溢而出时，又化为小涧，欢快地向山下跳跃而去，途中只见那些披着青藤碧萝的大山石，俨如卧虎蹲狮，这时竟也泛出温和的绿色笑容，热情的挽留着小山涧。小山涧于是绕着大山石跑了几圈，顺便往四下溜了一眼：呵！拔地撑天的老樟，铁杆虬枝，绿叶繁茂，把几片揉碎的阳光撒在地上；虚心劲节的毛竹挺出于乱石丛中，而又不乏温柔之色；葱葱郁郁的草木丛中，几根野藤缀满了野生瓜果；几条顽皮的葛藤，偷偷地爬到大山石的背上……小山涧看傻了眼，山下的小朋友们还不知道这个好地方呢！于是它赶忙一路欢唱着跑下山去，告诉小朋友们去了。

——这，就是我的家乡东边的一个美丽的山谷。她，叫东岩孔。啊，东岩孔，我和小伙伴们孩提时的乐园，在你的怀抱里，我们度过了多少快乐的时光！

每次回到家乡，我都要循着童年时的足迹到东岩孔走上一趟，去寻找我那失落多年的童心，重温童年时的欢乐：

酷热的夏天，东岩孔以她那清幽、凉爽和美丽的景色吸引了我和小伙伴们。小时候最爱看打仗的电影，常喜欢摹仿电影中战斗的场景，几个小伙伴常常聚在一块玩打仗。那时候，村西头的田野上设着砖瓦厂，我和小伙伴们常趁砖瓦厂师傅不在的当儿，溜进砖瓦厂，“偷”来大块大块的砖瓦泥，拿回家来，做起“手枪”和“望远镜”来。这些砖瓦泥经我们的小手一拨弄，居然也真成了有眉有眼的“手枪”和“望远镜”了，放在太阳下晒干，有时则央求帮砖瓦厂干活的哥哥带去放到窑里烧一烧，等到拿出窑来，一看：嘿，棒极了！“手枪”看上去灰里带黑，握起来硬如真枪；“望远镜”系上根带子挂在胸前，怪美气！ 晚上睡梦里觉得“手枪”和“望远镜”已派上用场了。

第二天，匆匆拨了几口早饭，小伙伴们就自动会齐了，大家提着“手枪”，捞着“望远镜”，排成一行，嘴里喊着“一、二、三”，雄赳赳，气昂昂地向东岩孔进发了。

我们沿小径蛇行而上，仿佛正步入一座迷宫，越往里走，人就越感到清凉爽快。 晨露打湿了我们的裤脚，藤蔓老是牵扯着我们的脚步，稍不留神，准会摔个大跟斗。 几个小伙伴想露一手，不管山路崎岖，把“手枪”一挥，喊着“冲啊！”抢到前面去了，后面的人也不甘示弱，马上也大喊着撵了上去，前呼后拥，不一时，冲杀到了小水潭前。 这时，脸上已冒出汗来，我们在小水潭里掬起一把水来，美美地洗了个脸，然后大家一起坐在铺着藤萝的山石上，软软的，好不舒服。 山风送来几缕晨雾，拂干了我们身上的汗水，又渐渐地飘远了。

东岩孔谷深林密，太阳像个迟起的小姑娘，红着脸姗姗来迟。 当她的眼光透过树叶的缝隙瞥进山谷时，晨雾渐渐消散了，东岩孔露出了美丽多姿的面容。 我和小伙伴们站在最高的山石上，举起“望远镜”，往山下一看，山下的景物被框在两个大圆圈里，看得可清楚了。 这时，山下已是阳光灿烂，大人们正在山脚下的田野里忙碌着。 我们举起“手枪”，朝山下的人瞄准，嘴里还“啪！ 啪！”地喊着。 山下的几个大人发现了我们，他们大喊着要我们下去，免得出危险。 我赶紧喊“卧倒！”——这是从民兵那里学来的。 小伙伴们马上趴在地上。 过了一会儿，听不到大人的声音了。 这时，“嚓”的一声，什么东西掉在我头上，吓了我一跳。 一看，原来是张落叶！ 我抬起头来，看到高大的樟树上几只小松鼠正在树枝上跳跃着，飞跑着。“松鼠怎么有这么大的本领呀？ 在这么高的树枝上都敢蹦蹦跳跳。 我真羡慕它们！ 要是我能捉它一只玩玩该多好！”我一骨碌爬起来，走到那株大樟树底下伸手就想往上爬，可是树太粗了，搂不过来呀！ 我站在那里生自己的气——我为什么不快点长大呢？ 上面的小松鼠当看到我伸手搂树干时，大概是怕了。 移动了几步。 这时一看我松了手，它就又停了下来，还用眼睛滴溜溜地瞧着我呢！ 似乎在讥笑我爬不上去。 我一气之下捡起一块石子，往上扔去，小松鼠大吃一惊，倏地跑得无影无踪了。 我高兴得笑了，小伙伴们看到也都格格地笑了起来。 接着我们就开始“打仗”。 我们分成两组，一组是“解放军”，一组是“敌人”，我自然在“解放军”这边。 我们“解放军”一边举枪瞄准“敌人”，一边用炮弹——野生瓜果——狠狠打击“敌人”，一直把“敌人”赶下山去……

东岩孔又是捉迷藏的好地方，满谷的藤蔓柴草已足以让人藏身，更有许多天然的隐秘岩洞，有的洞内有洞，洞洞相连。 我们常常为了寻找对方，拨草木，掀藤萝，钻岩洞，山谷里几乎每一处都留下了我们的足迹，每一处都找到了我们的欢乐。

东岩孔的夏日，如此的迷人，如此的充满乐趣；冬日的东岩孔却又给了我和小伙伴们一个全新的童话。 当我们蜗缩在家里感到很无聊的时候，我们就走向大自然，走向东岩孔。 雪后放晴，大地披上银装，如果说山下积雪泛起的惨淡的阳光，并不怎么使童稚的我们感到冬日的严寒的话，那么一踏上东岩孔的小山道，就仿佛是白雪公主有意要考验我们一番。 寒气迎面扑来，我们不由地打了个冷战，鼻子酸痛得厉害，耳朵刀割似的疼，小嘴巴早已成了小烟囱，直往外冒白气；但天真而无所顾虑的童心支持着我们，我们经受住了考验，白雪公主终于为我们打开了她的宫殿。 这真是个粉妆玉砌的世界！ 夏日的瀑布，一化而为一把把冰剑，倒悬在绝壁上；瀑布下的大山石，此时已成了青凛凛的“玉石”；尤其是那一汪小水潭，此时更是千姿百态，仪态万方。 我和小伙伴们由衷地赞叹大自然的神工奇技。 夏日的小水潭，此时已成玉雕品的展览馆：几架青白色的“电话机”摆在那里；“小汽车”停满水潭；还有几只“白象”静静地立着……这时山谷里只听到冰剑落下时击在“玉石”上的“铿铿”之声，使这座迷宫倍添幽静。 有时看上去明明没有冰剑坠落，“大玉石”上却总有冰块在活蹦乱跳，发出碎玉似的声响，让人怀疑岩洞里有人往外扔冰块玩。 神秘而可爱的东岩孔啊，海龙王的水晶宫怕也比不上你吧！ 你那冰击“玉石”的空谷幽音，使我们的童心生发出多少绮丽的幻想。 直到现在，我的耳边还常常萦绕着你那清幽的声音，眼前仿佛看到组成那声音的串串音符，系着我和小伙伴们的纯真的童心，在那里翩翩地飞，款款地翔……

啊，东岩孔，童心、童趣深藏在你这里，我真想再回到你的怀抱中，寻回我那颗天真无瑕的童心和那份童年时的欢乐！

2. 岁末的盛典

杀年猪，早些年在我们乡下一直是岁末的一种盛典。

年关将近，村村落落便响起一片欢快的惨叫。

农家养猪，一般都不少于两头：一为毛猪，一为年猪。 前者卖钱贴补家用，后者年节大快朵颐之外，就是一年的佐餐油水之来源了。

那时乡下穷，但省吃俭用，家家户户也要将两头猪养得膘肥体壮。待到年猪“出栏”之日，栏门洞开，将猪放将出来。那猪摇头摆尾，哼哼唧唧，缓步而出，以为主人开恩，特赐放风，丝毫没有大限已届捐躯在即之虞。殊不料斜刺里冲出一条壮汉，一把抓住猪的后腿，劈手将其掀翻，更有二三人一拥而上，四马攒蹄，将百十好几的一头大胖猪悬空抬起。那猪待到惊觉，为时已晚，死命挣扎，怎奈寡不敌众，只得放开喉咙，撕心裂肺地哭喊，以示满腹的委屈和困惑。但人既为食草食肉兼而具之之动物，一向恪守“食色性也”的夫子古训，在原则性问题上绝不含糊，毫无愧色地“杀猪不眨眼”。

小时候乡村孩子无甚好看，最爱看的大概就是杀猪一事。一闻哪家杀猪，稚子童颜举欣欣然有喜色，奔走相告。看着一条大胖肥猪瞬间被掀翻在地，莫不欢呼雀跃，及至几条大汉抱前脚拽后腿将那肥猪死拽活拉上严阵以待的四尺长凳，莫不眼如铜铃，单等惊心动魄的那一刻。虽说父母一再连哄带吓，说小孩子不能看杀猪刺刀见红那一刻，否则读书就会变成“死记性”，但还是难抑“心魔”鹿撞，频频偷眼。

我村久负盛名的“操刀鬼”乃正屋公（其实正屋公那时方当壮年，本宜叔伯相称，但那时村里讲辈分，按我村“官士启能正，隆朝景法信”的排序，我属“朝”字辈，依老规矩，故尊称“正”字辈的正屋公为“公”）。正屋公是抗美援朝退伍军人，大脑门寸毛不长，再加长得瘦瘦巴巴，酷肖当今当红明星葛优。（关于正屋公的秃脑门，还有一段传奇故事，说是正屋公在抗美援朝期间，被美国兵俘获，将被活埋，幸亏我方营救及时，敌方还没来得及将正屋公活埋，我方救护已到。忙乱之际，敌方铁锹只削掉正屋公的一层头皮。大难不死，但也给正屋公留下了终身的印记——脑门再也不长毛。现在细想，这多半是正屋公逗小孩子玩的瞎掰，若当时真的被美国兵削了一铁锹，怕头皮不会像现在这样平滑完整。）

看正屋公杀猪是那个文化娱乐极度贫瘠的岁月的一大享受。奏刀之前，正屋公脸色端凝，袖管高卷，手腕青筋毕露，双腿呈弓箭步，左手揪住猪耳，右手在猪脖子上摩挲几把，拿捏好进刀部位。及至成竹在胸，正屋公绰起尖刀，往油黑发亮的围裙上刮擦一过，刀尖微扬，瞄准猪的咽喉致命之处，不疾不徐刚勇沉稳，尖刀悄然滑入猪颈深处，立时一腔鲜血喷涌而出。四尺凳下，早已备就的钵头张开血盆大口，酣畅淋漓地接纳这来自生命极处的鲜红汁液。眼看猪的血液流速变缓流量变小，猪一开始底气十足元气充沛的呼号很快便转为气若游丝的咕哝呻吟。正屋公将尖刀从猪的喉管抽出，在猪身上将刀身上的血汁擦拭干净，紧接着便在猪的上吻横向割开一裂口，然后抛下尖刀，左手大拇指和食指扣住猪吻，右手握捏猪的喉头肌，使劲挤兑，将残留在猪身上的不安定因素挤捏罄尽。最后取过刀柄，在钵头内搅拌数下，使事先放好的盐分与猪血充分调和。直到此时，协同杀猪的二三下手，便如释重负，一齐将手中软作一堆的“阿堵物”重重往地上一掼，砰然有声。

大人忙于调汤弄水，我们一群小把戏却心怀隐忧——不相信这么一头原本活蹦鲜跳的大胖肥猪三下五除二地就这么被放翻在地。看着纹丝不动摊在地上的这一堆，眼前老是产生一骨碌爬起一猪，困兽犹斗最后疯狂一回的幻觉。但正屋公来一只撂倒一只，来两只放翻一双的手艺一再告诉我们，我们纯属忧天的杞人。但我倒真的看到过一位新手杀猪时惊心动魄的一幕：眼看那位新手已将猪血放尽，那猪躺在地上默无声息作长眠状。但就在人们在豆腐桶内调好汤水，有请“睡美人”入浴之际，那地上的一堆肉竟忽地挣起，觅地而走，直吓得一帮看客轰然作鸟兽散。当我们跑至远处，瞿然回眸，那猪又颓然而倒。回光返照，虚惊不小。

豆腐桶的汤须不老不嫩，恰到好处，否则将大有碍于褪毛这道工序。汤之老嫩，正屋公将手放入豆腐桶内一撩便知。待至混毛猪在桶内浸泡到十分火候，正屋公从工具袋内拎出一扁平圆刃之刀——俗称“毛刀”。毛刀霍霍，正屋公尽展平生所学，迅疾快当，不费多少时候，一个白净浑圆的猪的肉身便呈现在眼前。正屋公拽过猪头，按在桶沿上，朝猪脖子上虚拟一刀，慨然近身，一圈一划，那猪便瞬即身首异处。正屋公嘱猪的户主将猪头拿开。至于将猪头腌制晾晒，除夕夜让猪头口衔猪尾用以谢神祝福之后，一家人围坐吃喝，猪头肉最是按酒妙物，自是后话。

且说那猪的躯体，后腿被一条系有铁钩的绳索紧紧勒住，二三人相帮，一声吆喝，将猪的身体提离豆腐桶，数臂齐扬，猪的肉身便精赤条条白而发亮地被悬挂在一把梯子上亮相示众。

正屋公手持“毛刀”，几下就刮拭完猪身上的残毛剩水，然后便面不改色心不跳地为那猪开膛破肚。说实在的，现在我所仅有的一点解剖学知识便是从那儿开始启蒙。一把薄而锋利的“毛刀”从猪的脚根滑到前半身，猪下水立时琳琅满目五色纷呈。正屋公拿过一把米筛，放于胯下，双手齐上，深入猪的五脏内壁，鼓捣翻掘，不一会儿，米筛上便是热气腾腾满满当当的一摊子内容。正屋公接着取过一桶水，将内脏尽去的猪身里里外外冲洗一净，再取过尖刀，自上而下，将猪身一剖两半，叫主人搬入屋内。

猪下水的处理更透着学问。这整个儿是一个剔除糟粕，留其精粹的过程。

小肠细小，须用一根筷子辅助翻转冲洗，大肠及胃，肥美硕大，容易翻转冲洗。猪肠及胃，将内中粪便剔除干净后，尚需热汤浇洗，以除其秽。乡村人也爱干净，对于猪的肠胃的冲洗，热汤之不足，复之以食盐揉搓，亦洗亦揉亦搓，非至彻底清爽洁净不止。

其夜，正屋公自会领一把板斧及有关屠宰器械，登门前来，剔猪腰，揭板油，析猪尾，最后操起板斧，前肢、后腿、刀头肉，一一分类剖析。刀头肉和猪腿，假以时日，腌晒一过，即成美味腊肉。

乡村人厚道，每回杀年猪，除给正屋公一副小肠作为酬劳外，待到晚上，搬出八仙桌，酒肉满案，遍邀亲朋，大碗喝酒，大块吃肉之际，必不会落下正屋公。所可喜者，正屋公乃我祖母之外甥女婿，谊属姑表之亲，每次宰杀年猪，赠以酬金或一副小肠，正屋公断然不受。小肠乃猪下水中最耐人咀嚼之物事，故而每回杀年猪，我等便得极夫小肠美味之享。

在乡村，宰杀年猪实在不是什么惨酷之事，相反，倒是充满喜庆色彩。物命各有所归，贵在死得其所。若猪有灵，以己一躯，换来万家快慰，在猪，亦当痛且快哉！

3. 乡音杂谈

三十多年前的尴尬

东阳地域分南乡、北乡。

三十多年前不比现在，在东阳城区工作的南乡人不是很多。1986年8月，我有幸分配进东阳中学任教。有一回，趁着周末闲时，到现今双岘路一带找一北乡同学。当我按同学提供的门牌号找上门去，里面坐着一屋子人，唯独不见我的同学。年轻时脸嫩，我操着一口千祥话腼腆地带笑弱弱地一问："××在家吗？"却不承想屋内"腾"地爆起一团笑浪，窘得我进退失据。回校后跟一帮同事说起此事，家住北乡的同事给我揭晓了谜底——原来是我那一口千祥土语惹笑了一屋人。千祥人问"××在家吗？"常说"××幽宕伐？""幽"就相当于"在"；而北乡人说"在"发"jì"音，"幽"在北乡话中当"躲"解，差别很大。说"××幽宕伐？"在北乡人听来就等于说"××躲在这里吗？"所以北乡人就嘲笑南乡人发音古怪。

当了班主任后，免不了要家访。到城区学生家家访时，常常遇到方言土语交流影响传情达意的尴尬。那时候东阳人之间民间私下交流还不流行用普通话，当我用模仿得很不到家的所谓北乡话与家长进行交流时，要多别扭有多别扭。这一点真不能不佩服我的一位南乡朋友，在坚持乡音本色上真有一种“大丈夫行不改姓，坐不更名”的气概。几十年来，我的这位朋友一直操着一口南马土音，穿行于政界民间，纵横捭阖，排闼无碍。（当然，与不会说东阳话的外地人交流时还是用普通话）

时过境迁，城乡融合，南乡人进城工作的已不在少数，南乡人与北乡人的言语交流隔阂正在日渐消减。即便用土话交流有些不便时，在说普通话已十分普遍的今天，由东阳方言改换为普通话对答，简直就像用遥控器换频道那样轻省了。

南乡话与北乡话的区别

地异言殊。由于东阳南乡北乡的地理分野所致，南乡话与北乡话的发音特点有很大差异，但仔细寻思起来，有些差别还是有规律可循的。比如南乡话多“o”音，北乡话多“ao”声。像说“打死你”，南乡人说成“kō 你 do”，北乡人则说成“kāo 你 dào”。南乡人说“扫帚”的“扫”为“so”，北乡人则说成“sao”。南乡话，尤其是千祥话，多“o”音，说起来硬邦邦，斩截截，因此人们说南乡人，尤其是千祥人，适宜唱大花脸。北乡话显得绵糯，北乡话中的巍山话绵糯中又多舌尖音，人们都说巍山人最宜唱花旦，良有以也。

风水轮流转

1986 年走上教坛。那时东阳人跟东阳人之间讲普通话还常常会招来怪讶的眼光。为了提高学生的普通话水平，我曾在自己所教的班里下过死命令：在教室里必须讲普通话，如果不讲普通话，那么你来向我问语文问题，我就装听不见。这一招对女同学挺管用，毕竟女生语言才能要强一些。个别男生死活不肯开启尊口讲普通话，问其不肯讲普通话的原由，他们的回答是：东阳人跟东阳人之间还讲普通话，太“妖绿”了，难为情。

三十年河东，四十年河西，风水轮流转。而今讲普通话已蔚然成风，许多同学从小习惯于与同学、老师讲普通话，现在要他讲东阳土话，已戛戛乎其难哉！一个土生土长的东阳学生，普通话、外语可以讲得挺溜，唯独不会讲家乡的方言，未免美中不足。眼见方言土语这些非物质文化遗产日渐式微，让人油然而起乡土之根行将枯萎之忧。

跟刚走上教坛时的态度相比，现在我的立场拐了个 180 度的大转弯：现在我是由当初的极力提倡学生学讲普通话，一转而为一再鼓励学生勿忘东阳土话。上课之时，我经常利用教学之便，宣讲东阳话的妙处。东阳土话属吴方言区，与唐宋时的中古音颇多相近之处，比如讲到杜甫的《水槛遣心二首·其一》“去郭轩楹敞，无村眺望赊。澄江平少岸，幽树晚多花。细雨鱼儿出，微风燕子斜。城中十万户，此地两三家。”用普通话读，“赊”“斜”二字就很难与偶句中的“花”“家”等字押韵。而用东阳土话一读，就全然押韵，读起来音韵之美大增。

妇人之言，慎不可听

《晋书·列传十九·刘伶》记载大酒鬼刘伶的一段趣事：

> (刘伶)尝渴甚，求酒于其妻。妻捐酒毁器，涕泣谏曰：“君酒太过，非摄生之道，必宜断之。”伶曰：“善！吾不能自禁，惟当祝鬼神自誓耳。便可具酒肉。”妻从之。伶跪祝曰：“天生刘伶，以酒为名。一饮一斛，五斗解酲。妇人之言，慎不可听。”仍引酒御肉，隗然复醉。

提到“妇人之言，慎不可听”，就油然想起一桩平生恨事：

儿子出生后，我就提议：待儿子会说话之日，在教他学讲普通话的同时，也要让他学会讲家乡的方言。结果被妻子抢白了一顿：操哪门子闲心，生在东阳，长在东阳，还愁不会说东阳话？

及至“伟大的哑巴”开口说话了，教儿子学讲普通话，自然无悬念地成为夫妻的共识。我这个“语文之父”更义不容辞地充当起第一责任人。而当我想对儿子进行普通话、东阳话“双语教学”时，却屡屡被严防死守的妻子挡回。不少父母都认为孩子会讲一口流利准确的普通话是“洋气”，而小嘴里嘟噜出一串方言土语，则常常被看作土得掉渣。我妻看来也受此种流风习俗熏染，就是不同意我教儿子学讲东阳土话，尤其是学讲我那一口土老帽的千祥土话。其时我也心想，那就听妻一回吧，不必刻意教习，生在东阳，长在东阳，年岁一久，耳濡目染，儿子长大了自然会听会讲东阳话吧。

但事实证明，我失算了。儿子现已长到 20 岁，对于东阳土话的听力倒还有一点，但说东阳话的能力却迹近于无。尤其是过年带到千祥马宅老家，对“东阳的西藏”的乡音土语更是茫然不解。

资料表明，孩子从出生到掌握语言，一般需要 3～4 年的时间，而语言发育的关键期是 2～4 岁。专家认为，9 个月到 24 个月（2 岁）是理解语言的关键期，2

岁到 4 岁是表达语言的发育关键期。此时学习语言效果最佳，而且获得的语言习惯最容易长期保持下去。

错过了语言发展关键期，再来学东阳土话，就费力了。

南声北音不可偏

有识之士都已觉察到方言土语这些非物质文化遗产濒临失传的危机，不少热心人士也正在积极行动起来，努力拯救千百年来流传下来的虽土却亲的乡音。《东阳日报》专辟“东阳方言”栏目，探赜发隐，寻东阳乡音语脉，存家乡正宗土语。“新闻东东腔”“老吴讲故事”这些方言土语节目，让在东阳的乡音土语之中浸淫过几十年的如我辈，感到特别的入耳动心，温暖亲切。所遗憾者，无论是“新闻东东腔”的主持人顾巍伟先生，还是“老吴讲故事”的主讲人吴锡华前辈，发的都是北乡之音，这让我这个正宗的南乡人颇有些意气难平。我忽然有个奇想：南乡北乡都选一个代表，轮流来主持“新闻东东腔”之类的乡音节目，南声北音，同台 pk，各擅其长，岂非更增盛世妙趣？

2013 年 1 月

4. 敲棒

在那些物质清贫的岁月，精神并不见得就此荒芜。

敲棒（东阳一些地方叫“敲田鸡拐”），在 20 世纪七十年代的童年，是一种极其流行的儿童竞技娱乐活动。两块整砖，一副木棒，一小块石头，就足以构架起三分冒险、五分智慧、七分竞技、十分快乐的童年。

敲棒的活动器材可因地制宜，就地取材。20 世纪六七十年代，农村有的是柴禾，拿把钩刀，砍个两根长约 35 厘米、粗约 2.5 厘米左右的木棒根本不是什么难事。房前屋后到处砖瓦堆叠，捡个两块整砖也是手到擒来。至于“敲棒”游戏中被小伙伴戏称为“踏踏米”用的小石块，彼时乡下，更是俯拾皆是。

敲棒游戏一般在乡村门堂或操场等开阔地上举行。根据木棒长度把两块整砖呈“11”字形竖放排好，将“踏踏米”用的小石块在距两块整砖一尺之距前嵌定在泥中，接下来就是分组的事情了。把简单的事情搞复杂了，那叫麻烦；把麻烦的事情弄简单了，这叫水平。草根之中往往有大智慧存焉。比如“石头剪刀布”决输赢游戏，就是民间极好的一种简便快捷有趣的决断法。“敲棒”游戏开始前，孩子们一通“石头剪刀布”，迅速分出“进攻方”和“防守方”。

“进攻方”将其中一根木棒横架在呈“11”字形竖放的整砖上，等“防守方”站到距整砖 30 米处“河界”外做好接棒准备时，“敲棒”之“敲”即行奏响。

“进攻方”若是遇上个促狭鬼，那可能会上演一小段猫耍老鼠的插曲。只见“进攻手”右手持一木棒，眼看就向横架在整砖上的另一根木棒狠狠敲去，却在距横棒毫厘之间硬生生停住。全神贯注、一脸紧张的“防守方”发现上当受骗立呈尴尬笑意，而旁观人从中则腾起一片欢闹的哄笑。

“进攻方”一棒击出，若是力道不足，飞出的木棒落在“河界”之内，那就只好乖乖地交出木棒，让“防守方”上位为“进攻方”。若“进攻方”敲出的木棒，被足球场上高明的守门员一样的对手稳稳接住，那么“进攻方”也得乖乖地交出木棒，让“防守方”上位为“进攻方”。“进攻方”敲出的木棒，常常是来势凶猛，方位难辨。若非胆大心细，判断明晰，眼疾手快，“防守方”要接住疾速飞来的木棒真是“戛戛乎其难哉”。但“防守方”确也会冒出一些好手，以“仰手接飞猱，俯身散马蹄”之灵便快捷，在电光火石之间巧接空中来棒，从而为自己赢得敲棒的进攻权。

为什么我们的童年近视眼是稀罕之物？一方面当然是因为我们的童年甚少读书疲累，题海之苦，但另一方面也不能不说是与我们小时候经常有余裕玩各色健身养眼益智的游戏有关。即如敲棒而言，“进攻方”在击出木棒之前，既要远眺对方站立的方位，又要俯视横棒的架设位置。俯仰之间，远眺近观，双眼忽闪，岂非大有益于视力之改善？至于“防守方”，既要密切俯视对方的进攻动作，又要仰观飞棒的空中来路，眼随棒动，更是大利于视力之增强。京剧表演艺术家梅兰芳先生的一双充满魅力、神光四射的眼睛，据说完全是得益于青年时代放养鸽子。小梅兰芳视线经常随鸽子上下翻飞回旋近翔远翥而游弋，于是练就了一双忽闪忽闪会说话的眼睛。如此看来，敲棒游戏对于眼力的培养，也是其益良多。

不过，敲棒游戏确实也存在潜在的危险性。如果不辨飞棒来势，贸然去接，轻一点也许会磕碰到手脚，重一点则会伤及头脸。正因为这种顾虑，在独生子女遍地的今天，想要恢复敲棒游戏，大概已大为其难了。但奇怪的是，在我的观闻范围之内，还从来没有听说过有因为敲棒而戳伤眼睛之类的事件。这大概就是人们所说的，越会玩的孩子越不会受伤吧。因为经常游戏玩乐的孩子，其手眼身法，确乎是要比同侪灵活的；其自我保护的本领，也是会更高一筹的。

敲棒的“防守方”如果接不住“进攻方”击打而出、强劲有力的飞棒，那么还是有转败为胜的机会。只要捡起掉在河界外的木棒，单手捏住，往架在砖块之间的木棒投掷。如果准头好，将架在砖块之间的木棒击落，那么“防守方”就转为

“进攻方”。如果未能击落那根木棒，那么“进攻方”就有权进入下一步“十”字击棒程序。

所谓“十”字击棒，就是“进攻方”选手人站在两块架棒砖块前一尺处，将两根木棒呈“十”字形交握右手之中（如果是左撇子，那是例外），然后将纵向一棒抛向空中，在电光火石之间，持横向木棒向空中木棒拦腰猛击，使空中木棒疾飞而出。如果敲击不到位，飞出之棒软沓无力，颓然掉在河界之内，则“进攻方”弃棒认输。如果敲击得巧而稳，飞出之棒越出河界，“进攻方”便可从落棒处以棒为尺一尺一尺往回量尺数，一直量到作“踏踏米”用的小石处为止。

下一步就是“踏踏米”程序。所谓“踏踏米”，就是将一根木棒横架在距呈“11”字形竖放的两块整砖前的小石块上，前部翘起，后部着地，然后右手持一木棒，身子下蹲，将右手中的木棒朝搁在小石块上的木棒前部一点，趁着地上的木棒猛然起跳，说时迟，那时快，右手中的木棒迅即朝地上起跳的木棒后部拦腰一击。如果着力快猛又准，原先在地上搁着的那根木棒就会如离弦之箭，“呼”地向前飞奔而出。如果“防守方”能够接住飞棒，“防守方”依然有转守为攻，上位为“进攻方”的机会。如果“防守方”接不住飞棒，那么“进攻方”又可以从落棒处往回量尺数。

等横向击棒、纵向击棒、踏踏米三个程序全部完成，“防守方”即转为“进攻方”。如果双方都能顺利地将三个程序一一完成，那就以双方累计的尺数多少定输赢。多则成王败成“牛”，一场“牛耕田”的滑稽惩处法便会訇然登场。“牛耕田”滑稽惩处法究竟如何，暂且按下不表。

且说“踏踏米”，可别小看这一环节，它可是暗合着阿基米德发现的“杠杆原理”。尽管小孩子不懂什么“动力臂”“阻力臂”“支点”之类术语，但孩子群中，高明的“踏踏米”高手，可真称得上无师自通地摸到了“杠杆原理”的门道。

再说“牛耕田”滑稽惩处法，就是失败方选手必须从飞棒跌落处三肢落地，一脚离地伸起，让胜利方选手擒住伸出那脚。胜利方选手左手擒脚，右手持棒，作牛鞭挥舞状，嘴里还学着大人们使唤耕牛的呼喝之声。失败方选手三肢并用，匍匐而行，一步步犁（爬）到踏踏米小石块处绕一个弯调过头来才停止。活脱脱一幅耕牛犁地图，一路犁来一路笑，直把边上观场的伙伴们笑得直不起腰来。这个场景，有诗为证：

竖起砖头横起棒，
空地开阵战犹酣。

一棒敲出三丈外，
罚你跷踏跳几圈。

所谓“跷踏”，就是“牛耕田”惩处法。

敲棒游戏，距我的童年已近40年，但那斗智斗勇、谑而不虐的一幕幕，及今思之，依然鲜明活跳在我的眼前，让人回味无穷。

2016年1月

5. 打螺陀

有一种儿时的游戏，至今让人难以忘怀，常感慨于它的日渐失传。那便是打螺陀。

查词典，螺陀的正规叫法应为陀螺，但或许是受到“骆驼”这一动物名称的谐音习染，民间口语相传，就错把“陀螺”叫“螺陀”。民俗中这种物名的错讹，所在皆是（比如“摩托车”，我们小时候乡下孩子孩子就叫它做“马达克”或“达马克”），不妨一仍其旧，倒反显出一种别样的质朴和亲切。

细思量，打螺陀实是一项大有益于孩童身心发展且饶有兴味的活动。玩具由自己一手制作，虽说做法简便，但要“创造”出一个经得起抽打的螺陀，必先锤炼自己的动手能力。心中先存一标准螺陀模型，然后寻块木头找把柴刀，按图索骥，将一截木头毫不留情地砍削去可有可无的部分。待至上圆下尖螺陀初具规模，最好在底部嵌一钢珠，以便转动时又快又稳且经久耐磨。拿根木棒，系一布条或麻绳，便成一鞭。用手将鞭梢按于螺陀之圆柱体上，按顺时针方向围绕数圈，将螺陀轻放于地。只要右手将鞭子往外用力一拽，螺陀便立时被“发动”起来。狠命抽上几鞭，螺陀便像一个忠实的仆人，转个不停。那时候找块没有坑洼的地难，好在村村落落都盛行建大会堂，大会堂的门厅多半用水泥浇筑。该处自然便成为螺陀汇集之地。螺陀云集，擂台比武，制作技艺之优劣，螺陀品位之高下立判。如果谁的螺陀体形庞大，式样规整，钢珠又镶嵌得法，一旦上阵，那真是一鹞入林，百鸟退避。巨无霸螺陀于螺陀丛中，任你纵横厮杀。快陀加鞭，螺陀王如虎入羊群，其余螺陀，只要让螺陀王一挨上身，立时便会有触电似的震撼。虽不至挨一挨皮破，擦一擦肉伤，但一个个不是摇摇欲倒仓皇逃避，就是气息奄奄颓然倒地。这真是一种力量与才智的较量，那场面气氛，无斗鸡之残酷狞厉，其精彩耐看程度却绝无逊色之处。

打螺陀者，一鞭在手，俨然将军宝剑在握。战争间隙，各据地势和平共处，各人自转眼前陀，质地优良的螺陀高速运转时，便会给人以“钉”牢地面纹丝不动的错觉。当此际，羡慕赞叹之声便鹊起，鞭策、赶超、友谊，多少情趣在其中！

而今，适宜打螺陀之处触目皆是，却再难觅螺陀之玲珑轻灵之身影。惋叹之余发一宏愿：

他日我若有儿，不买别的，授他一鞭，先让他学会操练螺陀，再论其他。

附：

这是二十多年前写的一篇文章。天从人愿，还真给我送来了一个儿子。但是儿子已长成二十多岁，还是没有学会打陀螺，一是现在的孩子可玩的东西实在太多了，尤其是电子产品；二是作为高中语文教师，起早摸黑，陪孩子的时间确实太少了。而时间稍纵即逝，哀人生之须臾，苏东坡如此浩叹；时间都去哪儿了，还没好好看看你眼睛就花了，歌里这样发问。真的，时间过得太快了，许多事还没来得及做，儿子已长大成人，再也不屑于玩打陀螺之类的游戏了。现在的陀螺，制作材料越来越多，制作也越来越精良，有些还可以电控桌玩；但窃以为，总不如当年自己亲自用木头削制，安上钢珠的那种来得原汁原味，宝爱有加。且等陈某退休之后，学当今一些老人，手执一鞭，到公园抽陀螺玩，以挥发夕阳红吧。

6. 五月榴花照眼明

虽然公历已踏入六月，但端午龙舟竞渡的鼓乐刚刚消歇，粽子的芳香仿佛还萦绕在鼻翼。

对于农历的五月，我们总是充满着热爱与留恋。“五月榴花照眼明，枝间时见子初成。”农历的五月是明媚的；“五月南风兴，思君下巴陵。”农历的五月是多情的；“田家少闲月，五月人倍忙。夜来南风起，小麦覆陇黄。”农历的五月看得到成熟的金黄。就在这色彩和情思复调呈现的农历五月里，新的一期《文化东阳》跟大家见面了。

人世间，那些像鲜花一样夺目的人才，多么令人崇敬爱戴；那些像鲜花一样诱人的文化景观多么让人流连赞叹。所以，我们在这一期里，将许谦、吴初伟、吴云光这样的一些人中“奇葩”（奇葩，《现代汉语词典》解释：奇特而美丽的花朵。娱乐至上主义者对“奇葩”一词的歪曲理解不必理睬）介绍给大家，希望大家多多了解他们，多多珍爱他们，并多多学习他们。一个花盲，你很难对他说清“合欢树”“心叶冰花”“红花酢浆草”之美；同理，如果你对东阳文化不作深入了解，你也很难对原产三乡大地的“狮子台门”“德润堂”、中国东阳龙化石、春秋原始青瓷龙纹带把杯、东阳刺绣等非遗珍宝产生价值认同。有鉴于此，这一期《文化东阳》，庶几可起一点非遗传承“扫盲”作用。在治危拆违进程中，东阳市博物馆馆长陈荣军的“我们正在想办法与拆迁工作赛跑”话语里满是焦急。如果我们广大市民的文化鉴赏能力普遍提高了，对于历史遗产孰花孰草都能有个基本的体认，那么锄草保花的队伍一壮大，文保部门的工作人员就不会有势单力薄的浩叹了。

令人欣慰的是，有识之士正在不断发声，有力之士正在致力行动。我们祖先创造的“文明之花”不少已受到应有的重视和保护，新的“文化之花”正在日益培育和吐艳。三川先生正以“一种语言从地球上消失，就等于失去了一座卢浮宫”的高度提请人们保护好我们的方言俗语；才女吴旭华用“蕊寒香冷蝶难来”的沉痛呼吁引发人们对东阳刺绣的抢救；陈崇仁先生带着一腔热爱呵护着东阳乡曲《凤仙花》；曹洪刚先生以《儒林外史》中“祭泰伯祠”般的崇敬感来挖掘今年虎鹿镇白溪村举办的农历三月三踏歌节的文化意义。东阳市举办“剿灭劣Ⅴ类水 共建美丽东阳”文艺创作采风暨美术写生创作（培训）活动，东阳形成“文化+”的综合型文化产业体系，东阳木雕不但畅行于古建修复，还走进了高大上的现代建筑，成为中式生活的典型符号，在建筑装饰界一枝独秀。这一系列文化“利好”消息，虽不能说，在东阳，“上林苑花开似锦，出门俱是看花护花人”，但说对文化之花，知花、惜花、爱花、护花人士的队伍，在我们东阳日益壮大，应不为过。

诗人田间曾以“歌山歌山歌歌歌山，画水画水画画画水”讴歌东阳。我们有歌山画水之形胜，如果再有文化之花簇拥，风雅格调遍地的景观，那么，东阳就一定会像东方升起的一轮朝阳那么蓬勃骄艳！

7. 世界走进东阳，东阳拥抱世界

潦水尽而寒潭清，烟光凝而暮山紫。俨骖騑于上路，访风景于崇阿。

盛世清秋，最适合出行赏景，来往访友。

金秋十月，举一杯乡色酒，把酒临风，乡贤齐聚，共话故园成就，同描家乡愿景，其乐何极！

今年东阳的中秋国庆佳节，注定要书之竹帛，垂照丹青。东阳市首届世界东阳人大会将在今年中秋国庆期间隆重召开。

各乡镇都将建立乡贤联谊会，让乡贤联谊会成为凝聚人心、助力家乡发展的重要平台。

东阳这块土地，春秋得不一般。“三乡大地”的美名，宣示氤氲久远的人文气象。挖掘机俯首探进地底，不时捧出史前洪荒之力的喧响。“木雕之都”“影视之城”的嘉名加盟，让东阳的美誉，像朝日一样喷薄。如今，东阳龙昂起举世瞩目的头颅，屡屡触摸东方天空初升的霞光。

东阳人，前所未有地为家乡的日新月异自豪；

东阳游子，前所未有地把美丽的故乡眷恋翘望。

东阳是上佳的人才孵化基地，东阳人才遍布世界五大洲七大洋。世界东阳人大会，聚集东阳人的丹心，发挥东阳人才的优势，让世界走进东阳，让东阳拥抱世界。

多元文化从此在东阳更快更好地交集融合，乡土特色从此向世界更长更远地辐射放送。

东阳的肺腑吸纳着八面来风的元气，东阳的心脏应和着四海风云的激荡。

东阳，你怎能不越来越美好，越来越强壮！

闲情偶寄

1. 一路飙歌

一入教门深似海，从此金嗓变破锣。——这是许多资深教师的慨叹。

高等师范不姓师，而拼命向综合性大学靠拢，这种中国高师办学的误区已成不争之事实。高等师范大学毕业的学生，写不出一手好字，没练就一副口才，除了这两项欠缺，还有一种要命的缺陷，那就是没有学会科学发声法。

初为人师的大学生，走进课堂，哪个不想声震屋宇，将每一个字，每一句话响亮清晰地楔入学生的耳膜之中？于是一课接一课，一日复一日，提着嗓门，高亢激越，没几年下来，声带疲乏，嗓音嘶哑，咽喉炎如恶魔缠身，挥之难去，不召自来。若是同事相会，下个馆子，老师们异口同声想对餐馆老板说的就是：少放辣，嗓子不行。

吃香的，喜欢；喝辣的，不敢。严重的咽喉炎，让口福大打折扣。作为已届三十年教龄的资深教师，咽喉炎带来的痛楚，可谓苦大仇深。严重的咽喉炎，让我误食进胡椒粉、辣椒片时，常常会失声（完全讲不出话）一两分钟；更为可怖的是，有时误吞酸辣之物，喉管痉挛粘连，气为之阻，有几次差点背过气去。

记得初涉教坛时，学校每年都要评选教工十大歌手。那时，我凭着完好的男中音，一曲《驼铃》，让我跻身东阳中学首届教工十佳歌手之列。患上严重的咽喉炎后，稍为高一点的音，要唱上去，就戛戛乎其难哉。从教数十年后，学校即便评百佳教工歌手，我也一定名落孙山了。

“金嗓子喉宝”“响声丸”之类，成包整袋地往喉管里塞，也是治标不治本。就在年逾半百，对曾经自诩的“中国好声音”徒叹无可奈何花落去之时，2016 年 9 月 25 日夜，东阳市吴宁东路 95 号缘恩堂内的一堂声乐讲座，让我的嗓子颇生起死回生之吉兆。

是夜，缘恩堂请来了对声乐颇有研究的徐建峰老师，徐老师用极其简便有趣实用的三招，引发了听众极大的学练热情。第一招仿咳嗽学狗叫，第二招伸懒腰打呵欠，第三招学念白唱昆曲。三招并用，打开口腔，廓清嗓门阻塞，疏通气管。 其中最重要的一点就是，让我们扬长避短，规避发声时只驱动喉管声带的积弊，学会运用整个口腔，全副横膈膜，甚至浑身的肌体力量来行气扬声发音。

学狗叫，不是喊“旺旺”，而是呼“龙龙”，呼吼之时，手按衣服第二个钮扣，以手指感应到呼吼时的震动为准。 打呵欠，为的是将声道完全打开。 至于学念白唱昆曲，只需将口腔尽最大努力打开，然后学程（砚秋）派唱腔，诵念程派代表作《锁麟囊》中“怕流水年华春去渺”一句；唱昆曲，则只要唱出 “怕流水年华春去渺”中“怕流水”三字即可。

虽然取得真经，问题是高中教师，以校为家，夙夜在公，又兼身处公共办公室，即便想练嗓，还真找不到个合适去处。 如果不顾大庭广众，顾自咿咿呀呀，念念有词，岂非有被众人视为神经病之虞？ 正当我为此事犯愁时，突然想起 2012 年《中国好声音》中冒出来的一位叫曹寅的歌手。 当年 26 岁的曹寅是位货车司机，来自山东。 他那帅气的外表，深情的声音带来一曲《会呼吸的痛》，深深打动了杨坤、那英、刘欢三位评委老师。 听曹寅自己说，他每天开车 10 小时，唱歌是最好的解乏方式。 曹寅可以在货车内练声，我每天开车上下班，不是照样可以边开车，边练嗓飙歌吗？

心意已决，说干就干，于是上下班时，关上车门，自成一统，在车内学狗叫，打呵欠，唱念白，唱昆曲，不亦乐乎。 练罢这三招，声道既通，我就引吭高歌，将以前学过的歌曲，从《走在乡间小路上》到《垄上行》到《外婆的澎湖湾》到《快乐老家》到《父老乡亲》，一直到《孤独的牧羊人》《我的太阳》，反正会什么，就大声地唱什么。 不唯如此，回家省亲，出差在外，都是一路驱车一路歌。 睡意固然全无，声道也渐渐像五水共治过后的河道，清淤去障，开始通畅起来。 不但《天路》可以飙上一两段，即便《青藏高原》，也能攀上几个高音。

古人说：“渴时一滴如甘露，药到真方病始除。”此言不虚。 自得徐建峰老师真传，我辈虽无李太白“气岸遥凌豪士前，风流肯落他人后”的豪情胜慨，但一坐进爱车，推出尘俗，关上车门，一路飙歌，勤加习练，我还是能够做到。 练习时日既久，嗓音功夫渐觉恢复，教学魅力也自觉更增以往。 有感于此，赋诗几句，以感谢徐建峰老师：

把喉咙磨砺成声音的利器/以雅趣高致澡雪着精神/年龄老少的沟壑一一填平/性别差异的矜持纷纷卸落/我们是一群快乐的游鱼/在那条叫徐建峰的大鱼引领之下/在声乐和美吟的海洋里/摇头摆尾自得其乐/打个哈欠竟然打开了/共鸣空间的暗门/摹拟一阵咳嗽几句狗吠/欣然找到了发声支点/在笑声

里悠游甫毕/又拐向程砚秋的哀婉幽咽/“怕流水”三字唱腔/我们用最大的嘴巴反复学唱/歌喉于是像在溪水漂洗一新/怕流水年华春去渺/一句念白加三字唱腔/仿佛有一双轻柔的手/把我们的气息捋顺加长

2. 又值江滨消暑时

去年的 7 月 14 日，我在拙作《垃圾虫·清洁龙》一文中写过这样一段话：“炎夏溽暑，江滨公园水上音乐喷泉，其水烟雨雾，无疑给东城市民营造了一处纳凉消暑、观景览胜的好景致。但江滨公园每晚满地抛掷的一次性饮料杯、塑料袋、雪糕包装纸，一片狼藉。真是唐突西施，大煞风景。说是市民素质低下？诚有以也。但遍观江滨公园，竟无一只垃圾箱设立，职能部门，怕也难辞其咎。”

今年的 7 月 4 日，白天酷暑难当，全靠关在空调房里以度永昼。吃罢晚饭，走到庭院，抬起头，发现明月半轮，已挂天际。心想今夜的东阳江滨，应有月华如练，好风似水吧。于是拉上儿子，驱车前往江滨公园。

骑行在江滨北路，离水上音乐喷泉尚有一箭之地，便有两位戴红袖套的老伯示意我们停车，他们的身后插着两根竹竿，竹竿间系一拦道绳。

我在路边停好车，放眼一打量：嗬，各种车辆停放有序，比起去年的此时，场面整饬多了。自然，人来人往也安全多了。所谓的人文关怀，其实并不是什么高深的理念，只要有关职能部门心中有群众，有些事，做起来其实并不难。

此时，水上音乐喷泉正闹得欢。携儿走在通向亲水平台的路上，风送水雾动，江上不时地送来一阵阵空蒙绵柔的细雨，拂面清凉，沾衣不湿，让人暑意顿消。

在《今天是个好日子》《走进新时代》等歌曲优美的旋律声中，自东向西，徜徉于木质地板构建的亲水平台之上，欣喜于今晚的江滨公园，比起去年的此时，真有脱胎换骨之感。不但音响效果好了，场面整饬了，而且场景也整洁了。销售冷饮的店摊仍在，但不再是简陋寒伧地胡乱摆设。今晚，重檐歇山顶式造型的冷饮销售点，彩灯闪烁，既给游人提供消渴解暑饮品的便利，又给江滨公园的夜景绘染上一道别致的风景线。一路行来，红男绿女，黄发垂髫，来往如织。地面，再不复去年的满地狼藉；湖中，也不见去年的涉险夜泳者。仿木造型的垃圾箱，有序陈放，与亲水平台木质地板的质地和色调十分和谐。湖边，“江边危险，注意安全”“不准嬉水，禁止游泳”等提示语，虽稍嫌冷硬，但比起去年的任人涉水，无人问闻的放任自流，却明显透露着一种职能作为的警示；湖中，深水浮标警戒线，既好看又温情。岸边时可见到的保安巡查人员，让人倍觉今晚夜色的温馨和安宁。

明月，清风，笛声，久违了的古典风月，竟复活在今夜的东阳江边。循声探访，来到江边，发现月影之下，江流之侧，可书可绘之景甚多。一是江边石柱铁链的护栏的增设，一扫去年凌虚无凭，临江惴惴的兢兢战战；二是去年残损毁弃、无一完好的庭院灯全都换上了方正精巧、四壁透亮的花岗岩玻璃罩照明灯；三是石凳之上，一对母子相对而坐，年轻母亲关注的眼神，幼小孩子悠扬的笛声。

我的十龄小儿，没白练一年半载的二胡，闻曲报名，告诉我那小男孩吹奏的是民乐《喜洋洋》。我突发感慨，东城的江滨公园，正如二八佳丽，出脱得越来越惹人怜爱，夏夜清景，除惬意的自然水月风，若能时时聆听悦耳的丝竹之音，那么，东城的风韵品位将更迷人高雅。

我向儿子提议，明晚携二胡来江边，拉上几曲。儿子的回答，却让人哭笑不得。他说他有二忧：一忧人们将他误认为卖艺乞讨的小乞丐怎么办；二忧胡琴声引来众人围观，发生交通堵塞怎么办。前一忧大煞风景，让人气沮；后一忧黄口小儿，自负太甚，让人捧腹。

不管怎么说，今夜的江滨公园给我的多是清新、愉悦的观感。想象明年的此时，随着江滨绿化带的不断延伸拓展，随着艺海大桥与学士大桥之间在水之洲水上公园的落成，东城的夏夜必将更绚烂多姿，更令人心旷神怡。

2006 年夏

3. 花果枝蔓间的悠游

让我和草木为友，和土壤相亲。——林语堂(代题记)

在《东阳日报》“星期天·悦读”版“好书推荐”栏目上初识桥东里著、周小兜绘的《花花果果枝枝蔓蔓》一书。

恰好在给学生开讲着《花香树影里的语文》选修课，继《拾得一袖香——名家笔下的花》之后，迅即又将《花花果果枝枝蔓蔓》一书收购于门下。

新书一到，先细细打量了一番封面。《花花果果枝枝蔓蔓》一书封面雅致秀美，封面天头写着“国内首部绝美手绘植物抒情散文”，封面左侧印章形状中“南方草木志”五字下，是可爱的童稚体书名及作者、手绘者名。封面的右侧，扁桃、刺桐、芭蕉、夹竹桃、雷公藤、荔枝、龙眼、茉莉、柚子、杨桃、波罗蜜、蕹菜等 12 种花树果蔬的彩图迤逦而下，清香之气扑面而来。

打开书，里面的目录分花草部、果木部、菜蔬部三类。正文部分，桥东里（真名雷剑峤）写的轻松、幽默、洒脱的小品文字与周小兜绘的精美水彩插图珠联璧合，相得益彰。小品文字短则六七百，长亦不过千，茶余饭后睡前，翻披把玩，妙语解颐，益知怡情。

我喜欢或红或白各色夹竹桃花的明艳亮丽（尽管它的根、茎、叶、皮、花都有毒性）。不单是房前屋后，现在许多通衢大道绿化带上，都喜栽夹竹桃，那种鲜花大道，高速路上，风驰电掣的快意江湖之感，是作为现代人的一种特别福祉。但我对夹竹桃的命名来由一直感到困惑。及至读了《花花果果枝枝蔓蔓》中《夹竹桃》篇才知道，为夹竹桃的命名来由，古代不少文人早已为此笔墨官司打得不可开交。清代的陈淏子、吴其濬、周亮工都说夹竹桃是因为“花与桃相似，叶和竹相仿”才得名。而屈大均则认为夹竹桃是因为花像桃，枝干像竹才叫夹竹桃。谢堃则认为夹竹桃叶子更像柳叶，所以他认为山东人叫夹竹桃为“柳叶桃”是对的。而李渔对夹竹桃的命名尤其不满，他认为“夹竹桃一种，花则可取，而命名不善……以竹乃有道之士，桃则佳丽之人，道不同不相为谋，合而一之，殊觉矛盾。”花不解语，任人说短长。尽管谁也说服不了谁，但桥里东的引经据典，涉笔成趣，倒是给我辈喜欢在“花花世界”里徜徉之人平添了不少生活奇趣。

居家常见的荸荠，字难念，取命也古怪。读了桥东里的文字，让人有茅塞顿开、恍然大悟的敞亮之感。荸荠又叫“马蹄”，光绪年间一位叫闲园鞠农的人士编了一本《燕市货声》，说老北京的除夕夜一定会有荸荠卖，新年必备叫“必齐”，荸荠谐音“必齐”，原来荸荠的取名是由取吉利讨彩头而来的。

“好一朵茉莉花，好一朵茉莉花，满园花开香也香不过它。”此歌国人耳熟能详。大家都会以为茉莉花是一直以来人见人爱，人说人赞的。谁知茉莉花身上还有过一段鲜为人知的辛酸史呢。《茉莉》篇中说，清代谢堃认为茉莉“凡近妇人枕席，其香尤甚而易开，淫艳极矣。”吴其濬也认为茉莉花“花品”不高，一是茉莉花虽香，但它的茎和叶都没有气味；二是茉莉的根磨出的汁，可以使人迷乱。所以茉莉不能与芷、兰等品格高洁的香草为伍。“好在历史是人民书写的”，人民大众没有被一些酸腐文人蛊惑，还了茉莉一身清白。

读了《木棉》篇，我们会对舒婷的《致橡树》诗中木棉“红硕的花朵”“沉重的叹息”多几分直观的感悟；读《芭蕉》《木瓜》《黄瓜》等篇，我们会为人们的胡乱联想喷饭绝倒。读了全书，我们的眼睛会更多情，心灵会更柔软，你会发现身边的花树果蔬更鲜明生动起来，我们的世界更多姿多彩起来。

2014 年 10 月

附：儿子夸我是“花痴”的文章

“痴人”嗜花

陈弘毅

要说起我老爸，那可绝对是一个十足的“花痴”，对花草的喜爱之情已达到了“超迷入嗜”的程度。好几次我坐在屋内早已听见门外汽车的熄火声，却久久不见大门推开。直到我都等得不耐烦了，还以为是我听错了声音，打开门一看，才发现老爸正站在门前的绿化带上探头弯腰，不是在欣赏门前绽放的凌霄花，就是俯身在金银花旁拔草。

走进庭院，他又不忙着进入客厅，而是又忙活着给家中的花盆重新排放阵列或是驻足欣赏自己亲手栽植的满院花木。

看几回花倒也没什么稀奇，但老爸却视植株为珍宝，视花草为好友，像保护孩子似的保护它们。不是我信口胡说，雨天和雪天是老爸最繁忙的时候。为了让放入室内的花草及时吸吮来自上来的甘露，老爸忙着将花草搬到室外，有时雨大了，老爸就歪着脖子，夹住雨伞，双手捧着花盆在雨地里奔波。天冷了，为了防止花草被冻坏，老爸一盆接一盆地将花草往家搬。整个冬天，我家的客堂、餐厅、书房、卧室都布满了花花草草。老爸的腰椎不是很好，可是一看到花草，老爸的浑身上下似乎都充满了劲，小花盆一手拎一只，大花盆也被老爸捧住三步并两步地摇晃着摆进屋内。不到万不得已，老爸还不叫我们插手。除非是合抱之大的花盆，老爸才叫上我和老妈，三人合力，共运花盆。虽然每次搬盆之后，老爸都要喊腰疼，但我从他的神情中却看不出痛苦的情状，反倒是一副乐此不疲的模样。

如果老爸仅仅是对家中的花草保护得周全，那也算不得“痴”。他不仅对自家中的花草给予厚爱，他还特别喜欢“广招名花”。各大小山丘上凡是被他看上眼的花草，都有可能成为我家花园里的一分子。这也正是家中庭院虽大却让老爸直喊不够用的原因之一吧。老爸上山总喜欢带上一把小锄头，看到一些样貌奇特的老树桩，老爸就会像挖宝似的把它挖掘开来，带回家中，安插到庭院里。

我家一年四季鲜花不断，春有茶花、栀子花、石竹、蔷薇、红花酢浆草，夏有凌霄花、三角梅、玉簪花、胭脂花，秋有菊花、桂花、长春花，冬有茶梅、蜡梅、海棠花。再加龙血树、滴水观音、红枫、铁树等诸多观叶植物，将整个庭院渲染得一派鲜明生动。每逢花开之际，老爸就是提议将餐桌搬到庭院中，倚红偎翠，花香飘浮，老爸的小酒就会喝得格外滋润。酒酣耳热之际，老爸还会文绉绉地来上一句："安得使予多暇日，又多闲田，以广贮天下之奇花异卉哉？"问之，则曰：此乃仿龚自珍《病梅馆记》之句而用之。

喜爱花草的人固然不少，但像老爸这样痴迷的人大概不多。"花痴"老爸，越痴越精神，我们看在眼里，喜在心头。

2013 年 9 月

4. 早春探梅

早就闻说东阳江北三角塘沿村有梅树千株，梅开之日，香雪动人。

2 月 27 日，周四。在憋闷了多日的天潮地湿阴冷之后，下午出现难得的薄阴轻暖。

去年的"三八"妇女节这天，高三语文备课组的八位教师除了 W 和 D 君有事缺席，其余人等都曾到东阳江北的三角塘沿村观赏过梅花。W 君可能为此一直抱憾在怀吧，下午到一到办公室，他就提议去三角塘沿村探访梅花。D 君说他家庭院里的梅树已花开满树，我就此估摸着三角塘沿村的成百上千棵梅树也应着花似锦了吧。于是我助 W 君开始呼朋引伴，相约共赏梅花。去年去得迟了，三角塘沿村的梅花等得多半都谢了，今年可不能辜负了那一片香雪海。

不少语文老师都喜读席慕蓉、龙应台的书，但我发现有着席慕蓉、龙应台那样的雅情清趣的语文教师并不多。这不，我与 W 君喊了数声"赏梅去"，已到的七人中竟只有 L 君起立响应。席慕蓉、龙应台不单是"多识花草虫鱼鸟兽之名"，而且说起许多花草的习性、特点，都如数家珍。席慕蓉的诗《一棵开花的树》《莲的心事》，她的散文《桐花》曾让多少语文老师啧啧称赏；龙应台的《目送》一书中的《金黄》一文，满纸清芬，花团锦簇：洋紫荆、宫粉洋蹄甲、木棉、鸭脚木、橡皮树、血桐、青果榕、盐肤木、假苹婆、山芝麻……花名树影缤纷而来，目不暇接，让人神为之夺。窃以为，一个优秀的语文教师应该有点作家情怀，对于美的事物，应比别的学科的教师更具敏锐的感应神经和深入探究的兴趣。一个有点花痴雅趣的语文教师一定比一个花盲俗气的语文教师更像语文教师。

三人亦可成伍。我与 W、L 三位年届半百或已年过半百的老男孩一道，开动坐骑，欢然游进春风。

由学校出发，沿江滨北路往西，转入中山北路，再在浪坑水库大坝附近的“三鲜馆”（以前叫“瓦岗寨”）处向西拐，即到青山头村地面。去年“三八”，适逢青山头村拆建，道路堵塞，费了九牛二虎之力，车子才拱到三角塘沿。今番重来，虽仍是满目积土堆沙，但车行之路已无阻障。

不多时，就到三角塘沿村健身广场。泊好车，步行向北走了 100 多米，来到一口池塘旁边。池塘东面有两株近百年的老梅树，抬头一看，三人齐呼来急了，来早了。池塘里壁老屋附近，左边的一棵梅树已着花半身，右边的一棵还只有几串零星的花苞呢。令人油然想起席慕蓉的《莲的心事》中的诗句：“无缘的你啊，不是来得太早，就是太迟。”花期难候，去年来得太迟，今年来得太急。“无缘”算不上，但毕竟没有赶上梅花的全盛期。

既来之，则安之。我们还是四处寻访那些早梅。离开池塘，我们往东北方向的田间地头寻访梅花。几树早梅，已华艳一身，馨香扑鼻，引得众多蜜蜂在花树间嘤嘤嗡嗡，好不陶醉。但大多数的梅树，依然枝杆乌黑光秃，紧裹着春之消息，不肯轻易外泄。

难忘东北角山坳里的那几株上百年的古梅，抱着一丝老树春早的企望，爬坡窥谷，结果还是没有花坞春早的惊喜，几株老梅，幽潜山谷，作老僧入定状，距明媚鲜艳之景尚需时日。

下得山坡，沿着村东的旱地边缘往南走，发现山间旱地上倒有几株花朵繁茂的梅树。游目纵怀，视线越梅梢而东，不远处鸡笼山上那座高 60 多米的七层八面塔赫然入目。塔影梅香，倒不失为一个好去处。观景之际，突发奇想：假如三角塘沿村能充分利用好成百上千株梅树营构出的梅影梅香梅韵资源，再与鸡笼山的宝塔，浪坑水库的碧水有机勾连，加大旧村改造的力度，将村容村貌往古色古香的风月情怀挪近，那么古村梅韵碧水塔影四美兼具，岂不给东城平添了一处人间仙境？

早春探梅，目赏之不足，取出手机猛摄一气。摄影是光影艺术，惜乎阳光被灰云屏蔽，镜像中的梅花略显苍白，难称梅艳芳。且待几日，找一风和日暖之期，再来观梅猎艳寻芳。

2014 年 2 月

5. 紫茉莉

特别欣赏毕淑敏《我所喜爱的女性》中的一段话:“我喜欢爱花的女性。花是我们日常能随手得到的最美好的景色。从昂贵的玫瑰到卑微的野菊。花不论出处,朵不分大小,只要生机勃勃地开放着,就是令人心怡的美丽。不喜欢花的女性,她的心多半已化为寸草不生的黑戈壁。”我妻虽可以说是贤妻良母的典范,但所谓“金无足赤,人无完人”,作为我最亲最近之人,妻子却迹近花盲,让我内心深处难免留一道难以填覆的深深遗憾之沟壑。更让人意气难平的是儿子竟全然遗传了其母对于花木的漠然习性,一家之中,只有我独拥一院花木,恨无知音赏。

将毕淑敏的那段话送给一位与我同好的女友,女友回赠我一篇林清玄的《紫茉莉》。“茉莉”之名,已是诗意盈怀;加一“紫”字,更觉绮美扑面。读完林清玄的《紫茉莉》,紫茉莉奇异的习性,让人想见一位既俏丽又古怪精灵的少女,她的前世今生,令我急欲一探究竟。

于是便去“百度”,“百度”出的紫茉莉图片让我一度怀疑网络的失误。当我再求证于网络上对于紫茉莉的一些解说文字时,我才不得不承认,所谓的“紫茉莉”,其实是徒有其名。紫茉莉只不过是房前屋后杂然疯长的一种极普通的花卉,普通到人们只会偶尔对她的芳香作点感叹,而对她的花叶极少垂意。

紫茉莉,东阳土话叫“钵拉花”(“钵拉”,是东阳土话“喇叭”的说法)。偶然中我曾找来几颗花籽,撒在庭院中,不承想这下真是撒豆成兵。此花繁殖力极强,第一年长出几棵,如果不加删刈,第二年就可长成一大片。她那挂满花枝的黑色种子很像微型地雷(所以“紫茉莉”又叫“地雷花”),风一吹,可以爆跳到很远的地方。因为太侵占庭院的空间,严重影响其他花木的生长,我曾花了几年时间才将庭院中的紫茉莉芟夷一尽。只在大门口的绿化带里再度撒下过几粒种子。没过几年,家门口又是紫茉莉丛杂为患。我曾咨询过对门的园艺师老蔡,老蔡告诉我,东阳人说的“钵拉花”其实应叫“胭脂花”。此花色如胭脂,芳亦近之,“胭脂花”之名倒真是名副其实。叫她“紫茉莉”,令人觉得未免太过抬爱。紫茉莉的植株太多太高太大太乱,不如白茉莉的短小简约清朗;她的小喇叭状的花朵太过简陋村俗,不如白茉莉的精致繁富。唯一可取的是她的芳香,但又不如白茉莉的馥郁绵长。林清玄说现在城市里的紫茉莉已发生变异,紫茉莉在乡间原本只在黄昏时分开放的花朵,到了城里已变得全天候开放。晴天丽日我可没发现紫茉莉在城市里傲然绽放，反正在晴好天气里，我家门口的紫茉莉只在黄昏以后直至次日清晨这个时段扬花吐蕊。不过在阴雨天里，我倒确乎看到紫茉莉是全天候开放的，不过白天里花开得并不精神，也没什么芳香。紫茉莉的芳香只有在夜深人静时飘拂得厉害。好在我的班主任工作性质决定我常在晚上十点来钟归家，每回回家，让我有福在家门口消受一下紫茉莉的馥郁。紫茉莉的夜深放香，深情款款，对于众多早已进入窗纱玻璃之后鼾声大作的鼻翼来说，只能算是她的一厢情愿自作多情了。

我还算得上是一位花木的博爱主义者，只要场地允许，有一丝可取之花木，我都愿意为之留一安身立命之处。尽管紫茉莉不如白茉莉者多多，但其顽强的生命力、蓬勃的拓展力却也让人不忍小觑。我家门口哪一蓬虽嫌杂乱却挺招摇的紫茉莉始终是新安街上一处标志性的家居风景。

6. 闲话水仙

天寒岁暮，坐对仙子凌波玉蕊香的水仙，总让人叹赏遐想无穷。

且不说她的翠竹其色，白玉其泽，黄金其冠，兰梅其香，也不说她的只凭一勺水，几粒小石子过活，简简单单，清清楚楚，到处为家，给点阳光就灿烂。单是水仙的别名之多，就足以让人拍案称奇。人世间有百媚千红，可观可闻可赏之花众多，但说到一花多名，与水仙相较，其余诸花怕都无出其右。

六朝人称水仙为“雅蒜”，一是因为水仙鳞茎肥大如蒜头，叶片青翠光洁像蒜叶，更兼亭亭兀立的花箭像蒜薹（即人们常爱吃的蒜苗），二是因为平时习见的大蒜毕竟只具实用功能而缺乏审美品质，而水仙冰肌玉骨，清雅脱俗，足为家居闲赏之案头清供，所以六朝之人在“蒜”之前加一“雅”字，以示水仙与蒜头之功用各别。因水仙像蒜头，后来有俏皮人士还构想出了一句妙趣横生的歇后语：水仙不开花——装蒜。

水仙又叫“天葱”。现在人们只知道水仙的产区以福建漳州和上海崇明最负盛名。其实水仙最早生在湖北武当山谷间，宋元明三代，湘鄂两省一直是水仙富产区。当地人士叫水仙为“天葱”，赭衣蔽体的水仙鳞茎与葱头确有几分相像，只是“天葱”一名未免有些唐突佳人，这一声“天葱”可把水仙的天生丽质、清趣雅韵全抹杀了。

水仙又有“金盏银台”“玉玲珑”等名色。前者指的是单瓣水仙。单瓣白色，中承黄心，宛然如盏，所以叫“金盏银台”（亦名“金盏玉台”“金盏银盘”

“酒杯水仙”）。后者指的是重瓣水仙。重瓣水仙又叫千叶水仙，皱卷成簇，玲珑可爱，故又名“玉玲珑”。一般花卉，人们都喜欢重瓣的富丽攒叠之美，但水仙却是重瓣的花形不如单瓣的美，香气亦逊一筹。

因多为水养，且叶姿秀美，花香浓郁，亭亭玉立水中，“凌波仙子”的雅号自是非水仙莫属。水仙得“凌波仙子”之美誉，宋代诗人黄庭坚厥功甚伟。黄庭坚一生酷爱水仙花，写了多首赞美水仙花的诗，其中《王充道送水仙五十枝》一诗中“凌波仙子生尘袜，水上轻盈步微月”之句尤为脍炙人口。水仙形色美之实，与“凌波仙子”嘉誉之名，名添花美，花因名传，好花与美名，珠联璧合，相得益彰，香艳了中国文化史的多少册页，迷醉了国人多少多情的目光。

水仙，其叶如兰花之葳蕤，其花有兰花之淡雅，其香含兰花之幽澹，因此人们又称水仙为“丽兰”（亦名“俪兰”）。但水仙绝不是兰花的复制品，其独特的品性让人又很容易将水仙与兰花区分开来。水仙，叶有兰花之葳蕤，而润硕过之；花有兰花之淡雅，而妩媚胜之；香有兰花之幽澹，而馥郁超之。

因水仙在严寒大雪中，犹能开花吐艳，浓香四溢，故又名“雪中花”。

水仙的“蟹爪”之名，乃源于其经由刻刀雕镂之故。人们为了追求水仙的造型之美，用一把刻刀在水仙鳞茎的花芽和叶芽上进行雕刻，使其叶片一侧受伤，利用其内部的愈合功能，叶片向受伤的一侧自然弯曲，形成各种姿态，创作出诸色优美造型。经雕刻的水仙，其生长的叶片蜷曲夭矫之状形如蟹爪。称水仙为蟹爪，名虽不美，但摹形之形象，庶几可取。

至于将水仙称作“洛神湘妃”，乃出自我国习见的将鲜花比美人传统。喜气娇媚丰润的牡丹拟杨贵妃最合适，那么被古人视为“寂寞岁寒为伴”的水仙，比之凄美故事主角的洛神宓妃和湘妃娥皇、女英自在情理之中。

水仙竟有一别号叫“奈祇”，这别号透着古怪。唐代段成式笔记小说《酉阳杂俎》中说：“奈祇出拂林国，根大如鸡卵，叶长三四尺，似蒜，中心抽条，茎端开花，六出，红白色，花心黄赤，不结子，冬生夏死。”据此描绘，“奈祇”应该就是水仙，但却是洋水仙。据有人考证，“奈祇”是波斯语 nargi 的译音，“拂林国”即东罗马帝国的古称。有人由此推测，“奈祇”应是从欧洲传入我国的洋水仙。今人有称“风信子”为洋水仙的，但风信子与水仙并非同科植物，民间名物之间拉郎配的现象所在多有。

如果不知典故来历，水仙花亦名“女史花”“姚史花”，一定会令人疑窦大起。水仙，不唯名号如她的繁花锦簇一样堆叠丰茂，关于水仙的传说，其数量之多在众香国中也是首屈一指。古籍《内观日疏》中记载：一位姓姚的老妇人，在一个寒冷的冬夜里梦见天上的观星落地，化作一丛水仙，香美非常，老人取而食之，醒来就生下一个美丽的女儿，聪慧过人，能诗善文，所以人们又称水仙为“姚女花”。因为观星即女史星，所以水仙又叫“女史花”。人们据此传说敷演，水仙花又成了才女的象征。

又有传说，水仙花是尧帝的女儿娥皇、女英的化身。娥皇、女英姐妹二人同嫁给舜，三人感情甚好。舜在南巡崩驾，娥皇与女英双双殉情于湘江。上天怜悯二人的至情至爱，便将二人的魂魄化为江边水仙，并封二人为腊月水仙的花神。

崇明水仙来自福建，一路流转，又衍生出一个美丽的传说。唐代武则天女皇要百花同时开放于她的御花园，天上司花神不敢违旨，福建的水仙花六姐妹当然也不例外，被迫西上长安。小妹妹不愿独为女皇一人开花，只行经长江口，见江心有块净土，就悄悄溜下在崇明岛。所以，福建水仙五朵花一株开，崇明水仙一朵怒放。

还有传说，说是在福建省漳州市蔡坂村圆山有一位善良的农妇，救济了一位饥饿垂死的乞丐。这乞丐原是神仙，将吃的饭喷在屋的四周，后来长出金盏银台水仙花。水仙花于是成了好心福报的象征。在民间赠送水仙花常有好心有好运，吉祥如意，万事称心的寓意在焉。

至于希腊神话中英俊少年纳西塞斯（Narcissus）爱上自己水中的倒影，死后化为水仙的凄美故事，让人唏嘘之余，余下的便是对于水仙的我见犹怜了。

众多芳名与各色传说齐飞，汇聚形色香韵诸美于一身。水仙，叫人如何不爱她?

2015 年 2 月

7. 蜡梅

“何须浅碧轻红色，自是花中第一流。”这是易安居士对于桂花的情有独钟。

自从暗淡轻黄的桂花情疏迹远之后，季节便日益走向凛冽。从冷落清秋节到岁暮冬令时，馥郁袭人、馨香扑鼻的场景便如黄鹤一去，不见踪影。是的，有人会辩驳，不是有“东篱把酒黄昏后，有暗香盈袖”的菊花吗？黄巢不是说菊花“冲天香阵透长安”吗？但是，菊香也许只是留在古人的吟咏中，或者只留在如今山野之中的小黄菊身上吧？反正闻遍而今的花圃之中，篱落之旁，菊香已渺不可得。如今的菊花硕大可赛牡丹，其色虽美，但香气却真难闻到。菊花可在寒风中明艳，茶梅也能在严冬中怒放，但这些花卉都是以丽色取胜，却不以芳香见长。

好在有蜡梅在。这些冷艳的黄皮肤小美人，踏雪迎霜而来，填补了空缺已久的芳宅香舍，用丰盈持久的幽香，一路送我们到火红闹热的春节。

弃燕瘦而钟环肥的唐朝人，自是推崇牡丹花。士大夫气十足的宋人却转爱梅花，咏梅诗作如梅花千树，次第开放，咏梅佳作于有宋一代，无论是数量还是质量，都巍为奇峰。

雍容华贵的牡丹，在1911年以前被国人誉为国花，从1919年起，国人又尊梅花为国花。梅花向以傲雪斗霜、冰心玉骨、芳香高洁赢得国人青睐，其实真正称得上“雪虐风饕愈凛然，花中气节最高坚。过时自合飘零去，耻向东君更乞怜”的应属蜡梅。蜡梅大多是冬天吐艳，而梅花大多却是春天开放。“万花敢向雪中出，一树独先天下春”“香中别有韵，清极不知寒”“欲传春消息，不怕雪埋藏”。古代大量歌咏梅花的诗句，其间赞叹梅之玉模样、雪精神，其实是更适用于蜡梅的。

蜡梅，还是“腊梅”？花香之中，名物之间，常多迷误。很多人都一直以为是“腊”。这是因为蜡梅大多在腊月开放，人们就想当然误用成“腊”。拨去历史的雾霭，“蜡梅”才会如莲出水，端然真确。尘封已久的岁月，蜡梅一直是虫字旁，古代文献多有记载。李时珍的《本草纲目》言之凿凿：此物本非梅类，因其与梅同时，香又相近，色似蜜蜡，故名。最新出版的《现代汉语词典》《现代汉语规范字典》中，已还蜡梅之写法以旧时锦裳。

蜡梅花呈八瓣，品分5种：素心梅、虎蹄梅、磬口梅、金钟梅、狗牙梅，五花八门，多姿多彩。磬口梅与我等最为有缘，房前屋后，时见芳踪。《现代汉语词典》介绍蜡梅特征时格外垂青磬口蜡梅：冬季开花，花瓣外层黄色，内层暗紫色，香气浓。其形貌特征，非磬口蜡梅而谁属？

汪曾祺，有“当代中国最后一个士大夫”之誉，其文之精绝，其酒之海量，海内同钦。即在花谱草经之间，也多见其风雅文字。在《蜡梅花》一文中，汪先生引南宋文学家周紫芝《竹坡诗话》云：

“东南之有蜡梅，盖自近时始。余为儿童时，犹未之见。元祐间，鲁直诸公方有诗，前此未尝有赋此诗者。”汪先生说：“看他（周紫芝）的意思，蜡梅是从北方传到南方去的。但是据我的印象，现在倒是南方多，北方少见，尤其难见到长成大树的。”诚哉斯言！如今南方遍布蜡梅，光是我所执教的东阳中学，就不少于九棵。时逢岁末，校园徜徉，暗香浮动，鼻翼微翕，便是清香满怀，通体舒泰。

就像没有下雪的冬天是枯黄空涩的，不种蜡梅的庭院，一到冬天，馨香的电流便会告罄，总让人觉得缺了点什么。感谢命运，积数年财力，让我得以拥有一爿私家庭院。春有蔷薇，夏有栀子，秋有丹桂，冬有蜡梅，庭院之中，清气流注，四季飘香。家中已伴我十多年的蜡梅，枝梢已直抵二楼阳台，这些天繁花满目，清芬四溢。最是在冬日暖洋洋的日光之下，一张小圆桌，如花儿一般撑开在庭院中，得三五好友，捏一盅小酒，赏花品酒，谈讲些古往今来，奇闻趣事。良辰、美景、赏心、乐事，四美具；贤主、佳宾，二难并，王勃《滕王阁中》引以为雅事的情景，今日庶几也可入寻常百姓家了。

酒酣客散之后，小睡初醒。一杯清茶，一卷在握，捧读有关蜡梅华章。当代风雅之士，叙写蜡梅篇什，要数余秋雨的《蜡梅》、赵丽宏的《假如你想做一株蜡梅》、汪曾祺的《蜡梅花》三篇最为个中翘楚。余秋雨的《蜡梅》一文，夹叙夹议，既有病人、护士、蜡梅之间交织而成的故事璎珞，又有哲思睿语的清流灌注其间。结构上的明暗双线巧妙配搭，明线详写，用细致入微的工笔描绘蜡梅树的枝干形状、花朵乃至每一片花瓣的色彩、质地、在不同光线和不同气候条件下的姿态及其沁人心脾的芳香，暗线略写，健笔腾挪，医院里美丽乖巧、善解人意的女护士形象跃然纸上。赵丽宏的《假如你想做一株蜡梅》，取第二人称，用托物言志，温蔼亲和，清丽隽永。诗人执笔，谱写散文，诗情与理趣并存，让人在清雅的文字之中，读出蜡梅坚忍顽强而又温柔谦逊，牺牲奉献却也傲骨铮铮的丰满个性。赏花之余，又能让人悟出为人之道。汪曾祺的《蜡梅花》一文，以其惯有的大巧若拙、大雅不饰的谈话风语言，从蜡梅的来历，到蜡梅的品相，到童年的趣事，娓娓而谈，如话家常。在轻松闲适的翻阅之间，让我们的时光浸染了几分古韵雅意。

就这样，书里的花与树上的蜡梅，互通气脉，两相映照，相得益彰。读书既久，以歌解乏。回房打开电脑，接通网络，黄自作曲、刘雪庵作词的《踏雪寻梅》，一曲清歌，飘逸而出：

雪霁天晴朗/蜡梅处处香/骑驴灞桥过/铃儿响叮当……好花采得瓶供养/伴我书声琴韵/共度好时光

听着歌，又想起东阳“黉门竹里文化创意产业园”来。“黉门山隐，打造诗意新社区”，是其近期提出的响亮口号。“黉门”乃古时学校之门，“竹里”之命名，想必脱胎于王维的名诗《竹里馆》：“独坐幽篁里，弹琴复长啸。深林人不知，明月来相照。”或者竟取自王安石《竹里》一诗的意境也有可能：“竹里编茅倚石根，竹茎疏处见前村。闲眠尽日无人到，自有春风为扫门。”黉门竹里，名字之中既有书香，也有竹影，此地更有清流碧池白墙黛瓦，确是一处探幽访胜、文人雅聚的好去处。那日傍晚，在冬日的夕阳余晖中乘车到此与朋友一聚。当车泊定黉门竹里大门之前，发现停车场前与田园接壤之处的斜坡上，赫然怒放着两树斑斓鲜花。趋近一看，却是插立地头的两树绢花。此地既以风雅定位，何不在大门之前植几株蜡梅？寒冬之际，车流人来，蜡梅迎宾，芬芳流布，岂不增添清韵雅趣？绢花妖娆，惹人眼目，未免乡俗之气，可惜大煞了此地风景。

2015年1月

8. 偏爱古韵觅佳名

周六晚，邀几位朋友一聚。席间东阳市书画界名流陈金彪兄说起为东阳市一许姓知名企业家的孙儿刻了方“许怀之”的篆刻姓名印章。金彪兄跟许姓企业家开玩笑道：请“怀之”他爸再生两个儿子，分别取名为“安之”“信之”，这样一家三个小孩，就把孔子当年的理想一举囊括了。“怀之”“安之”“信之”是有出典的。有一回，当孔子的学生问孔子的理想是什么时，孔子说：“老者安之，朋友信之，少者怀之”，即对老人，要让他们安逸；对朋友，要信任；对年轻人，要关心他们。

不禁想起自家儿子也与《论语》有缘：

高中时，我的语文老师许岳忠先生曾亲手刻印《论语》佳句分赠众弟子，其中“士不可以不弘毅”一语让人经久不忘。多年后娶妻生子，兵马未动，粮草先行，当我妻身怀六甲之时，我就早早为孩子取下名字。是男孩就叫“弘毅”，是女儿则称“于思”（出自韩愈名言“行成于思，毁于随”。东阳人不太注重前后鼻音，读“成于思”与“陈于思”差别不大），结果最后“银瓶乍破水浆迸”，出来的是小弘毅。“弘毅”一名，重名率很高，看来许多父母都希望自己的孩子胸怀既宽广，意志又坚强。但我这“弘毅”又有着他人难及的特殊内涵。妻名“红霞”，我叫“益林”，各取其中一字，拼合而成“红益”，谐音“弘毅”，父精母血，全在其中了。

朋友中，到中国古典的芳香中觅取命名灵感的不乏其人：

友人胡才高，给女儿取的名字是“庄笛”。问其内涵，说是东阳土话读“庄笛”作“庄 dié”，可理解为“庄蝶”，再加一“胡姓”，即成“胡庄蝶”。“胡庄蝶”三字隐含“庄生晓梦迷蝴蝶”的美丽典故。《庄子·齐物论》中说：“昔者庄周梦为蝴蝶，栩栩然蝴蝶也。自喻适志与，不知周也。俄然觉，则蘧蘧然周也。不知周之梦为蝴蝶与？蝴蝶之梦为周与？”

金彪兄家有千金，取名为“陈畋甸”。“畋甸”二字，富含古韵雅意。“畋”为“打猎”义。“甸”字的讲究更为繁多。读“diàn”时有“郊外”“原野”“离京城五百里外之天子之田”等义。读“tián”时通“田”，“畋”，“打猎”的意思。更有读“shèng”的时候，其义有三：

1. 古代征赋划分田里、区域的单位。2. 大车。3. 古时特别定做的东西。“畋甸”合用，理解为“在原野上打猎”或“驾长车前往郊野狩猎”，均为不错的意境。“陈畋甸”长大后颇多须眉之气，看来与其名字提供的滋养不无关系。

金彪兄是篆刻名家，好古风雅，自在风流。他姓陈名金彪，别署荷心亭、荷心亭长、上庐、沽之斋。从他的号中可以见出他对近代书画、金石名家吴昌硕之倾慕。吴昌硕，又署仓石、苍石，多别号，常见者有仓硕、老苍、老缶、缶庐、苦铁、大聋、石尊者等。1895 年，吴昌硕刻自用印“破荷亭长”，始用“破荷亭”斋号。较之以金彪兄的“上庐”与吴昌硕的“缶庐”，金彪兄的“荷心亭长”与吴昌硕的“破荷亭长”可谓气脉一线相贯。金彪兄的书斋名“沽之斋”，脱胎于《论语》“沽之哉，沽之哉！我待贾者也”中的“沽之哉”，以“斋”易“哉”，饶有机趣，既作书斋名，又承孔子幽默旷达之遗韵。

好友胡才勇（北京软件和信息服务交易所董事、总裁，与前述胡才高不属一人，亦非兄弟），毕业于北京大学物理系，当年因受学潮风波牵累，发配到东阳中学执教物理。北大高才生毕竟不同凡响，才勇文理兼擅，因此他作为一名物理教师竟与我这语文老师结为莫逆。两年后才勇报考北大物理学研究生，一举成功，重返京城。巧遇我 90 届才女厉育刚，结为伉俪。他俩结合，我虽无直接牵线搭桥之功，暗中的“推波助澜”或许有之。记得当年才勇常到我房中小坐，也爱对我的藏品时加翻检。那时我有一本剪报本，专贴学生发表在外界报刊上之作品。其中收有育刚发表在《中学语文报》上的小诗。才勇对育刚诗中的“草黄了又青了，风总伴雨行”一句叹赏有加。才勇到京城后，育刚在北师大，后来因缘际会，相知相恋。他们也许是在京城某时的东中校友会上相识的吧，我猜想才勇一定会对育刚朗诵过上述诗句，而育刚一定会有喜遇知音之感。于是惺惺相惜，成就一段佳缘。后来他们有女曰“胡可茗”。问其来历，育刚不无得色地解释道：“《道德经》开篇两句是‘道可道，非常道；名可名，非常名’，而佛家有言‘不可说，不可说’。胡家有女，原名‘可名’，加上‘胡’姓，倒也有一番禅意。女儿生于马年，有马无草可不行，‘名’字头上加一草字，既添清雅之味，又多女性柔情。我们更希望女儿做一个有内涵，有思想，宛如沁人心脾的香茗一样的好女子。”现在，才勇、育刚的博客上颇多育女心经，大可一观。

我的上述朋友，多具文人情怀，都有一往情深的古典风月迷恋。风行水上，自然成纹。那种浓得化不开的古典情愫，流注到下一代，即成就了一个个堪称经典的嘉名美字。

2012年10月

附:陈金彪先生随笔三篇

沽之斋

二〇〇四年,我构筑了一处较为理想的栖身之所。满园披绿色,四季花常开,鱼儿自得游,鸟声常乐耳。书房境况也大有改观:读书,写字,刻印,听乐,喝茶,焚香,滋养心灵,尽我享受,其乐融融。

取个适意的名,我想了许久。正值彼时重读《论语》。《子罕》篇有载,子贡曰:“有美玉于斯,韫椟而藏诸?求善贾而沽诸?”子曰:“沽之哉,沽之哉,我待贾者也。”人自身首先应该有真才实学,将自己雕琢成一块“美玉”;然后要投身到社会当中去,为国家为社会作贡献,而不能将“美玉”藏在自家的匣子里。这段语录,典型地反映了儒家积极入世的思想。由此联想到自己:虽然不才,但总应该努力为国家为社会做点什么。即使是书法篆刻,最后也要得到社会、历史的承认,才是价值所在,而不能钻在象牙塔里出不来。

心境跟孔老夫子契合,自感慰藉。于是易“哉”为“斋”,我将住地名为“沽之斋”,并去函求教叶一苇先生。不想叶老很快复信,并欣然题了匾,对自己真是莫大的勉励和永恒的鞭策。(2010年6月)

上　庐

一九九七年四月,我赴上卢镇任职。乡镇工作,每个星期都有几个晚上住在乡下。工作之余,临帖是我打发时光享受书法的最好方式。房间里整堆的废纸,就是自己的战利品。

在房间里,我经常与古人相会,萌生为其取个名的念头。上卢的谐音“上庐”正中下怀。其一,跟工作所在地有关,也是自己人生的一段历程。其二,学习书法,临帖是不二法门。取法乎“上”才是正道。其三,上善若水,上者善也,人生至境也。

尽管在上卢只有一年半时间，而其时所取“上庐”斋号相伴至今，但愿自己走在书法篆刻的道路上，永不止步，一直向“上”而行。

荷心亭

一九八二年九月，我入浙师大中文系就读，较之以往有了更多自己支配的时间。儿时埋下的书法篆刻种子，此时开始更大程度地激活和萌发，也有了得以成长的机会。除了完成基本的学业课程外，我的时间大多就虔诚地花在了研习书法篆刻上。

学习书法篆刻的进程中，自己也想模仿古人为自己取个斋号。古贤多取意于山水。于是，我自然就想起老家那座颇有诗意的山——荷花心，给自己取了“荷花心亭”的斋号，并以此请教于毕民望先生。先生一斟酌：“荷”和“花”，意有重叠；男性径取“花”字，亦不甚妥，故不如去“花”更佳。古有“一字之师”之说，至今每每署款钤印“荷心亭(长)”时，常常感怀恩师的风骨及其给予自己的关爱。

传承故乡文脉而外，我深爱李白“清水出芙蓉、天然去雕饰”的意境。一九八四年六月，藉元人歌咏尖峰山“千山万壑乱峥嵘，中涌芙蓉一朵青”的韵致，我在浙师大发起成立全国首家大学生印学组织——芙蓉印社，倾注了那一时期自己追寻清莲精神的情怀。

当阅知刘邦也曾做过亭长，尤其是他的《大风歌》，让我的心海里平添了一份豪情。所以，落款钤印“荷心亭”时，不时地会把“长”字紧随其后。

9. 说茶论酒

近读王湘先生《喝茶》一文，其中谈到友人指点给他一套茶经，说饮“乌龙茶”当用紫砂壶，“龙井茶”当泡玻璃杯，“茉莉花茶”可取瓷盖碗，“红茶”要装瓷碗却不要加盖子……其实关于茶的讲究还有很多，光是陆羽的一部《茶经》就对茶之性状、品质、出产、采摘、制作、茶具、用水、煮沏、品饮等方面作了系统的论述。如关于茶树生长：“其地，上者生烂石，中者生砾壤，下者生黄土。”对煮茶用水：“山水上，江水中，井水下。”对煮茶过程：“其沸，如鱼目，微有声为一沸；缘边如涌泉连珠为二沸，腾波鼓浪为三沸，已上水老，不可食也。”这些论述至今仍极具参考意义。除了陆羽的《茶经》，唐代还有张又新的《煎茶水记》，毛文锡的《茶谱》，五代有陶之的《茗苑录》。宋代有丁谓之《茶图》，蔡襄之

《茶录》，黄儒之《品茶要录》，宋子安之《东溪试茶录》，连宋徽宗也著有《大观茶记》。明代有宁王朱权之《茶谱》，顾元庆之《茶谱》，田艺衡之《煮茶小品》，徐献忠之《水品全帙》，许次纾之《茶疏》，陆树声之《茶寮记》。清代有陆廷灿之《续茶经》，刘源长之《茶史》，余怀之《茶史补》，冒襄之《茶汇钞》等。据陈椽《茶业通史》计，自陆羽《茶经》到清末程雨亭《整饬皖茶文牍》止，共有茶书 110 部，实在是蔚为大观。面对博大精深的中国茶文化，作为常人，虽不能至，心向往之，心情可以理解，但要想全部通彻领悟，的非易事。因不知泡茶之道而太过赧颜自责，似无必要。

饮茶如此，喝酒亦然。讲究起来，自也酒道非浅。明朝袁宏道《觞政》一书所述备焉。举凡酒仪、酒规、酒史、酒品、酒经、酒具、饮具、饮储及有关酒的掌故娓娓道来。稍作涉略，自然可以给高阳酒徒平添不少雅趣；但若过于拘泥，却也不免让杯中之物带来太多牵绊。金庸《笑傲江湖》第十四章“论杯”，祖宗（字千秋）对令狐冲大侃“酒经”，其间对酒具的宏论颇值一观，祖宗先生对令狐冲说：

饮酒须得讲究酒具，喝什么酒，便用什么酒杯。喝汾酒当用玉杯，唐人有诗云“玉碗盛来琥珀光。”可见玉碗玉杯，能增酒色。关外白酒，酒味虽好，却少一股芳冽之气，最好用犀角杯盛之而饮，那就醇美无比，玉杯能增酒之色，犀角杯却增酒之香。至于饮葡萄酒，应用夜光杯。“葡萄美酒夜光杯，欲饮琵琶马上催”，有诗为证。葡萄酒作艳红之色，须眉男儿饮之，未免豪气不足。葡萄酒盛入夜光杯之后，酒色便与鲜血一般无异，饮酒有如饮血。岳飞词云：“壮志饥餐胡虏肉，笑谈渴饮匈奴血”，岂不壮哉！高粱酒乃最古之酒。夏禹时仪狄作酒，禹饮而甘之，那便是高粱酒了。故饮高粱酒须用青铜爵，始有古意。上佳米酒，其味虽美，失之于甘，略稍淡薄，当用大斗饮之，方显气概。饮百草美酒则宜用古藤杯，因为百年古藤雕而成杯，以饮百草美酒则大增芳香之气。饮绍兴状元红须用古瓷杯，最好是北宋瓷杯，南宋瓷杯勉强可用，但已有衰败气象，至于元瓷，则不免粗俗了。饮梨花酒，该当用翡翠杯。白乐天杭州春望诗云：“红袖织绫夸柿蒂，青旗沽酒趁梨花。”酒家挂的是青翠的酒旗，映得那梨花酒分外精神，饮梨花酒自然应是翡翠杯了。至于饮玉露酒，当用琉璃杯，因为玉露酒中有如珠细泡，盛在透明的琉璃杯中而饮，方可见其佳处。

武侠小说研究专家陈墨先生评论此段“论杯”之言“似真似假，真知灼见中夹杂附会矫情之语，有诗有词，有经有典，也有即兴发挥、信口开河，端是闻所未闻，令人茅塞顿开，难怪连岳不群先生都要夸奖‘这位祖先生说的，大有道理’。”祖宗先生的议论确实有许多高妙之处，让我辈俗人闻之大为汗颜。但若真的按照祖宗先生的“教导”去做，那么，喝酒实在也太是一件累人的事。凡夫俗子到哪里去弄羊脂白玉杯、犀角杯、古藤杯、青铜爵、夜光杯、翡翠杯、琉璃杯、古瓷杯等劳什子？对于祖宗先生的谆谆教诲，我辈俗人只好敬谢不敏。

倒是鲁迅先生说得最实在：

> 有好茶喝，会喝好茶，是一种“清福”。不过要享这“清福”，首先就须有工夫，其次是练习出来的特别的感觉。由这一极琐屑的经验，我想，假使是一个使用筋力的工人，在喉干欲裂的时候，那么，即使给他龙井芽茶，珠兰窨片，恐怕他喝起来也未必觉得和热水有什么大区别罢。所谓“秋思”，其实也是这样的，骚人墨客，会觉得什么“悲哉秋之为气也”，风雨阴晴，都给他一种刺戟，一方面也就是一种“清福”，但在老农，却只知道每年的此际，就要割稻而已。

改革开放数十年，生活水平的大幅提高，有目共睹。现在“有工夫”，且对茶艺酒道有“练习出来的特别的感觉”的人士越来越多了，摒弃一点牛嚼牡丹的粗俗，追求一点东方式的雅致生活方式值得提倡。但话又说回来，古语云：“唯大英雄能本色，是真名士自风流。”道家也崇尚无可而无不可，喝茶饮酒，若真能自得其乐，品出自个独有的真趣，脱略一些外在的形迹，又何尝不是一种潇洒？

10. 三生石

此“三生石”非彼“三生石”。彼“三生石”，用林清玄《三生石上旧精魂》一文中的话来说：“三生石”一直是中国极有名的石头，可以和女娲补天所剩下的那一块顽石相媲美，后来发展成中国人对生前与后世的信念，不但许多朋友以三生石作为肝胆相照的依据，更多的情侣则在三生石上写下他们的誓言。

彼“三生石”也就是林黛玉前身是绛珠仙草时所依傍的西方灵河岸边的“三生石”。而我这里要说的“三生石”，说白了就是2014年九月上旬得之于西域的“三块陌生的石头”。

第一块石头，我将她命名为“墨趣”，来自青海海西州哈里哈图国家森林公园。

哈里哈图，在蒙古语中是“松柏很多”的意思。哈里哈图国家森林公园位于青海省海西州乌兰县城东北部约25公里处，距海西蒙古族藏族自治州州府德令哈市 165 公里。结束了德令哈市送教任务后，9 月 6 日上午 10 点，我们浙江西部送教团一行十几人来到哈里哈图国家森林公园。在公园门口垒石而成的标志性雕塑前下车小憩拍照留影。时唯九月（公历），序属三秋。在江南还是轻衣短袖的日子，站在哈里哈图森林公园门口，却是穿着皮夹克，我才挡住了凉风的侵袭。车子进入园区，继续往前行驶个五六分钟即行泊停。公园里面倒是稳风，衬衫已足以防凉，体质好的穿件 T 恤也不碍事。

前些天从西宁 8 小时驱 500 公里赴德令哈。一路看去，大多是干燥灰黄的童山濯岭。谁知哈里哈图竟有世外桃源，老天对此多偏爱，青山着意显葱茏。放眼望去，松柏森森，芳草萋萋，更有潺潺流水，汇流成溪。哈里哈图森林公园位于柴达木盆地荒漠区，是西北干旱地区海拔最高的森林公园，园内森林是青海省海西州保存最完好的天然林之一。森林以圆柏、云杉为主，云杉缀满枝头的长卵形果子令人啧啧稀奇。林中有蒙古包，更有豪华木质餐厅，豪华木质别墅。

众人在爬坡登山赏景。作为观赏石爱好者，我的心早在山间的哗哗清流之中。西部偏远，游人不多；天意垂青，世外桃源。我料定此处应多奇石。但是情况出乎意料，与我同好的三两人士在石滩清流中翻捡搜寻良久，也没发现合意称心的。奇石之奇，可真是踏破铁鞋无觅处。直到时近 12 点，有人喊吃饭之际，我才发现了一块一掌见方的石头。此石白质黑章，浸在水中，有墨洒宣纸，淋漓酣畅之感。待离水干燥后，黑白对比稍逊。带回家去打蜡抛光一番，谅可恢复黑白分明、水润莹泽之观。

第二块石头，我取名为"天书"，依然出自哈里哈图国家森林公园之小溪内。

吃罢中饭，趁着众人敬酒唱歌，余兴未尽之际，我又独自摸向溪边。运用脑髓，放出眼光，在乱石丛中，水流浅处，一节节一寸寸，寻寻觅觅，翻翻捡捡，用眼光将行经之处的溪流石滩摩挲个遍。功夫不负有心人，终于在一处水中捞出一块黑底白斑、20 厘米见方的扁平石头。此石立着看，下平上尖，中间有一白色斑纹。从不同角度看白色斑纹各有奇趣，有时是天然的"山"字（尤为难得的是，"山"字古意盎然，底部的一横，圆转朴茂，大有篆味），有时呈白色蘑菇状，有时又如一只白色的船锚。

待我带石回餐厅，我手托黑色，请一位十来岁的当地少数民族女孩辨认白色斑纹，女孩看了一眼，即脱口而出，说是个"山"字。小女孩都认得出是"山"字，那么石头上面的"山"字，显然是天然的"天书"无疑，而不是我一厢情愿的先入为主了。我再将石头拿给众人观赏，大家齐呼我捡到宝物了。

第三块石头，我称之为"叠巘"，是事隔 4 天后昆仑山口之行所得。

在完成格尔木的送教任务之后，9 月 10 日上午 9 点，我们从格尔木出发，到昆仑山口一走。返程途中，在昆仑山脚的太极龙凤宫用中餐。趁众人下车歇脚闲聊之际，我在太极龙凤宫景区的山脚到处蹓跶。偶然发现脚底下有一块三角形石头，洁白的底色，棕褐的斑纹，似值一观。只是它嵌在泥地里，难以立取。我找了块尖石，将它身边的泥土铲空，再用力一扳，终于把它起了出来。直立一看，此石呈三角形，高可 20 多厘米，宽约 10 厘米，形体饱满，质地不坏，斑纹可取，只是灰头土脸，难睹真容。想觅水清洗，找遍偌大的龙凤宫，竟找不到一处自来水龙头。地上只有一些污浊的积水，令人难以下手。

将此石带回格尔木市下榻的中山宾馆，用自来水清洗干净，此石的形质之美立时呈现出来。白色的质地，莹白如玉，红褐色的斑纹鲜明美艳，整体酷肖山峰造型，前峰后面又有高峰挺立。远观此石，颇有北宋范宽《溪山行旅图》的意境。此石直立，有重峦叠巘之态；石上斑斑点点，似范宽细密的点子皴，点染出林木峥嵘气象。斑点之下，白质隐现，如清溪泻玉。此石远取其势，近取其质，巍峨的山峰，葱茏的林木，喷溅的溪水，合成一种雄武静穆的整体美感。

当然，此石作“雪拥峰峦”看也挺有意趣。

当我把“墨趣”“天书”“叠巘”三块石头拍成照片，放入“德令哈之夜”QQ群，西部送教同行之士在对我发出歆羡之叹的同时，又为我的返程之旅担心。三块大石头，堆起一大摞，怎么拿回家？好在我已有海南携奇石回家的经验，三块石头用个旅行袋一装，飞机托运，省事省心。出萧山机场后，即有班车回东阳，亦不费事。

回家之后，经抛光打蜡，三块石头愈发奇异可赏。当然，也许在某些人士看来，几块乱石而已，何足道哉。或者在一些奇石赏玩道行很深的人士看来，我的这几块石头也许算不上奇石，不值一哂。但幸福是一种感觉，对于石头，自捡自观自赏自乐，即便类似于敝帚自珍，不亦快哉！

2014 年 10 月

11. 破碎的茶花梦

记不清已经有多少年，反正不会少于五年之前，从物资交流会上将你和另一棵茶花一并请到家中，栽在大门两侧的绿化带中，满指望茶花女神守门，艳芳流布街市，红翠常映我家。

但是家门口街道宽直，阳光灿烂，你们竟消受不起夏日骄阳无遮拦的示爱，当你的姐妹花在夏阳的炙烤之下焦黄萎蔫作一堆枯柴时，我才读懂了一句迟到的花语：茶花是喜阴的植物。

不谙养花之道，却偏充风雅，虽欲爱之，实则害之。多么痛的领悟之后，将硕果仅存的你带土连根刨起，挪进庭院，仿贾母接来娇花倚松栽，将你种在那棵夏日已能撑起一团绿荫的柚子树旁。

终于，你接续了地气，采集了养分，日渐鲜活起来。但是夏日的阳光蛮不讲理，无孔不入，虽有柚子树左遮右挡，夏日阳光的毒箭还是不时刺伤着你，让你树冠外缘的叶片染上了不少焦痕。搬来遮阴膜救急，苦于找不到可以撑持的支点。只得用个偷懒之法，将遮阴膜给你披在身上，不承想，过几天，掀开遮阴膜一看，你的肌肤依然难逃焦斑点点。

虽处艰难蹭蹶之境，但毕竟不像在大门之外，街道之旁时，全身赤裸，暴露于骄阳之下，你还是一年年地长大了。但因为夏日呵护不周，肥水接济也常不及时，每到开花之季，你都只能寒酸地捧出一两朵红花聊以塞责。

去年夏初，家中久放的黄豆都被虫蛀蚀，吃不得，扔可惜，于是将被蛀损的黄豆全都沤在一个塑料桶内，待沤烂后，全喂给了庭院中的花木。我待你不薄，在你的根系之旁，我也塞上一大捧豆肥。

去年夏天，清凉一夏，雨量足，肥又厚，肥水充足，日光不毒，你迎来了前所未有的好光景。花苞隆起，团团簇簇，显见得满树繁花，胜景在望。

喜孜孜，乐欣欣，茶花梦在我心中暖洋洋地孵化。因为以校为家，连日未归，秋燥时节，家中花木只得委托妻子料理。这天得暇，傍晚回家。风云突变，雷霆乍惊，猛见你面黄肌瘦，一副病相！看庭中其余花草树木，尚多蓊郁苍翠之色；偶有一两株，脑袋耷拉，属妻浇水不周之故，水一接续上，便复活如新。先是怀疑你是缺水而枯，但挖开你根旁泥土，潮湿之气宛在。生怕你虚不受补，不敢再给你浇水施肥，以免你根烂树枯。静候一两天，你竟沉疴不起，枝枯叶干苞涩。干治不行，湿疗一试，给你浇上一桶水，第二天，你还是执拗地往奈何桥上走。

突然想起多年前庭院中那棵曾经繁花满树的丹桂，也是突然之间，莫名憔悴枯萎而逝。现在，难道你也步其后尘，不明不白地离我而去？

是土质不佳？那其余花木怎么活得那么精神？是地下有虫害？一两年前我可是庭院中下狠心撒过一些杀地老虎的药粉呢。

上百度查了查，百度也提供不了好点子，摆渡我过困厄之河。要是对门苗圃中的园艺师老蔡还在就好了，老人经验丰富，也许能助我一臂之力。但是自对门的学校将苗圃铲除，改建综合楼，老蔡就不知搬到哪儿去了。

爱花有心，护花无术，无可奈何，只能眼看着茶花梦破碎一地，纷乱于秋风之中……

2014 年 10 月

12. 陈氏汤圆出炉记

是否上得厅堂姑且不表，反正自从妻子自学成才成为下得厨房的行家里手后，我就真的成了践行“君子远庖厨”古训的甩手掌柜了。

托减负之福，高中教师不教高三，就能赢得相对完整的双休日。 有一段日子，天气整日价阴郁湿冷，不宜外出，真应了一句俏皮话“下雨天打孩子——闲着也是闲着”。 忽然想起乡下亲友送来的番薯粉和毛芋。 番薯粉以前除了煮羹，很难想出别的烧法。 问题是番薯羹虽然好吃，但一来用量少，乡下带来的几大包番薯粉老是用不掉。 想送城里诸友，一问都说家里也有；二来像杰米扬的汤（俄国作家克雷洛夫写过一则寓言，名字叫作《杰米扬的汤》，说是一个叫杰米扬的厨师做得一手好汤，味道鲜美无比，但他请客时总是不停地让客人喝，最后把客人撑得受不了，这时再美味的汤对来客来说也如同毒药一样了），老吃着也不是个味。很多番薯粉眼看着被蛀虫糟践了也只能徒叹奈何。 现在“土货”是个宝，要不然，那一家家农家乐怎么会这么火？ 家有土货却弃之若土，真是暴殄天物。 那回在乡下四弟家吃的由番薯粉和毛芋加工的汤圆，其可口性也远胜宁波汤圆。 记得那时还向四弟媳讨教了此种汤圆的做法。 趁着周末反正有的是时间，大老爷们也决计亲手一试。

妻已焐了一锅毛芋，又端上来一个大瓷碗。 我往瓷碗里倒了小半碗番薯粉权做试验。 拿出刚焐好的毛芋，快速剥皮，将去皮后依然热乎的毛芋马上埋入番薯粉，抓紧用手揉捏。 嘿，还真行！ 起先还真担心番薯粉会结块，难融化，想不到热乎乎的毛芋一下子就将番薯粉吸食了进去。 原也顾虑用手揉捏热毛芋会不会太烫手，结果发现，只要用番薯粉一搅和，毛芋的热度就在生理可承受范围之内。

万事开头难，揉面一上手，就简单了。 将一个又一个热毛芋往大瓷碗里扔，不断地用番薯粉搅啊揉，没多久，就揉成了一坨香芋薯粉面。

做山粉顶简单，不费多少力，即可捏出笠帽形的小玩意儿。 做汤圆可就稍费点事，先得把馅儿鼓捣好。 好在上午已买了点鲜肉，又兑来块豆腐。 放进豆腐、生姜、香菇，用一把厚背菜刀可劲儿地地剁呀剁，直剁到呈五花肉状，又掺入适量的盐，拿到锅里炒熟，这馅儿就算成了（后来大批量制作汤圆时，在馅儿里再加上点香菜，那味儿就更美了）。

然后，撮一块香芋薯粉面，捏出酒盅形，再在捏成的窝盅内填入馅料，将窝口捏严实，一个由陈某亲身制作、乡土气息十分浓郁的汤圆就做成了。不过，刚开始，做出来的汤圆不是太大就是太小，而且常显歪瓜裂枣状。做着做着，悟出些门道，再加手感强了，做出的汤圆就大小均匀，圆整美观了。

最后将汤圆放入热水中煮透，汤汁中加入油盐以及必要的酱醋等调料，盛出来的自制汤圆，那可是芳香滑润绵糯筋道俱全，吃一口，喊声好。

最初做的十来个汤圆，很快吃完。后来进入批量生产，晚饭一家三口主食就是汤圆，第二天早上又是汤圆果腹。还剩几十个陈氏汤圆躺在冰箱冷藏室，随时准备调用呢。

陆游《能仁院前有石像丈余盖作大像时样也》一诗中说："江阁欲开千尺像，云龛先定此规模。斜阳徙倚空三叹，尝试成功自古无。"胡适先生在他的《尝试集》一书扉页上写了一首《序诗》："尝试成功自古无，放翁这话未必是。我今为下一转语，自古成功在尝试。"我欣赏胡适先生的说法。有些事，想着挺难，真正去做，就像清人彭端叔《为学》一文所说的："天下事有难易乎？为之，则难者亦易矣；不为，则易者亦难矣。"

2013年5月

13. 红烧酱香排骨炮制记

既不监考，也不领队，作为一名高三普通任课教师，我的暑假实际上已经开始。

一是因为有大把的时间供我挥送；二是儿子喜欢吃红烧肉，中考结束后想给初离考场之苦的儿子食补一补，中午尝试学烧一顿红烧肉。

上午9点跑到艺海路边的简易肉店买肉，肉案上的无骨纯猪肉已所剩无多，倒是两块肉骨相连的猪肉红润鲜艳，十分惹人喜爱。于是花14元，让店主给我剁下一块，拎回家。心想红烧肉做不成，先试着炮制份红烧排骨。

在二楼书房因贪写《久违了的软语温言》博文，等到完稿，已是11点15分。急来抱佛脚，临阵再磨枪，急急打开"百度"，匆匆瞥了数眼"怎样烧红烧肉"厨艺介绍，心中默念几遍，就速速下楼入厨房。

拿了口小炖锅，盛上半锅水，将早已由店家剁好的肉骨头放入锅内，再放入食盐若干。打开煤气灶，猛火急烧了10来分钟。看肉汤沸腾，焯去秽污浮头。估计有七八成熟的时候，倒出汁汤，备晚上下面之用。然后往锅里的肉骨头中倒入料酒不老少，足以淹没一半的肉骨头，再切入生姜数片，开猛火再攻。待到料酒已熬煮殆尽，才放红糖、酱油入锅，再舀入肉汤一勺，改文火慢炖。在炖烧过程中，用筷子不断翻动锅内肉骨头，让每块肉骨头都能均匀地浸染上酱红色糖油。等到糖汁快要熬尽，将肉骨头出锅入盘，尝鼎一脔，软硬适度，浓香满口。

孩子他娘吃了也给了个好评。等孩子回家，且看为父露一小手，让他惊艳一下。

儿子要等到后天中考结束方能回家，继红烧酱香排骨炮制成功后的第二天上午，弄了块肥瘦适中的猪肉，按昨天之图索今日之骥，依样画葫芦地一番烹制，一锅鲜香嫩滑油亮的红烧肉不久即呈现于眼前，这回孩子他娘给的评语是“让人垂涎欲滴”。

2013.6.9

14. 东城周末，雅流涌动

英国作家查尔斯·狄更斯《双城记》的经典开头，这些年一直被人们反复提及：“这是最好的时代，这是最坏的时代；这是智慧的时代，这是愚蠢的时代；这是信仰的时期，这是怀疑的时期；这是光明的季节，这是黑暗的季节；这是希望之春，这是失望之冬；人们面前有着各样事物，人们面前一无所有；人们正在直登天堂，人们正在直下地狱。”当下，处于转型时期的中国，也面临着大悲大喜，大恶大善，大俗大雅浪头迭起，多元共生的局面。但是平心而论，尽管三俗（庸俗、低俗、媚俗）依然充斥于我们生活的四周，我们还是欣喜地看到，在我们的国度，随着物质生活水平的日益提高，追求精神的超拔与雅致的价值取向正从潜滋暗长的人世暗流而开始涌向生活的地表。

读书会上人清芬

君不见，今日东城，书画俱乐部，如春风一度，梨花竞放；茶道插花暗香浮动，疏影娟娟；吟诵悦读萍聚雅意，澡雪精神？记得《中国式雅致生活》一文中说道：“中国式雅致生活是对乡土中国的一种历史追忆，是对农耕时代田园牧歌生活的一种精神向往，是对抱朴守真心灵生活的一种崇尚回归。‘中国式雅致生活’

在精神层面有几个特征，首先是简约。追求的是一种精致的生活态度，而非奢华的生活方式。那种一掷千金、醉生梦死的‘土豪生活’，那种追求香车、豪宅、权力、美女的所谓‘成功生活’都不在此列。‘中国式雅致生活’更多的是隐含着一种精神和文化。其次是闲适。闲适是一种优雅，闲适是一种从容，闲适是一种境界，闲适是一种智慧。”雅致生活，在东城，已逐渐成为一种时尚。

白居易的《问刘十九》“绿蚁新醅酒，红泥小火炉。晚来天欲雪，能饮一杯无？”是我喜欢反复吟哦的诗篇；苏东坡的“诗酒趁年华”是我服膺既久的生活哲学。11月26日，周六。晚饭时分，炒二三个家常小菜，喝一杯15年农家陈酿，自得其乐。听妻子说起，微信中发布，晚上在艺海北路168号“雅望生活美学馆”有一雅聚。打开微信一看，是东阳“‘世间’读书会”的一帮文友继10月29日第8期《聊聊〈论语〉和孔子》之后，举办的第9期读书会。晚上7点开始，由书友黄鸽主讲“赏宋朝绘画，听岁月流淌”。

带着三分酒后陶然，与妻步入“雅望生活美学馆”。来者老少皆有，男女俱备，时间一到，大家就自觉地安静下来，聆听黄鹤书友的讲座。虽然书友黄鸽的普通话不是很标准，讲述也不算声情并茂，但在这样的冬夜寒意中，一群书友能够远离麻将声色之地，共同沐浴在一片古典风月的温雅之中，不由得让人喟叹：岁月真静好，人间有清芬。

“三分堂”内娱视听

就在这厢读书会办得红火，位于东阳中国古建城西区，新光红博展厅东侧的“三分堂”艺廊，晚上也有一个雅集。我们从“雅望”抽身出来，赶到“三分堂”一观。

2014年11月，由东阳籍乡贤、著名古建营造设计专家赵一豪打造的“三分堂”艺廊落户东阳中国古建城。此艺廊我已到过不止一次。近年来，“三分堂”艺廊，雅聚展览时有可见，举凡木雕、绘画、塑像、插花、摄影，展品门类应有俱有。

走到“三分堂”艺廊门口，发现有一“旭华人文工作室”与“三分堂”艺廊合作举办人物塑像展览的广告。走进“三分堂”艺廊，一股烟火之气扑面而来。室内满设玻璃橱窗，玻璃橱窗内展览着从唐朝到明清的历代人物塑像。塑像材质丰富，有石材的，有木质的，有泥塑的；来源地众多，有山西，有浙江，有河北，有广东。人物品类繁富，有关公像，有男面观音像，有雷公像，有骑犼观音像，有胡人大力士像，有寒山、拾得诗僧像。一开始，我们以为入门即闻到的烟火气，是为供奉室内佛像而点的香火。 及至入内细察，不禁让人哑然失笑。 原来“三分堂”艺廊一楼室内辟有壁炉，几位小童正在烧火煨番薯呢。

细细参观了室内所有展品，发现这些雕像都以小巧取胜。 虽然年深月久，有些塑像缺胳膊少腿，但人物举止神态的生动逼真还是栩栩突显目前。 收藏者搜罗之广，藏品之富，让人不由地啧啧称赏。

艺廊内长条形茶案前早已坐着六七位茶客，有身材魁梧的汉子，亦有语笑嫣然的年轻佳丽。 大家正专注地聆听一位吴姓中年男子侃大山。 一打听，吴姓男士是位收藏家，兼某美院客座教授。 谈论的话题绝非饮食男女之类的俗谈俚语，而是形而上的佛理禅机。 从大乘佛教到小乘佛教，从楔形文字到家国情怀。 莫道书生空议论，谈吐之间有情怀。 一帮听众听得如痴如醉。

对于雅人高士，我向来抱钦敬之心。 携妻欣然入座，加入品茗清谈之中。 从中国教育现状，到中日文化比较，我发表了自己的一些看法，众人颔首表示认同。

“同心书院”雅韵浓

座谈有顷，众人闻说“歌山画水”公园内新办的“同心书院”风雅迷人，便提议到“同心书院”一观。 几辆车子，穿越寒风，泅渡夜色，悄然泊进望江大桥南岸东侧的灯影树色之中。

10 月 27 日晚，设在江滨文化景观带歌山画水公园内的“同心书院”正式开院。“同心书院”的筹建，不仅得到了东阳人，还得到了温州、萧山在东商会有关人员的大力支持。 书院文化在东阳起源很早，据《东阳市志》记载，东阳古代有过 33 家书院，其中最早的南宋建炎二年创立的友成书院，后有石洞书院、八华书院、白云书院、横城义塾等。 古代书院常设于乡野山间，而今“同心书院”设在闹中取静的江滨公园之内，让书院文化的文脉气韵在都市之中流布方便快捷，在市民心中影响广泛深入。

开院当天，一场《婺韵雅谈》公开课，将婺剧欣赏技法演绎得十分生动活泼，深入浅出。“同心书院”由此声名鹊起，成为东城人士心有戚戚，向往流连的雅生活圣地。

“同心书院”还将推出“素书赏读”“乡土音乐会”“书法入门”“中国画欣赏”等公益文化课。 星火燎原，东城的文化生活将从此开拓出一片崭新的天地。

“同心书院”古色古香，它不是徒有古貌的假古董。 它的取材来自城区拆迁过程中老房子的本色木料和石材，因此，虽是新建，却依然有着中国老房子的精魂和独特味道在。现在，“同心书院”采取以人养房的保护方式，里面的几间厢房，分别由东阳的几位书画名家领养。有人气的滋养，有人声的摩挲，有雅韵的流转，古建筑就会站出它们应有的精气神。是夜，众人在“同心书院”中各取所需，或喝茶聊天，或挥毫泼墨，直到深夜 11 点多，才依依道别，相期后约。

雅望生活美学馆、“三分堂”艺廊、同心书院，还有“缘恩堂”吟诵馆、“问木堂”红木艺术馆、“东星”书画俱乐部……东城，现在的雅生活馆，不胜枚举。再加二胡、寒蝉、依林、秋珍等勤于笔耕之士的推动，文学回暖。不单是周末，一年四季，生活的每一天，东城渐觉风光好，雅流涌动情趣高。奥地利诗人特拉克尔说过这样一句话：“灵魂，大地上的异乡者。”随着雅致生活理念的广泛传播，雅致生活方式的蔚然成风，我们的灵魂必然找回家园，精神岂会永久漂泊？

2016 年 12 月

15. 剪烛西窗，望月西楼

在很长的一段岁月里，我的记忆和想象中，“东窗”是阴谋和残忍的滋生地，因为“东窗事发”给人的第一印象太深，就像时光的匕首，在初具年轮的树上刻下的深深第一刀，经久不灭。而“西窗”“西楼”给我的初始印象极佳，因为我是从“何当共剪西窗烛，却话巴山夜雨时”“雁字回时，月满西楼”等诗句中，初识“西窗”“西楼”的柔情雅意的。“西窗夜话”，多么温暖、缠绵，“西楼望月”那么痴情、浪漫。及至走进诗词的丛林深处，方知“西窗”“西楼”之中，庭院深深，堂奥匪浅，引惹人一路披拂，探赜发隐。

六朝的风流吟赏之间，“西楼”一词水莲花一般初露于历史的烟波之间。南朝宋诗人鲍照的《玩月城西门廨中》一诗肇现“西楼”雅妆：“始出西南楼，纤纤如玉钩”，稍后于鲍照的梁朝诗人庾肩吾《奉和春夜应令》诗句“天禽下北阁，织女入西楼”踵武前贤，赓唱“西楼”雅曲。自此诗词的清渠开闸泻波，“西楼”这一意象，如锦鳞跃渊，时见芳踪。宋词之中，“西楼”一词，如杂花生树，群莺乱飞，蔚为大观。

在古中国的天幕之下，“西窗”“西楼”之中常多思妇的身影。在《周易》文化中，西方为兑卦，兑为少女，所以，按风水原理，古代年轻女性常住在西楼。另外，在中国古代天文学中，把天上的星相分为东西南北中五宫，这一观念影响到人们对家居房间的布局分配。西边属阴，为次，甚或为贱，照应的人物是少女、侍妾等，“西楼”也就成了女子的居所。如元杂剧《西厢记》中“西厢”便为崔莺莺的住所；世俗中的“西宫”，也就借指妃嫔，所以“西楼”“西厢”“西宫”等这样的词语就有了一层香艳脂粉味道。而西在五行中属金，于季节为秋，金主萧杀，秋者为愁。在古代的建筑设计中西面常开有小窗或留有小廊，怀远思妇倚窗或凭栏远眺西方，日暮时分，正值游子归家时刻，登西楼者目及日落时的暗淡和萧疏的景象，便会思念远行未归之人。日暮又是时光流逝的象征，目睹夕阳落山，女子自然容易产生韶光易逝、美人迟暮之伤感。西楼、西窗及其西厢房也就成了古代诗文中传承下来的表达相思哀怨的凄美意象。如李商隐的“昨夜星辰昨夜风，画楼西畔桂堂东”，白居易的“遥知别后西楼上，应凭栏干独自愁”，元稹的“最忆西楼人静夜，玉晨钟磬两三声”等等，不胜枚举。

“西窗”“西楼”之中也不乏男儿的勾留。古代男子，壮岁涉远游，白发为功名。好梦易碎，壮志难酬，有家难奔，有国难投，登西楼，凭西窗，红日西逝，人生苦短，仰天长啸，无人会，登临意。

“西楼”常与“月亮”联姻，共同孕育出凄幽之意境。楼房之西，最易得月，即便深夜下沉之月，亦在耿耿难寐、西望之眸中，缱绻难去。孤枕难眠，发为歌吟，“西楼”“西窗”自在眉间心上，周匝盘旋，演变成一种浓郁的相思与愁绪的代名词，如李煜的《相见欢》“无言独上西楼，月如钩，寂寞梧桐深院锁清秋”，施肩吾的《夜笛词》“皎洁西楼月未斜，窗户寥亮人东家”，周密的《玉京秋》“楚箫咽，谁寄西楼淡月”，西楼之上，明月当空，共同酿制出一樽又一樽侵骨蚀心的相思烈酒，让多少须眉红颜，举杯浇愁愁更愁。引发后人兴如此浩叹：厚地高天堪叹古今情不尽，痴男怨女可怜风月债难酬。

16. 双喜临门

近日事忙，多时未到学校收发室领取报刊信件。上午辅导完一学生，时近10点，到收发室一走，权当舒活一下筋骨。

信箱内已被堆满，取出里面的东西一看，不少信件，一看即知前来骗钱的玩意儿，什么要我出钱入选中国乃至世界名人辞典的，邀我到人民大会堂参加什么会议的。一封写有“上海教育出版社”字样的信件倒是引起我认真的关注。

因为手上捧满报刊信件，路上拆看不便，回到办公室，拆开写有“上海教育出版社”字样的信件一看，第一桩喜事破空而来——《语文学习》杂志寄来我的

《是“真金白银”还是“真金实银”》一文的样稿要我校对。长久未在《语文学习》上刊出文章，竟把该杂志的信件模样给忘记了。

将信件中的相关说明细读完毕，发现信件是 11 月 14 日发出，要我三天之内将样稿校定，速速寄回。今天已是 11 月 20 日，怕耽搁了稿子，急急将样稿校对数遍，改正了几处舛误，火速到邮局打了个特快。虽花去我 22 元钱，但能在核心期刊上发文，破点小费也值。

是为一喜。

晚上九点回家，看了会电视，觉得没什么看头，就上楼到书房看书。捧起东阳市作家协会刘浪兄的《子在川上》读了几页，读到《相忘于江湖》一文，里面提及的瞿秋白之死令人惊奇，于是想起买来多年，一直束之高阁的《从书生到领袖》一书。起身找书，想详细了解一下秋白之死。没费多少事就找到了《从书生到领袖》一书，此书横向放在高过人头的书架高端，伸手取下之际，一物随书下落，接起一看，竟是我遗失已一年半载的写有“风云天下”四字的那枚银白色的优盘。自前年笔记本电脑被盗，对里面资料的失落一直耿耿于怀。这枚优盘也许会保存着一些敝帚自珍的资料。一方面我暗暗自责随手乱放的恶习，另一方面却也不禁感念天佑读书人。因为我晚上的夜读雅好，不经意之间，老天将我的优盘完璧归赵了。

此又为一喜。

一日之内，双喜临门，如果不是近期遵医嘱戒酒，当浮一大白。

2012 年 11 月

17. 辛苦廿七载，修得此日闲

今年的高考开考第一天，却是我自 1986 年从教以来过得最清闲省心的一天。

以往的高考开考第一天，不是监考就是带队。高考监考或带队，兹事体大，战战兢兢，如履薄冰，不到学生全部安然终场，这颗心始终放不回原处。

现在好了。自去年下学期卸下肩荷 24 年的班主任重担，以纯粹的语文教师的身份执教高三（9）（10）两班，仿佛一匹躬耕垄亩的老牛一下子被摘去重轭，顿觉轻省良多。非班主任身份，无须担负领队之责；高三任课教师，避嫌不必参加高考监考。于是以一个纯自由之身，置身三不管清闲之地，独坐书房，坐拥书香，真乃人间至福。

离开班主任队伍，方知班主任工作艰难。在应试教育愈演愈烈，安全问题重如泰山的今天，广大班主任真有些不堪重负。在众多职业中，如高中班主任这样集众多角色，汇多种压力于一身的工作还真是不多。高中班主任，既当爹，又当妈，还得充任保姆。除此还不够，朋友、警察、教头、保镖、陪护员、学业辅导师、心理咨询师，以上角色技能，高中班主任都得有两把刷子。就拿去年的一则新闻说事吧。去年6月4号，湖北宜都市二中教务处女教师周玉兰在送高考准考证返校途中，遭遇歹徒抢劫袭击，周老师临危不惧，冒死保护了600多张准考证，为考生保住了高考“通行证”。班主任没点保镖身手，还真容易出现不测呢。

今年的高考，天不作美，多雨天气，可也真苦了高三的班主任们，尤其是带着乡下孩子进城参加高考的高三班主任们。人多车杂，找个避雨的地方都难。雨中召集学生，雨中收发准考证，雨中战前动员，战后抚慰，雨柱风片，难煞高三班主任。

所以我说，给班主任发多高的津贴都不为过。这话要是在我自己当班主任期间说，怕有私心之嫌；现在既已不当班主任，我愿为众多高中班主任的待遇鼓与呼！

2013年6月

18. 声声爆响的贺年短信

今年是农历壬辰年，缺了腊月三十这一天。今天，腊月二十九，即是除夕之日。

下午，品着“铁观音”的馨香，在雪光照目之中，坐听窗外急不可待汹涌而来的喜庆爆竹声声。

打开手机，满眼是联翩而至的暖言温语。古老的汉字被新年的高温煮沸了，化作一枚枚芳香四溢滋滋有声的炸糕煎果。

最先收到的是“生了6个孩子”的王秋珍老师的祝福短信。

在计划生育政策依然严紧如昨的今天，作为国家事业单位工作人员的王秋珍老师怎么可以生产6个孩子呢？

2012年12月19日下午在兰溪市举行的金华市第13届中语会上，作为特邀代表作写作讲座的王秋珍老师的一席话，揭开了谜底：原来是从教仅十几年，她竟已出版了个人专著《彼岸花》《棒棒糖》等6部。

我曾戏称她的创作呈“井喷”状态。这样一位既特别有才，而又十分勤奋的

“才女”，除夕却给我来了条这样的贺年短信，真是愧煞人也：

您的才气人品让我叹服。
祝健康开心。

陈某虽也热爱语文，但实在是一位先天不足、生性疏懒之人，与王秋珍老师的成就相比，实在相差太远。

我的回复短信是：

您才是众人叹服的才女。祝来年手握灵蛇之珠，口衔荆山之玉，佳作迭出。

浙江省最年轻的语文特级教师肖培东老师送来的贺年短信，真是“特级”：

君子相知，温不增华，寒不改弃，贯四时而不衰，历时光而益固。或见或不见，总牵挂于心。请陈兄接受最诚挚的新年祝福！弱弱地问一句：红包呢？

忍俊不禁之际，速速给肖特送上一个“红包”：

我送肖兄红包一个：年轻千金，才情封识，新的一年握沉甸甸的收获于君之手。

我的2002届文科班班长杜云英（就读于浙江大学）的贺年短信真情流于心底，绝无流行克隆气：

过去的一年，父母略有小恙，幸无大碍。而我虽感受了做论文的苦楚，却终见云开月明，尘埃落定。感谢您曾经的教导与帮助。今日鞭炮隆隆，我见家里高台红烛写“荣华富贵，万事如意”二句。我与老妈笑称：荣华富贵如浮云，健康平安方为真。在此，也愿老师阖家健康平安快乐！云英给您拜年啦！

云英为人纯朴，学习勤勉。浙江大学本科毕业后，又在北京师大获得硕士和博士学位，是我班迄今为止学历最高的才女。我回赠一句，以资嘉勉：

天道酬勤。你一路的执着前行，风光自会为你呈现。

随着贺年短信的雪花满天，飞旋而至，对我的亲朋好友弟子门生，只能用量贩形式，一律答以“谢谢。祝新年大吉！”了。

2013.2.9

挥斥方遒

1. 从因果报应到护生环保

汉朝刘向《新序·杂事一》中载有“孙叔敖埋两头蛇”的故事：

> 孙叔敖为婴儿之时，出游，见两头蛇，杀而埋之；归而泣，母问其故，叔敖对曰：“闻见两头之蛇者必死，向者吾见之，恐去母而死也。”其母曰：“蛇今安在？”曰：“恐他人又见，杀而埋之矣。”其母曰：“吾闻有阴德者，天报之福，汝不死也。”及长，为楚令尹，未治而国人信其仁也。

《东周列国志》第51回也写到了此事，只不过与刘向的《新序》稍有出入。《东周列国志》中写到的孙叔敖已能“力耕自给”。他在耕作期间遇上两头蛇，因听人说“两头蛇，不祥之物，见者必死”，他恐后人复见罹殃，遂击杀掩埋了两头蛇。其母认为“人有一念之善，天必佑之。”母亲认定儿子不但不会死，而且将要获福。果然，没过几天，楚庄王就派人来征召孙叔敖，并且拜他为令尹（宰相），孙叔敖终成一代贤相。

孙叔敖为别人消除灾祸而宁愿自己冒险的思想行为自然十分令人钦佩，正因为如此，九年制义务教育语文课本中还将“孙叔敖埋两头蛇”的故事编入教材，以供广大少年儿童学习借鉴。但从科学的角度看，见两头蛇者必死自是古人的迷信观念，而“人有一念之善，天必佑之”云云，虽有教化人伦之功，但总不脱“善有善报，恶有恶报”的因果报应窠臼。

查“百度百科”，两头蛇属脊椎动物。无毒蛇。长36~60厘米。背部灰黑色或灰褐色，颈部有黄色斑纹，腹部橙红色，散布黑点。尾圆钝，有黄色斑纹，极似头部，并有与头部相同的行动习性，故称两头蛇。喜生活于土中，捕食昆虫、蚯蚓。卵生。产于高山与平原。两头蛇属有60～70种，主要分布于印度尼西亚、菲律宾、印度、缅甸、日本。我国仅产3种，即云南两头蛇、尖尾两头蛇和钝尾两头蛇。我国河南、安徽、江苏、浙江、江西、湖南、福建、广东、广西、贵州均有分布。

可见，我们浙江也是两头蛇的栖息分布地。两头蛇不易见到，即便遇上，生活在科技昌明时代的我们，大可不必有“自分必死”的惊恐。两头蛇与其他无毒蛇一样，既不会给人们造成些许伤害，更不会带来重大祸殃。两头蛇的可怪之处，只不过就是它的“造型”令人惊悚一点而已。

物以稀为贵，正因为两头蛇的稀缺，所以如果遇上两头蛇，我们绝不可效孙叔敖杀而埋之，而应从护生环保的理念出发，让它回归自然，“地势坤，厚德以载物”，大地之母的宽容和博大实在可资我们效法。当世之人，如果人人都能有生态保护意识，那么自然物种就会日见丰富，自然环境也会日渐美好，如此才会是我们地球人的福音。所谓见惯不惊，物种品类丰富了，我们的眼界见多识广了，以后见到两头蛇之类的自然之子，也许我们就不会太过大惊小怪了。

2014 年 7 月 25 日《东阳日报》报道：千祥村民抓到怪蛇。千祥镇光周村光前自然村村民陈先生 22 日下午，在家门口前的泥地上看见一条蛇。这条蛇很奇怪，好像长着两个头。于是，陈先生拿来了渔网，将蛇捕捉回家。22 日晚上，陈先生将这条怪蛇放生。诚所谓“长江后浪推前浪，世上今人胜古人”，陈先生的可贵之处是：第一，他不信邪，脑子里根本不会有遇两头蛇必有灾殃的愚昧思想；第二，下午捕了蛇，晚上就将它放生，环保意识很强。纵观时下传媒，我们欣喜地看到，像陈先生一样，既具有科学头脑，又注意护生环保的人士不断涌现，对他们，我们由衷地表示点赞！

2．断章

多情诸君

花朵是世界的眼睛，透过这些眼睛，你会发现自然的美丽精髓。诗人是世上最善于发现美之人，对香花美草嘉树常有着彻骨的迷恋。此种传统，滥觞于诗经楚辞，传承到而今。女诗人舒婷爱花也出了名，她在鼓浪屿的家就有一个很大的花园，花园内种着各种花草。每到一个地方，舒婷对花草都特别留意，看到不认识的花，总会特意拍下照片，带回厦门请教植物学家。读过舒婷的散文《多情诸君》，文中多情的舒婷将硬骨凌霄、忍冬（金银花）、鸟萝、太阳花、鸟不踏等花木统称为“多情诸君”。在舒婷的眼里，真是树含情，花含笑。

梁实秋先生说：花美，爱花的人更美。

偶拾“猪八戒”

周末得暇，喜欢骑自行车到处转悠。在江滨某处，发现地面零乱地扔着几块色呈赭黄的石头，疑似黄蜡石。有的已有破损，品相不好，而其中的一块，奇形怪状，完好无损。大概是沙场打工者流嫌这些石头看不出什么价值而抛而弃之吧。石以丑为美，我捡起奇形怪状的那块，觉此石颇有值得玩味之处，于是放进车篮，载之回家。

拿回家后，冲洗一清，反复把玩，发现此石黄色之中含天然润泽，且多石英碎片，光照之下，星星点点，灿然有光，真是黄蜡石。掬捧在手，横看竖看侧看正看，竟被我看出个“猪八戒”头像来。眼睛鼻子嘴巴神形毕肖，尤其是那招风耳，更是绝像。

有道是：花不能言还自笑，石不解语最可人。

学会和解

偶翻剪报，重温《和谐社会应该对暴戾与狠气说不》，文中的这些话大获我心：“和谐社会，首先是一个和解社会。‘狠化’社会的社会趋势，必须得到足够的重视和警惕。戒狠先解恨，解恨先戒狠。”鉴于儒家文化浸染之下中国男性阳刚之气的集体大萎缩，现在我们的社会舆论和文艺作品，对于男子汉气概、爷们儿精神的呼唤已汹涌成潮；但矫枉过正，即成流弊。我们常常将粗鲁当阳刚，将狠戾当硬朗，导致我们的社会出口成“脏”的多了，起手即打的滥了。

中国要真正步入和谐社会，当下应多提点倡点绅士风度、骑士精神的高贵做派。

关于尊严

卡夫卡认为，人是十分软弱可怜的，生存在异己的环境中，无力反抗左右着人类生活和造成人类不幸痛苦的世界，因而不能摆脱悲剧性的命运。鲁迅在《灯下漫笔》中坦言：“中国人向来就没有争到过‘人’的价格，至多不过是奴隶，到现在还如此，然而下于奴隶的时候，却是数见不鲜的。”他把一部中华历史分为两种时代：一，想做奴隶而不得的时代；二，暂时做稳了奴隶的时代。巨眼洞察，敢言人之所不敢言，鲁迅诚属“老辣”。

当下中国，生活的温饱富庶，呈现史上最可称道的黄金时代。但精神的异己力量依然撕扯纠缠着人群中的大多数。国人离温家宝总理早就提出过的让中国人有尊严地活着的目标距离尚远。别的且不说，让广大师生在题海中苦苦挣扎这么多年，依然苦海无边，前瞻后顾皆无岸就是一个明证。

人分三类，其中两类不会痛苦：一是有力改变现状的人，二是能够适应现状的人；最痛苦的就是无力改变现状，又不愿或不会适应现状的人。印度圣雄甘地说："欲变世界，先变其身。"既然做不成振臂一呼，应者云集的英雄，且让我们的心灵强大起来，去迎受命途的艰辛。

解密"沙之书"

关于阿根廷作家博尔赫斯的"沙之书"的象征义，一般的资料上都作如下表述：象征着无穷无尽无限之物，如无止境的欲望、无穷大的世界、琐碎繁杂的生活、强大的异己力量、神秘的未知世界、不计其数的金钱、无法挽留的时间、变化无常的命运、浩瀚无穷的知识、让人身心俱疲的爱情等等。

如果让学生找找身边的"沙之书"，可以找到些什么呢？我倒是想到了电子鸦片。电子鸦片，既是大有，又是大无。对某些人来说，对待电子鸦片的感情和态度，与博尔赫斯笔下的"我"对待"沙之书"的态度十分相像。由最初的"好奇——钻研"到后来的"困惑——恐惧"，一直到最后的"抛弃、逃避"。何其相似乃尔！

"沙之书"与钱钟书笔下的"围城"是否也有异曲同工之妙？城外的人拼命想进去，城里的人死活想出来。

凭"轩"涕泗流

> 每一个时代的人，都有每一个时代的人的痛苦，痛苦绝不是今天的少年才有的。少年时，就有一种对痛苦的风度，长大时才可能是一个强者。——曹文轩

早年教过好几批学生读日本作家栗良平的《一碗阳春面》，每备课一次，就深深感动一次，不以时间的流逝而消减感动的热流。早岁自许气如山，曾发宏愿：他日若写小说，必像栗良平那样，写人间至情至性文，抒至纯至爱情，让文学清流荡涤人心，移风化俗，让人间氤氲恒久的温馨芬芳。年岁消磨了意气，淡化了雄心，也漂洗出清醒的自省。有作家梦的人最终未必都能成为作家。曹文轩的作品，接续了我早年的梦想，实现了我年轻时的期盼。曹文轩的纯美系列小说，

不单大有益于青少年的优美纯正的气度养成，对成年人，对整个社会都有扶危济颓、净化心灵的无上功德。

继《草房子》《山羊不吃天堂草》后，今天又一口气读完了曹文轩的《青铜葵花》。自认已届奔五之年，见多了人间的生老病死，感情之泉已不会轻易流泻，但读到葵花为筹措救奶奶的款项独自下江南捡银杏，自此往下，一直到小说最后，让人一路唏嘘感叹，热泪喷涌。

病句考查题可以休矣

句子排序题一度成为高考卷中的“常客”。但排序题耗神费力，对提高学生的思维能力并没有实质性帮助。有时一道排序题还可能冒出出卷人始料未及的多种排列法，公说公有理，婆说婆有理，莫衷一是，给阅卷带来相当大的麻烦。大概是鉴于以上原因吧，排序题现在已基本被高考命题人剔出高考范围。

高考病句考查题也该休矣。这种题型横行积年，空耗了学生多少脑细胞，结果呢？学生的作文中依然病句成堆！病句题已成为学生最感头疼的题型之一。尽管病句练习讲义做了几箩筐，但做此种题目，学生依然常有猜谜语、撞大运的不踏实感。不少学生为此走火入魔，看到正确的句子也会神经过敏到当病句分析。

如果高考出卷人能狠一狠心彻底“休”掉病句题，让学生在平时的语文学习中能从病句的泥潭中脱身出来，有时间多读点好书好文章，逐渐培养起较为纯正的语言感觉，那么学生习作中的病句庶几会越来越少。如果要讲病句，最好也从学生的习作中提取，这样讲起来，学生听起来肯定会更加入耳动心。

吃中品雅、俗

到处听人说起《舌尖上的中国》，趁着周末，好好补了一课。连着看了几集，我的舌尖却并未剧烈地起舞。看了前四集，最喜欢的是第一集，那松茸、那冬笋，那些来自自然的馈赠，清新悦目，特别诱人。其余几集提到的酱味、卤味、泡味、美味等就不是我特别喜欢的了。酱味、卤味、泡味等总给人感觉不太卫生；至于辣味，自得了咽喉炎，就不敢再碰。有回贪嘴，看到拉面馆的辣椒酱色泽诱人，舀了一瓢入碗，结果刺激到喉咙发炎处，呛得我差点背过气去。那急促、艰难的呼吸声，让店里的人都大吃了一惊。

以前把好吃之人称作“食客”，把酷爱吃喝之人戏称为“饕餮”或“老饕”，把吃出道道的人士尊称为“美食家”。现在通称“吃货”，虽则通俗好玩，但其间的雅俗之分大了去了。令人想起刘德华为“奥尼皂角洗发浸膏”做的不雅广告：黑头发，中国货。

一声称呼难煞人

想当年，一声“同志”可以叫遍各行各业男女老不包括少。改革开放后，逢男就叫“老板”，逢年长女子叫声“阿姨”“大婶”“阿婆”问题不大，称呼年轻女子可就大费周章。开放之初，叫年轻女子“小姐”尚是尊称，人家也乐意听。后来不知被哪个缺德的一折腾，“小姐”竟成了妓女的别名。于是遇上年轻女子，要问个路什么的，真不知该怎么开口。“小姐”会不会引发过敏反应？叫“美女”是否会被认为太过轻佻？现在流行装嫩，尤其是女子，叫年轻女子“阿姨”“师傅”，人家可能就很不乐意，叫“小妹”，人家可能不愿跟你套近乎。现在这世道闹的，一声称呼难煞人哪！

不因人废言

“‘垂直管理’如今是一个很热门的改革思路，最近出版的邱晓华案，对这个问题敲响了警钟。”最近在做改病句题时，许多学生对以上这个句子中提及的“邱晓华”不了解。邱晓华是最年轻的国家统计局局长，因贪污腐化而落马。但他曾经被称为“拼命三郎”。邱任国家统计局局长后，局内部人员说得最多的就是“邱晓华是国统局的‘拼命三郎’”。据说，为了工作，他曾在办公室里打地铺，每天工作学习时间在12小时以上，一家三口常常在办公室里吃饭。邱的堕落令人扼腕，但他说的“天赋可以让人看出差别，但是刻苦的差距是无法估计的”却是完全正确的。我们不能因人而废言。

又黄又暴力

为了“抓眼球”，希图抢“卖点”，20世纪90年代开始，中国的“吸睛”时代到来。带黄标题，暴力书名，或者又黄又暴力的文题书名，一度泛滥。且不说那些三流小报，末流作家，就是一些知名作家、导演也都加入同流媚俗行列。

长篇小说《丰乳肥臀》，作者是后来获得诺贝尔文学奖的莫言。《小说月报》第十一届百花奖获奖中篇小说《有了快感你就喊》，作者是著名女作家池莉。

莫言的《丰乳肥臀》“丰乳在于哺育后代，肥臀在于孕育后代。一个女人肩负起一个家族的延续，一个家族浓缩了一段历史。小说主体仍然是展示生命的过程，讴歌生命的本体意义及母亲的伟大性，是浓缩的生命用深刻又发人深思的母爱光环所表现出来的丰满和肥硕。”“‘有了快感你就喊’，这是一句军中流传的格言。20世纪七十年代，参加越战的美国大兵们，他们的行囊里面都有救生包，救生包里头必定有一盒火柴，这句格言，就印在火柴盒上。这是一句充满阳刚之气的格言。是男人们所追求的精神状态。”

对于《丰乳肥臀》《有了快感你就喊》，如上的“高雅”解读层出不穷。池莉还“唯一的希望，只是希望不要被狭隘的理解和被庸俗者望文生义，以为‘快感’是猥亵之词，上帝保佑！”然而读者诸君“饮食男女”者多，看到如此刺激感官的书名文题，完全学“太上忘情”，没点香艳联想怕是很难。借助感官刺激，引逗读者垂顾，作者内心深处是否有此隐秘？

突然又联想到姜文执导的电影《让子弹飞》。“让子弹飞”玩潇洒有些过头。老子云：“兵者，凶器也，圣人不得已而用之。”而姜文电影片名中所流露出的对于血腥和凶杀的欣赏和调侃，趣味殊不可取。

为什么那么多人怀念“民国风范”？那时知识文化界品味的高雅纯净应该是一个重要因素。鲁迅将《重事旧提》改为《朝花夕拾》；电影《Waterloo Bridge》（滑铁卢大桥）中文译名为《魂断蓝桥》；徐志摩将“剑桥”称作“康桥”，把“佛罗伦萨”译为“翡冷翠”；《一江春水向东流》《马路天使》《八千里路云和月》，电影中多如此雅名。

让人不能不喟叹：从前慢，从前更雅……

带镣起舞

在现在的教育体制下，老师们出现一些职业倦怠是正常的。为人师表，社会对教师的期望和要求往往很高。圣人毕竟只有一两个，而拿圣人的要求来衡量每一位教师，老师们难免痛感生命不能承受之重。教师这碗饭，历来不好吃。记得金庸先生说过，历来大奸大恶之人往往都是绝顶聪明之人，如此看来按秦桧的智商来衡量，让他当个孩子王应该是小菜一碟吧，但他却也吃不消教师这碗饭。据说秦桧当过私塾老师，一天放学回家，路过一大户人家的水田，作诗感慨：“若得水田三百亩，这番不做猢狲王。”有人一定会说，那是秦桧这厮缺乏爱心。那么丰子恺居士佛面慈心，应该是最有爱心的人士了吧，但是他在《给我的孩子们》这样写道：“最是我到上海去干了无聊的所谓‘事’回来，或者去同不相干的人们做了叫作‘上课’的一种把戏回来，你们在门口或车站旁等我的时候，我心中何等惭愧又欢喜！惭愧我为甚么去做这等无聊的事，欢喜我又得暂时放怀一切地加入你们的真生活的团体。”言下颇有以教书为无聊之意。现下中国教师有做不完的陪练，讲不完的题目，岂非更是苦不堪言？

细说起来，在现在这个竞争日趋激烈的社会，哪一行哪一业是省力轻松呢？

在格律的桎梏之中，能创造出律诗绝句婉约豪放各类绝妙诗词的，是文学圣手。

有职业自信，能发现工作中的乐趣。即便戴着镣铐，也有临风起舞雅兴的，才是这个时代的职场弄潮儿。

高贵的中国梦

一部美利坚合众国建国史，华盛顿创建了美国；林肯保卫了美国；罗斯福恢复了美国的活力。那么中华人民共和国呢？是不是可以说毛泽东让中国人民站了起来，邓小平让中国人民跑了起来。那么谁能让中国人民高贵起来呢？习近平主席说了："把民族命运掌握在自己手中，做一个走到哪里都受到尊敬的堂堂中国人，是近代以来中华儿女为之奋斗的目标。"中国梦如果只是富贵之梦，大中华只能停留在小格局；中国梦必须是高贵之梦，才可以仪示天下，风范百代。

3. 还"上善"于水

我的故乡下陈村，原本是个山明水秀、鸟语花香的好村庄。我在东阳城区工作，离家六七十里，但在二十多年前，我常邀单位里的同事到村里盘桓悠游。冬天上山谷看冰凌，夏天邀朋友下小溪游泳，朋友们每回在我村的山水之间一番游历赏玩之后，都尽兴而归。

但是随着生活水平的日益提高，我们的生存环境却日益恶化。逢年过节的烟花爆竹空前增多，山火不断，青山遭劫；农村的垃圾产量也与日俱增，家里院内堆放不下了，村边的小溪就变成了天然的垃圾场。山水从此蒙垢，山村胜景不再。

四五年前，每当朋友们提起当年在我村小溪中畅快戏水的情景，我只能报之无语苦笑。"我思念故乡的小河，还有青山映在水中的倒影。"这是我辈60后永远的梦中家园山水，但是这个山水清梦，有一段时间却蛛网横陈，粉尘堆叠。倩谁人，与我擦拭一新？

翻看龙应台《野火集》，集子中的第一篇《中国人，你为什么不生气？》原载于1984年11月20日《中国时报·人间》。遥隔三十来年的时光，我投去深情的一瞥。我分明看到一个瘦瘦弱弱的奇女子，卷起了一场震天撼地的"龙卷风"，龙应台以她年轻的“憨胆”骂醒了当时台湾的民众：

> 我看见成百的人到淡水河畔去欣赏落日。去钓鱼。我也看见淡水河畔的住家把整笼整笼的恶臭的垃圾往河里倒；厕所的排泄管直接通到河底。河水一涨，污秽气直逼到呼吸里来。
>
> 爱河的人，你为什么不生气？
>
> ……
>
> 你为什么没有勇气对那个丢汽水瓶的少年郎大声说：“你敢丢，我就把你也丢进去？”你静静坐在那儿钓鱼（那已经布满癌细胞的鱼），想着今晚的鱼汤，假装没看见那个几百年都化解不了的汽水瓶。你为什么不丢掉鱼竿，站起来，告诉他，你很生气？
>
> 经过郊区，我闻到刺鼻的化学品的味道。走进海滩，看见工厂的废料大股大股地流进海里，把海水染成一种奇异的颜色。湾里的小商人焚烧电缆，使湾里生出许多缺少脑子的婴儿。我们的下一代——眼睛明亮、嗓音稚嫩、脸颊透红的下一代，将在化学废料中学游泳，他们的血管里将流着我们连名字都说不出的毒素——
>
> 你又为什么不生气呢？难道一定要等到你自己的手臂也温柔地捧着一个无脑婴儿，你再无言地对天哭泣？

回看我们大陆的现实，多年来你、我或他是不是都做了太长时间的“沉默的大多数”了？我们是不是不但对污染环境、破坏环境的行为熟视无睹，而且还会有像“破窗理论”所说的盲目从众心理？在不良风气的习染下，我们中的许多人不是也养成了不少不良生活习惯，使环境污染雪上加霜吗？

浙江省委十三届四次全会，作出了“五水共治”的决策：治污水、防洪水、排涝水、保供水、抓节水，并明确提出，要以治水为突破口推进转型升级。“五水共治”好比五个手指头，治污水是大拇指，摆在第一位；防洪水、排涝水、保供水、抓节水分别是其他四指，分工有别，和而不同，捏起来才能形成一个拳头。只有用强有力的拳头，才能打造出一个山清水秀、和谐安康的世界。

高层已经下决心，政府已经在行动，但是决不能剃头挑子一头热。毛泽东同志在《论持久战》中提出了“兵民是胜利之本”的英明决断，是人民战争的汪洋大海淹死了日本侵略者这只泥牛。“五水共治”也必须全民总动员，大家一起上。有钱的出钱，有力的出力，有声的发声。不要因为自己是草根，就觉得人微言轻，不敢理直气壮地批评不环保行为；不要因为自己是一介平民，就把环保的责任全都推给党员干部。在“五水共治”的日子里，我们应该努力传承抗日战争时期全民抗战、一致御敌的精、气、神，上下一心，群策群力，重整河山，舍我其谁？

众擎易举，应该承认，经过这几年的努力，五水共治已出现明显的效果。现在回乡，我发现埠头溪边，洗衣濯菜的父老乡亲日益增多。从这种可喜的乡村景观中，我分明感觉到，青山绿水的传说正在一步步重新走进现实。

《老子》说：“上善若水，水善利万物而不争。”如果不珍视我们的大自然，地球的水体受到严重污染，那么水就将成为“万臭万恶”之所聚，其危害是不言而喻的。今年，浙江“五水共治”继续发力。2月6日下午，浙江召开全面剿灭劣五类水工作会议，省委主要负责同志立下“军令状”：年内，浙江将彻底剿灭劣五类水，并采取一切措施巩固成果，保证不反弹。这是我们生活的家园的极大利好消息，不由人不为之额手称庆，大声欢呼。那首流行于20世纪80年代的歌曲《梦开始的地方》，至今犹如警钟长鸣：

> 春夏秋冬/一切好像不会更动/但就在你我不经意之中/最美好的已失落/当浮云拒绝了阳光的问候/还有多少温暖在你的心头/当星星已不再出现在夜空/你还有多少梦想多少希望……/在你我忘了珍惜的时候/最美好的已远走/能不能把碧绿还给大地/能不能把蔚蓝也还给海洋/能不能把透明还给天空/从梦开始的地方/一切还给自然

当我们从梦开始的地方，把一切还给自然，也就意味着，我们重新把“上善”还给了水。当水重新获得了“上善”的精魂，人类才可以永葆生机和福祉。

4. 一样自荐话成败

——毛遂、蒋干比较谈

毛遂、蒋干二人，国人可谓家喻户晓。毛遂蛰居平原君赵胜门下，风云际会，脱颖而出，三年不鸣，一鸣惊人，英名永照汗青；蒋干有心为曹氏立一大功，昂然自荐，奋然出使东吴，却大大出乖露丑一番回来，留下千古笑柄。

蒋干也可算是自告奋勇、挺身而出、勇膺重任了吧，为何身后所获臧否与毛遂大不相同？让我们来细细察勘一下毛遂、蒋干各自在自荐时和出使中的一系列表现，就不难发现，后世对毛、蒋二人的截然相反的评说实在是所来有自。

且看毛遂与蒋干在自荐时的不同表现。前者表现出的是一种深思熟虑、自信从容的优雅气度；后者则表露为浮躁急进，急于事功的轻佻孟浪之相。毛遂对于自荐的时机、分寸都拿捏得十分巧妙。他不在平原君为“合从（同‘纵’）于楚”而觅求二十位“有勇力文武备具”之门客的初始就贸然自荐。如在此时自荐，在自以为门客数千，选拔二十个“有勇力文武备具”之门客易如反掌的平原君眼里，籍籍无名的毛遂，即便再巧舌如簧，恐怕也很难把自己推销出去。毛遂的高明之处在于他瞄准了平原君“得十九人，余无可取者，无以满二十人”，正属求贤不得、盼贤若渴的绝佳时机，然后，勇敢而自信地自荐于平原君。毛遂是自信勇敢的，但又是谦逊守礼的，他彬彬有礼地对平原君说：“遂闻君将合纵于楚，约与食客门下二十人偕，不外索。今少一人，愿君即以遂备员而行矣。”毛遂谦卑的话语为自己争得了与平原君更多的对话机会，使得平原君有了较大的耐心听取毛遂的侃侃自陈。“锥处囊中，颖脱而出”的妙譬，又证明着毛遂不但有胆有识，更有着出众的口才。而要做一个不辱使命的使者，不正最需要这些吗？毛遂出众的气度、口才使平原君大为折服，毛遂终于得以跻身二十位“精英门客”之列。聪明的读者也正可以从毛遂自荐时的言行中窥察到毛遂出使后成功的端倪。而蒋干呢？当曹操因三江口之战失败，问诸将当用何计破周瑜时，小说中有一句很见性格的描写——（曹操）“言未毕，忽帐下一人出曰：‘某自幼与周郎同窗交契，愿凭三寸不烂之舌，往江东说此人来降。’”读书至此，让人情不自禁地想起一句“文革”专用语——跳梁小丑迫不及待地跳了出来。此语用在蒋干身上，倒挺合适。曹操话还没说完，蒋干就技痒难熬、贸然跳出，与毛遂的沉稳从容相距何其远也！蒋干自荐话语中轻敌之状可掬，狂傲之气横陈，相较于毛遂的谦逊守礼，其间两者的风度标格，别如霄壤。中国男足前教头米卢说得好：“态度决定一切”，蒋干自荐时的辞气浮露，举止失度已昭示着，他出使之后，每跨出一步，就只能给世人提供更多笑资。

再来看毛遂、蒋干出使中的不同表现。毛遂，危难之处显身手，挺身于楚王有意拖延的“马拉松谈判”之时。他面对楚王，既敢慑之以威，又能晓之以理，更懂得动之以情，诱之以利，可谓多管齐下。一席话，说得楚王心服口服。在列举秦楚仇隙之时，毛遂可谓如数家珍，桩桩件件，有根有据，可见得毛遂在平时对当时各国关系是有过精深研究的。知己知彼，所以稳操胜券。在楚王口头答应同意楚赵合纵后，毛遂还当场请楚王与楚、赵众位人士来了个歃血为盟，让赵楚合纵之盟如铁板上钉钉，实实地敲了下来。真可谓有勇有谋，思虑周密。

反观蒋干，自荐之初，妄夸海口；刚刚踏上江东地面之时，“引一青衣小童，昂然而来”，也是自我感觉好得不得了。但蒋干的可笑可气可悲就在于他既不知己，亦不知彼，他既掂不清自己的斤两，又对一别多年的“周同学”的发展变化一无所知毫无防备，却妄充好佬，胡乱逞能。一到东吴，即处处受制，要多窝囊有多窝囊。先前在曹操面前的自负夸口，适足以作群英会上噤若寒蝉、黔驴技穷的莫大讽刺。蒋干对孙权与周瑜之间“外托君臣之义，内结骨肉之恩”的手足之情估计严重不足，自作多情，想以多年前的同窗之谊来离间人家的君臣鱼水之亲，结果被人家当枪使，还自以为得计，蒋干从此成为愚蠢却偏爱自作聪明者的代名词，实在不能说冤枉了他！

人们常常称道自告奋勇，敢作敢为者“精神可嘉”，在比较了毛遂与蒋干的言行成败后，我们有必要这样说一句：我们的现代化建设征程中应力戒像蒋干这种自不量力、不计后果、贸然行事的“左倾盲动主义”做法；我们需要的是像毛遂这种既有勇于负责精神，又有科学审慎头脑，更有行之有效方法的“当代才俊”。

5. 垃圾虫·清洁龙

在我国台湾有一所享誉30年的以道德教育为本的忠信高级工商学校，该校校长高震东先生多次应邀到大陆讲学，他最爱讲的一个话题就是：国家兴亡，我的责任。他认为，爱国首先必须从我做起，从自己身边细小的事情做起。比如，不随地丢弃垃圾，搞好身边的环境卫生，就是爱国的一种表现。他在演讲中举到这样一个事例，让许多听讲的国人闻之动容。他说：“当本届亚运会在日本广岛结束的时候，六万人的会场上竟没有一张废纸。全世界的报纸都登文惊叹：‘可敬，可怕的日本民族！’就是因为没有一张废纸，就使全世界为之惊讶。再看看我们十月一日的天安门广场升国旗的镜头，当人们散去后，满地的废纸，到处乱刮！外国人一看当然会这样认为：你们中国要同日本比，还差得远呢！”

在中日关系敏感多事之秋，褒扬日本人的优点，时下也许是颇犯某些国人之忌的。但中国古语就有“不因人废言”的说法，推言之，我们也应有“不因一事而废全人”的气度。只要不是阿Q相十足的中国人，是很可以在高震东先生的演讲中读出些知耻为勇的自省自励精神的。

在我国港澳、台湾地区和新加坡、马来西亚等国的华人社区，都爱把在公共场地乱丢垃圾的人叫作“垃圾虫”。与垃圾虫相对的正面形象叫“清洁龙”。是做“清洁龙”，还是做“垃圾虫”，如果让人在理论层面上作一选择，笔者相信，只要是智商正常的人，都会做出正确的取舍。但难的就是“知”和“行”的统一。唯其难能，所以在环境卫生问题上，能做到知行统一就显得相当可贵。在我们大陆，改革开放后迅速崛起的江苏省张家港市，其市民的精神风貌，曾广为流传。张家港人并非不吃人间烟火的“另类”，他们也爱吃些瓜果，啃点甘蔗，他们的可贵和可爱之处就在于，果皮甘蔗渣决不随意“天女散花”，而是随时随身带一塑料袋，将果皮甘蔗渣等及时袋装化，放入垃圾筒。

有比较就会有鉴别。与张家港人相比，笔者总痛感我们身边的“垃圾虫”太多，而“清洁龙”太少。因为上下班经常行经艺海路，每次物资交流会过后，总会发现垃圾成山，污秽满地。每次物资交流会，仿佛都成了人性丑陋的大暴露。炎夏溽暑，江滨公园水上音乐喷泉，其水烟雨雾，无疑给东城市民营造了一处纳凉消暑、观景览胜的好景致。但江滨公园每晚满地抛掷的一次性饮料杯、塑料袋、雪糕包装纸，一片狼藉。真是唐突西施，大煞风景。说是市民素质低下？诚有以也。但遍观江滨公园，竟无一只垃圾箱设立，职能部门，怕也难辞其咎。

要让东城，多“清洁龙”而少“垃圾虫”，呼吁提高市民素质，自属必要，但一味靠舆论鼓呼，难免费力多，见效慢。笔者以为，加大职能部门在公共环境卫生方面的干预力度，实属当务之急。学学新加坡，卫生设施，该建速建；对破坏公共环境卫生行为，该罚则罚。拿出当年“双禁”（禁止销售、燃放烟花爆竹）活动的胆魄和组织行动力度，那么，东城距“扫除一切垃圾虫，全无敌”的美好时日，也许就为期不远了。

2005.7.14

6. 人命危浅

培根说：“成人之怕死犹如儿童之怕入暗处。”物质文明一日千里的今天，生命却日益变得脆弱而渺小。巨大的物化威胁、物欲泛滥，使人分明感到一种人命危浅的恐惧和颤栗。

车祸可死，疾病可死，触电可死，地震可死，战火可死，坠机可死，船覆可死，煤气泄漏可死，核弹爆炸可死，盗贼入室猝不及防可死，劣酒中毒抢救无效可死，偷工减料房毁桥垮可死，豆腐渣工程堤塌水淹可死……死亡的阴影，切近而真实。死神的手法花样翻新，死神的脚步加速度行进。古龙说：“一朵残菊在风沙中打着滚，既不知从哪里吹来的，也不知要被吹到哪里去。世人岂非也都正如这瓣残菊一样，又有谁能预知自己的命运。所以人们又何必为他的命运伤感叹息？”但是，情之所钟，正在我辈，面对生命的无端夭折，谁又能学太上之忘情，不引起巨大的震撼和浩叹呢？

死神，对我来说，原来只不过是一个遥远而扁平的传说。但是，就在一年还不到的时间里，我却亲见或亲闻了许多“但愿不如所料，以为未必竟如所料，却每每恰如所料”的事情。我才开始发现：死亡的幽灵，竟已以如此立体交叉的凛厉和狰狞在我们身边徘徊。去年的11月，死神挥舞“急性黄疸肝炎”的大棒，不到半个月时间，就一下子夺去了我那善良厚道年仅33岁的同事和伙伴。“与死亡俱来的一切，比死亡更骇人。呻吟和痉挛，变色的面目，朋友的哭泣，墨絰及葬仪，诸如此类都显得死的可怕。”（培根）在好友的病床前，耳闻好友痛苦的呼号，我分明感到死神的呼吸近在咫尺。恸别好友，我不由地痛感，在死神的魔力面前，人类是多么的苍白无力。空有先进的医疗设备，空有亲友的哀哀呼唤殷殷挽留，生命竟会变得如此的细若游丝，杳如黄鹤。好友的呻吟，亲朋的哀泣，声犹萦耳，今年暑假，又忽闻向以清健硬朗著称的我校原副校长陈荣献老师，突发脑溢血，在病床上以植物人状延挨了几个月后，终于一去归西，让人唏嘘喟叹久之。10月31日，也许上帝也预感到要发生些什么，从早到晚，整天阴沉着脸，雨水像流不完的泪，从早上一直垂挂到上灯时分。晚上6点45许，打的过人民路，发现在人民路与新安街的拐角处围了一摊人。莫非又出了车祸？司机告诉我，约一小时前，此处轧死了一人。我突然感到一阵强烈的恐惧和不安。我真的好怕死神又将它的魔爪伸向我的学生或同事。当我下车走向出事地点，看到几位交警正忙着清理现场。据目击者言，死者系先被一辆由南向北行驶的轿车撞下自行车，后又被一辆由北向南急驶而来的面的前轮碾过，又被后轮牵扯拖拉出好长一段路。此时，死者正瘫卧在面的车轮下。几位交警将死者从车轮下拖出，使其呈仰卧状，以便拍照。在凄暗的灯光下，借助照相机闪光灯那一闪，死者的面目让我的心咯噔了一下——该不会是我校门房的老杨师傅吧？天，下着绵绵秋雨，闪光灯的光亮又太过短暂，死者的面目实在不易分辨。为了查清死者身份，一位交警将死者的口袋翻了个遍，只摸出一包香烟和一把打火机。这些物品以及死者腰间的一大串钥匙，更加重了我的疑虑。但我终于不敢再有勇气往前凑近一步，只得急急赶回学校查问。老杨是从农药厂过来不久的临时工，许多人都不知道他家的电话号码。直到另一位门房老朱来了，才打通了老杨家的电话。结果很快得到证实——死者正是老杨，老杨是在来校途中惨遭不幸的！

就这样，身边又一个好人走了。走得那样急，那样惨……

老杨来东中只一年光景，每天经过校门口，他都会笑着和我们打招呼。校园的门户由他打点，学生的眼保健操乐曲由他播放，学校的报刊都要他发送。校园里经常可以看到他兢兢业业、忙忙碌碌的身影。他来东中虽然时日不多，但东中人对他的勤勉、谦逊、随和有口皆碑。然而，死神就在我们的眼皮底下，一下子将他硬生生撕掳了去……生命怎么可以这样的脆弱和猝不及防！

人命危浅！但死神毕竟阻挡不了人类的高歌猛进。只是我们在谑浪笑傲，锐意奋发的同时，对生命的价值是否应该比以往付诸更多的一分关怀和深深的敬畏？

1998年11月

7. 在路上，我们与先人的差异

从前慢，慢食可以当肉，安步可以当车。我们的先人，没有那么多的赶，那么多的抢，那么多的争，所以，他们一旦上路，身上不一定有很多的金钱，腿上却有的是时间，心里有的是闲情。即便是读书士子，也将行万里路作胜读万卷书。进京赴考，一走就是数月，跋山涉水，风餐露宿，仰观天文，俯察民情，借读西厢，回味东篱。在路上，他们的脚步，总是贴紧大地，所以视线不会轻易放过山川大地上每一个饶有意味的细节；他们的心灵，总是倾向世道人心，所以一路走去，世事洞明皆学问，人情练达即文章。赴考之路，既是行旅之途，又是知识积累，眼界拓展，心智磨炼，才情挥洒之径。

而今，在路上，我们的身子不是悬浮在汽车或火车的轮子之上，就是附骥尾于飞机的翼翅之上。我们将过程一再紧缩，一心瞄准终点和结果。我们的旅行，绝对可以看到比先人多得多的风景，但因为行色匆匆视线飘浮，我们对美的体认与记忆却往往比先人来得粗浅而速朽。

风景最怕喧嚣和惊扰。先人之中多独行之侠，只身上路天涯独步，青衫磊落险峰行，荷笠夕阳归程远。“问余何事栖碧山，笑而不答心自闲。桃花流水窅然去，别有天地非人间。”面对山川美景，这样的悠然心会，妙处难与人说，只有抽离了喧哗与骚动，才可清境独诣；“众鸟高飞尽，孤云独去闲。相看两不厌，只有敬亭山。”万物有灵，物我交融，浑然忘机，这样的乘物游心，独与天地精神相往来，很难从车马喧阗，游伴扎堆之中修炼而成。我们的先人，虽一介微躯经行天地，心胸却大有万物皆备于我的豪阔富足，万花丛中饱挹盈袖芳香，一川烟草任凭笑傲谑浪。偶有游伴，也只二三知己。烟霞同道，诗酒朋侣，一同探幽览胜，互相指顾发挥，这样的行旅之乐，美景、友谊、诗情叠加而酿出的，是加倍的雅趣喜乐。

如今，我们的旅游，往往沦为一路成群结队的喊喳呼喝，我们把静默清净的心游彻底放逐了。豪华车队汹涌人流，扑向旅游胜地，简直就是向着名山大川楼台馆塔发动的一次又一次冲锋。于是，人文景观窒息了静穆闲雅之气，山林瀑岚散淡了耐人品咂的个中真趣。

在路上，我们与先人的最大区别在于，先人的脚步，总是伴随着诗笔的行吟。因此，李白、苏轼们不羁穿行的身影，大大鲜明生动了千古江山。他们登山则情满于山，观海则情溢于海。李白，“五岳寻仙不辞远，一生好入名山游”。“香炉瀑布遥相望，回崖沓嶂凌苍苍。翠影红霞映朝日，鸟飞不到吴天长。登高壮观天地间，大江茫茫去不还。”一首《庐山谣》，让庐山、长江在历史的画廊中永远熠熠生辉，唱得多少后人悠然神往。苏轼，竹杖芒鞋轻胜马，行处人文起风云。“一千顷，都镜净，倒碧峰。忽然浪起，掀舞一叶白头翁。堪笑兰台公子，未解庄生天籁，刚道有雌雄。一点浩然气，千里快哉风。”一曲《水调歌头·黄州快哉亭赠张偓佺》，让一座名阁在岁月的烟尘中永立不倒。

而我们，可以扛起大炮一样沉重的相机，向着奇山异水、高阁巍塔连续扫射，却很少能够拈起一管轻巧的诗笔。当我们的手机相机，塞满了天南海北山长水阔，然后久锁于电脑的“屏墓”之中，我们的心田却很难长出，一两句可以打动后人的不朽花语。

8. 今晚，我看到了一辆温柔的汽车

艺海南路上曾经的一幕，在我的记忆中，是任何橡皮都擦拭不去的惨剧。有一天下午，一条活蹦乱跳的小花狗，正欢快地穿越马路，突然来了一辆由北向南的小车，风驰电掣呼啸而过，顷刻间小花狗的下半身，被轧成肉饼，贴在地上。当轮子带血的小轿车扬长而去，小花狗的上半身，依然挺着倔强的哭诉。只是一声比一声低弱，不久细弱成一丝游丝，最后声随身倒，一蹶不起。

还有一次，在金天地超市对面的人民路上，一条大黄狗在路上穿行，一辆皮卡车飞驰而来，大黄狗避闪不及，一下子被磕翻在地，几个滚翻之后，大黄狗一骨碌爬起来，惊惶无状，朝着远去的汽车且逃且吠，其吠声之急之惧，让人大起对“狗胆包天”这一成语科学性的怀疑。

其实，同为血肉之躯，无论是人还是动物，哪个会不惜身爱命？

在汽车泛滥的今天，在车辆的凌轹下，动物、昆虫抛尸街头、马路的惨案屡

见不鲜。蛇、老鼠、癞蛤蟆之类，如果贸然上马路，汽车自是毫无顾忌，格杀不论；在钢铁巨物面前，即便小狗小猫这样可爱的小动物横穿马路，也常常是速度扑杀怜悯。在车马还未铁铸钢化以前，道路从来不必加锁，牛车马车的颠簸，轻易不会磕破，一位醉吟诗人的身影。随着大量汽车的隆隆上路，战战兢兢的大地，不得不出现红绿灯、斑马线等栅栏。在强大的交通规则面前，人的脚步，可以从自由体走向严谨的格律体，但是动物、昆虫们却没有这份觉悟啊。在一次又一次目睹马路上的动物、昆虫尸体后，我无奈得出一个结论：机械磨糙心灵，速度衍生冷漠。

但是，三月初的那个黄昏，我的结论开始有些动摇。在车马横行的世界上，毕竟还是有温暖的心灵，让我们的生活保持着一定的温度。

那天黄昏，兴平路上，一只白色小狗，在车辆川流之中，无视红灯灼灼，横穿马路。就在我失声惊叫之际，一辆与小狗近在咫尺的小轿车，温柔地放慢脚步，待小狗悠然走进安全地带后，小车才喃喃轻吟徐徐前行。霎时，我的眼前，暮色铺成柔曼的纱帐，而华灯齐放，集体演绎喝彩氛围。人间有爱的活剧，在我的身旁展开。

高贵的心灵常常是最为柔软的，总是充满着对天地万物的大悲悯，大慈悲。且看爱因斯坦是如何对待同类的：

爱因斯坦不喜欢坐黄包车。他说："坐在人力车那软绵绵的车垫上，让自己的同类像畜牲一样拉自己，真有如坐针毡般难受。"1922 年，他在上海坐了回黄包车，说"简直是罪孽啊！对于自己也间接参与了这种丑恶行径，我感到羞愧，但又无能为力。"

作家冰心在《寄小读者·通讯二》里，对自己无意之间听任家中小狗叼走眼前的一只小鼠长久地进行痛苦忏悔。

在家庭汽车拥有量剧增的时代，斑马线上礼让行人固然是行车固有之义，即便是对横穿马路的小动物也不应该视而不见，横加碾轧。试想，一个愿意给小动物让路的车手，对于自己的同类，他会不友好礼让吗？

9. 高考下水作文

2016 年浙江省高考作文题目：

网上购物，视频聊天，线上娱乐，已成为当下很多人生活不可或缺的一部分。

业内人士指出，不远的将来，我们只需在家里安装 VR(虚拟现实)设备，便可以足不出户地穿梭于各个虚拟场景；时而在商店的衣帽间里试穿新衣，时而在诊室里与医生面对面交流，时而在足球场上观看比赛，时而化身为新闻事件的“现场目击者”……

当虚拟世界中的“虚拟”越来越成为现实世界中的“现实”时，是选择拥抱这个新世界，还是可以远离，或者与它保持适当距离？

对材料提出的问题，你有怎样的思考？写一篇论述类文章。

要求：

1）角度自选，立意自定。

2）标题自拟。

3）不少于 800 字。

4）不得抄袭、套作。

把根留住

鲁迅说：石在，火种是不会绝的。同理，只要根不枯死，树就可以翠色长青。

大约二三百万年前，地球上出现了人类，从此一部人类的文明史便如树萌芽，伸枝，长叶，壮杆，日高日上，迄于今，已长成擎天巨木。人类文明之树的成长史，是一支高歌猛进的雄歌劲曲，也是一曲雷击雨打的血泪哀歌。人文的滋养与科技的正向扶持，让人类文明之树根深叶茂；邪恶、战争、瘟疫的侵袭，让人类文明之树的枝干时时出现枯萎、断折。

科技是把双刃剑，当它呈现侠之大者的正义情怀时，它是护卫人类文明之树的铁甲铠士；当它被邪魔外道操纵之际，它是破坏人类文明之树的最凶险的利器。

日新月异的高科技，把我们带进了一个乱花渐欲迷人眼的世界。目眩神迷，轻松快捷，心旷神怡，大饱感官之福的日子招摇在你我的四周。现在，镜中花，水中月，我们都可以凭借科技的神器一一摘取或攫取。路多歧而树多枝，科技却不能先验地给我们带来选择辨别的理性。如果我们初心不失，慧眼独具，人类完全可以一路风景一路跋涉，向着美好和光明前行；如果全然跟着感觉走，更多的概率是陷入黑风岭、盘丝洞之类的凶险。

“VR”技术，把虚拟世界嫁接进现实，梦已经可以挣脱黑夜，鲜明活跳在你我的身旁。享受是为了怡情，快捷是为了效益，追梦是为了迎接新一轮辉煌的日出。如果虚拟“VR”技术，让“宅男”更“宅”，让“慵女”更“慵”；如果“VR”技术，让同学少年在人机对话时运键成风，而在人人对话时说不上几句囫囵话；如果“VR”技术，将人异化为四肢细弱脑袋硕大的豆芽形怪物，那么，我将毫不客气地对“VR”技术说“不”！

记得《红楼梦》中的“风月宝鉴”吗？此镜要反照才能生命如常，可那贾瑞偏不听，就喜欢正照风月宝鉴。此镜正照，就是王熙凤招他进镜共赴云雨。贾瑞是精竭而亡的。宝鉴暗寓爱情的两面性：一面是爱，一面是欲。不能认清爱情真正的面目，不能把握爱情的尺度，沉沦于情欲当中，死或许就是最好的了结方式。在“VR”技术面前，我不愿意看到，又有贾瑞倒下。

“VR”技术，应该是理性与感性糅合的阴阳鱼太极图啊。太极生两仪，两仪生四象，四象生八卦。在“VR”技术面前，既享受霓虹般绮丽的缤纷世界，又保持繁花落尽抱璞守真的宁静清明；在“VR”技术面前，既拥有快刀斩乱麻的明快爽朗，又不失切磋琢磨的从容娴雅。唯其如此，人生的旋转门，才能够自由轮转于虚与实之间；社会发展的太极图，方得以健康运转，人类因此生生不息。

人，最可怕的是患上“失心疯”；人类，最可怕的是面对新异和诱惑，心性大乱。只有心性不乱，慧眼常开，科学选择，理性践行，人类的生存和发展之根才不会枯死。把心性之根留住，人类文明之树必将与天不老，共地久远。

10. 风物长宜放眼量

在中华民族的文明发展史上，凡属历史转型之际，必然也是“新词”迭出之时。改革开放三十年，引发中华民族史无前例之惊天大巨变，各种社会思潮以前所未有的广度和深度在中国大地上进行交撞裂变。尤其是互联网的引进和发展，更是给中华民族带来了灵魂深处的核聚变。马克思说过：“语言是思想的直接现实。”思想观念的光怪陆离、风云激荡，必然引发人类语言的巨大震动和变化。潮涌井喷般的网络热词正时刻刷新着生活的记忆，考验着我们汉民族语言的弹性和张力。求异、求怪、求新，是网络热词的共同点。因为不少网络热词常常带有与生俱来的引人眼球、哗众取宠的媚俗之嫌，所以在精英知识阶层看来，带有“原罪”的网络热词，就成为冲击汉民族语言纯洁性的头号杀手。他们认为，作为有识之士理应结成最广泛的同盟，为捍卫汉民族语言的高贵血统，对网络热词聚而歼之。正因为如此，最新的第11版《新华字典》一经面市，即引起广泛热议。议论的焦点之一是新版的《新华字典》收入了不少很“潮”的网络热词，如“房奴”“晒工资”“秀场”“学历门”等都收入其中。作家池莉的看法，很能代表知识精英们的普遍观点。7月24日上午，女作家池莉在香港书展做了一场关于语言的讲座，话题涉及对当下网络潮语、广告词对汉语糟蹋的看法。对于刚出版的《新华字典》里收进很多“潮语”的做法，她表示不认可，“这么急躁地将还未进行足够时间检验锤炼的语言收进去，是很不应该的。”

但是知识精英们在义正词严地捍卫语言正统的同时，常常会忽视或无视汉语言发展历程中的一些基本事实。正如汉民族是一个包容性、同化力很强的民族，汉语言也具有大河百代、大浪淘沙的接纳、淘洗、提纯的宏大魄力和强大能力。像“琵琶、葡萄、霎时、刹那、觉悟、沙发、咖啡、积极、消极、抽象、具体、干部”等词语，当年从中国西北少数民族、印度、西欧、日本等不同方位进入汉语词汇系统时，也曾引起“非我族类，其形可怖”的恐慌，而现在看来，这些语言的混血儿经过时间的一代又一代驯养，已俨然具备汉族血统。若非专门的语言文字研究工作者，恐怕已很少有人能验明以上词语的“异族出身”。有鉴于此，对于网络热词，笔者认为，我们可以有“乱花渐欲迷人眼”的警惕，但也不必怀洪水猛兽惊现大街式的恐慌。毋庸讳言，网络热词中不乏娱乐至上、轻佻浮滑、隐晦难懂的“潮语”，作为有良知的媒体，不应推波助澜、助纣为虐；尤其是动辄在汉语中夹杂外文单词的恶劣倾向，是十足的崇洋心态，应坚决摒弃。但我们也必须正视网络是激情、创造的“酒神精神”的野战训练营。尽管网络热词珍珠与沙砾并存，但我们不能采用不加分辨、一棍打杀的做法，而应该看到，网络热词中也涌现出不少富有新奇活力、创造精神而又“随心所欲不逾矩”的绝妙好词。这些佳词，不但无损于汉民族语言的千年血统，反而能激活古老的汉民族语言机制，使我们的汉民族语言永葆与时俱进、古老而又年轻的勃勃生机。

而今，向以规范、雅正、中庸闻名的《新华字典》，抱着适时跟进、诚恳悦纳的态度，收录进了不少构词严整、高频使用、交流畅达的网络热词，这个“变脸”，笔者表示赞赏。

11. 当遇上了歧见者或怨敌

当遇上了歧见者或怨敌，像西方曾经盛行的用生死决斗来裁定是非对错，那种骑士精神和男人气概确实让人血脉偾张，叹赏不已。但决斗风尚带来的鲜血迸溅，生命轻丧的后果又让人觉得因小失大，殊不可取。鲁迅先生在《死》这篇奇文中表达出的下列观点确实反映出一个坚守初心的铮铮铁汉的情怀：

损着别人的牙眼，却反对报复，主张宽容的人，万勿和他接近。

欧洲人临死时，往往有一种仪式，是请别人宽恕，自己也宽恕了别人。我的怨敌可谓多矣，倘有新式的人问起我来，怎么回答呢？我想了一想，决定的是：让他们怨恨去，我也一个都不宽恕。

但是没有相当的道行，想学鲁迅的做派，往往会陷入东施效颦的尴尬境地，给自己带来无穷无尽的麻烦。

“温柔天下去得，刚强寸步难行”“能放手时且放手，得饶人处且饶人”，这些古老的格言，一定是从千百次的纠缠和烦恼的血泪中提炼出来的生存哲学。由被动的摆脱纠缠，从而上升为主动的严以律己、宽以待人，就成为一种高风亮节，美行懿范。豁达，实在是人际关系的润滑剂，是心理压力的粉碎机，也是顺畅前行的助推器。

蔺相如委曲求全、克己为公，终于感化廉颇负荆请罪，这早已成为妇孺尽知的传世佳话。“三季人”的故事，在中央电视台的《百家讲坛》上被来自台湾的曾仕强先生一讲，迅速走红：

朝，子贡事洒扫，客至，问曰：“夫子乎？”曰：“何劳先生？”曰：“问时也。”子贡见之曰：“知也。”客曰：“年之季其几也？”笑答：“四季也。”客曰：“三季。”遂讨论不止，过午未休。子闻声而出，子贡问之，夫子初不答，察然后言：“三季也。”客乐而乐也，笑辞夫子。子贡问时，子曰：“四季也。”子贡异色。子曰：“此时非彼时，客碧服苍颜，田间蚱尔，生于春而亡于秋，何见冬也？子与之论时，三日不绝也。”子贡以为然。

“三季人”已成为不可理喻之人的代名词。跟“三季人”计较理论，往往会有损自己的智商。

有人问余光中：“李敖天天在不同场合找您的茬儿，您从不回应，何故？”余光中曰，“他天天骂我，说明他的生活不能没有我。而我从不搭理，证明我的生活可以没有他”。

看起来，余光中先生身上不但充满诗情画意，而且遍布幽默的细胞。谈笑间，就化解了惯用死缠烂打之招的李敖的汹汹来势。

美国有一位年轻作家，早年创作了许多脍炙人口的作品，销量不错，得到了不少读者的好评。有一天，作家和当地一位市侩因生活琐事发生了矛盾，两人谁也不让谁——较上劲了。朋友劝作家不要和市侩理论，因为作家的时间宝贵，劝他把更多的时间用在写作上。但是作家却是难以释怀，他认为那位市侩破坏了他的声誉，污辱了他的人格，他要战胜他，要让他心悦诚服。从此，作家与这位"敌人"针锋相对，两人之间不断发生冲突和摩擦。作家从此再没心思去创作，也没有写出令人满意的作品。多年之后，许多人已记不得曾经有这样一位作家了。

遇到怨敌，与之针锋相对是一种姿态，回避示弱也是一种姿态，争锋未必占上风，示弱未尽被矮化。

有相当一些年份，余秋雨先生一直处在舆论的风口浪尖上。一开始，遇到批评、攻击，余秋雨先生很喜欢出来辩驳指斥，结果越辩驳指斥，越给自己招来无尽的口水和怒目。后来，余先生终于悟出了以静制动之功。在《北大授课——中国文化之四十七讲》中，余先生将自己大半辈子摸爬滚打中历练出来的处世真经传授给了年轻的精英学子们：

当遇上上海人所谓的"掏糨糊"，或是外地人所说的"瞎进攻"，对您构成了诬陷：

第一，千万不要反驳，不要解释，不要申诉，不要理睬。一旦理睬，它就赢了一半。

第二，千万不要企图与诬陷者对话、和解，也不要企图让旁观者同情、怜悯。人格之失，只会让生命贬值。

第三，如果诬陷对你带来了实际损害，应该坦然接受。诬陷让你离职了，你本该不要这个职位；诬陷让你失友了，你本该不要这些朋友；诬陷让你离婚了，你本该不要这段婚姻。诬陷，是你的"人生清洁剂"。

第四，千万不要因为遭受诬陷而停止自己的创造性工作，更不要让自己的工作无意中成为诬陷的回答和反击。只要回答和反击了，那就是诬陷对你的实质性占领。

第五，请建立一个基本思维："没有阴影的高楼，一定还未曾建造；没有藤缠的大树，一定还气象未到。"

第六，受过诬陷的人须"化害为宝"，在内心建立起一些戒律，例如：毕生不可攻击善良，毕生不可攻击未知。

诚可谓字字血，声声泪，足以振聋发聩，生死肉骨！

12. 让先人真正得到安息

我这一头，妻那一头，合在一起，已有多位亲人物故。大年初一，先到西甑山公墓，后到南山公墓祭拜先人。烟焰涨天，爆响喧腾，乌烟瘴气，扰人心神。尤其是满山竞响的烟花爆竹，比起世界杯足球赛期间南非的乌乌祖拉集群苍蝇似的营营嗡嗡声，其摧魂摄魄的破坏力，有过之而无不及。别说先人被吵得不得安息，活人也有可能被噎被憋得背过气去。儿子今年 16 岁，祭拜回家后，直喊头痛恶心。

中华民族是有根的民族，千百年来，每逢冬至、大年初一、清明节都有缅怀先人，哀悼祭拜的习俗。其慎终怀远之勤之诚，为其他民族所鲜见。但其繁文缛节、铺张浪费之弊端也日见明显。尤其是现在科技发达，制造出来的烟花爆竹，爆响时的分贝当量足以让古圣先贤挢舌难下。当代的烟花爆竹制造商们，像赛响似的，不把中国人的耳膜集体摧毁，就好像显示不出他们的本事。再加改革开放三十多年，国人的腰包鼓了，为了比阔赛红，对于烟花爆竹，争着买得多，买得大，买得响的人也多了。有人戏言，中国人最不怕打仗，因为听惯了烟花爆竹声响的中国人，对子弹的喧嚣最具有抗响力。虽是戏言，却难掩其间的自嘲与苦涩。

手捧鲜花，静静地奉献于逝者的灵前，默默追忆先人的业绩。西式祭奠法，自有其十分可取的文明因子在。那么就将国人的祭拜方式全盘西化如何？

吾友胡才勇（现任北京软件和信息服务交易所董事、总裁）在他的博文《城市文明冲突下的传统习俗如何坚持》中对中华民族的传统祭拜方式情有独钟。我的看法是，消泯民族性，完全照搬西式祭拜方式，让亿万华夏子孙情何以堪，显然难以接受；但全盘沿袭传统祭拜方式，一则仪式烦琐，二是不利环保，不扬弃不足与现代文明生活接轨。祭拜次数是否可以缩减？祭拜仪式是否可以简化或时尚化？冬至、大年初一的祭拜要么免了，要么在家里设一袖珍型祭坛，上列先人牌位，由室外改为室内祭拜。或者在网上设一灵堂，用网祭法寄托哀思。网祭法，既简约，又时尚，惠而不费，深情款款，静水流深，很值得推广。清明祭扫应该保留，追思和踏青两相结合，相得益彰。清明祭扫或家里面对先人牌位祭拜时，焚香祷拜的中国特色可以保留，但燃放烟花爆竹的陋习实应废除。喜也燃放烟花爆竹，悲也燃放烟花爆竹，中国的传统习俗有时真让人哭笑不得。另外，给先人烧黄纸，甚或纸元宝、冥币，都属既愚昧又不安全之举，还是废弃为是。

东阳市南山公墓管理部门也在努力提倡文明祭扫，严禁燃放烟花爆竹的标语触目皆是，但所谓积重难返，或者说法不责众吧。你写你的，我燃放我的，咱中国缺的不是禁令，而是严格执行。

2013.2.19

13. 有意识就会有时间

元旦放假期间，突然在《东阳日报》上看到徐正良之妻，我的学生徐静斐、徐静休之母张兰英的讣告。又听妻子说起张兰英是患胃癌去世的。

徐正良夫妻是与我渊源最深的家长。他们将两个女儿都送到我的班里，大女儿静斐 1999 年毕业，二女儿静休 2002 年毕业。我记忆中的张兰英，高大健壮，应是寿者之相，谁料她竟也像著名小品演员高秀敏那样这么快就谢世了。我在震惊之余，又作人命危浅之叹。

1 月 4 日，周三。上午 8 点半，将在飘萍路徐正良家门口举行张兰英的追悼会。如果不是第一、二两节刚好有语文课，我倒是很想前去参加追悼会的。但课务缠身不得其暇，只好在当天晚上给徐家两姐妹发去如下短信，以示慰问：

惊闻令堂因病去世，不胜哀悼。望节哀顺变。

静休很快给我回信：谢谢陈老师的关心，现在一切都好，不用担心。

我再回了一句：照顾好自己。

静休一向是个很有礼貌的同学，又很客气地回信给我：谢谢，铭记老师的教诲。

静斐第二天给我回电：谢谢陈老师，有你们关心，我没事的。

张兰英是东阳市的知名企业家，作为企业家，一则业务繁忙，二则应酬必多，再加张兰英为人豪爽，颇具须眉之气。我猜想，是不是因为她常常没能顾上及时吃饭，或者应酬场中饮酒太多，以致让肠胃溃疡如河堤溃决，一发不可收拾。由张兰英的英年早逝，我又想及我所见闻的不少正逢春秋鼎盛，却遽然辞世的名人和师友。他们中的许多人，如果早一点觉悟自我保健锻炼的重要性，也许他们还可以在世上演绎更长更多的人生精彩故事呢。

是不是可以这样说：一切毛病都是由于不良的生活习惯，尤其是不良的饮食习惯引起的。当代人多应酬，觥筹交错，暴饮暴食，在口腹之欲得到极大满足的同时，又让肠胃日复一日，不堪重负，等到察觉，却已痼疾已成，施救难及。

当然从另一角度，似乎又可以这样说：懒散是百病之源。

时下人们都说忙啊忙，忙得恨不得连拉屎撒尿的时间都连根拔去，忙得连话都懒得说，更不要说动了。

毋庸讳言，这世道活着不容易，生存压力空前巨大。但是否真的到了个人的私密时间全被他人榨干了呢？保健锻炼，是否一定要到健身房里“大动”才有效果呢？我看不见得。

只要有保健锻炼意识，时间就会像海绵里的水，挤一挤，总会有的；只要有锻炼保健意识，无往而非强身健体之所。

久座是致死之因。是教师，上课时能站着讲决不坐下说；监考时一坐就会一两个小时，站着监考，一可以明察秋毫，二可以练出过人的站桩之功。是官员，做报告时，站着说，一可健身，二可使报告变得精短，于人于己，善莫大焉。地不分东西南北，人不计男女老少，关键是你要愿意，你会坚持，每天晨起空腹喝一杯淡盐水，清洗一下自己的“下水道”，然后再将腹内废弃物排泄一过，胜吃脑白金。中老年朋友，大小便时，学会“咬牙切齿”，可固齿永年；看电视时，可原地跑跳，亦可叩齿提肛。牙口好，胃口就好；练提肛，保精养气，可防前列腺炎；上班族，办公室放副哑铃，有空即可挥舞几十下；如果单位离住地不远，习惯走路上下班。开车人，车内边听音乐边练叩齿，其乐何及……

一言以蔽之：只要你愿意，办法就会有。

14. 别再糟践中国老人了

自2006年的“彭宇案”之后，因搀扶倒地老人反遭诬陷的事件连连披露报章，搀扶倒地老人在今天之中国俨然已成高风险之善举。卫生部甚至还煞有介事地公布了《老年人跌倒干预指南》。于是乎人人见老人而自危，中国老人一时间已成为让人避之唯恐不及的定时炸弹。

情况真有这么严重吗？我看未必。今日受经济利益驱动过甚之中国媒体，唯恐天下不乱，常喜欢抓住一点，不及其余，大肆炒作，危言耸听，以抓眼球。偶尔有一两位老人，被撞倒地，神志不清，误将好人当肇事者，确乎会有。即便年轻人被撞，一时缓不过神来，误认救助者为肇事者也在所难免。个案不能代表全体，如果因为有一两位倒地老人冤枉了弯腰搀扶的好心人，就一篙子打翻整船人，将中国老人都当作危险人物，这实在是对中国老人的全体性诬蔑。如果因为媒体的扇乎，给中国有救助力的人们造成这样的错觉：中国被撞老人惹不起，只有躲得起，那么说媒体是在对中国老人作孽也不过分吧？

说实在的，在当今中国这个物欲横流，道德严重滑坡的社会，从中国老人古朴沧桑的脸上我们倒还可以找到更多的纯朴善良、古道热肠的流风遗韵。而中国年轻人的脸上却已更多地流露出欲望的热狂、奸滑的轻浮与唯我的自私。到一个陌生的地方，如果你迷路了，你是更愿意向当地的老人还是向当地的年轻人问路？从我的经历来看，我是一次又一次感动于老人给我们指路时的那股热情，那份耐心，那种友善。

美国的一位心理学家在露天游泳池中做过一个有趣的试验，故意安排不同的人溺水，然后观察有多少人去营救他们。结果耐人寻味。在长达一年的试验中，当白发苍苍的老人“溺水”时，累计有20人进行了营救；当孩子“溺水”时，累计有32人进行了营救；而当妙龄女子“溺水”时，营救人员的数字上升到50人。

由以上试验可以看出，在身体上已经是弱势群体的老人，在遭遇危难时，已天然地让人不待见，媒体还忍心再在他们的心口上再剜上一刀吗？

2012.1.4

15. 怎样让读书真正“乐”起来？

随着2011年的结束，2012年的下学期将迎来第二轮的课程改革。第一轮课改，可谓雷声大，雨滴小，或曰虎头蛇尾。虽已引入学分制，但学分在调动学生的学习能动性方面几乎没有什么作为。第二轮课改，从征求意见稿中可以看出，学分对于学生的进一步求学深造的影响力似乎更为加强。但学年学科水平测试、选修课成绩考核、会考、高考，一次又一次的考试叠加，一种又一种的成绩统计，恐怕很难为学生的学业负担减轻带来实效。弄得不好，学生每个学期，每个学业都将为这考试那考核疲于奔命。

“全面发展必然导致全面平庸。”韩寒的话语糙理不糙。教育“分流”是最人性化的做法。我们不否认会有门门功课全优的“通才”存在，我们的教育体制应该给这些“通才”提供优越的求学深造环境；但不得不承认，绝大多数学生是

“偏才”。笔者在中学就读时，对语、英、政、史、地门门皆有兴趣，就是对数理化，尤其是数学，深恶痛绝。后来读了文科，理、化可以不学了，但数学阴魂不散，让整个高中阶段的读书乐趣大大打了折扣。现在当了二十五年的高中语文教师，回想当年为了烧制好数学这块升大学的敲门砖，花费了多少汗雨心血，走上工作岗位后，那些高中学的数学知识几乎全无用处。如此看来，所谓中学阶段是打基础的阶段，门门功课都必须学好的说法是站不住脚的。对于绝大多数高中学生来说，有的功课不学或少学，对他日后的发展并不会产生太多的影响。假如高中阶段的“学分制”能够做如下一些改革，那也许就会人道多了，学生的学习乐趣也会更强了：

高中三年确定一个总的学分数量，学生对于自己感兴趣的学科可以多加学习，多拿学分；对于自己不感兴趣的学科可以不拿学分或少拿学分。只要通过三年学习，总分总量不低于规定的学分总数，即可毕业。高考模式也应更多样化，针对不同兴趣爱好的学生设计不同的考试和录取菜单。比如对于明显偏文的学生，只考语、英、政、史、地，而不必考数学，或考极浅易的数学知识。要知道，像钱钟书、郭沫若、琼瑶等大家，当年可都是“数学白痴”哪。

像现在江苏等省份采取的语、数、英、理、化、生、政、史、地九科皆考的所谓“大综合”，笔者是极不赞赏的。

理想很丰满，现实很骨感。想象虽然美好，但现实不容回避。生活在当下的考生只有先在体制内尽最大努力学好各门功课。不管怎么说，不能让玄想误了自己的前程。

写完以上文字后，利用元旦假期读了最新一期《高中生新闻读本〈第一时间〉》，发现人家美国、加拿大早就运用学分制杠杆“撬”起了学生的读书乐趣。我们的中学教育，学生很少自由选科的自主权，学生不管有无兴趣，都必须学习中高考所考的多门功课。而美国、加拿大的学生们，可以自主选择自己感兴趣的课程。在加拿大，高中毕业生要求学习 20 门课程 80 个学分，其中必修课程只有 7 门 28 个学分，其余 52 个学分学生可自主选择，数学不好的学生，只需学数学即可，没有太多太深的要求。我想人家学生必修的 7 门功课每科 4 个学分，其学业要求一定也不会像中国的必修课那样要求得死硬艰深吧。

2011.12.31

师者絮语

1. 撬锁记

距我念初中的年代已隔四十多年，那时候走街串巷的小摊小贩很少，修雨伞配钥匙的小匠人倒时有可见。同班一同学的舅舅是我们那一带村落里出了名的巧匠，由他浇铸打磨的铜勺饭铲特别称手，由他修配的锁匙也特别好使。当他迈着方步挑着担子不紧不慢地走着，应和着手中那串铁筒子的“泠唧泠唧”声的曼声吆喝：“配锁匙补阳伞罗——铸铜瓢铸锅铲罗——”特别让人感到入耳动心。那年头手头都不宽裕，即使是一把锈迹斑斑死绞蛮缠让人上火的破锁，也舍不得随便扔掉。“死锁”的主人常常带着一脸苦笑而来，絮絮叨叨着对锁连说带骂，末了在将锁交给修锁师傅的同时，却附带上一句颇为洒脱的话：“师傅你给随便瞧瞧，没用就扔掉算了。”但那师傅每每都不会让人失望。所有锁的疑难杂症，到他面前，总能手到病除。俗语说：“常在河边走，焉能不湿鞋？”在摊边看得多了，竟也让我们这些小孩子看出了一些门道。那时节多用弹簧锁，如果不小心丢失了钥匙，原来也有办法不需拧掉锁柄即可将锁打开。只要拿把小刀，或在锁身两侧，或在锁的底部，刮去一层锡皮，就会露出三两个小孔，小孔内装有数颗小锡塞子，小锡塞子里面是根小弹簧。只要将这些东西鼓捣干净，就可以将锁轻易打开。自从掌握了这项“绝技”，就难免技痒难熬，以致有一回终于惹出一幕令人哭笑不得的闹剧：

那时候教室门框的锁纽上时常挂着两把久已废弃不用的弹簧锁，想必是管钥匙的人将钥匙遗失了。有一天，我“牛刀小试”，用新学来的手艺先拿教室的那两把旧锁开刀。我的本意是想给这两把年久失修的旧锁来个起死回生，为班里做点贡献。当我刚刚将其中一枚底部的锡皮刮去，班主任来了。当他看到我的这一举动，当时不置一词，可是在全班同学都在教室坐定后，他终于提起了我的“撬锁”之事。那时候年纪小，也不懂得无限上纲之类的话，及今思之，那一回班主任是真有些冤枉好人，而且未免小题大做了。他没有弄清事情原委，就由我的“撬锁”这一小事，引出“小洞不补，大洞吃苦”的古训，然后引申开去，列举了许多小时偷针，长大窃金，最后走上违法犯罪道路的事例。在老师的声色俱厉中，在同学们的异样眼光中，我窘得简直无地自容。但我又是怯于表白的人，以致沉冤至今未雪。

后来，我自己居然也为人师，而且一干已是三十多年。事非经过不知难，三十多年的教坛甘苦，才使我充分意识到：作为老师，哪怕再谨之慎之，但言多总难免一失。从我们这里得益的学生固然会有不少，但一定也会有一些学生，在我们不经意之间受到了一些并不美丽的伤害。教师，直面那么多颗尚需调教的稚嫩的心灵，无心之过，似属难免。我终于理解并原谅了当年我的老师的无心之过。可是我却非常希望自己能够尽可能少地给学生带去无言的或有言的伤害。如果有，我是多么希望他们能及时地告诉我，让我能够适时地对他们真诚地说一声“对不起”啊！

2. ……的东中人

在外人眼里，作为东阳首善之区的东阳中学应该是美丽整洁的花园式学校。

我们承认，经过几代东中人的拼搏创业，无论是江南老校区，还是江北新校区，从校园建设的硬件上说，我校确实是具备了花园式校园的必备条件。

能否让东中成为名副其实、当之无愧的花园式学校，那就看东中人的精神风貌、文明素质等软实力水平了。

毋庸讳言，给东中这块白璧抹黑染垢的人和事还时有可见：

就餐时手持饭盆，到处转悠，四处招摇，将饭菜、餐具随意抛洒丢弃，污损环境的镜头不是频频出现吗？

餐厅放置碗碟的塑料筐前，一折腰而不为，将学校的不锈钢餐具当作篮球投掷的现象，不是屡禁不绝吗？

草坪新铺、小草发绿之际，弃水泥大道而不行，公然用残忍的脚掌践踏草坪，毁灭小草生命的举止不是颇有市场吗？

花木丛中，水泥道上，过道走廊，教室寝室，纸屑杂陈、果皮狼藉的景象不是至今未绝吗？

…………

我们的古人就有“黎明即起，洒扫庭除”（见《朱柏庐治家格言》）的文明卫生习惯，我们也经常听到“像爱护自己的眼睛一样爱护公共财物”的响亮宣言，我们也时常看到“小草有情，请君惜之”“脚下留情，大地留青”的温馨提醒，但是我们却常常让她们停留在传说和规箴的层面上，而没有作为一以贯之的切实行动。作为同龄人中的佼佼者，东中人理当志存高远，以天下为己任，准备干大事；但是正如《道德经》中所说的："合抱之木，生于毫末；九层之台，起于垒土；千里之行，始于足下"，古今中外大量事实可以佐证：唯抱负远大而又能脚踏实地者能成大事。那些只知大言炎炎、纸上谈兵而无善小而为、恶小不为的实干精神的人，充其量只是一些碌碌不足道的"吹牛者"和"空谈家"。

古代儒家讲求修身、齐家、治国、平天下，至今看来，仍不失为成就大事业者的合理阶梯。东中人，请从经营好你身边的方寸之地入手，让整洁之花从你手头绽放，让生命之绿在你脚下延伸，让文明之果在你身边摇曳。

敝衣缊袍而不改其乐，干粮咸菜而甘之如饴，唯孜孜焉以进德修业是急，以严济慈、李正武等为杰出代表的老一辈东中人，是扎实朴素，发愤忘食，乐以忘忧，拼搏进取的东中人。汲取东中丰厚的文化滋养，锐意进取，卓然有为，以郭广昌、潘建伟为其中翘楚的年轻一辈东中人，是精明活络、开拓创新的东中人。薪火相传，汇东中九十多年精神气脉的接力棒已责无旁贷地传到我们手中。

是奋发的东中人、文明的东中人、实干的东中人、可敬的东中人，还是无能的东中人、邋遢的东中人、空谈的东中人、丑陋的东中人？

相信明智的东中人能做出明智的选择！

3. 继续出发

又是一度开学季。

清凉一夏后，空气格外的清新爽洁。大地也将美丽提前，愉悦着辛劳的人们。校园满眼的葱兰，以前所未有的快速、殷勤，早早安排下洁白芳香的视觉和嗅觉盛宴，迎迓潮汐般准时来临的新老东中人。

东中，这所百年名校，走进光荣与梦想的又一个驿站。新校长的到来，掌舵人的更换，吸引着众多关怀和祝福的目光。

东中，不能躺在功劳簿上故步自封，继续出发，继续攀登，继续创造，应该是我们永不衰退的主旋律。

一切作为都必须建立在安全的平台之上。安全责任，重于泰山。苏联教育家马卡连柯曾说过："培养一种认真的责任心是解决许多问题的教育手段，没有责任心就不会有真正的工作。"为了加强全体教职员工的安全责任心，8 月 26 日上午，学校特地邀请了全国安全培训讲课比赛一等奖得主、义乌城镇职校的陈安老师给全校教职员工作了有关校园安全问题的讲座。就像诸葛亮善于借东风，希望全体教职员工以听取陈安老师的讲座为契机，树立更强的安全意识，掌握更多的安全防范技法，努力让东中向“世界最安全的地方”得邦公司靠拢。

面对多元文化共存并生的时代，全体东中人必须保持清醒而自信的头脑。面对对东中的溢美之词，我们要常思自身的不足；见闻对东中的诋毁，我们决不妄自菲薄。“底蕴成就自信，自信方能从容。”全体东中人良好的思想品行，百年老校常看常新的教育教学业绩，才是我们打得出、叫得响的金质名片。

“弃燕雀之小志，慕鸿鹄以高翔。”李镇西老师经常教导他的学生“我们与他们不一样”，以此砥砺学生培养高出社会流俗的高远境界。作为东阳教育的“首善之区”，全体东中人也应该有“我们与他们不一样”的宏大气魄和别样气度。作为学生，东中学生应该是思想上最阳光、最热烈的群体；在学业技能的提升上，东中学生应该是最肯学、最能学的方阵。在8月25日上午的第一次教职员工集会上，吴海尧校长提出，东阳中学应该是出干部、出思想、出名师的地方。诚哉斯言！作为东中教师，教学上不能抱有“只要不是最后一名就知足了”的得过且过心态；对于教育科研，不能持有“那是几个笔杆子的事儿”的冷漠态度；对于数字化校园建设、精品选修课程开发等有益于学校发展的大事，不能一味坐等靠要。真正的优师、名师，都是积极主动、耐得寂寞、不辞辛劳、素质全面的教师。

“一年一度秋风劲，不似春光，胜似春光。”让全体东中人相约在这个美丽如画、神清气爽的季节，继续出发。任重道远，我们同舟共济、风雨兼程！

4. 想到+做到=得到

在有志者的心里，时间行进的脚步踏石留印，平仄有声，根本无需作“时间都去哪儿了”的感伤和喟叹。

回顾2014年，我校在常规教育方面继续保持领先，在特色创新方面不断开拓前进。高考成绩再创佳绩。583位同学高考成绩上一本分数线（不含音、体、美特长生），重点比率74%，其中文科上重点率创历史新高，重点率超过66%。东阳中学首届剑桥国际班的创建，为我校办学模式的转型升级做了有益的探索。吴海尧校长主持东中工作之后，在迎接浙江省特色示范高中评估，提升学业水平与情绪商数，培养优秀教师和协作团队，加快硬件改造等领域更是有了有目共睹的突破。

综观东阳中学2013—2015三年发展规划以及东阳市委市府确立的东阳市2015年十大重点工程，2015年将是全体东中人特别有念想的一年。

浙江省一级特色示范高中的桂冠，我们众志成城，志在必得；启动国祥实验学校建设，宏图在望，群情振奋；新的领导班子组建后，迎来的新一届高考，拭目以待，充满期望。……

理想很丰满，现实很骨感。电视连续剧《士兵突击》里有这么两句台词：“想到和得到中间还有两个字，那就是做到。你只有做到，才能得到！如果你做不到，那也就得不到。”美好的蓝图，需要全体东中人坚实地一步步去走近，努力地一笔笔去描绘。

“牢骚太盛防肠断，风物长宜放眼量。”如果我们遇到学习、工作、生活上的不如意，我们不能因为太阳底下一角阴影的存在，就无视那阳光灿烂的明媚风景，多多释放正能量，化解阻碍我们前进脚步的负能量。带上美丽的心情去学习，去工作，去生活，我们的2015就会更温暖，更亮丽，更丰硕。

坐而论道，何如起而行之。清谈误国也误校，我们不要做站在路旁指手画脚、徒费唇舌的评论家，而应该做积极建言献策、添砖加瓦的实干家。集腋成裘，聚沙成塔，你献一条兴校之计，我加一把强校之力，东中2500多名在校师生，再加上广大东中校友，其力量之深厚，足以载起东中这艘艨艟巨舰浩荡向前。

苦干诚可贵，巧干价更高。两者不偏废，事业无尚好。“聪明人用笨办法做事，事半功倍。”说的是勤奋刻苦、扎实朴素的东中传统基因应薪火相传。“学海无涯网作舟，书山有路巧为梯”的新新格言，说的是在信息化、国际化的办学背景下，我们的胆子应更大一点，思路要更广一点，办法要更多一点。星际旅行的“虫洞理论”启示我们，我们应学会另辟蹊径，我们应练就自己的绝招，寻求超车快车道，走进柳暗花明新境界。

2015，我们已经有自己的东中梦，只要我们真正做到“蛮拼的”，也“蛮巧的”，成绩一定会很“给力”，时间也一定会给我们“点赞”！

5. 走路的学问

如果有人问：“你会不会走路？”可能很多人会觉得此问很搞笑。但在古代，“会不会走路”可是一个大问题。

现代的散步古人叫“步”，古代的“行”才是今天的“走”；古人如果说

“走”，那就是今天的“跑”了。在古人看来，出行要迈“安步”，得走“正道”，应该“少避老”。在古代，孩子一生要学两次“走路”。一次是一两岁时自然学会走路，另外一次则是到了入学年龄学走路礼仪。南宋著名理学家、教育家朱熹在其所编撰的《童蒙须知·语言步趋第二》中指出，走路要从容、规范，通常情况下，不要手舞足蹈，更不宜慌慌忙忙，而要稳稳当当地走，即所谓“安步”。即使在家里，也不要一纵一跳的。只有一种情况可在家跑着走，就是有长辈喊你。

古人最习惯的走法是“靠左走”。唐代规定“来左去右”，实际上是一种进出城门的规则，宋代 “靠左走”更为普及。可见，即便在车马不多的古代，走路也不是就可以随心所欲的。

随着社会的向前发展，大都市的不断出现，为了有效引导车流人潮，人们发明了交通信号灯，制订了现代交通规则。

据交通资料统计，世界有 34％的国家靠左行驶，66％的国家靠右行驶。如果按道路里程计算，全世界可通行的道路，72％是靠右行驶、只有 28％的是靠左行驶。至于哪种行驶规则更安全更方便，只要习惯了、只要遵守交通规则，应都是安全方便的。

为安全快捷方便计，无论中外对车马的行驶、人群的走向，都有明确的指向和规定。“不以规矩，不成方圆”，大路朝天，尚需各走一边。在当代世界，如果大路朝天，乱走一气，小则耽搁时间，大则可能为此送命。

中小学校园内车马甚少，人车相撞之虞相对较少。正因为这样，在中小学校园里行走，脑海中的“校园交通意识”常常就弱。在不少有着省市级文明单位桂冠的学校，笔者也不无遗憾地看到，不会走路，缺乏“路德”的现象时有出现。君不见，连廊之中，三五一伙，一字排开，慢条斯理，鸭形蟹步，横断道路的镜头每天都在上演吗？君不见，一到下课，上下楼梯，拥挤堵塞，不少老师端着电脑，上下不得，徒叹奈何的情景吗？经过不断整顿，不少学校的出操规范整饬有序，但校园中走路的规矩，却一直没能引起人们的重视。笔者有一种隐忧，万一真的爆发火灾或地震等灾难性事件，对于平素一贯缺少对学生进行走路靠右意识灌输和习惯养成的学校，一定会发生踩踏伤人等次生灾害。

2005 年 10 月 16 日，在四川省营山县一学校因楼道拥挤发生踩踏事故造成 9 人受伤。湖北省阳新、武穴、薪春等三地学生也因地震在撤离时发生踩踏事件，共造成 103 人受伤，其中 7 人重伤。2010 年 11 月 29 日新疆阿克苏市一学校发生的踩踏事故，共造成 41 名学生受伤，其中轻伤 34 人、重伤 6 人、病危 1 人。

与此形成鲜明对比的是：北川羌族自治县刘汉希望小学483名学生在汶川大地震中安全撤离。日本地震时，许多难民静坐在楼梯上时，也不忘把左手边的通道让给路人。911事件中，世贸大楼顶部被飞机撞击之后，烈焰奔腾，形势千钧一发。然而楼上的人们通过EXIT向下逃生时，却井然有序：所有人都靠右走，下楼的下楼，救火的救火，互相让道，丝毫不冲突。特别是有妇女、小孩、盲人时，人们都自动地让出一条道来，让他们先走，甚至还给一条宠物小狗让路!

看到这些新闻报道，我们是否应该拷问一下自己的灵魂——不唯我独尊，走路时想及他人，为什么这样的小事，我们在日常生活中却很难坚持做到？而一些人在灾难突袭直逼人性的生死关头，却甘愿把方便留给他人？答案简单直白却万分真理——赠人玫瑰手留余香，利人者终会利己。

6. 小游戏，大道理

今天语文课，将多年前看来的一个小游戏搬进了课堂。

小游戏，道具很简单，一张纸条，一个空磁带盒而已。我将磁带盒直立，压住纸条，然后问同学：在左手不能触碰磁带盒的前提下，抽出纸条，磁带盒保持直立不倒，你能做到吗？

我请了四位同学上来，大家一律都是直接用右手去抽动纸条，尽管有的快，有的慢，但最后磁带盒都翻倒了。

我说同学们的思维都陷入了思维定式，都以为仅凭右手就可以抽出纸条。不打破常规，只采用动用右手一种技法，哪怕速度再快，都无法抽出纸条而又能保持磁带盒不倒。不信，大家看——

我用右手极快地抽动纸条，想不到纸条竟被我抽出，而磁带盒却不倒，这是我事先没有想到的。这个意外情况的出现，大大影响了这个游戏的效果。看来讲桌的桌面还做得不是十分平整，以致使桌面与磁带盒子之间存在一定的缝隙。课后我将这个游戏放到玻璃台板上试行，游戏效果才得到了保证。看来如果给下一批学生做这个游戏，要么带一块玻璃板到教室，要么将纸条的尺寸加宽加大，并且将磁带盒放到离纸条中心点稍近一点的地方。

在保证用右手快速抽动纸条而磁带盒必倒的前提下，这个小游戏倒真的是一个益智小游戏，或者也可以称之为哲理小游戏。

这个小游戏首先告诉人们思维定式怎样影响创造能力。人们都只想到用右手抽拉纸条，而没有想到左手在不犯规的前提下还是可以有另外的妙用的，只要用左手在桌面上轻击一拳（这个轻重须拿捏得恰到好处），趁着磁带盒往上一跳的当儿，就能用右手迅速抽出纸条。纸条抽了出来，而磁带盒可以保持不倒。创造性思维常常就是求异思维，就是懂得打破常规，另辟蹊径。

另外这个小游戏还告诉我们，做事情的方法可以有好多种，要学会在众多方法中优化选择，选择最巧妙、最有效的方法来解决问题。拿到一件事之后，不要想也不想马上急着去做。最好是在做一件事前，先想想可以采用哪些方法。想到的方法越多越好，比如做一件事可以想出有十种方法，再想想这十种方法中哪种方法是最好的，用最好的方法去做事，费时费力最少，效益却可以是最大的。

7. 做一棵有风度的树

——致我的某些教育同行们

想起三十多年前，在我的高中语文教师兼班主任许岳忠先生的房间里，恩师的一位同事对他说：你对学生那么好干吗？学生都是没良心的。又想起这些年一些老同事对师生情日渐寡淡的喟叹，以及一位记者曾经就“好学生都是白眼狼吗？”这一话题专门采访我的情景，以及北京大学教授钱理群先生针对实用主义、实利主义浸染下，精致的利己主义学生对教师过河拆桥式的态度所发的不平之鸣。应该怎样看待师生关系？我的看法是：

学生就像是鸟儿，而教师就好比是树。鸟儿与树的相遇是一种因缘，千万别误认作生死以之的姻缘。鸟儿偶然将窠做于树上，树何必将鸟窠强认作是自己的树上亲自结出的果？鸟的羽翼原本就属于远方，一旦鸟挣脱了窠飞离了树，树应该为鸟感到高兴，怎么能够像弃妇一样哀怨鸟的绝情？

一直很欣赏席慕蓉《记得》一诗：关切是问/而有时/关切是不问/倘若一无消息/如沉船后静静的海面/其实也是/静静的记得。真的，没有音信并不意味着就是忘记。这从我偶遇失联多年的学生，见到老师一样热情有加，竭诚以待的一次次经历中坚信：许多鸟，尽管飞离最初栖身的那棵树已很久，也很远，但在关山飞越之间，他们依然会记得，助他（她）起飞的那棵树树枝槎枒叶叶芊芊的模样。有感于此，我曾经在一首题为《原来，你们都是潜伏着的花朵》中写道：蓦然间却发现/原来，你们都是潜伏着的花朵/让我相信向前跨出一步/就接近春晓花坞。因此，教师，作为一棵树，一棵有风度的树，最重要的使命，不是一个劲地企求鸟儿的眷恋和回报，而是淡定从容地坚守好脚下的这一片土地。如果是自己的枝叶不够茂盛，树冠过于瘦小，不足以吸引更多的飞鸟，那么就努力地吸收日精月华，将自己的臂膀，伸得更远更高，热情接纳一批又一批投身入林的小鸟。等到他们羽毛既丰，急欲振翅远翥，那就潇洒地挥一挥手，送他们上路，去陌生的地方找寻别样的风景。如果有鸟儿，去而复回，眷恋地依偎在你的枝头，你尽可以颤动幸福的枝叶，向清风流云吐露你的心旷神怡。但一定也会有不少鸟儿，离开了你的枝头，就一去再不回头。作为一棵有风度的树，没有必要茕茕孑立，形影相吊，只顾向日月星辰数落鸟儿的绝情。

作为一棵有风度的树，应该对着所有高飞的鸟儿，像蓝天一样博爱，送出绵绵不断的祝福。

8. 如此假期何？

题目化自苏轼《后赤壁赋》："月白风清，如此良夜何？"大学诸生的寒暑假生活质量问题亟须引起人们的关注。作为我们国家最值青春，最富热血，最有文化的一个群体，他们的寒暑假生活却被人形容为"早上睡懒觉，下午玩电脑，晚上熬通宵"这样一幅图景。也许有人会想起鲁迅的名文《中国人失掉自信力了吗？》中的一句：用以指一部分人则可，倘若加于全体，那简直是诬蔑。

不过话说回来，确实有不少大学生们在"混"寒暑假，而不是把寒暑假当砺石，把青春当宝剑，时时勤磨砺，莫叫锈蚀损。如何提高大学生们的寒暑假生活质量倒真的值得说道。

成才的因素一般分"内驱"和"外铄"两种。一个成才内驱力极强的年轻人，当是人中极品。这样的人，是茅盾《风景谈》中激赏的"生命力旺盛的人，是清楚明白生活意义的人，在任何情形之下，不倦怠，也不会百无聊赖，更不至于从胡闹中求刺激，能够在任何情况之下，拿出他们那一套来，怡然自得"的人。

向好多批学生推荐过电视剧《士兵突击》《恰同学少年》，发现真诚喜欢，认真看过这两部电视剧的学生，无论是高中还是大学，都发展得不错。《士兵突击》中许三多说的："人不能太舒服了，太舒服了就会出事。"这话不管你相不相信，反正我信了。凡是服膺"有意义就是要好好活，好好活着就是做有意义的事"这一许三多名言的大学生，没有一个不是能把自己的假期生活料理得有条不紊、风生水起的。太"宅"的孩子成不了大事，你看《恰同学少年》中，青年毛泽东他们那一辈小伙子大姑娘们的家国情怀。他们组织的"新民学会"，以"改造中国与世界"为宗旨，真理在胸，才学在手，投身社会，学以致用，成就了最美青春，也造福了黎民百姓。钱理群先生称现在的一些大学生是“精致的利己主义者”，话嫌刻薄，但原本应该成为建设公序良俗生力军的大学生，家国情怀淡薄了，个人利益讲多了，经济效益看重了，却是毋庸讳言的事实。

《古诗十九首》云：昼短苦夜长，何不秉烛游。欧洲文艺复兴时期一首流行诗则曰：青春多美丽，时序若飞驰。前程未可量，奋发而为之。寒暑假不应该是囚笼，锁住热血青春；寒暑假应该是一个助推器，把悦读、公益、健康等青春美质弹射出去。

说到“助推”，就要谈到“外铄”。所谓“外铄”，就是外在影响。“蓬生麻中，不扶而直。”家有大学生，父母的榜样感召力量不可小觑。往大了说，党、团等组织的力量，在引导大学生们提升假期生活质量方面，是否缺位太久？人们普遍问：时间都去哪儿了？陈子弱弱地问一句：这些年，大学生的假期里，组织的力量都到哪里去了？

9. 恩威并举，宽严相济

中国古代的家庭教育向以严厉著称。“不打不骂不成人”“棍棒底下出孝子”，是其典型的写照。

鉴于中国古代家庭教育，无视青少年身心发展特点，不顾子女人格尊严，一味从严教育所造成的国民人格萎缩，身心孱弱的弊端，改革开放后，西方张扬个性、凸显自我的教育哲学思想，在当代中国家庭教育中越来越有市场。但是改革开放三十多年下来，猛回首，我们却瞿然惊觉：我们的国民素质并没有质的提高，道德水平却反而大有滑坡迹象。这到底是怎么回事呢？

细思量，这跟我们的教育思想的不健全是大有关联的。我们的民族感性思维发达，理性思维常有欠缺。凡事喜欢走极端，就像一个躁动不宁的钟摆，不是偏左，就是倾右。反映在家庭教育上也一样，中国古代是棍棒教育大行其道，而一到改革开放之后，则是滥情呵护、赏识溢美甚嚣尘上。不是“棒杀”，就是“捧杀”，而最为稀缺的就是恩威并举、宽严相济的家庭教育思想和方法。孟子说：教亦多术也。在家庭教育中，温情和赏识当然必要，但规范和惩戒同样不可缺失。如果说温情和赏识是一江春水，那么规范和惩戒就是两道坚实的大堤。没有大堤约束的爱，很容易满溢泛滥，以致滋生灾患。

《战国策》中有一名言：父母之爱子，则为之计深远。时下的中国家庭教育，以一时的溺爱换取子女短暂的欢心的多了，以严格的规范，扶正祛邪，帮助子女健康成长，赢得终生幸福的少了。对于子女的优点，喜之赞之，父母之心，诚属可感；对于子女的缺点和错误，视而不见，则太不明智。或者只会和风细雨、轻描淡写地说上几句，也不可取。有时候雨过地皮都不湿，没有把道理说透，对于子女错误行为的矫正也缺乏刚性的力量。小洞不补，大洞吃苦，等到子女年岁渐长，不良人格、恶劣习惯如出了窑的砖——定型了，做父母的，可就悔之晚矣。

常见一些朋友，对于子女自私无赖的行为，重话也不会说上一句；常听一些家长，说自己的孩子喜欢戴大纱帽（即只喜欢听表扬的话，不喜欢听批评的话）。我常担心，一个只会听顺耳之甘言，不愿听逆耳之忠言的孩子，走上社会后，他的心理承受能力，他的人际适应能力，能够让他在人生的搏击场中站稳脚跟，应付裕如吗？

经常听到“好孩子是夸出来的”，孩子需要赏识，需要鼓励，这没错。但家庭教育中只有“夸”，没有“罚”，这样的教育肯定也是不全面，不健全的。苏联教育家马卡连柯指出：“正确地和有目的地使用惩罚是非常重要的。但是笨拙的、不合理的、机械的运用惩罚使我们一切工作受损失。”记得《钱江晚报》报导过一位女清洁工带出了一个十分优秀的儿子。当记者采访这位母亲时，这位母亲说出了一句十分普通，却也很有警醒意义的话：“好孩子不是惯出来的。”好孩子不是娇惯出来的，可见家庭教育中刚性原则的重要性。

在“小霸王”“小公主”日见其多的今天，强调一下家庭教育中“惩戒”的作用，更属必要。

东阳民间故事《白鲞娘》中“咬奶头”的场景曾经让多少家长唏嘘感喟。一部中国古代史，尽管多的是贾政式的棍棒教育，但对子女宠爱过甚，貌虽爱之，实则害之的也不乏其例：

稍有文史知识的人都知道《左传》中“郑伯克段于鄢”的故事。郑武公夫人姜氏生有两儿：长曰寤生，次曰段。因为偏爱次子段，姜氏不但屡屡纵容段的胡作非为，而且还一再助纣为虐。姜氏对段的无原则放纵，最后导致段多行不义而自毙。

无独有偶。卫庄公宠爱一小妾，生下公子州吁。所谓爱屋及乌，尽管州吁生性暴戾好武，但还是深得庄公宠爱，任其所为。大夫石碏曾对卫庄公忠言相谏：“臣闻爱子，教之以义方，弗纳于邪。骄奢淫逸，所自邪也。四者之来，宠禄过也。”卫庄公将石碏的忠告当作过耳东风，不以为意。在骄纵之中长大的州吁心狠手辣，设计谋害了忠厚老实的哥哥卫桓公，成为春秋时期第一位弑君篡位的公子。最后州吁被人设计捕获，落得个身首异处的可悲下场。史臣有诗叹卫庄公宠吁致乱。诗云：教子须知有义方，养成骄佚必生殃。

近些年闹得沸沸扬扬的李双江的儿子李天一，张国立的公子张默等“坑爹”案例，足以给对孩子只知溺爱，缺乏惩戒的家庭当头棒喝。

10. 父母孩子，谁离不开谁？

有一幅漫画给笔者留下很深印象：

> 画面中有一棵幼苗，长得瘦弱歪斜，幼苗上方是一只巨大的呵护的手掌，这只手掌固然以爱的名义给幼稚苗挡住了风雨，但同时也挡住了洒向幼苗的阳光。

环视身边，这样的“貌似爱之，实则害之”的“爱心巨掌”时有可见。别的且不说，单看校园里一到放学时分那黑压压的家长队伍就不能不让人感慨系之。在慨叹可怜天下父母心的同时，笔者更多的是一种殷忧。如果说孩子在幼儿园、小学里读书，孩子太小，出于安全考虑，放学、上学时分孩子由家长接送无可厚非，那么像笔者所在的高级中学，许多家长时常在校园出没，就实足为中国的下一代担忧。多年前，我们就感叹中国的下一代是抱大的一代，而随着独生子女的普遍化，抱大一代的现象，于今为甚！如果不引起疗救的大力关注，其危害将难以估量。

我们常常慨叹现在的孩子独立能力差，父母身边是条龙，离开父母是条虫；但据笔者看来，批评的矛头不能光指向孩子，还应该指向不少家长。其实不少孩子都非常渴望自立自强，但许多家长对于自己的子女就是这也担忧，那也揪心，总是喜欢给自己的孩子系上人为的缰绳，牵住不放。随着独生子女的不断长大入学，家庭这一社会的基本细胞日渐凸显空巢现象，更加剧了家庭教育中对子女的“三千宠爱集一身”的溺爱现象。这里所说的“空巢现象”，是指子女经常不在父母身边，父母孤守家中，子女膝下承欢缺失而导致家长精神无着、心灵空虚的家庭现象。独生子女的普遍出现，寄宿制学校的不断兴办，加上我国家庭生活普遍的非书香型化，空巢现象愈演愈烈。毋庸讳言，现阶段我国许多家长的家庭精神生活依然停留在低俗化层面。现阶段我国不少家长（尤其是一些女性家长），可以说除了对子女的爱，就别无长物。既不爱看书，又无高雅的业余爱好，因此，一天没见到子女，就觉得心没着落处。想方设法总要给子女捎上些好吃的好喝的，到学校见上子女一面。而过多饮料、食品在校园里出现，弊端良多。一则给校园的卫生环境带来损害，二则使学生养成只会喝饮料，不会喝白开水、爱挑食的毛病，不利于培养适应环境能力。一旦哪天家长不能及时送上饭菜，不少学生就常饿着肚子不吃饭，或动辄以被人讥为“垃圾食品”的泡面充饥。更为严重的是，家长时常送来的大鱼大肉，已经使不少孩子出现“富营养化”现象。现在不少学生在体检中被查出营养过剩，少年发福现象在校园中已非鲜见。这一切，不能不说是肇因于不少家长的不明智的爱。

要解决现行家庭的空巢现象，需要学校、社区、各级党团组织、妇联等各部门联动共管。可以举办各种形式的家长学校，帮助家长提高现代教育意识，丰富精神生活。何况现在的家长，总体文化程度已经超过中国历史上的任何时期，识文断字，读点好书应该有这个能力。家长们如果能够多一点教育反省意识，有空多读些有益的书，多培养一点高雅的业余爱好，多结交几个志趣相投的社区朋友，那将好处多多。一方面不会因为子女不在身边就百无聊赖，另一方面自身良好的生活方式对子女也是一种非常有益的言传身教。

11. 礼多人不怪

这学期办公室来了位年轻的北方女子，人长得玲珑可喜，教通用技术，与我们高二语文老师坐同一办公室。这位女教师在学校微信群中积伶积俐，时常会有妙语解颐，警语启智，但奇怪的是，同一办公室相处已半个学期，她竟与我们一干语文老师未有半句口语交谈。

说奇怪也不奇怪，我们有位领导前几年就感叹过，现在的大学毕业生礼貌修养越来越差了。这位领导说，轮到值周时，他手下的不少新教师，一块值周了一周，按理早该熟识了；可是等值周结束，新的一周开始，这些新教师遇到他这位原先的值周领导，竟然好像完全不认识，校园相遇，慢说问声好，甚至也微笑示意一下也不会。

看来，现在的大学毕业生普遍已不懂得礼貌问候之类的传统常规。“礼义廉耻，国之四维；四维不张，国乃灭亡”，“仁义礼智信”也曾立为华夏之“五常”。为什么我们这个礼仪之邦，礼仪到今日会如此沦丧？为什么同龄人中的佼佼者大学生们，会如此漠视礼貌修养的修炼？

许多有识之士都认为，随着电脑、手机的使用频率愈来愈高，现在的年轻人越来越热衷于人机对话，而人与人之间的交流对话意识和习惯越来越弱化。这种分析是十分有道理的。

人为万物之灵，人是群居动物。马克思认为“人是一切社会关系的总和”。如果严重忽视礼貌修养的培养，任由人际关系的冷漠在年轻人中蔓延，这实在不是人类的福音，而是社会的恶耗！

近日在西安交通大学听取了杨华教授的《名师的压力管理和阳光心态》讲座。杨教授从人们普遍心理的角度揭示了礼貌修养的重要性。她说，人们普遍带有自恋心理，人们总希望得到别人的礼待尊重。无可厚非，人们通常会喜欢喜欢自己的人。她举例子说明，在考研录取中，在水平相当的情况下，导师总喜欢录取在面试中礼貌修养层次高的大学生。

中国古语说得好，礼多人不怪。礼貌如同金子，人们从来不会拒绝甜蜜的微笑和温情的问候，除非你的礼貌功利毕露，或者啰嗦繁缛。

杨教授说到，俗话中有“赖汉配好妻”一说。为什么赖汉能娶到好妻子？因为赖汉自知条件不佳，他会屈己扬人，夸奖女性。而有些帅哥自恃先天资本雄厚，蔑视女性，接触多了，女性会认为有些所谓的“帅哥”粗鲁浮浅，就像绣花枕头表面光，里面一包糠。

人是活得花红柳绿，还是愁云惨雾，有时候可能就取决于教养的好坏。良好的教养是有芬芳的。有芬芳气息的人，人们与之相交，如入芝兰之室，虽然久而不闻其香，但彼此都已将芬芳变为细水长流的情谊，温馨了岁月，怡悦了心灵。一个有教养芬芳的年轻人，谁都愿意真心托举他。杨华教授说得好：你的平台越高，认可你的人就会越多。而我说，认可你的人越多，你的幸福指数会越来越高，你的作为也必将越大。你的作为越大，于家于国，贡献力也自然越来越强。

12. 在东阳中学1993届毕业20周年同学会上的讲话

同学们：

弹指一挥间，一晃二十年。你们的老师真的是“老”师，开始老了，但是我很高兴地看到你们都大了，强了，发了。

1990年，也就是23年前，你们怀着激动、兴奋和对未来的无限憧憬，走进了东阳最好的高中——东阳中学，从此东阳中学便拥有了一个叫作东阳中学1990级（3）班的青春方阵。很荣幸，我有缘成了你们东中三年多彩故事的见证人。在你们之前，我只有过两年的班主任工作历练，你们是我第一届以班主任的身份完整陪伴三年的学生，因此，你们在我 27 年的教学生涯中具有特别深刻的意义。此后，我以班主任身份，送走了东阳中学 1996 届（5）班，1999 届（1）班，2002 届（2）班，2005 届（16）班，2006 届（13）班，2009 届（5）班，2013 届（13）班。既当过理科班班主任，又当过文科班班主任；既做过长时间的亲妈，从高一一直陪伴学生到毕业；又做过后妈，中途接过别人的班级。27 年的教学生涯，让我充分体会到“教学相长”的真切道理。从名义上说，我是你们的老师，但从实际的情形来看，我是你们的同伴，老师与你们一同在成长，一同在进步。感谢领导的关怀，同事的帮助，学生的争气，一路走来，你们的益林兄不敢说干得风生水起，但走得还算顺风顺水。从普通一兵到学科主任，从金华市教坛新秀到浙江省优秀老师，从全国优秀教师到语文特级教师。虽然自己私下里常有浪得虚名的感慨，但拿到台面上，至少可以说没有辱没自己以前的和现在的学生。

俗话说，衣服是新的好，人是旧的亲。真的，越是早期的学生，师生之间的情谊越是深厚。因此，二十年时间长河的冲刷，对于你们的记忆，反而是历久弥新。且不说班长王振华，团支书史杰君，我的同事吴辉东，就说说其他的许多同学，有的尽管多年没有相见，但是我用不着翻以前的花名册，依然能报出很多很多，金挺、徐彩云、李阳春、李国权、李肇凯、徐凯桥、徐小青……忘不了王镇在学校文艺晚会上那一曲柔婉动人的《你看你看月亮的脸》；忘不了王镇与顾弋安因为姐妹情太铁而影响过学业，后来她们俩以壮士断腕的决绝和勇气分开了距离，学业成绩直线上升，直到高考结束，才恢复形影不离的姐妹关系；忘不了传奇人物气功大师蒋华伟每晚打坐练功的毅力；忘不了李肇凯为练口才，利用下课时间专找口才好的同学进行辩论的倔强劲头；忘不了家长会上，全班课桌围拢一处，我拿床单做桌布，家长围坐一起共商育人大计的场景；更忘不了家长会后，卢红旭等女生主动将床单洗好晾干送到我手上的情景……一桩桩，一件件，值得追忆的镜头太多，让人难忘的故事数不清。总之，我们的（3）班是一个有情意有才气的班级，是一个有温度有高度的班级。

我的发言即将结束，千言万语汇成一句话：

祝愿大家趁着年富力强，努力干出最佳的业绩，争取过上最体面的生活！

最后借花献佛，借用中国第一代女性建筑学家，被胡适誉为中国一代才女的林徽因的一句话，送给大家，作为我的结束语——

你若安好，便是晴天！

13. 书香伴我育才路

一段砥砺我多年的话

二十年前，读到台湾张晓风、席慕蓉、爱亚三位女作家的文章合集，名为《三弦》，其中席慕蓉的一段话给了我强烈的触动、深刻的记忆：

> 在阴暗的画室里，手上拿着这块调色板，我心中有着很强烈的感动，别人是怎样地把女儿托付到我们手中的啊！他们用着多谦卑与多热切的态度，希望我们能够，请求我们能够，使他们的子女进入一种境界，达到一种要求，实现了一个从几十年前便开始盼望着的幻梦与理想。我肩头负着的是怎样的一副重担！而我，我尽了力吗？我真的可以问心无愧吗？

我把这段话中的“女儿”二字改成“儿女”二字，长久地刻镂在自己的心灵之中，经常拿它来鞭策、砥砺自己。每当接手一个有着五十几号学生的新的班集体，席慕蓉的这段话，就时时启迪我：作为一个学生的个体，对班主任来说，不应该只停留在统计学意义上的五十几分之一，而应该深刻体察凝聚在每位学生身上的家长的百分之百的希望。既然当了班主任，除了对学生尽心尽职的帮助，你别无选择。二十年的班主任生涯，三年一届，自初出茅庐的稚嫩小伙而至处变不惊的不惑中年。由统领理科班而至执掌文科班，又由执掌文科班而复统领理科班，自谓好班歹班均已领略，文科理科皆曾执手。一次又一次的先进班级荣誉称号，是我的汗雨与心潮的光荣合奏；浙江省特级教师、全国优秀教师的桂冠，是责任与勤勉赢得的最高褒奖。

一篇不断给我指点迷津的好小说

1983 年，那时我正在浙江师范学院读大二。

有一天我读到了一篇十分优秀的中篇小说，题目是《啊，索伦河谷的枪声》，作者是刘兆林。这篇小说讲的是这样一个故事：一位叫冼文弓的指导员，凭自己的博闻强识、严格自律、满腔爱意和巧妙的工作技法使一个又乱又差的“鸡毛连”（某部炮兵三连）逐步走向正规，不断出现喜人景象。

小说出色刻画的我军优秀政治工作者冼文弓的形象，给我的脑海留下了不灭的印记。在我长长的几十年班主任生涯中，每当我在班级管理中出现迷糊和困惑时，我就会想起这篇小说，想起小说中的主人公——可敬可亲的冼文弓指导员，从而不断增强自己的管理信心，获取有益的思想启迪。治班如治军，管理者人格的力量、知识的储备、管理的技能，都是不可或缺的。

“其身正，不令而从；其身不正，虽令不从。”古老的《论语》也已经给我们昭示了人格的力量。将古老的叮咛和当代优秀小说的滋养融合起来，注入自己的灵魂和血脉，使我时刻牢记，班主任绝不是站在班集体边缘的发号施令者，而应该是矗立在班级精神领地的永不褪色的高贵路标。要求班级营造书香氛围，班主任自己首先应该是一位孜孜不倦的知识探求者。苏霍姆林斯基说得好：“每当我把我的每一个学生领进我私人的图书馆时，我认为那时才是我同我的学生精神交往唯一可能、唯一顺利和幸福的时刻。”“如果您想使您的学生看到、理解到并感受到他一生中需要掌握什么样的精神财富的话，那您就把他领进您自己的精神生活世界中去吧。让他把您看作是一位面对浩瀚的大海在思索、勇于探索的航海家吧；让他把您看作是奉献自己毕生精力也研究不完那未知领域的一部分，但仍大无畏地踏上征途去求知的博学家吧！”（《怎样培养真正的人》）爱读书的班主任才能营造出爱读书的班级。从我一批又一批积极购书、借书、读书、写作的学生身上，我自豪地感受到班主任自身书香的力量。要求学生爱护公共财物，班主任自己首先应该做到爱校如家。我曾给我的一批又一批学生“立军令状”：如果你们发现你们的班主任有不爱护公共财物的行为，你们可以有权拒绝班主任在爱护公共财物问题上对你们提出的任何批评。学生经过一次又一次的明察暗访，发现班主任真的无任何损坏公共财物的“把柄”可抓时，言传身教的力量就可以真正达到如《孙子兵法》所说的“不战而屈人之兵”。

仿照“差生”的说法，部队里也难免有“差士”。《啊，索伦河谷的枪声》中的张久光玩世不恭，郭云河冒充高干子弟，廖佑荀爱乱花钱，刘明天开车轧死人。在一般人眼里，这些战士真可算得上是“差士”了。但冼文弓没有被表象所迷惑，凭着优秀政治工作者最可贵的由细心、耐心和恒心融汇而成的爱心，他发掘出了所谓“差士”身上最为闪光的品性，然后加以精心培植，使之不断发扬光大。这部小说对于班主任做好差生转化工作启示良多。它使我这个原本疾恶太严、性情急躁、对学生的缺点缺乏容忍度的班主任不断克服性格上的弱点，逐渐变得亲切宽容，学会动之以情、晓之以理的点拨感化。比如，当我发现有同学在寝室聚众喝酒时，我就会想：假如冼文弓指导员看到此种情景会怎么处理。我想他肯定不会简单地加以训斥和处罚了事。我想到了尊重、宽容、感召、启迪这几个字。于是，我会估摸同学们买酒所花费的钱，先自掏腰包给买酒的同学以经济补偿，然后将同学所买的酒转赠给寝室管理员。接下来再召集寝室成员开会。我会现身说法，告诉同学自己在进入高中阶段的第一个晚上就因在寝室里熄灯后讲话被老师责令向全体住校同学检讨的事。我想告诉同学的是：老师做学生时也曾经犯过错误，但可贵的是老师从此深刻记取了教训，加强了自己的纪律观念，后来在整个高中阶段都可以说是班里最优秀的学生之一。我要同学记住：是人都难免会犯错误，但犯了错误一定要做一个有血性的人——记取教训，决不再犯！我又要告诉同学，作为中学生，在校园内喝酒是违背国家颁布的中学生行为规范条例的。我还要参与喝酒的同学每人说一件自己所见所闻的因喝酒而犯事的事例。同学们有的说喝酒伤身，有的说酒后驾车出车祸，有的说酒后撒酒疯举止不文明，有的说酒后跌落水塘丧生，……最后我会总结陈说：看来同学们都是明白人，知道酒能乱性。当然同学们的内心深处也许也会想到美酒增友情、佳酿添豪情的佳话。是的，酒也是一把双刃剑，我们之所以要坚决杜绝中学生喝酒，是因为基于两点认识，其一是中学生身心发育还未完全成熟，喝酒对中学生身心的负面影响更大；其二是中学生正处在血气方刚的年龄，不少中学生的自控能力还有欠缺，饮酒不加禁止，很容易导致饮酒过量，伤身惹事。高中的学业将越来越重，孟子有句名言："学问之道无他，求其放心而已矣。"这里的"放心"是"放纵的心"的意思。只要把放纵散漫的心收拾起来，有益身心书常读，无益身心事莫为，高中三年才会给大家带来丰硕的收获。反之，就会精神涣散，为所欲为，误己误人。通过这样有理有节的思想工作，同学们心服口服，班里很少再发生类似的事件。

一部让我睁眼看世界的书

记得有一回听一位语文特级教师先进事迹报告，报告中提及一本书，书名叫《素质教育在美国》。一听完报告，我就跑进书店，买下了这本书。

> (美国)学校的规章制度一开学就人手一册，该惩该罚一条条白纸黑字写在那里。既没有争辩的余地，也没有什么耐心细致的政治思想工作。惩罚就是惩罚！就像现在国内的许多交警罚违章车辆一样，罚款就是罚款，指出哪一章哪一条，照章办事，按条罚款。通也得通，不通也得通！哪里还有什么思想工作要做的？

书中的这些话，给了我强烈的震撼。尽管书中的不少观点不无偏颇之处，但却足以引起我的反思：长期以来，在教书育人问题的认识上，我们是不是过于迷信思想教育工作的效用？是不是应该说“没有思想教育是万万不能的，但思想教育也不是万能的”才更符合情理？受千百年“人治”之弊影响深重的中国，当今的学校教育管理是不是更应该多一些以法治校的精神原则？李镇西等优秀教师显然早已参透了这一层，所以在他的《心灵写诗》一书中才会对班规的科学制订重重地写上一笔，对班规的刚性原则也做了特别的强调，而且对“礼不下庶人，刑不上大夫”的陈腐教条作了彻底地摒弃，将班主任的言行也纳入班规的制约范畴。多年来，在班规的制订上，我都秉承着“充分酝酿，多方听取，字斟句酌，相对稳定，持正公平”的原则，让班规充分发挥规范、制约、引领、提升同学思想行为的作用，在最大程度上避免“班内一切事务由班主任说了算”的人治弊端。在我班班规的末尾，会有这么一条：“班主任若未经调查，胡乱批评同学，罚扫教室一次。”有了这一条，既可让学生体会到师生人格平等的温暖，又可避免班主任“因怒而滥罚”而造成的不良后果。依据班规制订出的“学生操行量化考核细则”，用它对班内每位同学的品行进行量化考核计分，做到每周一小结，每月一大结，及时通报，有错必纠，使加分和扣分都建立在同学广泛认可的科学基础上。操行量化考核分加期末的班级评议分，构成每位同学的学期品行总分，该品行总分成为期末评优（评选优秀班干部、三好学生、文明学生等）的主要依据。这一切均在班级考核小组和监审小组的共同协作下进行，班主任决不越俎代庖。这样，评优过程中经常会出现的班主任“因喜而谬赏”“因怒而滥刑”的“钦定”政策所带来的负面影响就在我班里得到了较好的消除。

一部让我不断追求教育过程最优化的书

苏联教育家巴班斯基的《教学教育过程最优化》一书让我在班级管理上努力做到像这部书序言里所说的“自觉地选择耗费力量最少而能够提供最大的和最持久的结果的手段、方式和方法”。《啊，索伦河谷的枪声》中的冼文弓指导员之所以能够有效施展他的治军魅力，与他正在精心撰写《战士心理学》的高远追求目标不无关系。因为对战士心理有着精深的研究，所以就最容易切准战士的思想脉搏，最容易走进战士心里。受此启发，在大学求学期间和走上工作岗位之初，我就十分注重心理学、教育学知识的储备。在通读了巴班斯基的《教学教育过程最优化》一书后，在班级管理上，我立足于心理学、教育学的科学原理，贴近学生心理，精心规划治班方略，经常用最为广大学生喜闻乐见的形式来达到教书育人的目的。我充分发挥自己爱读诗、爱写诗的特长，对花样年华、诗样青春的学生进行美丽的诗教。我用这样的清词丽句描绘班主任带领学生晨跑的情景：“黎明时刻的环形道/是一张被轻轻启动的唱片/踏进晨风/以唱针的饱满情愫/引领一队年轻的音符/清晨奏鸣曲/沉稳而昂扬。”我把班主任到寝室查铺的寻常举动写得诗意盎然：“当寝室的每一扇窗户/都安然地闭上了眼睛/我捻亮手电/以一个男性公民的身份/肩荷起母亲的责任//每一个睡态都显示/他们不安分的年龄/把贸然越位的手臂/轻轻送回适宜的港湾/把企图偷渡的被角/掖进难以破译的呓语/然后悄悄拉上门/关住一个甜美的梦境。”当植树节到来，我向学生这样号召：“走，种树去/扛一面春天的大旗/到没有春天的地方/开掘春天/等待只会让生命枯萎/趁季节汁水丰盈/播撒一串汗珠/萌出一片新绿。”当“九·一八”来临，我这样告诫学生：“九·一八必须作为/一截老树桩的形象/清醒而执拗/亮出浑身的耻辱和伤疤/深深植根我们民族的视野/中华这棵大树/才会历久弥坚/时时爆出新芽。”当高考来临，我送给学生这样的诗句以壮行色：“走进七月/走进阳光的空前绝后/引爆大街小巷一串热门话题/置身金黄与青翠的交接地带/我们的选择/如同炉膛中通红的铁锄/以不容置疑的决绝/一头扎进水中淬火/拎出一颗心/铿然作响/叩击命运。”当学生毕业了，我送上这样的祝福：“我是岁月崖边/永远的迎客松/挥手送你们上路/从此开始年年岁岁的守候/只为期待/你们的天空/不断焕发彩虹。”“先生本色是诗人”，不少学生都这样评价我。诗如春雨，涓涓滴滴注入学生的心田，收到了别的教育手段所难以企及的美丽愉悦的效果。“温馨放送”，是我精心制作的多媒体生日祝福课件。每逢学生生日，我便会以精美的画面，温馨的祝福语，配上悦耳的生日点歌，为学生的生日送出来自班主任的挚爱深情。每逢高二文理分班，我校都要对整个年级的十几个班全部打乱重新编班。新的班级往往由来自原高一十几个班的同学组合而成。初到新班，同学们常有怀念老班，一时难以融入新班的陌生感和孤独感。高二第一学期的第一次班会，我常常以“说说咱老班”作为班会主题，让来自原高一十几个班级的同学推举发言代表，在班会上介绍自己原先所在班级在班级管理上的成功之处。为了激发同学们的发言积极性，我还专门设立了“最佳发言人”奖。在同学发言过程中，我则坐在下面虚心听讲，认真记笔记，将原高一各班的成功管理经验加以整合吸收改进创造，形成自己有效的班级管理特色。“说说咱老班”主题班会，既满足了同学正常的恋旧心理，又让同学感受到新班主任对他们老班的尊重，还汲取了不同班级的有效管理经验，可谓一举而多得。此外，我所创建的“律动型班委组建法”将能者先上与机会均等有机地结合在一起，“歌诗破情关活动”，在唱歌吟诗之间，破解了“早恋”的困惑，“滚动式座位组合法”，公平、公开、公正，既有助于同学多方增进了解，又有助于学生学业成绩的优势互补。

书香伴我育才路。这些年来，我所带的班级之所以能够做到品学兼优，与我长期坚持开卷有益，多方借鉴的学习工作习惯分不开。悦读、勤思、善借、力创四轮驱动，使我的育人之车跑得既稳且欢。

14. 青春与才情的集结

捷报共春意齐飞

2017 年 2 月 3 日。立春。在迎春花的簇拥中，一个崭新的春天开始启步。2 月 7 日下午 5 点 16 分，“叶圣陶杯”全国中学生新作文大赛组委会的李小勇老师通过微信给东阳中学语文学科主任陈老师发来一短信：高三金晓慧特等奖，邹叶同学一等奖，张清慧一等奖，吴心瑜一等奖，其他二等奖，祝贺!

2 月 12 日下午 1 点 52 分，李小勇老师又通过微信向陈老师发送了如下短信：贵校成绩最好！ 祝你领导有方!

1 月 22 日，高三期末考试结束的第二天下午，东阳中学经过初赛、复赛层层选拔脱颖而出的 8 位高三种子选手，在刘祖国老师的带领下，赴京参加第 15 届“叶圣陶杯”全国中学生新作文大赛冬季决赛。结果，参赛的 8 位选手悉数获奖，而且获一等奖以上人数达 4 位之多!

这已经不是东阳中学第一次在全国性的作文大赛中荣获大奖了。

2016 年第 11 届全国中小学生创新作文大赛总决赛，东阳中学派出 9 位种子选手，全部获奖，其中二等奖以上达 4 人之多。

2016 年全国中学生科普科幻作文大赛总决赛，二等奖以上人数达 8 人之多。

再往前溯，2011 年王雨宽同学在第 6 届新东方“优能杯”全国中学生创新作文大赛中荣获一等奖，吴越美同学荣获二等奖。王雨宽同学特招入学南京大学。

2010 年王雨宽同学在第 5 届“恒源祥杯”全国中学生作文比赛中荣获一等奖，王城同学荣获二等奖。

2009 年第 4 届新东方“优能杯”全国中小学生创新作文大赛总决赛，东阳中学高三（4）班陈可馨同学荣获一等奖，特招入学北京航空航天大学。

2008 年第 11 届全国新概念作文大赛总决赛，东阳中学金远晴同学荣获一等奖，特招入学厦门大学。

栽下梧桐树，引得凤凰来。鉴于东阳中学在历次作文大赛中的优异成绩，全国中小学生创新作文大赛组委会、“叶圣陶杯”全国中学生新作文大赛组委会、全国中学生科普科幻作文大赛组委会都将东阳中学纳入大赛优秀生源基地学校。

此外，全国中学语文老品牌刊物《课堂内外》“创新作文”高中版2017年第1期“社团联展”栏目还隆重推介了东阳中学岘峰文学社。

才情与扶植相伴

1924年1月17日，鲁迅先生在北京师范大学附属中学校友会上发表的演讲《未有天才之前》有这样的语句：“譬如想有乔木，想看好花，一定要有好土；没有土，便没有花木了。”东阳中学愿意做一方沃土，精心培育一棵棵青春才情之花。

经过多年的探索实践，东阳中学已形成了一整套文学特长生培训模式：

习作撷英—指点修改—名家送教—推荐发表—文学特训营集训—自主招生与作文大赛关系介绍—大赛动员参加—才子才女推介

在指导学生掌握应对考场作文诸多技法的同时，东阳中学语文学科组全体教师，还充分利用随笔作业，鼓励学生写自由诗文、放胆诗文。批阅学生随笔，在东阳中学语文学科组全体教师看来，不是一种例行公事的一阅了之，而是一个师生心灵对话、写作技法交流的过程，也是一个披沙拣金的过程。发现随笔佳作，老师们马上会用五角星，或笑脸表情包做上标记，要求学生及时转化为电子稿发送给语文任课教师。发现考场佳作，老师们在作文讲评完毕后，也会要求学生及时转化为电子稿发送给语文任课教师。或通过QQ聊天，或通过面批面改，指导学生对习作不断进行打磨，直至作品真正拿得出手方止。一次不断修改、成功写作的经历，就是学生如禾苗拔节、扬花、结实的深刻体验。

不解藏人善，到处荐项斯。东阳中学语文学科组多古道热肠之士，发现学生佳作，最不忍心的就是让它自生自灭，总是要帮助学生打磨提升，最后在校内外进行推介。先是利用校内文学阵地，向《东中人》校报“学生佳作”版面和“岘峰”文学社社刊推送学生佳作，再是向《语文周报》《作文新天地》《西湖少年文学读本》《全国优秀作文选》《文道》等报刊推送学生佳作。另外，积极动员组织学生参加各种级别的作文大赛。《东中人》校报经常为校园新锐写手作专版作品刊登推介。“岘峰”文学社刊辟有固定栏目“佳作回放”，对在外界报刊发表、在重大作文赛事中获奖的学生作品进行重点展示。

东阳中学采用“请进来，送出去”双轮驱动的方式，对文学特长生进行培训辅导。中国社科院文学研究所图书室主任楼肇明，浙江省作家协会主席黄亚洲，著名青年评论家、余华研究专家王侃，《课堂内外》杂志社副主编王劲，金华著名诗人李英昌、南蛮玉夫妇等名家都曾给东阳中学文学特长生做过辅导报告。名家讲座，如春雨润苗，催生遍地葱茏。近年来，东阳中学组织文学特长生参加了复旦大学文学夏令营、北京大学文学冬令营、南开大学文学冬令营、厦门大学文学冬令营等特训活动。同学们与著名作家曹文轩、麦家、白烨、赵德发等零距离接触，亲承謦欬，受益良多。此外，了解电视剧制作过程，探访中国国际数码娱乐展览、炫动传媒工作室，走进茅盾故居、全球互联网基地乌镇，登临钢琴之岛鼓浪屿等一系列活动，又让同学们开阔了视野，增益了见闻，对于古人推崇的"读万卷书，行万里路"的游学方式有了深刻的体验。2016 年厦门大学文学冬令营领队马恬静老师的一番话特别让人回味：

> 在"闽南语与汉文化"中，周长楫教授带我们领略了闽南语的独特魅力，原来，文化不只是民俗、语言方面，更是涉及了历史、经济变革等各种领域；参观厦门日报社，在《厦门日报》的融媒体中心，感受传统文字与现代技术的碰撞，科技发展带来的变革也深入到媒体领域，传统纸媒日益发展的同时，公众号、APP 等新兴渠道为新闻的传播提供了更多的途径，同时，我们还参观了厦门日报社印刷博物馆，从古代的活字印刷技术到现代胶版印刷技术，从黑白版面到彩色版面，同学们已经深深沉醉于这历史中来的墨香；厦门一中钟斌老师围绕"高考议论文的写作技巧"的话题，对作文中的批判性思维展开了深刻而精彩的讲解，同学们受益匪浅，听得兴致勃勃；钧天南薰古琴院，一曲流水，一曲渔樵，我们听见安静的心与安静的诗，琴弦波动，灵魂都仿佛有了安放之地；自主招生政策和现状，南开大学徐琳老师用了一整天的时间向我们讲述了当前自主招生的现状以及自主招生时应注意的问题，让同学们对自己的未来有了更慎重的理解……
>
> 八点半的上弦场，美丽深情的鼓浪屿，陈旧馥郁的沙坡尾，夕阳西下的白沙滩，在这已然草长莺飞的厦门的早春，在九龙江奔腾流过的闽南大地，少男少女从五湖四海而来，短短几天的相处就已结下了深厚的情谊。最后的结营仪式上，看着他们抱头哭泣，不禁也想起了年轻的自己，似乎只在年少时，才会这般热烈地表达自己，才会真心真情地热爱每一次相聚，为其付出我们最滚烫的泪水和最灼热的心。我们因为共同热爱的文学相聚，必定会在诗和远方里重逢，人生的妙处，从来如此。
>
> 回程时想起巴金的一句话，"我喜欢这南方的使人容易变为年轻的空气"。

随着高校自主招生比重的日益增加，作文大赛对于自主招生的贡献力日渐突显。北京大学、浙江大学、北京航空航天大学、中国政法大学、北京邮电大学等一大批知名高校对全国作文大赛获奖的写作特长生情有独钟，在自主招生中对全国作文大赛中获奖选手降低了人校门槛。东阳中学与时俱进，快速抓住大好机遇，将作文大赛对于高校自主招生的意义通过微信群、QQ 群、语文任课教师讲授、校报校刊宣传等多个渠道，将信息及时传达给学生。参加文学特长生的人数，由 2016 年的 12 人剧增到 2017 年的 34 人。参加作文大赛的人数由以前的几十人剧增到 1000 多人。现在全国认可的四大品牌作文赛事（新概念作文大赛、创新作文大赛、“叶圣陶杯”作文大赛、“语文报杯”作文大赛），东阳中学都在动员组织学生积极参赛。

真正的阅读和写作

全国性的中学生作文大赛，都在充分挖掘学生的文学才情、写作潜能，在立意高远、结构别致、文体创新、形象鲜明、想象奇特、语言隽永等方面给学生创设了“海阔凭鱼跃，天高任鸟飞”的充分的自由度，与此同时又在这些方面给广大中学生提供了可资借鉴的考量维度。作文大赛中获得优异成绩的学生，通过比赛，深刻领悟了什么是真正的写作。

在第 15 届“叶圣陶杯”全国中学生新作文大赛冬季决赛中，东阳中学的金晓慧同学凭《我的阅读故事》一举拿下大赛特等奖。下面是金晓慧同学对精读与真诚对写作的影响的感慨：

其实阅读在精不在多。我为什么在比赛中大谈鲁迅而不提其他作家？恰恰是因为我小得可怜的阅读面，我没有信心在一片以书为友的高手中扬言自己读书多。然而鲁迅的书我读得确实多，读了许多遍，也才有了写阅读故事的勇气，以及被人认可的运气。

我自认为自己不善写作，面对一道作文题，也总是脑中一片空白，比赛当天大致也是如此。此时确实如此。若还要再说些什么，便是希望大家平日里，在被限制的作文之外，真诚地面对自己的内心，不去在意多么豪华的修饰，不去多思什么高深的主旨，将自己真正所想述诸文字。不去考虑分数，不去纠结读者，只是表达自己的情绪，当写作是出于内心冲动之时，笔下的文字才对自己有价值。赫尔曼·黑塞在《德米安》中写道：“对每个人而言，真正的职责只有一个：找到自我。然后在心中坚守其一生，全心全意，永不停息。所有其他的路都是不完整的，是人的逃避方式，是对大众理想的懦弱回归，是随波逐流，是对内心的恐惧。”

第15届“叶圣陶杯”全国中学生新作文大赛冬季决赛一等奖获得者邹叶同学如此感悟真正的写作：

巴金曾说：“我之所以写作，不是因为我有才华，而是因为我有情感。”面对大千世界，每个人内心深处都会有一份热忱，需要纪念，需要表达，需要以某种形式自然地流淌，而这也许便是写作于我最纯粹的意义。

也曾有一段时间把写作染上了功利的色彩，当对参赛获奖的急切取代了静心构思的心境，当对投稿发表的期待超过了记录心声的快乐，写作的本质已离我远去，它不再是享受，而成了一种负担。后来看到培根的话：“欣赏者心中自有朝霞，有露珠与常年盛开的花朵，漠视者冰结心城，海水枯竭，荒芜丛生。”对待生活，我也许应做一个欣赏者；正如对待写作，我不应做个求索者。幸而，文字本身依旧冰清玉洁，仿佛等待孩子归家的母亲，在我幡然悔悟后，轻轻拢我入怀，怀中还是不变的暖意。

所以这次前往北京的参赛之旅，虽少不了兴奋与紧张，但我并没有强求自己用写作证明些什么。坐在赛场里，窗外斜着几枝苍翠的松枝，枝上挂着晶莹的冰凌，冰凌里映着北方特有的清冷而高远的天空，心便徐徐地沉下来了，笔底流出的也有了真情，那是我用文字与这个世界对话。

结 语

青春与才情集结到一块儿，青春与才情得到有效的呵护与扶植，就会像冰心所说的：“爱在左，情在右，在生命的两旁，随时撒种，随时开花，将这一径长途点缀得花香弥漫。”校园不乏青春，但校园最需要才情丰沛的青春。 愿我们东阳的每一座校园，才情横溢，青春饱满！

附：郑中南老师对“岘峰”文学社的回忆

岘峰文学社琐忆

郑中南

东阳中学的岘峰文学社是东阳乃至浙江省成立最早的校园社团之一。《体育报》总编、《中国女排》作者、东中校友 鲁光先生曾题刊名《岘峰》。教育家于漪曾题词：“岘峰清灵，迎秀题诗”。著名作家戈基校友曾题词：“未来作家在这里起步。”社刊《岘峰》至今已出版114期，曾在金华地区中学文学社团及刊物评比中荣获一等奖，曾被评为全国优秀文学社团。数名学生曾获“全国优秀文学社社员”称号。我曾有幸忝列首届社员之一，终生难忘，在此琐忆当年学生时代的文学活动。

一、岘峰文学社的成立时间

回老家翻箱倒柜，找出1985年高考结束后带回老家的高中学习资料，找到记在小64开本的工作笔记上的随记，里面赫然写着有关活动的时间、地点、内容等。岘峰文学社的前身是由各班语文爱好者组成的语文兴趣小组。最早成立时间应当在1983年前后，因为1983年3月3日晚被闻一多称为“擂鼓诗人”“时代的鼓手”的诗人田间与部队青年诗人叶晓山来东中在原三层教学楼西边二楼教室专门为语文兴趣小组成员作了讲座。当时田间首先着重讲就是告诉我们，敌人的炮火是时刻对着我们的，我们要有爱国思想。这话我记忆犹新。只是当时有点不可理解，从现在的国际形势来看，放在当下讲也是很切实的。其次田间跟我们谈“怎样为人民服务”，他说你不向人民学习，怎么能为人民服务？然后他谈了自己一生怎么走过来，着重就诗歌道路谈了很多经历。他在30年代开始写诗，1934年进入上海光华大学学习，1937年到武昌开展革命工作。他说，接触生活、深入生活之后才敢想，家是不容易当、路是不容易走的，生活是唯一的源泉，有些优秀诗歌是用生命换来的。因为生活不仅包含着斗争、群众的智慧和感情，还包括着党的领导。要认识生活就要到生活中去，否则很难写什么诗。什么是生活？什么样的生活同我们的前途、国家的前途有关系？到处是生活，生活是充满矛盾的，就要进入人民的思想感情，进入到人与人的关系。文艺界新的情况是号召深入生活，号召到群众当中去，群众有巨大的创造性，有深厚的根子。有些人看不起劳动，看不起群众的劳动，而如果无根，即使小草树木也不能长起来，人也如此。

怎样写诗呢？田间说到要注意诗的形式与内容：语言、色彩、结构、意境，要注意诗的时代感、群众性，要有革命激情。因为诗歌主要表现典型的思想感情，像《登鹳雀楼》，意境微妙，感情豪迈。而外出参观学习起了认识生活的作用，人不可能一下子成为天才，中学生应努力学习，做后备军。他说，外国的“炮弹”不能拿来，而且外国、中国古代、当代的“炮弹”都不要，外国的东西要适合自己国家的情况，不能盲目学。对时代有用的东西都可拿来，同学们在一起共同努力学习，有教育意义的都可以写。不要看不起自己，我们的国家民族很伟大，希望每个人都成为英雄。

这些都是当时记载的讲座内容。由此可推知岘峰文学社成立的雏形应是语文兴趣小组，时间应为1983年。而后来把成立时间定为1984年，可能源于1984年5月的文学社第一次合影。我的影集里至今珍藏着这张小小的黑白合影。

二、岘峰文学社的活动情况

岘峰文学社大概隔周举行一次集体活动，践行“读万卷书，行万里路”的古训，或到校外参观，或听语文老师讲座，或习作点评。1983年3月下旬，岘峰文学社参观白云书院。当地的一个叫老张的管理员给我们介绍，他先说了些东中学生的革命史，然后介绍白云书院的典故。一说创于明末，二说创于宋末，老张认可宋末。时任金华抚州的周主只有一女，元兵入侵时他不愿做官，就带了女儿到白云洞隐居，门口有一寺院，里面有一道人知道周主很有学问，就请他不妨教教书。周主义务教书不要钱，来读书的人就越来越多，白云书院就办起来了。有个学生叫许文懿（许谦，东阳人，字益之，号白云山人，卒谥“文懿”，元朝著名学者，金华四贤之一），学业进步很快，是周主很得意的学生。后来许文懿就接续周主讲格物致知之类的理学。周主称许文衣为白云先生，从此许白云就很有名，洞就以他的名字命名，叫白云洞。周主在讲学时，宋濂、朱熹也曾到白云书院住了一个月，后来到郭宅石洞书院讲学。

老张还讲给我们文学社成员讲了红虾和无尾螺丝的故事。传说周主在讲学时，学生们把虾抓进学堂来烧，快要烧熟时，老师回来，劝他们不要吃，读书要紧，而且虾也有生命，何况大家都在学理。学生们说：炒已快炒好，吃下没关系。这时，许文衣劝学生要听老师的话，把虾倒在水里，过一会儿，虾活过来了，从此变红了。清末到民国初年有许多人在此读书，那时的学生看到的虾还是红的，十里头在此读过书的老人都说有此事，之后学生写了副对联：石涧流泉见道仙，红虾复活成新气。白云洞至今还有一副对联：云洞藏书启物理，石涧流泉见道仙。

最后老张还给我们介绍了白云书院里的古老苍翠的罗汉松、石榴树、油橄榄等植物和岩下小花园。他说，60年代拆除的三间厅上写着“坤文在志（兹）”四个大字。

1983年4月8日，李志恒老师给我们作《楹联拾趣》讲座。介绍了对联的实用价值、特点和写作，特别介绍了许多歌颂、言志、写景等名联、奇联。我的笔记里记得清清楚楚，恕不详说。

后来还去参观东阳瓷厂，郭金德老师作过《作家小故事》讲座，徐民声老师作过《高山下的花环》专题欣赏讲座。因为小说《高山下的花环》后来拍成电影，反响巨大，所以整个年级参加听讲。

文学社最具历史纪念意义的一次活动是在当时的教学楼三楼一个教室举行的为文学社取名会议。当时参加的指导老师有李志恒老师、金一声老师、郭金德老师、卢子潮老师、蔡伟老师（笔名草苇）等。老师们提出了“岘峰”“白云”两个备选社名，要同学们讨论一下，选用其中一个作为在东中语文兴趣小组基础上成立的文学社名称。因为我们高一年级在1982年10月秋游时集体去爬过东岘峰，而且学校又面对东岘峰，东岘峰上又曾有过岘峰书院；同学们参加兴趣小组也是抱着“勇攀文学高峰，争做文学先锋”的宗旨来的。所以会议就一致确定了以“岘峰”为东中文学社的名称。

在卢菲菲担任指导老师时，岘峰文学社应邀参加长三角（江、浙、沪）中学文学社团活动，教育家于漪慨然题词——“岘峰清灵 迎秀题诗”。岘峰文学社举办岘峰论坛，邀请校内外老师、学者、作家开设专题讲座。市作家协会副主席楼震旦开设《东阳方言俗语故事》讲座，金华著名诗人南蛮玉、李英昌分别开设《水的手语》和《诗的分子式》诗歌讲座，激发了文学社学子对文学的极大热情，帮助学生在经典阅读与阳光写作中培养健康美好的审美情趣，在交流合作中学会做人做事，在各种情境下学会用语文，全面提高了学生的语文综合素养。

三、岘峰文学社的辅导老师

语文兴趣小组的指导老师是当时的语文组的大多数老师，李志恒是当时的教导处副主任，亲临活动、讲话、点评的机会相对多些。他还经常点评他任教的高一(4)班葛宏韬、王侃、潘丽丹等同学的习作。岘峰文学社也油印了多期八开讲义的学生佳作。当时东中1981届学生韦马恪的《一张考比伦杯邮票》获得上海《青年报》举办的华东六省一市中学生作文比赛大奖，文章和奖状证书张贴陈列在校园主干道东边宣传橱窗里，吸引很多同学观望、膜拜。当时的岘峰文学社成员都订阅各种报刊，每周写随笔、日记，老师也认真批阅。我曾订阅过《作文通讯》、上海《青年报》《少年文史报》等报刊，对于拓展阅读面，增加人文素养、提升文学情趣起到了强大的助推作用。

后来岘峰文学社由蔡伟担任指导老师的时间比较长，其间的活动与成果，我不甚了解。2001年卢菲菲分配到东中后，从贾玉燕手中接过指导老师的接力棒，对文学社进行了一系列改革，设立文学社专用办公室，为社员提供电脑等硬件设施；对内部管理进行了改革，推选诗歌、散文、小说、杂文四大版主，由版主负责独立完成收稿、编稿、排版、插图、校对等工作。文学社与校内其他社团开展交流，每年联合团委开展诗歌朗诵比赛、辩论赛、读书讨论会、戏剧社演出、小记者团采访等等，同时积极参与其他活动。2005年，在《钱江晚报》主办的乡村中学生作文大赛中，岘峰文学社有3人获奖，是我省重点高中里唯一一所有此殊荣的学校，引起省城新闻媒体关注。《钱江晚报》记者采访了岘峰文学社部分社员，用两个版面介绍了文学社的情况和社员文章。2005年3月，在第4届中华全国校园文学大赛中，岘峰文学社成绩突出，获一等奖作品6篇，获二等奖23篇，获三等奖15篇。在2009年“新人杯”第四届全国中小学校园文学大赛中，岘峰文学社共有48名学生获奖，其中韦嘉蓉、韦贝妮获特等奖。另有9名学生获一等奖，16名学生获二等奖，21名学生获三等奖。14名教师获“全国校园文学优秀辅导奖”。卢菲菲老师还写过《文学社建设与学生语文素养提高的关系研究》的论文。

2010年8月，孔英瑛分配到东中后，岘峰文学社由她负责指导，出版过多期《岘峰文学》小报。2011年10月6日至7日，镇海中学梓荫文学总社(含灵通记者团、早春文学社和读书会)师生一行37人在指导老师朱黎俊、顾叶、潘国良和曾昊溟带领下来东中，和岘峰文学社交流。两校师生介绍了各自社团的发展概况，交换了社团报刊，并就社团报刊的编辑和活动的开展进行了广泛交流。

岘峰文学社以培养学生的个性化写作为宗旨，以“学习、实践、创新”为目标，鼓励社员打破考场作文固有模式的束缚，本着“飘飞思绪，张扬青春；舞文弄墨，以笔写心”理念，用真实的文字表达真实的自我。为激发社员的创作潜能和写作兴趣，文学社以《岘峰文学》小报为基础平台，以各类公开出版的文学刊物为舞台，通过举办现场作文大赛、书评写作比赛以及各类征文活动丰富了学生的文学生活。岘峰文学社就像东中校园内一颗璀璨明珠，正引领着一批批在文学道路上摸索前进的莘莘学子走向文学的殿堂。

附东阳中学岘峰文学社近年主要成绩：

被评为全国优秀文学社团；

在全国优秀文学社刊评比中获二等奖；

获“新世纪杯”全国青少年走向生活“我有一个金点子”作文比赛浙江赛区唯一一个组织奖；

社刊获金华地区文学社社刊评比一等奖；

在《钱江晚报》主办的乡村中学生作文大赛中我校有三人获奖，在我省重点高中中是唯一的一所。

在“第4届中华全国校园文学大赛”中，文学社成绩突出。获一等奖的作品有6篇，获二等奖的有23篇，获三等奖的有15篇。

徐红等同学在“华东六省一市”作文竞赛中荣获一等奖；

陈晓玲同学被《语文报》评为“文学新星”；

包娄平同学等被评为“全国优秀文学社社员”；

《体育报》总编、《中国女排》作者、东中校友鲁光先生题刊名《岘峰》。

著名作家戈基题词“未来作家在这里起步”。

语文界权威于漪题词“岘峰清灵 迎秀题诗”。

2011年

15. 感谢学生的给力赠言

陈君青同学是东阳中学2005届理科毕业生。在东中就读期间，即有诗作在省级报刊发表，进中国石油大学后品学兼优，被保送读研。一位理科生，大学数年，诗心不减，诗作绵绵，诚属难得。学理科的学生，多数数理化强大而语文贫弱。一个数理化强大的学生如果又酷爱语文，即文理兼爱的学生往往前程远大。如美国著名华裔诗人非马，理工科出身，却醉心诗艺，在获得美国威斯康星大学核工博士的同时，他的诗歌也获得了令人瞩目的成就，博得了世人的好评。我教过一年的东阳中学1988届毕业生叶飏荣，数理化倍儿棒，字写得很漂亮，又是语文科代表，理科大学毕业后，却报考了文学专业研究生，现担任江苏省文联党组书记。北京东中校友会副会长兼秘书长胡才勇，是我的好朋友。大学读物理学专业，却很爱读文学书，有时还喜欢写点小说什么的，现在是中国软件业翘楚。

君青给我发来了她自己的系列诗作，并附信一封：

敬爱的老师：

这些是我中学毕业之后偶尔闲暇之时的戏作，登不了大雅之堂。但我对诗歌有种近乎本能式的热爱，因此，这些诗歌就成了我记录心情的载体，现今呈给老师，请老师百忙之中能够抽空指导。十分感谢。

其中有很多单纯地只为表达情绪，并不能称为诗歌，不成体系而且缺乏许多文化的支撑，因此，我更渴望得到老师的指点，当然，我自己也会在课余多看多学多练。

毕业之后，我才意识到，我真的热爱语文。只是，在现今的道路上，我想要再好好地那么从容学一次，似乎有些困难了。

再次感谢老师，为之前的栽培和现今的帮助！

祝节日快乐！

学生　陈君青

2009.10.5

《〈论语〉选读》教科书中有一道题目：古人有名有字。名与字意义上有联系，或同义，或反义，或相关。如颜回，字子渊。《说文》：“渊，回水也。”（回，旋转）曾点，字子皙。《说文》："点，小黑也。""皙，人色白也。"冉求，字子有。"有"是"求"的结果。有些名字看不出联系，是因为字义变化的缘故。有时字前加伯（孟）仲叔季表排行，或加"子""公"等表示尊敬字眼；后面加"甫""父"等表示性别，表示排行或尊称的字眼也可放在后面。根据以上介绍，适当借助工具书，对下列人名和字关系作一说明。笔者受此题启发，让班里学生也继承和发扬一下古人之雅趣，每人给自己取个字·号，并撰文记述之。为抛砖引玉计，我先作了示范，给自己取了字号：

我姓陈名益林，取字为"广植"，寓广植有益之林意，"有益之林"亦可象征"有为之学生"。取此为字，切合吾之教师身份。号"树蕙滋兰翁"，命意取自屈原"余既滋兰之九畹兮，又树蕙之百亩"，明教书育人乃吾终生之业。另号"柽溪江上人"或"柽溪钓徒"，盖源于吾乡千祥有江名"柽溪"也。又号"东岩孔主"，亦源于乡土风景之名。吾村有山谷曰"东岩孔"，风景绝佳，令人记忆极深。又号"火警斋君"，吾家临街而居，门牌号码119，遂戏称"火警斋君"。课堂如此随便一说，想不到包晗同学如此有心，记得很牢，毕业后来信，即以我的表字尊称于我：

广植吾师：

见信如晤。

这是一封迟到了的信。我欠您一声谢谢。谢谢这三年的陪伴，您用您的知识征服了我。对于我，您是一块雕刻精致的玉石，岁月的打磨下，变得愈发光亮夺目。人生真是一个又一个的巧合组成，因为巧合，我们这一群人聚在一起，相识相伴相知相爱。

还记得高一时的第一堂语文课。怎么形容呢，于我，如同百家讲坛。我知道的太少，实在太少。您让我们走进了余秋雨的散文里品味文化苦旅，看苏东坡在人生中的突围；您领着我们住进曹文轩的故事里，在成长的疼痛下，学会责任和担当；您给我们讲鲁迅先生的作品，感受一个时代人的无奈与辛酸。文学让我明白，灵魂在高处，或许一个坚定的信仰比物质上的享受更令人觉得真实，可以触摸到内心，可以无惧无畏，然后一直走下去，去看那开阔的人生。

很久之前，当我迷上《酥油》的时候，很想问问您，当初还年轻的时候，会不会选择去支教，为什么有的人选择了边远的地区，为什么有的人选择回到家乡，为什么选择永远存在，为什么选择会有对错。我相信每个人来到这个世界，都有他存在的意义，都一样可以精彩。为什么有的人的光亮人们看得到，有的人在角落里却默默无闻。今年的作文题，英雄和在路边鼓掌的人，在我看来，都一样值得被尊敬。愿意平凡是一种释然，愿意灿烂是一种勇气。我选择去闯去梦去爱去恨，这个世界会因为我，有一点点的改变。

光阴易逝，人生苦短。只是新的人生才刚在我面前展开，没有时间感叹。想到《那些花儿》里，朴树唱道，我们就这样，各自奔天涯。终于是我们了，舍不得亲爱的同学，亲爱的你，亲爱的小春老师，舍不得许许多多可爱的人。爸爸说，人真是一种奇怪的动物，当初来的时候，是千百个不愿意。如今要离开了，确实一万个不舍与留恋。在这里投入了感情与这一生中最美的年华，怎么能忘怀呢？校园的花依旧年年开放，只是赏花的人又各自寻花去了。陌上花开，可缓缓归矣。高三以后经常与寝室长去看花，她说，花都开好了。我们也要开好了，要各自散去，飘在天涯。

遇见是一种美丽。很多年后回忆起来，我会微笑，会流泪，不是感伤，是与18岁亲吻的骄傲，因为曾经无畏过，勇敢过。谢谢您给的时光，谢谢您给的爱与希望。

高三(12)班　精灵@世纪～

我马上回复：

包晗：

长久没开邮箱了，最近邮箱又出了点问题，老是打不开，昨天才请电教中心的老师修好。今天打开邮箱，惊喜地发现你的来信。谢谢你热情洋溢、才情丰盈的诸多暖心话语。

弹指一挥间，倏忽已三载。几十年的教书生涯，想记住所有教过的学生，怕是难以做到；但有的学生，不用刻意去记，想忘也忘不了，你就是其中的一位。三年来，你温婉的样貌，勤勉的精神，周到的礼仪，优秀的学业，给老师留下了永远难以磨灭的印象。

走进大学，人生的又一段崭新的历程开始了，有你中小学阶段练下的优良的“童子功”，你一定能够越走越精彩！“我是岁月崖边，永远的迎客松，从此开始守候，你们的天空，不断焕发彩虹”。

高考结束后，蒋瑜到办公室还书，我不在，她留字一张：

老师：这本书（指《中华诗词名句鉴赏辞典》）本来打算当面还的，但是没看多少却借了大半个学期，现在想来，连我自己都羞愧了。还有，高中三年学得最多的是知识，学得最不够好的还是知识。但虽然如此，现在的心情还是盼望高中结束。若干年后的事情若干年后再说。

一直都很想说声，谢谢。您是一个很好的老师，只有一个很好的老师，才会被他的学生记住,才会记住他的学生。

高考成绩出来后，除了理科实验班的石鑫磊语文考了134分，另外两个榜眼（130分）全在我所任教的高三（11）（12）班，一位是高三（11）班的周一娇，另一位是高三（12）班的蒋瑜。

6月28日蒋瑜发来短信：

谢谢您曾开导我(蒋瑜同学生性文静,有段时间曾因学业负担太重心生辍学思想,作文语文老师,我曾对她做了一些劝解),在“三位一体”(即浙江工业大学等举行的“三位一体”招生考试)时也曾给建议。我考了669分,语文也考得很好,我的第一志愿是哈尔滨医科大学,希望能读临床7年。

我接信后马上回复：谢谢你的留言,谢谢你的语文高分!

不少学生高考结束后可能就是疯玩，王锦康同学不愧是班长，高考结束后，依然在家读些文化典籍。近日他在研读《孟子》时说有句话不得确解。

孟子对曰:“王!何必曰利?亦有仁义而已矣。王曰:‘何以利吾国?’大夫曰:‘何以利吾家?’士庶人曰:‘何以利吾身?’上下交征利而国危矣。万乘之国,弑其君者,必千乘之家;千乘之国,弑其君者,必百乘之家。万取千焉,千取百焉,不为不多矣。苟为后义而先利,不夺不餍。未有仁而遗其亲者也,未有义而后其君者也。王亦曰仁义而已矣,何必曰利?”

以上这段话中的“万取千焉，千取百焉，不为不多矣”这一句，锦康说查了一些资料，里面的一些解说，不能让他信服，于是通过QQ来向我求教。我给他作了些解释：“万取千焉，千取百焉，不为不多矣”是“一万份之中拿走一千份，一千份里面拿走一百份，不能说（拿得）不多了。取，这里作‘拿走’解释”。他又问起“上下交征利”的意思。我说是“无论是上层人物还是下层人士都追求利益”，“交”：互相，共同；征：追求。我说，几千年前，孟子已指出功利社会的弊端，而现在的中国，其功利状况，比起孟子时代可谓有过之而无不及。下面是师生之间接下来的一段对话：

陈:利用这个暑假,好好读点自己想读的书,将很充实。现在第一志愿填了什么学校呀?

王:嗯,我是想多读点好书。我是报湖南大学的土木工程,土木专业分太高,所以好点的大学就不敢报了。

陈:没关系,湖南大学也很好。这次高考语文考得不错,但你的总体水平还没充分发挥。到大学去,再努力,后来居上,四年后,你会更扬眉吐气!

王:嗯,谢谢老师。其实我一直想进浙大的,所以带着遗憾进入大学我会更加努力的。还有，陈老师，我想衷心地说声谢谢，我现在回望高中三年，对我影响最大的便是老师您，我现在在背孟子，还在看鲁迅的书，我读工科，但也想多修几门文科，这也全因老师的教诲。我一直觉得高中的数理化以后不一定派得上用场，只是教我们理性的逻辑思维，但是语文却会伴我一生，虽然我语文成绩并不尽如人意，呵呵，但我以后还会继续追求的，谢谢老师。

16. 高考前夕，师生以诗唱答

每届学生毕业之际，我都会送上自己创作的《守候》一诗，有的学生毕业多年了，难得他们还记得我的赠诗。当阔别多年，见面时，有的学生当着我的面背出其中的一些诗句，让我倍受感动。

现在我又要作别东阳中学 2012 届高三（11）（12）班的同学了。停课复习的前一天，最后一次可以用多媒体上课（因为要整理试场，第二天班级就要搬迁到别的没有多媒体器具的教室），我先是展映了一段临别赠言，然后送出了我的《守候》一诗。在览读过程中，我发现高三（11）班的杨江萍等同学不停地用手抹着眼角。杨江萍同学不但各方面都很优秀，也是个重情重义的人哪。高三（12）班因为前些天有几道题没讲完，最后一堂课多讲了几道题目，用多媒体送诗这一环节就没了时间。过后，我把《守候》一诗的打印稿送到三（12）班，贴到了墙上。想不到王勇同学也赋诗一首，来跟我唱和。王勇同学在高一时，参加由《金华日报》社主办的“艾青杯”诗歌大赛，曾获二等奖。这回他又一显诗才，为我赋诗留念，让人快慰无比。

我的赠诗：

守　候

——致我的毕业班学生

汗水为浆，年轮是砖
经年的垒砌
筑就放飞的高度
当羽翼穿越
六月的黑色云层
你们便加入候鸟的行列
学会选择别样的风景

而我，是岁月崖边
永远的迎客松
挥手送你们上路
从此开始
年年岁岁的守候
只为期待
你们的天空
不断焕发彩虹

王勇的和诗：

颂

——为尊敬的老师们而唱响

风似刀，霜如剑
岁月的沧桑
让鬓发染上银光
当毕业季节来临
有您为我们插上
一双强有力的翅膀
在时光之河畔
有您专注的身影
如不倒的松执着守望

年轮再从头
饱含您不变的期望
六月的天
虽被云层遮挡
在我们心中
您便是不落的太阳
您用无私的光亮
引领我们走在朝圣的路上

总有那么一个春天

满园的桃李风华绽放
听，那新芽萌动的声响
就是代代学子
为您献上的礼赞

王勇附言：

看了老师的诗，很是感动。多年的师恩无以为报，也用拙笔写诗一首，献给老师。写得不好，还望老师见谅。

17. 教余碎笔

2007年3月13日　周二　天气转暖　很好的太阳

让语文课堂闪烁智慧的火花。在新课导入上、问题设计上、在学生课堂活动的设计上充分体现教师的智慧。

上午上张溥《五人墓碑记》，谈起张溥的书斋名“七录斋”（“七焚庵”），灵机一动，何妨让学生给自己已有的或将会有的书房取个雅号？顺手用上给《中学生天地》杂志出的一道高考模拟题：

我国历代文人雅士都很讲究书斋的命名，或以言志，或以自勉，或以寄情，或以明愿。唐代大书法家怀素，屋外园中遍植芭蕉，以芭蕉叶子代纸练习书法，其书斋命名为“绿天庵”。南宋著名爱国诗人陆游，晚年取“师旷老而学犹秉烛夜行”，把自己的书斋命名为“学老斋”，寓意为要活到老，学到老。明代文学家张溥，天生愚钝，为加强记忆，每读文章，就工整地抄录一遍，边抄边诵边记，然后投入炉火之中，反复六七次，终于背诵如流。故其书斋取名为“七焚庵”。假如你拥有一间自己的书房，请为它取个有意义的“书斋名”，并说明命名涵义。

2007年3月16日　周五　阴冷湿

今天语文课是《五人墓碑记》一文的扫尾工作。在推荐了臧克家的《有的人》，李玉的《清忠谱·吊墓》一出中“奸祠一旦已成灰，义骨常存万古堆。人生自古谁无死，路上行人口似碑”等唱词之后，请许行、卢鸣、陈徐屹等同学朗诵裴多菲的《这在我是可怕的思想》一诗，两位男同学声情并茂，赢得一片掌声。许行气势略显不足。以点带面，由一文而带动数篇，效果甚好。假如写

“爱国”“生命的价值”等话题作文，裴诗也是一个好材料。

《〈指南录〉后序》《五人墓碑记》的字词句落实由教师示范整理归纳梳理，在此基础上，《烛之武退秦师》的字词句落实交由学生自己分组归纳梳理。第一组搜集含有通假字的句子，并用圆圈标注通假字。第二组搜集含有文言常用虚词“以”的句子，并注明“以”字在各句中的意义和用法。第三组搜集含有文言常用虚词“于”和“而”的句子，并注明“于”“而”两字在各句中的意义和用法。第四组搜集含有词类活用现象的句子，并注明含有词类活用现象的字的意义和用法。先个人整理归纳，再与同学交流，最后翻查《学习讲义》和《高中文言文全解和赏析》。第二堂课各组派代表把研究结果抄写到黑板上，以备评讲交流。这样，既然有单兵作战，又有协同进剿，还有资料研习、正谬纠误。有利于培养学生的自我研习习惯，增强学生获取知识的技能。

2007 年 3 月 17 日　　周六　　天放晴

现在的学生文化底蕴普遍欠缺，其根本问题，是速食文化的影响太深。语文教师应引导学生多啃大部头，至少让学生一学期啃掉一部大部头。且把周六语文课改为阅读拓展课，让学生读读《三国演义》原著，讲讲三国故事，看看央视版《三国演义》，视听齐享受，不亦乐乎！

2011 年 1 月 1 日　　周日　　阴

抛开了摧眉折腰事饭碗，推开了案牍劳形做题忙，难得三天假期，随意喝东明昨日相送的东阳小茅台“德可”白干，信手拈《大师的教书生活》《雅舍札记》，喝自己想喝之酒，读自己乐读之书，不亦乐乎！

2011 年 1 月 5 日　　周三　　阴

生得坦然，死得潇洒，其史铁生之谓乎！

将死看作一个必然会降临的假日，认为死是一件不必急于求成的事，何其达观！死了将有用的器官全部无偿捐献，不要祭奠，不需追悼，若他人一定要祭悼，希望活着的身穿彩衣，手捧鲜花，脸带微笑而来，就像参加一个朋友的派对，高高兴兴聚集，送逝者平平安安上路，何其潇洒！

上午语文课给学生做下面成语题：

下列各句中成语使用有误的一项是　　　　（　　　　）

A. 此时匈奴，随着一系列军事，外交上的失败，再加内外各种天灾人祸，内部离心，实力虚弱之极，分崩离析，只在一夜之间。

B. 本港三百个团体发表联合声明，公开支持董建华，肯定他的政绩，批判倒董者流，这是完全正确的。 笔者拥护之余，希望继续鸣鼓而攻之，使倒董者流偃旗息鼓。

C. 事涉中国核心利益，是可忍孰不可忍。 用坚决的态度协同巴基斯坦打消印度改变安全边界现状的任何企图，这是发展中印互信不得不走的道路。

D. 现在大学扩大招生，大学的入学门槛大大降低，有助于广大考生实现有教无类的梦想。

课后一学生来问“董建华”是谁，我说你可问问别的同学，人家准知道，谁知一问数位，皆不知“董建华”是谁。 两耳不闻窗外事，一至于斯！

2011 年 1 月 17 日　周一　天晴

今天办公室一同事的一席话，终于让人明白为什么越是认真、越是负责任的老师常常越不被学生欢迎的原因了。 同事说，当年最讨厌的老师是高中时的一位女政治教师（据说这位女教师长得还挺漂亮），因为这位政治教师每次上课前都要求学生将桌面清理干净，桌面上只准放政治课本及政治资料。

呜呼！ 同事高中时代已过去十几年，彼时学生尚且如此怕麻烦，更何况礼崩乐坏愈演愈烈的今天！ 看来要让学生欢迎，就要学会迁就、媚俗，除了抓分数，就不必再讲另外的任何规矩了！

一恸！

突然想起一事：

某班主任在守纪、卫生、锻炼等文明竞赛落败后安慰学生的话：扫什么地！搞什么卫生！ 以后都有人给你们扫，给我把书读好就得了！ 于是学生一片欢呼，全体拥戴。

“不以规矩，不成方圆。”难道只能在书上写写？

2011 年 2 月 9 日　周三　多云

看了新版《水浒传》（张涵予饰宋江版），鲁智深的形象不靠谱，像李逵？ 像猪八戒？ 像不戒大师？ 还是像周伯通？ 都像，也都不像。 最难忍受的是编导将鲁智深的白痴化。

乱插曲又是新版《水浒传》的一大毛病。 张教头、林娘子东京送别林冲的场景原本为应颇为凄切，但毛阿敏的一曲《江山非画美如画》不伦不类地插一腿，感人力量大减。让袁咏仪演林娘子，也是导演迷信名艺人惹的祸。袁长得太不温婉可人了，哪有原著里写的“有如西苑芍药倚朱栏”的美感，与老版《水浒传》中的林娘子也差远了。我的15岁孩儿也直叹袁咏仪太不漂亮了。

2011年2月10日　　周四　　阴雨

乱插曲太多，跟老版相比，荡气回肠的歌曲太少。一到原本应感人肺腑的场景就来个女声咏叹“啊……”让人受不了。

林冲受冤刺配沧州，其心境之悲凉可想而知，但编导为了反映林冲文武双全，饱读诗书形象，竟让林冲面对所谓的好风景咏风弄月了一回，真让人牙酸。

黄泥冈上，天大热，杨志手下军汉、老都管等皆喊热喊累，却不见头脸一丝汗迹，后来上来的晁盖、吴用等人也是头脸清爽得像刚出浴之人，化妆师跑哪儿去了？

杨志的扮相，终日围块头巾，连夏日大热天气也不例外，真是笑煞人也。若杨志是真英雄，断不会因脸上有胎记就终年遮掩到如此。剧中杨志的胎记画得也真难看，看来化妆师对原著的理解拘泥得紧，远不如老版翟乃社的扮相好看。

看到二十来集，鲁智深的形象开始有点可爱起来，但编导却为了反映智深身上佛性的显现，让鲁智深一会儿参禅拜佛，一会儿以茶代酒，将原本不拘形迹，坦荡真率的鲁智深弄得很有些温良恭俭让起来。鲁智深的佛性全在于他的一腔正义与秉持正义的前提下的随心所欲不逾矩的豪雄气概，而不是细枝末节的所谓克己修炼。

2011年3月28日　　周一　　天晴

眼看月考将至，我班学习部长金晨在读报课上对全班同学进行战前动员。

金晨同学自进入高二，其优秀的品性不断显现出来。上学期的学校秋季运动会上，与卢桂联合执导的入场式打入前五，以点带面，我班在运动竞技项目总分、精神文明代表队等角逐中都拿到了很好的名次。金晨同学在上学期期末拿到了三好学生和优秀班干部双料荣誉。以往的金晨只好在学业成绩，如今的金晨，可以说全面发展起来了。

这不，今天的战前动员，真有他的，他利用月考后的清明节放假做了点幽默文章。“清明时节雨纷纷，清明节大家都要去扫墓吧。月考大家要用劲啊，千万不要在扫墓的时候感到对不起自己的列祖列宗。”既有鼓动力量，又妙语解颐。

2011年3月30日　周三　天晴

几十年都习惯于稀饭馒头包子式早餐，早上因早读抽查了一下《六国论》的翻译，到食堂迟了，只能到卖糕点的窗口看看。看到一次性杯子里装着似牛奶又非牛奶的液体，就要了一杯，又点了个块三角形的什么糕。一结算，挺贵的一早餐，6点5元钱！

叫食堂工作人员帮我把那“奶”放到微波炉里热一热，工作人员说，那“奶”就是凉吃的，不能热。这我可吃不消，奔五之人，可不像小年轻，冬天早上空腹都敢喝冷饮。食堂工作人员犟我不过，就帮我热了“奶”。坐下一喝一吃，原来那糕是三明治（多年未吃，竟已忘了三明治为何物），那“奶”叫酸皮奶，比豆腐嫩滑，比蛋羹筋道，热了吃也挺爽的。

影视漫论

1．红楼影视费评章

根据曹雪芹小说原著《红楼梦》改编的影视剧，笔者最早看到的是由徐进编剧的越剧电影《红楼梦》。“文革”期间，只要稍涉帝王将相、才子佳人的文艺作品一概遭封杀，作为三十有几的电影观众，我辈是在“文革”之后，越剧电影《红楼梦》《梁山伯与祝英台》《碧玉簪》等作为“重放的鲜花”解禁时，才得以一睹其芳彩的。越剧电影《红楼梦》以其精湛的改编艺术，俊美的人物扮相，优美的曲词唱腔，倾倒了无数电影观众。王文娟扮演的林黛玉，徐玉兰扮演的贾宝玉，金彩凤扮演的王熙凤，以其经典的“这一个”艺术形象深深刻镂在广大新老观众的脑海之中，至今魅力不减。“天上掉下个林妹妹”“我合不拢笑口将喜讯接”“金玉良缘将我骗”等唱段，脍炙人口，广为传唱。

但弱水三千，只取一瓢，未免太不过瘾。越剧电影《红楼梦》虽则美不胜收，但限于电影时段，只能以宝黛爱情故事为主线铺衍故事，不可能充分涵盖原著丰厚的内容。《红楼梦》原著，人物众多，线索纷繁，它以贾府盛衰为主经线，以王、薛、史等有关家族的兴衰为副经线；以宝黛爱情为主纬线，以金陵十二钗等众多女子的命运为副纬线，形成一个球形网状结构。要展示《红楼梦》原著的全貌，一部电影实在难以承受其负荷。于是改革开放新时期以来，便先后出现了王扶林执导的电视连续剧《红楼梦》和谢铁骊执导的三部六集电影《红楼梦》，前者颇得好评，大获成功，扮演贾宝玉的欧阳奋强，扮演林黛玉的陈晓旭，尤其是扮演王熙凤的邓婕，一夜成名，红透大江南北。王立平作曲的电视剧主题歌及其插曲，也深得广大电视观众的喜爱。相形之下，三部六集的电影《红楼梦》就黯然失色多了。夏钦扮演的贾宝玉，太过痴痴傻傻，更兼女扮男装，在十分写实的电影样式中，很难讨得好去。陶慧敏扮演的林黛玉，虽则在外形上体现出了“两弯似蹙非蹙罥烟眉，一双似喜非喜含情目。态生两靥之愁，娇袭一身之病”的特点，但表演过于拘谨，没能很好地传达出林黛玉冰雪聪明，灵秀动人的那一面。尤其是刘晓庆扮演的王熙凤，舆论汹汹，一时酷评如潮。有的影评人甚至说出这样的尖刻话语来:“刘阿姨年过四十，腰似水桶，一惊一乍，根本无法刻画出凤姐‘身量苗条，体格风骚。粉面含春威不露，丹唇未启笑先闻’的迷人风姿。”后来2010年李少红导演的新版故事片《红楼梦》，也饱受诟病，女性们一律的媒婆发型，鬼气森森的配乐，杂耍镜头的滥用，情色媚俗内容的不断添加……不一而足。

2002年拍就的三十集越剧电视连续剧《红楼梦》，让人大饱了一番眼福。该剧请徐进重新出山，担纲编剧，徐玉兰、王文娟担任艺术顾问，钱惠丽扮演贾宝玉。此剧既保留了越剧电影《红楼梦》的经典唱段，又把《红楼梦》原著中的许多精妙诗文纳入新的唱词，起用一大批越剧新秀扮演剧中的重要角色，真可谓花团锦簇。越剧新秀扎实的艺术功底，青春靓丽的人物造型，再加上精心选取上海大观园精美的布局和景致，人美、景美、唱腔美，众美兼具。可以说，该剧是迄今为止对《红楼梦》小说原著改编得最美丽、最成功的一部。钱惠丽扮演的贾宝玉，“面若中秋之月，色如春晓之花，鬓若刀裁，眉如墨画，面如桃瓣，目若秋波。虽怒时而若笑，即瞋视而有情”，是众多红楼影视作品中最能体现小说原著里贾宝玉神韵的一位。

用越剧电视连续剧的形式改编小说《红楼梦》，笔者认为是找到了最佳的艺术样式。首先，越剧是一种十分擅长于表现情感伦理故事的艺术剧种，而《红楼梦》原著情感伦理成分十居其九，戏剧艺术唱词、独白等独特的艺术手段，又为外化显现人物内心丰富的情感活动带来极大便利。以越剧电视剧形式铺衍《红楼梦》，可谓得天独厚，既适于反映原著丰厚的内容，又最能展现原著神韵。小说《红楼梦》中江南贾府的故事，以江南剧种越剧来加以显现，更可谓相得益彰。其次，小说主人公贾宝玉是位颇具女性美的多情公子（中国古人心目中的美男子往往多带有女性美，故“面如敷粉，貌若潘安”，往往成为古典小说描写美男子的通则），启用男演员来演，未免“坐实”，欧阳奋强扮演的贾宝玉，尽管曾获好评，但时过境迁，及今观之，终觉扮相欠美，与原著中的贾宝玉“不像”。在十分写实的影视剧中，女扮男装，让女演员扮演贾宝玉，又会在影视观众的审美观照中，觉得男不男，女不女，在接受美学心理中终觉太“隔”。而越剧艺术，从她诞生的那天起，女扮男装，就已约定俗成，为广大观众所“悦纳”，不存在隔与不隔的问题。徐玉兰扮演的贾宝玉，茅威涛扮演的唐伯虎、陆游、孔乙己等艺术形象，都已作为越剧舞台形象的典范之作植根于越剧观众的视野。因此，在越剧艺术中，女扮男装，天经地义，丝毫不会让人感到逆情悖理。钱惠丽扮演的贾宝玉比起徐玉兰扮演的贾宝玉，青出于蓝而胜于蓝，女性美与男性美兼而有之，风流倜傥，俊秀飘逸，令人观之可信、可亲、可赏。再次，《红楼梦》是一部充分诗化的小说，许多场景在影视剧中不宜“实写”，比如黛玉葬花一幕，若真让黛玉挥锄掘土砌花冢，原本氤氲其间的诗美意境将荡然无存。此处最宜采用传统戏剧的“虚拟”手段，虚晃一枪，点到即止，让黛玉荷锄携篮，略具形迹，辅之以后台伴唱与人物独白唱段相结合的方法出之，既可让观众心领神会，而又能给观众留下较大的审美想象空间。而越剧艺术正具备了这一优越性。

2. 亦余心之所善兮，虽九死其犹未悔

——观影片《神射手》有感

作家王蒙在小说《球星奇遇记》中写道：“愈钻得紧学得好，他（指小说中的球星恩特——引者注）就愈体会到足球运动的全部好处：忠诚、勇敢、进取、合作、互助、吃苦、忍耐、灵活、技巧、荣誉、道德，特别是，公平竞争，费厄泼赖！足球秩序就是天国的秩序！足球精神就是英雄精神！足球价值就是理想的价值！大家都按足球规则来做，世界上就不会有压迫、堕落、种族歧视、卖淫和关税壁垒！对于真正的球星来说，任何壁垒都是一攻就破！一个小小的足球，比任何一个踢它摸它研究它的人都更高尚完美。”

当然，你绝不会读过王蒙对足球运动的咏叹，然而吉米，你却本能地爱上了足球!

是啊，瞧你那鬈曲的金发，细挑的身材，红红的嘴唇，俨然妇人好女，于是父母愿意以似水柔情和强硬决断将你培植成一个斯斯文文恪守家道的谦谦君子，一个父母心目中的乖孩子而绝非一个猛虎恶狮般的踢球的。

如果你沿着父母为你拟就的轨道做匀速直线运动，也许你会一帆风顺，鲜花醇酒美人黄金会扑面而来，然而你深深懂得：作为万物之灵的人，却要机械地运行在别人规范的线路里，那么无异于灵魂出窍的行尸走肉。

你是激流，尽管堤岸向你发出冷峻的警告，但你一旦认准自己心目中的大海，便义无反顾地咆哮着向一切企图拽曳你脚步的障碍迎头撞去，哪怕头破血流，你依然会沉迷于搏击的乐趣。随着一声清脆响亮的“乒郎”，你狠狠射向家门的足球，宣告你与你家庭羁绊的决裂，汽车旅馆成了你这个独行侠的避风港。

好洒脱好响亮好决绝的一记重球呀！愚弱如我辈者能踢出这样畅神解气的好球吗？长太息以掩涕兮，唯隐忍终余生。尽管活得庸俗活得憋屈活得违心活得窝囊，除了长吁短叹怨天尤人因袭苟且，有几人能决绝得起来?!

坚忍，使你跻身洛克斯队，满以为英雄找到了用武之地，谁知眼睁睁看别人驰骋球场喊杀连天，你却只有坐冷板凳过干瘾的份，终于冷板凳冰镇不住你的烈火雄心，一句“狗杂种”硬生生射向教练胸口，赢回来的却是停薪两个月！

算了吧，何苦来呢？ 足球能当饭吃吗？ 足球是你的命吗？ 为那小小的球艺儿，你的期待你的焦灼你的烦闷你的血汗付出得还少吗？ 弄不好像维尼落个终身残废，划得来吗？

是的，足球是你的命！ 为了足球，为了心中神圣的追求，你无暇（有暇也不会）计及成败利钝功名利禄。 吾人屈子说得好：“亦余心之所善兮，虽九死其犹未悔。”看来是豪杰之士古今同慨，中西同心。 为了“心之所善”，你可以撇下倚门而望的父母一片痴心的女友；为了“心之所善”，你可以长时间地忍受冷落寂寞；为了“心之所善”，你可以将心爱的轿车削价处理成三千美元，为的是向心中的圣殿呈献你虔诚的心香……

来之不易的三千美金不幸被窃，千里迢迢前往拜师学艺竟横遭拒绝，好不容易被师门接纳却又只许你卖苦力，只字不准提足球。 当此际，多少人会打退堂鼓，急流勇退。 而你，在命运的迎头痛击下，“自反而缩，虽千万人，吾往矣。”你始终瞄准命运之门，将希望之球频频激射而出。 终于，你中了！

刘备三顾茅庐而诸葛出，李广精诚所至而金石开。 球王桑托斯那冷硬的面具被你赤诚的热流彻底熔化——倒踢紫金冠的绝艺毫无保留地倾囊相授。

于是“神射手”成了你的实至名归！

当人们惊叹艳羡于你那一手漂亮的绝活时，我则觉得你应获得双重身份的“神射手”称谓：一是足球场上的神射手，二是命运搏击场上的神射手。 你，当之无愧！

哦，吉米——神射手！ 哦，神射手——吉米！

3. 提领而顿，百毛皆顺

——影片《巍巍昆仑》结构特色评述

《巍巍昆仑》（以下简称《巍》片）这一历史巨片自上映以来，众口皆碑，令人击节叹赏之处颇多，而影片中“星系式结构”艺术尤其令人称道。 一堆散乱的珍珠，一块内秀的璞玉，平庸的工匠，即便认识到其中的价值，往往也会因眼高手低，力所不逮而将其糟蹋。 只有技艺超群的能工巧匠才能彩线串珍珠，将一堆散乱的珍珠排列组合出价值连城的华美首饰；只有锦心秀手的玉人才能奏刀砉然，将璞玉良质刻镂成玲珑剔透的稀世珍品。《巍》片牵涉到的材料庞杂众多：一群活跃在中国现代舞台上的喑呜叱咤的风云人物；一片横亘千里、广袤无垠的华夏故土；多少惊天地、泣鬼神的生死决战……怎样有机地驱遣这博大丰富的材料，做到丰而不滥、博而不杂？ 如何最大限度地释放出蕴含于材料之中的巨大历史潜能，做到既有深度，又有广度？ 要描绘出这样一幅 20 世纪四十年代末中华大地上波澜壮阔、气势磅礴的风烟图，若非大手笔，定然会显得捉襟见肘，漏洞百出。

《巍》片编导不负众望，比起凡俗，棋高一着，他们为影片找到了一个非常巧妙的“星系式结构”载体，紧紧抓住留守在延安的中共中央机关——“昆仑纵队”作为统领众多材料的核心，从这里进行纵向挖掘，青化砭大捷、蟠龙镇战役、榆林围歼，金戈铁马，敌我双方，斗智斗勇。 战争间隙里，我党领袖人物抚幼访老、夤夜觅酒、雨地送衣、拜访春天，平易亲切、饶有情趣，充分展现了中国共产党中央核心人物腹有良谋、处变不惊、指挥若定、爱民如子的多姿多彩的性格侧面，从中深刻提示了“巍巍昆仑”岿然不倒的力量泉源。 对于这个核心，编导既能入乎其里，又能拔乎其外，在纵向开掘的同时，有机地进行横向的辐射。 既有刘邓大军挥师南下、挺进中原的壮阔画面，又有陈毅、粟裕转战华东，歼敌七十四师于孟良崮的激动人心的镜头，还有陈、谢兵团强渡黄河，直逼潼关，抄敌后路的奇谋妙着。 此外，聂荣臻率部活动于晋察冀根据地，贺龙所部在晋绥地区对中央安危的密切关注……另有国民党统治区如火如荼的反饥饿、反迫害的民主运动。 这一切的一切，在一个极其开阔的视野上，表明作为正义力量核心的“昆仑纵队”，尽管处境险危，但并非孤军奋战，陷入绝境，而是砥柱中流，它背后有着十分阔大而有力的坚强后盾。 影片的叙述镜头在解放区各战场和国统区之间或实或虚腾挪掷跃、挥洒自如，大大增加了影片的历史信息涵载量。 如果说“昆仑纵队”是颗光芒四射的太阳，那么中原、华东、晋察冀、晋绥等解放区的革命武装和国统区的民主运动不就像是环绕太阳运行的强劲有力的颗颗行星吗？“太阳系”内群星璀璨，而又井然有序，形成一个群星环卫中央，中央策应四方的结构严整的“宇宙星系”。 20 世纪四十年代末，一场特殊的“星球大战”在古老的华夏大地上一经展开，当来自“黑煞星系”的强敌（国民党的几十万大军）企图以它的魔爪撕扯开这个具有极大向心力的“太阳星系”时，就必然会陷入一种腹背受敌、进退两难的被动境地。

正是因为《巍》片编导独具慧眼，找到了这种星系结构，所以整部影片尽管人物众多、场面恢宏、头绪繁多，却始终显得主次分明、有条不紊，既有垂直的钻探，又有横向的开拓，深度广度兼而有之。由于结构的优化选择，使得影片片名的语义弹性也大大增强。“巍然昆仑”，它的表层结构可以示指以毛泽东、周恩来、任弼时为核心的“昆仑纵队”，它的深层内涵却可以象征中国共产党领导的各地工农武装和千百万翻身觉醒的劳苦大众。假如影片舍弃了这种巧妙的“星系式结构”，只是单方面地刻画“昆仑纵队”与胡宗南的二十几万大军周旋，影片的巨大历史涵量与片名的丰厚意蕴将大大削减。

所谓“提领而顿，百毛皆顺”，是对现在热播的这部优秀影片《巍然昆仑》结构艺术的最好概括。

4. 复沓音乐的妙用

一部影片中多次出现的相同乐曲或乐段，可以称之为“复沓音乐”。在电影《魂断蓝桥》中，一支别韵依依、舒缓动人的《过去的好时光》（也叫《一路平安》《友谊地久天长》）反复出现六七次，写情写意，情深意长。影片《一半是火焰，一半是海水》的音乐处理，于此多有借鉴，但又有自身独特的创造。“找呀找呀找朋友，找到一个好朋友。敬个礼，握握手，你是我的好朋友。”（以下简称“找曲”）在影片中重复出现达五次之多，对于增强影片意 蕴，刻画人物形象，展示人物心理发挥了不可低估的作用。

“找曲”在影片中第一次出现，是在张明的房间里欢闹时，胡迪信口唱的。年轻女大学生胡迪伴着率真无忌的笑声借“找曲”唱出了自己找到张明这样帅气洒脱风趣的“好朋友”的由衷喜悦，她的单纯浪漫轻率任性在“找曲”里袒露无遗。而实际上，站在胡迪面前的张明，是一个城府很深的“高级流氓”。在张明面前，胡迪就像是一座毫无设访的城市。因此，“找曲”的第一次出现，就隐射出胡迪不可避免的悲剧命运。

当张明再度“夜袭”，发现胡迪已趋堕落，正在独自借酒遣闷，此时“找曲”再度响起。此时它已成为业已逝去的纯洁美丽的象征物，悄然呼唤着张明未泯的天良。作为张明天良发现的契机，“找曲”的再度响起，为张明以后的立功赎罪铺下了草蛇灰线。当张明改造积极被提前释放回家之后，又一次听到录音带上传来的胡迪的歌声时，他的痛哭失声尽在情理之中，因为“找曲”已为这一切做好足够的蓄势和铺垫。

张明在普陀奇迹般地遇到酷似胡迪的胡佚，“找曲”第四次响起，此时它已成为声声警钟，叩响了一个男子汉所有的廉耻与侠义之情。于是张明不再有往日对于女性的轻慢和亵渎，他有的是已经领悟的对于女性的尊重和捍卫。

影片终了，张明背负挎包，面向大海伫立，“找曲”最后一次响起，似深情的海风，水样轻袭，淹没了张明的每一个神经末梢，化成张明对于罪恶过往的深切忏悔，和对于美好事物的沉沉追忆。影片通过“找曲”的回环复沓，至此不仅为男主人公描画了一个已经可以大写的“人”字，也给一个男子汉的人格裂变臻于完善书就了一个发人深省的结句。

师者益林（代跋）

李晓春

陈益林先生，头上有太多的光环，金华市拔尖人才、浙江省语文特级教师、浙江省正教授级中学高级教师、全国优秀教师等等，不过，和他相交，这些都无须去记，你只须记住他是个老师和君子即可。

说他老师，名副其实。他是走出严济慈、潘建伟等著名学者的东阳中学的语文教师，育人无数，可谓桃李满天下。当然，我这里所说的师，倒不是说非要坐在东阳中学的课堂上亲耳聆听过他的谆谆教导，于我而言，尊其为师，是相识日久后日积月累自然而生的尊敬。

陈益林先生中等个儿，鼻梁上架一副近视眼镜，白净的皮肤上透出书生气，他是我非常钦佩的作家和诗人之一。我之所以钦佩他，不是钦佩他的诗文写得好，而是他的敦厚儒雅之风，以及他在为人处世上展露出来的坦荡豁达，陈益林先生乃真君子。面对他人的恶语中伤，他皆能一笑而过，且不记仇，这等君子气度，我想是他开阔的胸怀和博读圣贤书后所养成的修为融会贯通而成的吧。

我认识陈益林先生是从他的诗文开始，他所写的诗文走的是白描朴实的路子（我个人的观点），没有丝毫的花里胡哨，这也是我自己喜欢的风格和追求的方向。我总觉得能用最朴实的文字打动人心，诠释最深奥道理的文章，才算得上是上乘之作，就如周作人的、汪曾祺的、季羡林的、张中行的。陈益林先生的诗文，有深厚的学识为底，隐隐有大家风范。

陈益林先生是东阳市作家协会的副主席，这些年，我因经常参加东阳市作家协会或其他部门组织的文学活动，时常和他相处，有幸能亲耳聆听他的教诲，受益匪浅。记得有一次，东阳市三建公司组织演讲比赛，陈益林先生作为点评的评委，和东阳市作协主席刘浪先生联袂逐一为每位参赛的选手讲评，他从参赛选手的语速、仪态等诸多方面进行了非常到位精辟的点评，其娓娓道来渊博的学识，不仅让参赛选手受益良多，让我这个滥竽充数的评委也学到了很多的东西。

陈益林先生为人谦和，对文字却十分严谨，甚至到了苛刻的地步。这也许和他多年从事语文教学有关，同时，也从某种程度上说明他是一个真正的文化人，一个真正的文字工作者，充满着对中华汉字的热爱和敬畏。记得自己有好多次把习作发给他，请他为我把脉，他总是认真读认真改，并给出中肯的修改意见，而对我文中所用的词义模棱两可、不准确的字词，总是予以纠正，并注出他修改后的字词好在哪，让我进行比较，使我终身受用。我因汉语基础薄弱，文中时有错字别字出现，我也曾多次在“放马湖群”里晒苦恼，刘浪老师笑称我的错别字是“美人嘴角一颗痣”，我知他是在宽慰我。陈益林先生则不然，他对我发在博客或者微信公众号上的诗文，只要发现一有错字别字，总是第一时间告知，认识陈益林先生，幸甚。

丙申年的下半年，因永清兄介绍，我加入东阳诗词楹联学会，意外地发现陈益林先生也在其中，虽说，我们几乎是在同一时间段涉足古诗词，学习古诗词也算处在同一起跑线上，但没过多久，优劣立见，我稚嫩未脱笋衣，而陈益林先生早已成秀竹茂林，一骑绝尘而去，他写的古诗词也多为被圈内人士喜爱，古诗词名宿皆予以很高的评价。

陈益林先生身为东阳中学语文教师，教学任务甚重，加上社会上应酬也多，但他的美篇、微信公众号上几乎每日都有诗文更新，有时，一天甚至多个，我多次在群内羡慕嫉妒，高呼“井喷”！但，羡慕中更多的是敬佩，敬佩其勤奋，其思路敏捷，俯拾皆文章。

陈益林先生属古道热肠之人。

一日，他微信于我，说东阳诗词楹联学会将在六月份组织节目参加市里多家单位举办的文化活动，严梅兰会长和他谈及时面露为难之色，憾学会虽有上百人之众，但响应者寥寥，他听后自告奋勇报了二个，并邀我参加其中一个穿汉服表演的节目，我思之良久，最后，实因没有演艺天赋，东阳话讲上不了台面而婉拒，至今想起，心中仍有愧疚。

和陈益林先生相处，谈诗论文不可少，酒，自然更少不了。

酒品即人品。喝酒最能见人心性。和陈益林先生喝酒，你可以完全放开喝，根本不需要去顾虑其他，我们一起饮酒，总会喝到七八分的样子，喝得东倒西歪不辨东西，一塌糊涂也偶尔有之。陈益林先生颇有太白之风，酒后能诗能文，且多有佳句。华柯老师戏作《放马湖饮中九仙群像》中赞益林先生“陈特九杯不为醉，高歌一曲震落星”，足见其海量也。陈益林先生也有不喝酒的时候，他不喝酒，必有课，或者学校开会之类的，他说不喝酒，绝对滴酒不沾，纵然你讲得天花乱坠。

陈益林先生客气，群内也好，文友聚会时也好，叫我“春兄”，实教我惭愧。

陈益林先生是东阳中学语文学科主任，大名如雷贯耳，在“放马湖”或者其他圈子里，我敢和其他文友没大没小的称兄道弟，在他面前，我必恭敬地叫陈老师。

本书作者附记：

2017 年 6 月 6 日傍晚，正独自在东阳江大桥赏晚霞，看到美处，掏出手机想拍几张临江晚照图。无意间翻开微信，发现李晓春兄新发了一篇文章，写的对象竟然是我！

一观先惊，继之以赧。晓春兄溢美了。我一直认为法国哲学家狄德罗的这段名言，才是真正符合我之为人：

说人是一种力量和软弱、光明和盲目、渺小和伟大的复合体，这并不是责难人，而是为人下定义。

但不管咋说，晓春兄的深情高谊，感铭于心。存此文于《堂奥》书末，一以志晓春兄厚义，二是促自己不断反省努力。